Elwire_L

Bonjour,
Bonne lecture à tous
Lisez-moi où vous voulez, et redéposez-moi dans un lieu public pour me faire voyager dans d'autres mains.
Le livre voyageur
Passages de Livres

La Colline aux esclaves

Kathleen Grissom

La Colline aux esclaves

Traduit de l'anglais (États-Unis)
par Marie-Axelle de La Rochefoucauld

ÉDITIONS
FRANCE
LOISIRS

Titre original : *The Kitchen House*
Publié par Simon & Schuster Inc., New York

Une édition du Club France Loisirs,
avec l'autorisation des Éditions Charleston, une marque des éditions Leduc.s

Éditions France Loisirs,
123, boulevard de Grenelle, Paris
www.franceloisirs.com

ISBN : 978-2-298-08397-2

My dear French readers,

I am so honored to share with you this story that was inspired by the old plantation where I live in Virginia. I do hope you will enjoy reading it as much as I did researching it and writing it.

My best wishes,
Kathleen Grissom

Mes chers lecteurs

Je suis très honorée de partager avec vous cette histoire qui m'a été inspirée par la vieille plantation où je vis en Virginie. J'espère que sa lecture vous plaira autant les recherches sur son passé et l'écriture m'ont plu.

Bien cordialement,
Kathleen Grissom

Pour mes parents chéris, Ted et Catherine Doepker,
et pour Eleanor Drewry Dolan, mon cher mentor

PROLOGUE

1810

Lavinia

Il y avait une forte odeur de fumée, et je tirai mon énergie d'une peur nouvelle. Ayant rejoint le chemin familier, je me précipitai en avant, sans me préoccuper de ma fille qui essayait de me suivre. J'avais les jambes engourdies, à courir si vite sans reprendre haleine, et l'impression d'avoir les poumons en feu. Je m'interdis de penser qu'il était trop tard et concentrai toute ma force à avancer vers la maison.

Bêtement, je me fourvoyai et, voulant prendre un raccourci vers le ruisseau, je m'écartai du chemin pour courir à travers les arbres. Saisie d'horreur, je vis que j'étais piégée.

Je tirai sur ma longue jupe bleue pour me dégager des ronces dont j'étais prisonnière. Tandis que je déchirais mes vêtements pour m'échapper, Elly me rattrapa. Elle s'agrippa à mon bras, sanglotant et essayant de me retenir. Bien qu'un enfant de sept ans ne puisse rien contre un adulte, elle se battait férocement, sa force décuplée par la terreur. Dans ma folie, je la poussai à terre. Elle me fixa avec de grands yeux incrédules.

— Reste ici, la suppliai-je avant de reprendre le chemin jusqu'au ruisseau.

J'avais l'intention de le traverser en marchant sur les pierres qui dépassaient de la rigole peu profonde, mais je n'enlevai pas mes chaussures, ce qui était une erreur. À mi-parcours, je glissai sur une pierre et tombai au milieu des éclaboussures. Saisie par le flot glacé, l'espace d'un instant, je restai abasourdie dans l'eau pleine de bulles, jusqu'à ce que je relève la tête et reconnaisse notre fumoir, de l'autre côté du ruisseau. Le bâtiment gris me rappela que j'étais près de chez moi. Je me redressai, mes jupes trempées et lourdes, et atteignis la rive tant bien que mal en m'accrochant aux rochers saillants.

Au bas de la colline, haletante, je me penchai en avant pour reprendre mon souffle. Elly avait trouvé le moyen de me rejoindre à nouveau et, cette fois-ci, elle se cramponna à mes jupes mouillées comme un chaton. J'étais terrifiée à l'idée de ce qu'elle verrait peut-être, mais il était trop tard pour la protéger, alors je lui pris la main et, ensemble, nous gravîmes la pente. Là, je me figeai. Elly vit la même chose que moi et se mit à gémir; sa main glissa de la mienne tandis qu'elle se laissait tomber à terre. Je m'avançai d'un pas lent, comme dans un rêve.

Notre chêne imposant se dressait en haut de la colline, ombrageant de son feuillage luxuriant la branche épaisse où pendait un corps inanimé. Je refusai de relever les yeux après avoir aperçu le fichu vert et les chaussures cousues à la main pointant vers le bas.

1

1791

Lavinia

Ce printemps 1791, je ne comprenais pas que le traumatisme que j'avais subi m'avait fait perdre la mémoire. Tout ce que je savais, c'était qu'à mon réveil, coincée entre les caisses et les bagages, terrifiée, je n'avais aucune idée de l'endroit où je me trouvais, ni même de mon prénom. J'étais frêle après des mois de voyage pénible et, quand l'homme me souleva pour me sortir du chariot, je m'agrippai à ses larges épaules. Il refusa mon étreinte et détacha mes bras pour me poser à terre. Je me mis à pleurer en levant les mains vers lui, mais il me poussa doucement vers le vieil homme noir qui se précipitait à notre rencontre.

— Jacob, emmène-la. Donne-la à Belle. Elle l'aidera à la cuisine.

— Oui, cap'taine, répondit le vieil homme, les yeux baissés.

— James ! James, vous êtes rentré !

Une voix de femme ! Pleine d'espoir, je regardai l'énorme maison devant moi. Peinte en blanc, elle était recouverte de bardeaux et un large porche encadrait toute la longueur de sa façade. D'immenses colonnes encerclées de glycines grimpantes vertes et violettes se dressaient de chaque côté des marches du perron. Le parfum des fleurs emplissait l'air en ce petit matin d'avril.

— James, pourquoi ne m'avez-vous pas prévenue ? lança la dame d'une voix chantante, perçant la brume matinale.

Les mains sur les hanches, l'homme se pencha en arrière pour mieux la voir.

— Je vous préviens, femme. Je suis revenu pour vous. Vous feriez mieux de descendre avant que je monte.

Là-haut, à une fenêtre qui semblait ouverte jusqu'au sol, elle se mit à rire. Je distinguais une silhouette d'écume blanche coiffée d'une volute de cheveux auburn.

— Oh non, James. Vous ne m'approcherez pas tant que vous ne vous serez pas lavé.

— Madame Pyke, préparez-vous ! cria-t-il avant de franchir le seuil d'un bond.

À l'intérieur, sa voix résonna, brisant le silence :

— Où êtes-vous tous ? l'entendis-je appeler. Je suis rentré !

En courant, je commençai à le suivre, mais le vieil homme à la peau sombre m'attrapa le bras pour me retenir. Alors que je me débattais, il me souleva de terre et je hurlai de terreur. D'un pas rapide, il me transporta à l'arrière de la maison. Nous étions en haut d'une colline, elle-même cernée par de plus petites aux alentours. Le son d'un cor retentit, ne faisant que m'effrayer davantage, et j'entrepris de frapper mon ravisseur. Il me secoua avec fermeté.

— Arrête ça tout de suite !

Je le regardai fixement. Sa peau brun foncé contrastait de façon radicale avec ses cheveux blancs et son dialecte était si étrange que je le comprenais à peine.

— Pourquoi tu me bats ? reprit-il.

J'étais éreintée et je laissai alors ma tête tomber sur son épaule mince. Il poursuivit sa route, m'entraînant jusqu'à la dépendance.

— Belle ? appela le vieil homme. Belle ?

— Oncle Jacob ? Entre ! lança une voix féminine, et la porte en bois craqua quand il la poussa du pied.

Oncle Jacob me fit glisser à terre tandis qu'une jeune femme descendait lentement l'escalier. Elle s'approcha, tout en nouant une bande de calicot vert autour d'une épaisse natte de cheveux noirs brillants. Elle ouvrit de grands yeux verts incrédules en me découvrant. J'étais rassurée de voir qu'elle n'avait pas l'air aussi étrangère que l'homme qui m'avait amenée là ; bien que sa peau fût plus brune que la mienne, les traits de son visage me parurent familiers.

— Le cap'taine t'envoie cette petiote. Il dit que c'est pour aider à la cuisine, déclara Oncle Jacob.

— Il a perdu la tête ! Il voit pas qu'elle est blanche ?

La jeune femme se baissa devant moi pour m'examiner et me demanda :

— T'as été malade ?

Elle plissa le nez.

— Il faut que je brûle ces vêtements. T'es rien que des os. Tu veux quelque chose à manger ?

Elle m'enleva le pouce de la bouche et demanda si je savais parler. Je n'y arrivai pas et regardai autour de moi, tentant de me repérer.

La femme alla vers l'énorme cheminée qui occupait toute la longueur de la pièce. Elle versa du lait fumant dans une tasse en bois. Quand elle la porta à mes lèvres, je m'étouffai en essayant de boire et mon corps fut secoué de spasmes. Je vomis avant de m'évanouir.

Je me réveillai sur un grabat dans une chambre à l'étage, trop apeurée pour bouger, ne sachant toujours pas où j'étais ni qui j'étais. J'avais mal à la tête et entrepris de la masser, mais j'enlevai vite mes mains, sous le choc. Ma longue chevelure avait disparu au profit d'une coupe courte.

J'avais la peau toute propre et rose, et elle me semblait sensible sous la chemise marron et rêche dont j'étais vêtue. J'eus un haut-le-cœur en sentant une odeur de nourriture inconnue qui montait de la cuisine. Mon pouce me réconforta et je me calmai en observant la pièce. Des vêtements pendaient à des patères fixées au mur et, au fond, se trouvaient un lit en bois et une petite commode toute simple. Le soleil entrait par une fenêtre ouverte et dépourvue de rideaux, et j'entendis soudain retentir le rire d'un enfant. J'eus l'impression de le reconnaître et, oubliant tout le reste, je courus à la fenêtre. La lumière était si vive que je dus me protéger les yeux des deux mains. Je ne vis d'abord qu'une déferlante de vert, mais ensuite, au bas de la fenêtre, j'aperçus un sentier. Il traversait un grand jardin clos et menait à une cabane en rondins. Deux petites filles noires étaient assises sur les marches. Elles observaient une scène du côté de la grande maison. Je me penchai un peu plus et découvris un chêne gigantesque. Sur une branche basse et épaisse était attachée une balançoire où une fillette toute blonde gazouillait en s'adressant à un garçon derrière elle.

Quand il poussa la balançoire, la petite fille lança un cri perçant. Le grand garçon éclata de rire. Ce même rire… je le connaissais ! Pleine d'espoir, je descendis l'escalier de bois en courant, sortis de la cuisine et gravis la colline pour les rejoindre. Le garçon arrêta la balançoire et tous deux me regardèrent bouche bée. Les deux enfants avaient des yeux d'un bleu profond et respiraient la santé.

— Qui es-tu ? D'où viens-tu ? demanda le garçon, ses cheveux blonds étincelant dans la lumière.

Je ne pouvais que les observer en retour, muette de déception. Je ne les connaissais pas.

— Je m'appelle Marshall, reprit-il, et voici ma sœur, Sally.

— J'ai quatre ans, dit Sally, et toi, tu as quel âge ?

Elle tapait l'air de ses chaussures bleues et me scrutait de sous son bonnet blanc.

Ma voix refusait de sortir pour répondre, alors je ressentis un élan de gratitude lorsque Marshall détourna l'attention de moi en agitant la balançoire.

— Quel âge j'ai, moi ? demanda-t-il à sa sœur.

— Deux ans, répondit-elle en essayant de le toucher du pied.

— Pas du tout, dit Marshall en riant. J'ai onze ans.

— Non, tu as deux ans, le taquina Sally, se réjouissant d'un jeu qui leur était habituel.

Soudain, la femme qui se prénommait Belle me prit dans ses bras.

— Reviens à l'intérieur, lança-t-elle d'un ton sec, tu restes avec moi.

De retour à la cuisine, Belle m'installa sur un grabat dans un coin, en face d'une femme noire qui allaitait un bébé. Je les fixai, avide d'une telle intimité. La mère me regarda et je vis que, malgré son visage très jeune, elle avait des cernes profonds autour des yeux.

— Comment tu t'appelles ? demanda-t-elle.

Comme je ne répondais pas, elle continua :

— C'est mon bébé Henry, et moi sa mama, Dory.

Tout à coup, le bébé s'écarta de sa poitrine et poussa un hurlement suraigu. J'enfonçai mon pouce dans ma bouche et me ratatinai dans mon coin.

Ne sachant pas ce qu'on attendait de moi, je ne quittais pas le grabat de la cuisine. Les premiers jours, j'étudiais chaque mouvement de Belle. Je n'avais aucun appétit et, quand elle insistait pour que je mange quelque chose, mon estomac se vidait violemment. Chaque fois que j'étais malade, cela signifiait qu'il fallait encore nettoyer. Belle était de plus en plus agacée par moi, et je redoutais de la contrarier. La nuit, je dormais sur une couchette de fortune dans un coin de sa chambre, à l'étage. Le deuxième soir, n'arrivant pas à dormir, j'allai près de son lit pour mieux entendre le son de sa douce respiration qui me réconfortait.

Je dus l'effrayer car, quand elle se réveilla, elle cria pour m'ordonner de retourner dans mon lit. Je détalai, plus terrifiée que jamais.

L'obscurité me tourmentait et, au fil des nuits, je sombrais de plus en plus dans une sorte de folie. Ma tête palpitait dans ma lutte pour essayer de récupérer des bribes de souvenirs. Heureusement, ma délivrance arrivait juste avant l'aube, lorsque les coqs et le cor appelaient tout le monde à se lever. Puis, une autre femme, Mama Mae, rejoignit Belle dans la cuisine. Les deux femmes travaillaient ensemble, mais je sentis vite que, même si Belle était responsable de la cuisine, Mama Mae, elle, était responsable de Belle. Mama Mae était une femme plantureuse, mais elle n'avait rien de tendre. C'était une personne sérieuse qui se déplaçait comme un courant d'air, et sa rapidité démontrait clairement qu'elle ne supportait pas l'oisiveté. Elle tenait une pipe en spathes de maïs entre ses dents tachées par le tabac. Elle en mâchouillait toujours la tige, bien que celle-ci fût rarement allumée, et je finis par me dire que cet objet remplissait le même rôle pour elle que mon pouce pour moi. Elle aurait pu m'effrayer davantage si elle ne m'avait pas tout de suite offert la bénédiction de son sourire. Son visage brun foncé, ses traits lisses et ses yeux noirs s'étaient alors ridés de gentillesse.

Les jours qui suivirent, je n'essayai même plus de manger et dormis la plupart du temps. Le matin où Mama Mae m'examina, Belle regardait de l'autre côté de la pièce.

— C'est qu'une tête de mule. Quand j'arrive à la faire manger, elle recrache tout, alors maintenant je ne lui donne plus que de l'eau. Elle aura faim bien assez tôt.

Mama prit mon visage dans sa main puissante.

— Belle ! lança-t-elle avec autorité. Cette petite fait pas exprès. Elle est trop malade. Faut que tu la fasses manger, ou tu vas la perdre.

— Je ne sais pas pourquoi le capitaine me l'a donnée. J'ai assez à faire comme ça.

— Belle, tu t'es jamais dit que quand j'ai su que t'allais venir à la dépendance, j'ai pensé pareil ?

— Ben, ce qui est sûr, c'est que je mettais pas le foutoir en vomissant partout.

— Non, mais t'avais à peu près le même âge, peut-être six ou sept ans à l'époque. T'étais née et t'avais grandi là-bas, alors tu faisais des histoires, gronda Mama Mae.

Belle ne répondit rien mais, après cela, elle fut moins brusque avec moi.

Plus tard ce jour-là, Mama Mae tua un poulet. Elle prépara un bouillon pour moi et, pour la première fois, mon estomac toléra autre chose que de l'eau. Après quelques jours de ce liquide guérisseur, je commençai à manger et à supporter des aliments solides. Quand je me sentis mieux, Belle entreprit de m'interroger. Enfin, rassemblant tout mon courage, je parvins à lui faire comprendre que je ne me souvenais de rien. Je ne sais pas si c'était à cause de mon accent étranger ou du fait que j'avais perdu la mémoire, mais elle me fixait, stupéfaite. À mon grand soulagement, elle ne me posa pas d'autres questions. Puis, juste au moment où les choses commençaient à se mettre en place, Belle et moi fûmes convoquées à la grande maison.

Belle était nerveuse. Elle prit un peigne et l'agita dans tous les sens jusqu'à ce que, frustrée de ne pouvoir discipliner ma tignasse, elle finisse par me couvrir la tête d'un fichu pour masquer mes cheveux courts désordonnés. Elle me fit enfiler une chemise marron toute propre et noua dessus un tablier blanc qu'elle avait confectionné à la hâte à partir d'un torchon de la cuisine.

— Suce pas ton pouce.

Belle retira mon doigt gonflé de ma bouche. Elle se baissa à ma hauteur et me força à la regarder dans les yeux.

— Quand elle t'adresse la parole, tu réponds « Oui, Madame ». C'est tout ce que tu dis : « Oui, Madame. » Compris ?

Je ne comprenais pas vraiment de quoi il s'agissait, mais j'acquiesçai, avide de calmer l'angoisse de Belle.

Je la suivis de près sur le chemin de briques menant au porche arrière. Oncle Jacob hocha la tête d'un air solennel en tenant la porte ouverte.

— Nettoie-moi ces pieds, dit-il.

Je m'arrêtai pour débarrasser mes pieds nus de la terre et du sable qui s'y étaient accrochés, puis sentis la douceur du bois impeccablement poli en franchissant le seuil de la maison. Loin devant nous, la porte d'entrée principale était béante, et une brise légère balaya le long corridor, passa devant moi et ressortit par la porte restée ouverte derrière nous. Ce premier matin où je pénétrai dans la grande maison, je ne remarquai pas la massive commode en acajou qui faisait office de sentinelle dans le hall, ni le majestueux vase tulipier bleu et blanc, exposé fièrement comme la dernière folie acquise outre-Atlantique. La seule chose qui m'apparaissait avec clarté était la terreur qui m'habitait tandis que je me dirigeais vers la salle à manger.

— Ah ! Les voilà ! s'exclama le capitaine.

En me voyant, la petite Sally couina :

— Regarde, Marshall ! C'est cette fille de la cuisine. Je peux jouer avec elle, maman ?

— Ne t'approche pas d'elle, répondit sa mère, elle a l'air malade. James ! Pourquoi donc…

— Calmez-vous, Martha. Je n'avais pas le choix. Ses parents sont morts, et ils me devaient leur droit de passage. Soit elle venait avec moi, soit je devais négocier un contrat pour m'en défaire. Elle était malade. Personne ne m'en aurait rien donné.

— Était-elle seule ?

— Non, elle avait un frère, mais je l'ai placé assez facilement.

— Pourquoi l'avez-vous mise à la cuisine ? demanda Marshall.

— Que pouvais-je faire d'autre ? Il faut bien la former à quelque chose.

— Mais pourquoi avec elle ? lança Marshall en désignant Belle de la tête.

— Ça suffit, mon fils, dit le capitaine, en me faisant signe d'avancer. Viens là, approche.

Bien qu'il fût à présent rasé de près et habillé en gentilhomme, je reconnus celui qui m'avait sortie du chariot. Il n'était pas grand, mais sa stature générale et sa voix puissante en imposaient. Ses cheveux gris étaient noués en catogan et ses yeux d'un bleu profond nous observaient par-dessus ses lunettes.

Le capitaine détacha son regard de moi.

— Comment vas-tu, Belle ? demanda-t-il.

— Très bien, capitaine, répondit-elle d'une voix douce.

— J'en ai l'impression, dit-il, les yeux souriants.

— Évidemment qu'elle va bien, James, pourquoi en serait-il autrement ? Regardez-la. Une si belle fille.

Elle n'a besoin de rien, responsable de cuisine à son jeune âge, et presque propriétaire de sa maison. Les galants se pressent à ta porte, n'est-ce pas, Belle ?

La dame parlait rapidement d'une voix aiguë, appuyant son coude sur la table et jouant avec une mèche évadée de sa chevelure rousse bien coiffée.

— N'est-ce pas, Belle ? N'est-ce pas que tu as le choix ? demanda-t-elle avec insistance.

— Oui, Madame.

Belle semblait tendue.

— Approche, approche, intervint le capitaine en s'adressant à moi.

Quand je fus plus près de lui, je me concentrai sur les rides profondes qui froissaient son visage bronzé lorsqu'il souriait.

— Tu aides à la cuisine ? m'interrogea-t-il.

— Oui, Madame, répondis-je vivement, désireuse de suivre les instructions de Belle.

Tout le monde dans la salle explosa de rire, à l'exception du garçon, Marshall.

— Elle vous a dit « Oui, Madame », papa, gloussa Sally.

Le capitaine riait, lui aussi.

— Tu trouves que je ressemble à une « Madame » ?

Incertaine de ce que j'étais censée répondre, car je ne comprenais pas cette formule de déférence, j'acquiesçai avec vigueur. À nouveau, les rires fusèrent.

Soudain, le capitaine se retourna et sa voix retentit :

— Fanny ! Beattie ! Du calme, vous allez finir par nous faire nous envoler.

C'est alors que je remarquai les deux petites filles à la peau foncée que j'avais vues le jour de mon arrivée, assises sur les marches de la cabane. Au gré des discussions dans la cuisine, j'avais appris qu'elles étaient les jumelles de six ans de Mama Mae. À présent, elles se tenaient de l'autre côté de la table, tirant chacune sur une corde. Celles-ci étaient attachées à un grand ventilateur suspendu au plafond qui, quand on le faisait bouger, battait au-dessus de la table à manger comme l'aile d'un papillon géant, créant ainsi un courant d'air. En riant, elles avaient imprimé un vif mouvement à la machinerie, surventilant la pièce, mais, après le rappel à l'ordre du capitaine, leurs yeux sombres devinrent solennels et elles ralentirent leur traction.

Le capitaine se retourna vers nous.

— Belle, je te félicite. Tu as réussi à la maintenir en vie.

Il jeta un coup d'œil à des documents étalés sur la table et s'adressa directement à moi après avoir parcouru une feuille:

— Voyons voir. Tu auras bientôt sept ans. C'est bien cela?

Je ne savais pas.

Rompant le silence, Sally gazouilla:

— Moi, j'ai quatre ans.

— Tais-toi, Sally, lança Martha.

Elle soupira et le capitaine lui fit un clin d'œil. Lorsqu'il retira ses lunettes pour mieux m'examiner, je me sentis minuscule sous son regard interrogateur.

— Tu ne connais pas ton âge? Ton père était instituteur, il ne t'a pas appris à compter?

Mon père, pensai-je. *J'ai un père?*

— Quand tu auras repris des forces, je veux que tu travailles dans la cuisine. Tu t'en sens capable ?

Je me sentais oppressée et j'avais du mal à respirer, mais je hochai la tête.

— Parfait. Dans ce cas, nous te garderons jusqu'à ta majorité.

Il marqua une pause.

— As-tu des questions ?

Mon besoin de savoir était plus fort que ma terreur. Je me penchai vers lui.

— Mon nom ? réussis-je à murmurer.

— Comment ? Comment ça, ton nom ? demanda-t-il.

Belle dit rapidement :

— Elle ne connaît pas son nom.

Le capitaine la regarda comme s'il attendait une explication. Quand il vit que celle-ci ne viendrait pas, il baissa à nouveau les yeux sur ses documents. Il toussa avant de répondre :

— Il est dit ici que tu t'appelles Lavinia. Lavinia McCarten.

Je m'agrippai à cette information comme s'il s'agissait d'un canot de sauvetage. Je ne me rappelle pas avoir quitté la pièce, mais je refis surface sur un grabat dans la cuisine pour surprendre Oncle Jacob et Belle en train de parler du capitaine. Belle disait qu'il repartirait le lendemain matin et qu'elle s'attendait à ce qu'il lui rende visite ce soir-là.

— Tu vas demander ces papiers ? l'interrogea Oncle Jacob.

Belle ne répondit pas.

— Tu lui dis que t'en as besoin maintenant. M'ame Martha t'a à l'œil. Le cap'taine sait qu'elle prend les gouttes noires, mais il sait pas qu'elle boit l'alcool de pêche avec. T'embellis de jour en jour, et après avoir bu, quand m'ame Martha prend son miroir, elle voit qu'elle fait plus que ses trente ans. Elle vient te chercher, et le temps passe, et c'est de pire en pire.

Belle, si déterminée d'habitude, avait perdu de son assurance.

— Mais, Oncle Jacob, je ne veux pas partir. C'est chez moi, ici. Vous tous, vous êtes ma famille.

— Belle, tu sais que tu dois partir.

Leur conversation cessa quand Oncle Jacob vit que j'avais les yeux ouverts.

— Bon, bon, bon. P'tite Abinia est réveillée, dit-il.

Belle vint vers moi.

— Lavinia, dit-elle, dégageant mon front de mes cheveux, ce nom te va bien.

Je la fixai des yeux, puis détournai la tête. J'étais plus perdue que jamais, car ce nom ne me disait rien du tout.

Le soir suivant, je fus envoyée chez Mama Mae. Je ne voulais pas quitter la cuisine, mais Belle insista. Mama Mae, qui était venue me chercher, m'informa que ses jumelles, Fanny et Beattie, les deux filles du ventilateur, seraient là avec moi. Sur le chemin, Mama Mae me tenait par la main et me montra que la dépendance était tout près de sa petite cabane.

Fanny et Beattie nous accueillirent joyeusement. Je restai en arrière, ne voulant pas lâcher Mama Mae, mais les filles étaient impatientes d'avoir une nouvelle camarade de jeu. Elles m'emmenèrent dans un coin de la cabane en bois, vers une étagère qui avait été creusée dans l'une des bûches et où elles gardaient leurs trésors.

La plus grande des deux, Fanny, était la chef, dotée des yeux vifs et du ton direct de sa mère ; ses bras et ses jambes ressemblaient aux pattes d'un poulain. Beattie était petite et potelée, déjà jolie, avec un large sourire souligné par deux fossettes profondes.

Fanny m'enjoignit de la regarder tandis qu'elle descendait des jouets de l'étagère. Elle sortit une table de poupée avec deux chaises, construites à partir de petits bouts de bois maintenus en place par des tendons d'animaux. Beattie me montra sa poupée, puis me proposa de la porter. Je l'attrapai avec tant d'avidité que Beattie hésita à la lâcher jusqu'à ce que son esprit généreux prenne le dessus.

— C'est Mama qui l'a faite, dit-elle avec fierté en se tournant vers Mama Mae.

J'étreignis le trophée de Beattie, le cœur transpercé par l'envie. La poupée était faite d'une toile marron rêche ; ses yeux étaient cousus en fil noir, et de la laine noire tressée faisait office de cheveux. Je caressai la chemise de la poupée, du même style que celle que nous portions, les jumelles et moi. Elle avait aussi un tablier rouge, et je reconnus le tissu dont était fait le fichu de Mama Mae.

La nuit tombait et Dory nous rejoignit avec bébé Henry. Ils nous rendaient souvent visite à la dépendance et j'avais appris que Dory était la fille aînée de Mama Mae. J'aimais bien Dory parce qu'elle me laissait tranquille, mais je n'appréciais pas trop le bébé qui hurlait sans arrêt.

Bien qu'accaparée par les jumelles et leurs jeux, je gardais un œil sur Mama Mae et sa présence rassurante. Quand la porte s'ouvrit soudain, un énorme ours noir à tête d'homme apparut sur le seuil, se détachant du ciel nocturne encore plus sombre. Je me précipitai derrière Mama. Fanny et Beattie se levèrent d'un bond et coururent vers l'homme qui les souleva de terre.

— Papa ! crièrent-elles en chœur.

Une fois qu'il les eut reposées au sol, elles reprirent leurs jeux et, encouragée par Mama, je les rejoignis.

— Bonsoir, Dory.

La voix de l'homme était si caverneuse qu'elle aurait pu venir de sous terre. Il s'approcha de Dory et lui posa sa grande main sur la tête.

— Comment va ton petit ?

— Pas très bien, papa, répondit Dory, sans lever les yeux de son enfant qu'elle nourrissait.

Le bébé s'agita quand, avec délicatesse, elle prit ses mains gonflées pour les montrer à son père.

— Quand ses mains sont grosses comme ça, il pleure tout le temps, expliqua-t-elle.

Son père se baissa et, d'une phalange, caressa doucement la joue du bébé. Quand il se redressa, il poussa un soupir et fit quelques pas de géant vers Mama Mae. Les filles gloussèrent et se cachèrent les yeux quand leur père tendit les bras vers Mama, l'attira vers lui et, avec malice, blottit sa tête dans son cou.

— George ! le rabroua Mama en riant avant de le chasser.

Lorsqu'il recula, son regard croisa le mien et il me fit un signe de la tête. Je me détournai rapidement.

— Belle attendait une visite, dit simplement Mama à son mari, comme pour expliquer ma présence, et le couple échangea un regard avant que Mama Mae se retourne vers la cheminée.

Elle plongea une louche dans le chaudron noir qui pendait au-dessus du feu et remplit de ragoût des bols en bois que George disposa sur la table étroite. Puis elle poussa les charbons qui recouvraient le couvercle d'un autre chaudron, enfoui dans la cendre chaude, et en sortit un pain de maïs rond et fumant, croustillant sur les bords.

Les trois adultes approchèrent chacun un petit tabouret de la table, et Fanny et Beattie me placèrent entre elles, debout, avant de commencer à manger. Mais tout me paraissait étrange, loin de mes habitudes de la dépendance. Je n'avais pas faim et examinai la nourriture sans y toucher. Quand Mama me dit de manger, je fondis en larmes.

— Viens là, Abinia, dit-elle et, quand je m'exécutai, elle me hissa sur ses genoux. P'tite, faut que tu manges. T'as besoin d'un peu de chair sur ces os. Regarde, je vais tremper ça dans la sauce, et ensuite tu le manges pour devenir forte comme Mama.

Les jumelles riaient.

— Tu fais comme si c'était un bébé, Mama, dit Fanny.

— Eh ben, peut-être que c'est mon nouveau bébé et qu'il faut que je la nourrisse. Maintenant, ouvre la bouche, petit bébé.

Je voulais tellement recevoir son amour maternel que je mangeai le morceau de pain de maïs qu'elle avait trempé dans l'épais jus de viande. Elle continua de me nourrir tout en parlant du départ du capitaine et de l'état nerveux de Mme Martha.

Dory déclara qu'elle devait retourner à la grande maison pour la nuit, sans parler de ce qu'il adviendrait après le départ du capitaine au petit matin. Mama Mae dit qu'elle aimerait tant pouvoir aller s'occuper elle-même de Mme Martha pour que Dory puisse rester avec « Bout de Chou ».

— Tu sais que c'est moi qu'elle veut, répondit Dory avec un profond soupir, et Mama ne put qu'acquiescer.

Nous avions presque fini le repas lorsque nous entendîmes des voix étouffées à l'extérieur. Papa George fit mine de se lever, et mon estomac se serra quand Mama me reposa à terre.

— Non, George ! lança-t-elle en se levant. Je vais y aller avec Dory. Ça sera bon pour personne d'ajouter un autre homme dans ce panier de crabes.

J'entendis des pas se précipiter vers nous et la porte s'ouvrit en trombe. Belle apparut sur le seuil, haletante. Elle n'avait plus son fichu vert et la tresse qu'elle se faisait toujours pour la nuit était défaite. Mama Mae tira Belle à l'intérieur avant de se ruer dehors avec Dory. Belle s'adossa au mur, le souffle court, puis se redressa pour s'approcher de la table et s'asseoir en face de Papa George.

— Elle l'a suivi, cette fois. Elle ne l'avait jamais fait avant. Et Marshall est venu aussi. Quand elle a vu le nouveau peigne et le livre qu'il m'avait donnés, elle les a pris et me les a jetés à la figure. Marshall a commencé à me pousser et à me frapper. Le capitaine l'a attrapé par le col et l'a envoyé dehors, mais Mme Martha s'est mise à pleurer et à le taper. Il lui disait : « Martha, Martha, calmez-vous », mais elle était si énervée qu'il m'a dit d'aller chercher Mama.

Belle posa ses coudes sur la table et enfouit la tête dans ses mains.

Papa George secoua la tête.
— T'as demandé les papiers pour être libre ?
Belle répondit à travers ses doigts.
— Il dit que je les aurai l'été prochain.
La colère de Papa George rendait l'air électrique et, quand il se leva, il poussa la table avec tant de force que deux des bols en bois furent projetés au sol.
— L'année prochaine ! L'année prochaine ! Toujours la prochaine fois ! Ça va finir par mal tourner s'il te donne pas ces foutus papiers !
Lorsque la porte claqua derrière lui, je fus la première étonnée de rendre mon souper sans prévenir. Néanmoins, je fus soulagée car cet acte involontaire permit à Belle de penser à autre chose et de se calmer en me débarbouillant.
Les jumelles observaient la scène de leur grabat, bébé Henry dormant à côté d'elles. Après avoir fini de s'occuper de moi, Belle m'installa avec les trois autres enfants et mit de l'ordre dans la pièce. Ensuite, elle revint nous voir, prit le bébé endormi dans ses bras et me fit signe de la suivre. Nous fûmes toutes surprises en entendant des coups réguliers près de la maison mais, tandis que cela se prolongeait, Fanny en reconnut l'origine.
— C'est papa qui recommence à couper son bois, murmura-t-elle.
Quand je repartis avec Belle vers la dépendance, le clair de lune ne révélait que des ombres à l'extrémité de la cabane où Papa George travaillait.
— Papa ? appela Belle doucement. Papa ?
Les coups de hache cessèrent.
— Papa, t'inquiète pas. Je les aurai, ces papiers, souffla-t-elle dans le silence nocturne.

2

Belle

Mama a dit: « Une fois de plus, le cap'taine est là juste assez longtemps pour mettre le foutoir. »

Et elle a raison, comme toujours. Qu'est-ce qui lui a pris de me donner cette enfant malade ? Le jour, elle recrache tout ce qu'elle mange, et la nuit elle me fait peur, à être assise là dans le noir, l'air absent.

Le capitaine est comme ça, il va et il vient, sans rien dire à personne. « C'est toujours la même chose », dit Mama. Elle a raison, parce qu'elle sait. Quand j'étais petite, quand j'habitais à la grande maison, j'attendais sa calèche sur le perron, et bien sûr il arrivait par-derrière, sur un cheval. La fois suivante, j'attendais le cheval, et il apparaissait avec une charrette très chargée.

Je ne savais jamais quand il viendrait, ni par quel moyen. Mais une chose était sûre : d'une manière ou d'une autre, il revenait toujours.

À l'époque, c'était ma grand-mère blanche, Mme Pyke, qui s'occupait de la propriété. Le père du capitaine était mort jeune. Il avait fait une chute de cheval, m'avait dit grand-maman. Le capitaine n'était qu'un petit garçon, il avait neuf ans, et en avait été très choqué. Alors, l'année d'après, Mme Pyke l'avait envoyé à l'école, à Londres, dans l'espoir qu'il devienne avocat, mais quand il était revenu, à dix-neuf ans, il n'avait qu'une idée en tête : retourner sur l'eau.

« Pourquoi il ne reste pas ? » demandais-je chaque fois qu'il partait, et elle me répondait qu'il menait des affaires avec son bateau, et qu'il devait donc s'y rendre souvent. Quand il revenait à la maison, elle lui disait toujours que tout allait bien ici. Elle ne lui demandait jamais de rester pour l'aider.

Mme Pyke m'a élevée dans la grande maison et m'a tout appris, comme à une Blanche. Elle m'a même enseigné à lire et à écrire. Elle disait qu'il n'y avait pas de raison de faire comme si j'étais moins intelligente, juste parce que je suis à moitié nègre. On s'asseyait à table, elle et moi, et Mama Mae faisait le service. Elle me montrait comment utiliser ma serviette et me tenir droite. Elle m'emmenait avec elle quand elle allait contrôler le travail dans les champs. Et puis, un jour, comme d'habitude, je suis allée la réveiller. Je l'ai trouvée morte dans son lit, sans avoir dit au revoir. J'ai pleuré et crié jusqu'à épuisement. Pendant sept ans, cette femme avait été tout pour moi.

Après sa mort, le capitaine, qui, à quarante ans, n'avait jamais été marié, a décidé de ramener une jeune épouse, de vingt ans sa cadette. On m'a fait quitter la grande maison, parce que le capitaine ne voulait pas que Mme Martha soit au courant de ma situation.

À la dépendance, Mama Mae se fiche de savoir que le capitaine est mon père. Elle me dit que ce n'est pas une bonne chose que les gens le sachent, au contraire. « Apprends à faire la cuisine, comme ça ils se débarrasseront pas de toi. » Le temps a passé et je suis les conseils de Mama, mais ça veut pas dire que je pense que le capitaine se comporte bien avec moi.

Cette fois-ci, Dory et Mama disent que Mme Martha va mettre beaucoup de temps à se calmer. Mais, ensuite, c'est toujours dur pour elle quand le capitaine s'en va. Évidemment, presque chaque fois qu'il revient à la maison, elle se retrouve avec un bébé. Le problème, c'est que ces bébés ne vivent pas très longtemps. Elle en a déjà enterré deux. Après chaque nouvelle perte, elle prend plus de gouttes. Une fois le capitaine parti, Mme Martha reste enfermée dans la grande maison, à errer de pièce en pièce. Et puis, aussi, dès que son père s'en va, Marshall recommence à m'embêter, à lancer des pierres quand je travaille dans le jardin. Il est sournois. Il agit quand personne ne peut le voir. Je sais qu'il pense que c'est moi, le problème de sa mère. Parfois, je me demande ce qu'il se passerait si je lui demandais de s'asseoir et que je lui disais : « Eh, mon garçon, tu sais que tu jettes des pierres sur ta grande sœur ? » Mais j'imagine que c'est au capitaine de le faire.

Contrairement à toute logique, je dois faire la cuisine pour Mme Martha, mon frère et ma sœur à la grande maison et, parfois, surtout quand le capitaine est là, je me dis que c'est un comble. Et puis, attention ! Les conflits s'enveniment très vite !

J'ai dix-huit ans maintenant et je suis assez grande pour savoir ce que je veux. Cette dépendance est ma maison et, quoi qu'il arrive, personne me fera partir d'ici. Je m'en fiche de ce qu'ils disent. Je veux pas de papiers d'affranchissement. Ce serait juste pour le capitaine une façon de m'éloigner.

3

Lavinia

Lorsque Belle découvrit la poupée de Beattie cachée sous mon grabat, elle se mit en colère et insista pour que je la redescende immédiatement à la cuisine.

— Pourquoi t'as pris ça ? demanda Mama Mae quand je la lui donnai.

Je me recroquevillai, en suçant mon pouce.

— Je te l'ai dit, c'est une sale…, commença Belle.

— Belle ! Mama la regarda avec fermeté. C'est la chose la plus précieuse de Beattie, me dit-elle d'un air sévère.

Incapable de faire face à sa fureur, je m'enfuis à l'arrière de la dépendance et me cachai derrière le tas de bois pour le reste de la matinée. Plus tard, je rentrai sur la pointe des pieds, montai l'escalier, et m'endormis en attendant que Mama Mae s'en aille.

Je n'en bougeai pas jusqu'au lendemain matin, quand Mama Mae m'appela d'une voix impérieuse. Je descendis les marches d'un pas lent et me dirigeai vers les jumelles qui m'attendaient près de leur mère. Beattie fit un pas en avant pour me donner un paquet emballé dans un torchon de cuisine. Il contenait une poupée avec des tresses rouges et un corps en toile blanche ; elle portait une robe marron et un tablier fait du même calicot vert que le fichu de Belle.

— Mama l'a faite pour toi, glissa Fanny.

Je tenais la poupée, n'osant pas croire Fanny. Je regardai Mama Mae qui hocha la tête.

— Maintenant t'as quelque chose à toi.

En juillet, j'avais peu à peu recouvré la santé, mais pas la mémoire. Malgré ma discrétion, on m'encourageait à parler, car tout le monde trouvait mon dialecte irlandais amusant. Mon apparence était souvent sujette à discussion. Fanny espérait que les taches de rousseur de mon nez s'étendraient pour colorer un peu ma peau pâle. Beattie essayait sans cesse d'ébouriffer mes cheveux roux au-dessus de mes oreilles pointues, et même Belle lançait des remarques sur mes yeux et leur drôle de couleur ambre. Quand Mama surprenait leurs critiques, elle me disait de ne pas m'inquiéter, m'assurant qu'un jour je m'habituerais à mon physique. Pour cela, j'étais toute dévouée à Mama et ne vivais que pour qu'elle soit fière de moi. Je gardais mes distances avec Belle, partageant sa chambre mais la surveillant avec suspicion ; elle s'occupait de moi, mais elle n'était pas plus à l'aise avec moi que moi avec elle.

Pendant la journée, Mama m'encourageait à suivre ses filles dans leurs escapades. Nous allions souvent à la grange où travaillait Papa George et, là, je fis la connaissance de leur grand frère, Ben. Il avait l'âge de Belle, dix-huit ans, et était d'une stature encore plus imposante que son père. Du fait de sa grande taille, il aurait facilement pu m'effrayer, mais je tombai amoureuse de lui.

Ben était un jeune homme plein d'entrain au rire sonore et chaleureux, et je le regardais taquiner gentiment ses petites sœurs avec jalousie. Il dut me prendre en pitié, car il m'inclut très vite à leurs jeux et me donna le surnom de « petit oiseau ». Comment pouvais-je voler en suçant mon pouce ? voulait-il savoir. Après cette remarque, déterminée à lui plaire, je m'assurai de garder ma main éloignée de mon visage en sa présence. À partir du moment où je l'avais rencontré, ma seule requête aux jumelles, tous les matins, était d'aller voir Ben. Les filles se moquaient un peu de moi et, quand Belle surprit notre conversation, elle demanda :

— Ben te plaît ?

Même si j'étais gênée, j'acquiesçai. Elle me sourit, pour la toute première fois.

— Au moins, tu as bon goût, fit-elle simplement.

Je commençai à mettre de côté un peu de mon repas du soir et, le lendemain matin, j'avais hâte de présenter mon offrande à Ben. Chaque fois, s'il se montrait surpris, il mangeait toujours avec grand plaisir. Un jour, en retour, il m'offrit un nid d'oiseau qu'il avait trouvé. Je ne l'aurais cédé pour rien au monde ; il allait devenir le premier spécimen de ma collection de nids abandonnés. Je le plaçai avec précaution sur le sol à côté de mon grabat, près de ma poupée chérie.

Les jumelles et moi jouions près du cours d'eau l'après-midi où Jimmy, un jeune esclave, vola la planche. Comme nous ne savions pas nager, nous pataugions près de la rive pleine de mousse, fendant tant bien que mal l'eau qui nous arrivait aux genoux.

Épuisées par cette activité, nous nous reposions sur la rive lorsque, soudain, Fanny porta un doigt à ses lèvres, nous intimant de nous taire. Nous la suivîmes tandis qu'elle se faufilait au milieu des buissons épais et écartait les feuilles pour apercevoir un jeune Noir un peu plus bas, accroupi dans l'ombre de la laiterie. Je savais que ce bâtiment abritait beurre et fromages frais, et souvent des gâteaux, et ma première pensée, en remarquant la maigreur de son torse nu, fut qu'il avait l'air affamé.

Il regarda autour de lui et, ne voyant personne, fonça vers le bâtiment attenant, le fumoir, où était entreposée toute la réserve de viande pour l'année. Une odeur âcre de fumée de caryer s'échappait du bâtiment, où elle imprégnait les morceaux de porc et de bœuf extrêmement salés suspendus aux poutres. Fanny et Beattie retinrent leur respiration lorsque le jeune homme souleva le loquet et entra. Beattie murmura que le fumoir était censé être fermé et que c'était Papa George qui gardait la clé.

Nous continuâmes de regarder jusqu'à ce qu'il réapparaisse. Il partit, mais sans viande. Au lieu de cela, il portait une planche sous le bras : on aurait dit une latte de plancher d'environ un mètre de long. Il courut se réfugier près de la laiterie puis, après une courte pause, fit volte-face et se précipita dans les bois, descendant la colline en direction du quartier des esclaves.

Les filles filèrent prévenir Papa George, et je les suivis à la hâte. Nous le trouvâmes au poulailler, en train d'aider Mama Mae à attraper une poule. À notre arrivée, il en avait saisi une et la tenait par les pattes tandis qu'elle piaillait.

— Papa ! lança Fanny tandis que nous courions vers lui. Papa ! Jimmy a pris une autre planche dans le fumoir.

Mama Mae prit la volaille des mains de Papa George et se dirigea vers le fond de l'enclos. Nous la suivîmes toutes les trois alors qu'ils commençaient à se disputer.

— Il faut que ça s'arrête, siffla Mama.

— Ils ont besoin du sel, répondit Papa George.

Puis il partit sans rien ajouter et Mama Mae, furieuse, lâcha violemment le poulet sur un bloc de bois.

Elle se tourna vers nous.

— Vous avez rien vu, dit-elle avant de soulever une petite hache et de trancher la tête du poulet d'un coup sec.

Elle jeta le corps de l'animal par terre tandis que du sang s'écoulait de son cou. La tête reposait immobile pendant que le corps restait debout, dans une danse funèbre morbide qui me terrifia. Je fis demi-tour et rentrai à la dépendance en courant, croisant Papa George qui se dirigeait vers le fumoir avec une planche de remplacement. Belle était dans la cour, en train de faire bouillir une grande casserole d'eau au-dessus d'un feu. Je nous surpris toutes les deux en me précipitant vers elle pour me réfugier dans ses jupes.

Quand Mama Mae nous rejoignit, je fus soulagée de voir que le poulet, que Mama tenait par les pattes, ne bougeait plus. Je restai près de Belle pour regarder Mama le plonger dans l'eau brûlante. Quand elle l'en ressortit, elle n'attendit pas qu'il refroidisse pour le plumer. Je pensais qu'elle était en colère mais, après avoir éviscéré le poulet, elle m'appela pour me montrer un œuf d'un ovale parfait caché dans les entrailles de la volaille.

— Tu vois, aucune raison d'avoir si peur. Mama a juste tué un poulet.

Puis elle me donna l'œuf pour mon souper. Il était encore chaud.

Quelques semaines plus tard, j'accompagnai les filles pour voir les enfants du quartier des esclaves. Les jumelles avaient l'interdiction de leur rendre visite sans leur mère, mais Fanny, déjà rebelle, nous avait convaincues Beattie et moi de la suivre.

Les cases des esclaves étaient installées tout en bas de la colline, le long du ruisseau. Arrivant des bois, nous nous en approchâmes par-derrière, où des appentis abritaient des tas de bûches. Les cases étaient constituées de morceaux de bois grossièrement taillés et les fentes étaient comblées avec de la boue. Chacune comportait deux portes, et un mur au centre créait deux maisons distinctes. Nous jetâmes un coup d'œil à l'intérieur de l'une d'entre elles. La pièce semblait très petite. Les grabats étaient empilés dans un coin et une grande marmite noire en fer se trouvait à côté de la cheminée. Des cuillères en bois pendaient à des crochets sur le mur, et des chiffons usés étaient étendus sur une corde qui traversait la pièce. Sous une petite fenêtre ouverte, des mouches vrombissaient à la recherche de miettes sur la table artisanale et dans les bols en bois qui y étaient entassés, mais sans succès.

Fanny nous apprit que c'était la case de Jimmy et de ses nombreux frères. S'aidant de ses doigts, elle les nomma l'un après l'autre.

— Ida, c'est sa mama, et elle a tout ça de garçons, fit-elle, souriante, en montrant six doigts.

Nous entendîmes alors des enfants et suivîmes leurs voix, passant devant plusieurs doubles cases et traversant des petits jardins. Quand nous arrivâmes à la dernière cabane, nous nous retrouvâmes dans une grande cour en terre. Un peu plus bas se trouvait une maison en bardeaux, et Beattie murmura que c'était là qu'habitait le contremaître, loin des autres.

— Il est blanc, me glissa-t-elle à l'oreille.

Du milieu de la cour, une vieille femme nous salua.

— Eh ben, eh ben ! Voilà p'tite Fanny et p'tite Beattie.

Elle redressa de son mieux son corps mince et voûté et continua à remuer le contenu d'une casserole noire qui bouillonnait au-dessus d'une flamme.

— Vous venez manger ?

Un groupe d'enfants restait derrière elle, nous observant craintivement.

— Non, Tata. Faut qu'on remonte vite, déclara Fanny.

— Et c'est qui, ça ?

La vieille dame me scrutait de ses yeux noirs.

— C'est Abinia, Tata. Belle est sa nouvelle mama, répondit Fanny.

Je regardai Fanny, étonnée par le titre qu'elle avait donné à Belle.

— Hum, fit simplement la vieille femme, me détaillant de haut en bas avant de reprendre son travail.

Elle appela deux des garçons pour l'aider à soulever la casserole du feu et à la mettre sur le côté à refroidir. Lorsqu'elle empoigna une énorme cuillère en bois pour remuer à nouveau la semoule de maïs, je humai une agréable senteur de porc salé, mais je fus surprise de la voir extraire du fond de la casserole un morceau de planche. Elle regarda autour d'elle avec prudence avant de le retirer, puis le jeta vivement dans le feu. Je n'en étais pas certaine, mais je me dis qu'il s'agissait d'un morceau de la planche que Jimmy avait dérobée dans le fumoir.

Avec l'aide des garçons, elle versa le repas chaud dans une auge en bois pas très différente de celle qu'utilisait Papa George pour ses cochons. Une grande fille vida le contenu d'un petit seau de babeurre sur la bouillie de maïs en train de durcir, puis la vieille femme utilisa sa cuillère pour mélanger le tout. Quand elle fit signe aux enfants, ils se ruèrent sur leur repas. Quelques-uns des bébés qui s'agrippaient à leurs aînés furent installés sur les genoux d'un plus grand ou placés contre l'auge, où tous commencèrent à manger. Certains enfants s'aidaient de petits morceaux de bois pour attraper la nourriture, mais la plupart d'entre eux plongeaient leurs mains noires de crasse dans l'auge, obscurcissant très vite la mixture jaune. En voyant leur faim, je fus frappée par un profond sentiment de familiarité et me détournai, mon esprit voulant à tout prix écarter les souvenirs qu'il n'était pas prêt à se remémorer.

Nous revînmes à temps à la dépendance pour notre repas du soir. Ce jour-là, nos bols en bois contenaient une patate douce grillée, une généreuse tranche de jambon bouilli et un épi de maïs. Je ressentis de la culpabilité en commençant à manger, pensant aux enfants que nous venions de quitter, mais la raison de ce sentiment changea vite lorsque j'entendis Fanny mentir à Mama Mae à propos de l'endroit où nous avions passé l'après-midi.

À l'approche de la saison froide, nos responsabilités augmentèrent. Les filles furent envoyées à la grande maison pour apprendre de nouvelles tâches auprès de Mama, tandis que je restai à la dépendance avec Belle. Un jour où Fanny rechignait à faire le ménage, Mama la fit asseoir à la dépendance, là où Beattie et moi pouvions l'entendre, et la sermonna.

— Qu'est-ce que tu crois, Fanny ? T'oublies que t'es une esclave ? T'as toujours pas compris que le cap'taine peut te vendre n'importe quand ? Si m'ame Martha dit qu'elle veut plus de toi, tu t'en vas.

— Eh ben, je dirai non, je reste, répondit Fanny avec toupet.

La voix de Mama tremblait.

— Écoute, ma fille. Je vais te dire ce qui se passe quand tu dis non à un Blanc. J'ai vu mon propre père se faire tuer quand il est parti à dos de mule chercher de l'aide pour ma mère. Elle était en train d'accoucher, elle souffrait, elle hurlait. J'ai tout vu quand le maît' a dit à mon père de descendre de la mule. Et quand mon père a répondu : « Non, je vais chercher de l'aide », ce vieux maît' lui a tiré dans le dos. Ce soir-là, tout ce que j'ai pu faire, c'est éloigner les mouches en regardant ma mère mourir. Quand ce vieux maît' m'a vendue, il a dit que j'étais bonne qu'à travailler dans les champs. Et c'est là que j'ai grandi, à travailler dur, avec Ida, jusqu'à ce que la vieille m'ame Pyke m'appelle à la grande maison pour nourrir Belle. Je sais ce que je dois faire pour y rester. Je travaille pour m'ame Pyke jusqu'à épuisement. Je refuse rien. Je dis toujours: « Oui, m'ame Pyke, vous avez raison m'ame Pyke. » Regardez-moi: je vis pour contenter tout le monde à la grande maison. C'est parce que je veux y rester, et je fais tout ce que je peux pour vous garder avec moi.

» Tous les jours, je prie: « Merci, Seigneur, de m'avoir envoyée à la grande maison et de m'avoir donné le cap'taine pour maît'. » Je sais que c'est pas juste d'être un esclave, mais qui veut entendre ça?

» Alors Fanny, si tu veux toujours faire la maligne, demande à papa comment il est arrivé ici. Et sois prête, parce qu'il va pleurer en te racontant et, à la fin de son histoire, toi aussi tu pleureras.

Les yeux ronds, aucune de nous trois n'osa ouvrir la bouche à la fin du récit de Mama.

Plus tard ce mois-là, les jumelles m'apprirent qu'un homme avait rejoint la famille à la grande maison. Il venait d'Angleterre, un tuteur, disaient-elles, envoyé par le capitaine pour s'occuper de l'éducation de ses enfants. Quand Fanny déclara qu'elle ne l'aimait pas, je ne me rappelle pas lui avoir demandé pourquoi.

Bien sûr, j'étais curieuse de la grande maison et des enfants qui y habitaient, mais les filles me disaient qu'elles ne les voyaient pas souvent. Et quand c'était le cas, elles avaient pour instruction de ne pas leur parler, mais de faire un signe de tête et de poursuivre leurs tâches. Lorsque Beattie commença elle aussi à se plaindre de leur travail pénible et ennuyeux, qui consistait à épousseter et à nettoyer les sols, je cessai de regretter d'avoir été gardée à la cuisine.

Belle s'étant adoucie avec moi, j'étais d'autant plus avide de lui faire plaisir. J'avais déjà la responsabilité de répandre le blé et le maïs pour nourrir les volailles, et je fus doublement fière de moi le jour où elle me fit confiance pour aller chercher les œufs au poulailler. Quand Papa George me vit quitter l'enclos, il vint me voir. Souhaitant briller dans ma nouvelle tâche, je posai doucement à terre mon panier rempli avant de refermer la porte du poulailler avec précaution.

— Tu te débrouilles avec les poules, Abinia, dit-il. C'est très bien.

Son sourire me réchauffa tant le cœur qu'une lueur d'espoir s'alluma dans mon esprit.

— Papa George, fis-je, Dory est ta fille ?

— Tout à fait.

— Et Beattie et Fanny aussi ?

— Sans le moindre doute.

— Et est-ce que Belle est ta fille ?

— Pourquoi tu veux savoir tout ça, p'tite ?

Je me demandais…

Je m'arrêtai et baissai les yeux vers mon orteil qui dessinait une ligne dans la terre.

— Continue, p'tite, qu'est-ce que tu te demandes ? m'encouragea-t-il.

— Est-ce que moi aussi je pourrais être ta fille ? lâchai-je d'une traite.

Cet homme grand à la carrure imposante détourna les yeux avant de répondre.

— Eh ben, dit-il comme s'il y avait longtemps réfléchi, je crois que ça me plairait bien.

— Mais, dis-je, inquiète qu'il n'ait pas remarqué, je ne ressemble pas à tes autres filles.

— Parce que t'es blanche, c'est ça ?

J'acquiesçai.

— Abinia, reprit-il en montrant le poulailler, regarde les poulets. Y en a des marron, y en a des blancs, y en a des noirs. Tu crois que, quand ils étaient petits, leur mama et leur papa s'en souciaient ?

Je levai la tête pour lui sourire, et il posa son énorme main sur ma tête.

— Je viens d'avoir une autre petite fille, dit-il en m'ébouriffant les cheveux, et je vais l'appeler Abinia. Quelle bonne nouvelle ! Je dis « Merci, mon Dieu ! ». Je suis le plus chanceux des hommes !

Je sautillai joyeusement sur tout le chemin du retour. Belle me gronda en découvrant un œuf cassé, et je lui promis de faire plus attention la fois suivante, mais mon cœur exultait et rien n'aurait pu assombrir la joie que je ressentais en cet instant.

Une nuit de début décembre où la neige tombait en légers flocons, Mama Mae amena bébé Henry en pleurs dans la chaleur de la cuisine. Les jumelles la suivaient et nous nous assîmes toutes les trois pour regarder Belle et Mama Mae envelopper les mains et les pieds gonflés du bébé de tissus chauds et humides. Mais il continuait de hurler à fendre le cœur.

— Fanny, va chercher Dory. M'ame Martha a pris les gouttes noires toute la journée, je suis sûre qu'elle dort. Oncle Jacob gardera un œil sur elle jusqu'au retour de Dory.

Au moment où Fanny partait en courant, Mama lui lança encore :

— Dis à Dory de prendre les gouttes noires avec elle !

Quand Dory arriva enfin, elle essaya de consoler son bébé en l'allaitant. Mais, dans sa douleur, il refusa ce réconfort, balançant la tête d'avant en arrière. Dory elle-même se mit à pleurer.

— Mama, qu'est-ce que je peux faire ?

— Il va pas bien, chérie, dit Mama à sa plus grande fille. J'ai déjà vu ça, dans les cases. On va lui donner des gouttes pour le calmer.

Mama prit le petit flacon marron que Dory avait rapporté de la grande maison et mélangea un peu du liquide sombre avec de l'eau chaude. Dory portait l'enfant souffrant et Belle lui ouvrit la bouche tandis que Mama faisait couler la mixture avec précaution. Le bébé toussa en avalant, mais, à notre plus grand soulagement, il tomba bientôt dans un profond sommeil.

Plus tard, on frappa doucement à la porte et Oncle Jacob entra.

— M'ame Martha t'appelle, Dory, dit-il, elle insiste pour que tu viennes tout de suite.

Mama Mae prit Henry des bras de Dory qui s'en sépara à contrecœur.

— Vas-y, dit-elle, il va dormir maintenant.

Après le départ de Dory, Mama montra à Oncle Jacob les mains et les pieds enflés du bébé. Il secoua la tête.

— Il en a plus pour très longtemps, dit-il.

— Ça va être dur pour Dory, déclara Mama Mae.

— Pour Jimmy aussi, ajouta Belle. Faut pas oublier qu'il est le père. Chaque jour il a qu'une envie, c'est de voir sa Dory et son petit garçon, mais il n'a pas le droit d'approcher. Le contremaître a prévenu Jimmy que s'il le voyait encore une fois près de Dory, il le vendrait. Il dit que Jimmy est un travailleur des champs, alors qu'il doit se trouver une fille des champs, qu'il n'a rien à faire avec une domestique.

— Personne a demandé au cap'taine si Dory pouvait sauter le balai avec Jimmy ? demanda Oncle Jacob.

— Rankin dit que c'est lui le chef, c'est lui qui dit qui épouse qui, répondit Mama Mae. C'est de la pure méchanceté.

Quand Mama Mae se rendit compte que Fanny, Beattie et moi écoutions leur conversation, elle envoya les jumelles chez elle et me dit de monter me coucher. Après le départ d'Oncle Jacob, Mama Mae resta avec le bébé et s'assit près du feu pour discuter avec Belle. Je m'endormis, rassurée par le son de leurs voix basses et douces.

Bébé Henry mourut cette nuit-là. Au petit matin, Papa George arriva avec une planche sur laquelle Mama et Belle installèrent un grabat minuscule. Dory se tenait près de la porte et portait son bébé, à présent silencieux. Mama s'approcha d'elle.

— Donne-le-moi, lui dit-elle avec douceur en tendant les bras.

— Non, Mama.

Dory se détourna avec son petit paquet.

Papa George vint à son tour et passa un bras autour des épaules de sa fille aînée.

— Dory, il va bien maintenant, il est avec le Seigneur. Donne-le à Mama.

D'un geste lent, Dory tendit bébé Henry à sa mère.

— Mama, tu vas le réparer ? Tu t'y prends toujours si bien avec lui, Mama, implora-t-elle.

Belle prit Dory par le bras et l'emmena dehors. De la porte, je les vis passer devant la grange avant de s'enfoncer dans les bois. La neige tombait, recouvrant d'un drap blanc le paysage muet. Mama Mae les regarda s'éloigner avant de rejoindre Papa George. Elle déposa doucement bébé Henry sur le grabat et, ensemble, à l'aide d'un grand tissu marron, ils attachèrent son petit corps à la planche en bois. Tandis qu'ils finissaient de l'envelopper, Mama Mae leva les yeux vers papa. Des larmes coulaient le long de ses joues rondes.

— C'est mieux pour cet enfant de s'en aller, je le sais, mais j'ai peur qu'il emporte avec lui le cœur de Dory.

— Notre fille finira par s'en remettre, répondit papa en essuyant de ses doigts le visage de mama.

Les jumelles étaient là et pleuraient aussi ; moi non. Je me sentais vide et, quand tout le monde partit pour l'enterrement, je restai en arrière jusqu'à ce que, terrifiée par l'isolement, je coure après eux pour les rejoindre au cimetière qui se trouvait à côté du quartier des esclaves.

Je suivis la scène un peu en retrait, à l'ombre des arbres. Ben se tenait à côté d'une petite tombe qu'il avait creusée près d'autres tout aussi minuscules, marquées par des pierres fichées en terre. Quand ils firent descendre bébé Henry en terre, Dory poussa une série de longs gémissements déchirants. Transpercé par le chagrin de la jeune mère, mon esprit partit à la dérive. C'était comme si on avait déchiré un voile et que j'avais quitté ce lieu de tristesse pour un autre plus lointain, un endroit où se cachait mon autre moi perdu jusqu'alors. Je me retrouvai à bord du navire, incapable de supporter le roulis incessant, ni mon propre désespoir.

Le linceul était devenu celui de ma mère. Je revis des ombres le faire descendre, de plus en plus profond, au large de la mer. Quelques jours plus tôt, mon père avait subi le même sort; lui aussi s'était retrouvé dans l'eau. Je regardai dans la neige autour de moi à la recherche de mon frère, Cardigan. Certaine de l'entendre m'appeler, je partis à sa recherche.

C'est Jimmy, le père de bébé Henry, qui me retrouva et me ramena à la dépendance. J'avais disparu toute la journée. À la nuit tombée, quand Jimmy était parti se promener seul pour pleurer son fils, il avait trébuché sur ma jambe dans les bois.

Presque deux jours durant, je restai sur mon grabat à me balancer en silence. Finalement, Mama Mae vint me voir. Elle s'assit à côté de moi, puis dit à Belle et aux jumelles de partir.

— Abinia, demanda-t-elle d'une voix ferme, pourquoi tu te balances comme ça?

En plein délire, je me tournais et me retournais sauvagement, agrippée au souvenir de la souffrance, au souvenir de ma mère. J'avais l'impression que si je m'arrêtais, je la perdrais à nouveau.

— Abinia, reprit-elle, essayant de m'immobiliser, dis à mama pourquoi tu te balances comme ça.

Elle me prit par le menton, me forçant à croiser son regard.

— Parle à mama. Abinia, tu dois parler. T'en va pas comme ça. Parle à mama. Dis-lui ce qui va pas.

J'essayai de la repousser, j'avais besoin de me mouvoir ainsi pour apaiser ma douleur, mais mama me prit sur ses genoux. Elle me serra contre sa forte poitrine et commença à me bercer doucement pour me calmer.

— Mama va faire sortir cette douleur.

Quand nous nous balancions en arrière, elle inspirait profondément, m'attirant tout contre elle et, quand nous nous balancions en avant, elle expirait ma peine sous la forme de grands râles gutturaux.

Elle continua à me bercer d'avant en arrière, amenant à la surface le poison purulent du cauchemar que j'avais enfoui tout ce temps. J'essayais de respirer avec elle, mais mon souffle sortait avec difficulté, et j'avais l'impression de me noyer.

— Bon, dit-elle au bout d'un moment, raconte à mama.

Je murmurai :

— Bébé Henry est dans l'eau.

— Bébé Henry est pas dans l'eau, il est avec le Seigneur. En sécurité. Il rit et joue avec d'autres enfants du Seigneur. Il a plus mal ! Il est en sécurité.

— Ma maman est dans l'eau, murmurai-je à nouveau.

— Abinia, ta mama est avec le Seigneur, comme bébé Henry. Peut-être même qu'elle porte bébé Henry et qu'ils sont en train de jouer ensemble. Écoute, on peut presque les entendre rigoler. Ce monde est pas la seule maison. Ce monde est celui des choses pratiques, matérielles. Parfois, le Seigneur dit : « Non, cette mama, ce bébé Henry, ils sont trop gentils pour rester loin de moi. Je les ramène à la maison. » Crois-moi, Abinia, poursuivit-elle, me ramenant peu à peu à la vie grâce à ses bras solides et à sa conviction. Mama pense que, parfois, faut faire confiance au Seigneur.

En quelque sorte, la vérité de Mama Mae me parla et mon cœur la crut. Ayant retrouvé la mémoire de mon passé, je m'agrippai à cette mère qui m'offrait à présent mon avenir.

— Maman ! criai-je. Maman !

Et mes cris libérèrent enfin les larmes que j'avais retenues depuis mon arrivée.

— Mama est là, me rassura-t-elle. Mama est là.

4

Belle

Pour être honnête, quand bébé Henry est mort, il souffrait tellement que c'était la meilleure chose qui pouvait lui arriver. La pauvre Dory voulait le sauver, mais mama a dit qu'elle avait déjà vu ça dans le quartier des esclaves, et que ça finissait toujours mal. Maintenant Dory a les mêmes yeux que Mme Martha quand elle perd un bébé.

Quand Lavinia a vu bébé Henry descendre en terre, elle a perdu la tête et a disparu. C'est Jimmy qui l'a ramenée ; je me suis sentie complètement impuissante, mais mama savait quoi faire. Ensuite, Lavinia s'est souvenue d'avoir été sur le bateau et d'avoir vu ses parents mourir puis être jetés à l'eau. À quoi pensent-ils, ces gens ? Comment peuvent-ils laisser un enfant voir ça ?

À présent, elle se rappelle d'où elle vient, d'Irlande, mais elle a dit que ses parents n'avaient rien, là-bas, et venaient ici pour trouver du travail. Elle a aussi dit qu'elle avait un frère, Cardigan.

Drôle de nom, ça, Cardigan. Je ne pose pas plus de questions parce que je vois qu'elle a encore du mal à en parler.

Depuis le jour où elle a retrouvé la mémoire, c'est difficile de croire à quel point cette petite a changé, même si elle me fait encore penser à une souris, ne faisant pas un bruit et ayant peur de tout. Elle prend ses corvées à cœur et, quand elle a fini, elle vient toujours me chercher pour me montrer. Quand je dis: « C'est bien », le sourire de son petit visage illumine la dépendance.

Je dois avouer que quand les jumelles m'ont dit qu'elle apportait de la nourriture à Ben, j'ai été tout attendrie par cette petite fille. Elle ne sait pas pourquoi je lui donne des portions un peu plus grosses, mais je ris en pensant qu'on a toutes les deux un faible pour le même homme.

5

Lavinia

Après m'être rappelé la mort de mes parents, d'autres souvenirs commencèrent à refaire surface. Bien sûr, du haut de mon jeune âge, je n'en avais pas beaucoup, mais, souvent, un son ou une odeur suffisait pour me bouleverser. Submergée par la tristesse, je pleurais sans arrêt. Mes parents étaient gentils, même s'ils étaient tous deux angoissés et épuisés au moment où nous avions embarqué. Ma mère ne voulait pas quitter Castlebar, la ville d'Irlande où habitaient encore ses deux parents. Mais mon père, qui, je crois, n'avait plus de proches dans son pays d'origine, était déterminé à offrir une vie meilleure à sa femme et à ses enfants. À présent, je me souvenais qu'ils se disputaient souvent, mais je revoyais aussi le terrible chagrin de ma mère à la mort de mon père. Et puis, je l'avais perdue, elle aussi. Le reste de la traversée, désespérée, je m'étais accrochée à mon frère. Mon dernier souvenir de Cardigan était son impuissance à répondre à mes hurlements implorants tandis que le capitaine m'arrachait à lui.

Je calmais la souffrance de ces souvenirs en me faisant une promesse : un jour, je retrouverais mon frère.

Je me fortifiais de jour en jour et, même si j'étais profondément attachée à mama, je commençais aussi à me tourner vers Belle pour me consoler. Son attitude envers moi avait changé depuis la mort de bébé Henry, à tel point qu'une nuit, quand elle m'entendit pleurer, elle me fit venir dans son propre lit. Elle me prit dans ses bras et me caressa le dos jusqu'à ce que je m'endorme. Depuis lors, j'avais souvent la permission de grimper dans son lit la nuit.

Quand le capitaine arriva pour Noël, on nous dit que Mme Martha était revenue à la vie. Ces derniers mois, en l'absence de son mari, la maîtresse s'était fait servir ses repas dans le petit salon à côté de sa chambre, à l'étage. Les enfants se joignaient à elle uniquement pour le dîner ; le reste du temps, ils prenaient leurs repas à l'étude, avec leur tuteur. Depuis le retour du capitaine, et avec l'approche des fêtes, les repas s'étaient égayés et étaient à nouveau servis dans la salle à manger.

Comme nous avions besoin d'aide supplémentaire à la cuisine, Beattie nous rejoignit à la dépendance, à ma plus grande joie, mais Fanny resta travailler à la grande maison avec Dory. Tout le monde était occupé à cuisiner pour les fêtes, et même Ben avait quitté la grange pour nous prêter main-forte. Il coupait le bois qui alimentait les différents feux de la cuisine ainsi que les cheminées de la grande maison. Beattie et moi nous réjouîmes lorsqu'on nous demanda d'aider

Ben à porter des bûches. Nous courûmes dehors à sa rencontre, avides de bien faire.

— Vous êtes trop petites pour travailler, nous taquina-t-il.

— C'est pas vrai !

Il nous donna à chacune du petit bois. Nous dûmes le supplier pour qu'il nous charge les bras : « Encore ! Encore ! » Déterminées à prouver notre force, nous marchâmes jusqu'à la dépendance, non sans trébucher, mais, à notre arrivée, Mama Mae appela Ben :

— Eh, toi, viens là !

Ben était si grand qu'il dut se pencher pour franchir le seuil de la dépendance. Il se redressa et sourit.

— Tu m'as appelé, mama ?

Belle se retourna et Ben lui fit un signe de tête. Belle, dont le visage avait rosi, lui rendit son salut avant de vite se remettre à peser une livre de sucre. Belle était mince, mais je remarquai que, quand elle se penchait pour couper le bloc de sucre, elle dévoilait une poitrine généreuse qui lui donnait une gracieuse silhouette. Jetant un coup d'œil à Ben, je vis que lui aussi l'avait remarqué.

— Ben, lança mama, qu'est-ce que tu fabriques avec les filles, à les faire porter tant de bois ?

Il nous fit un clin d'œil avant de répondre malicieusement :

— Mama, c'est mes assistants, forts et costauds.

Nous courûmes fièrement vers lui, prêtes pour une deuxième tournée.

— On l'aide, mama.

— Ben, dit mama en riant, je vois que tu sais t'y prendre avec les femmes.

Il glousssa et regarda Belle avec insistance.

— Tu crois, mama ?

Belle lui tournait le dos, mais la vigueur avec laquelle elle maniait le pilon et le mortier pour réduire le sucre en poudre sembla une réponse évidente.

— Dis-moi, Abinia. Belle s'occupe de toi comme une bonne mama ? me demanda Ben.

Je levai les yeux vers Belle, qui me sourit quand elle croisa mon regard. Je me tournai à nouveau vers Ben et acquiesçai.

— Cette Belle s'est trouvé un bébé joli comme elle. Est-ce que t'as besoin d'un papa ?

— Non, répondis-je, sûre de moi. J'ai Papa George.

Les adultes éclatèrent de rire.

— C'est mon père à moi aussi, plaisanta Ben.

— Je sais, rétorquai-je avec fierté, et aussi celui de Dory, de Fanny, de Beattie et de Belle.

— Bon, dit-il, Belle, c'est ta mama. George, ton papa. Mais alors, c'est qui Mama Mae ?

— C'est la grande mama, répondis-je, étonnée qu'il ne soit pas au courant.

Je me sentis incluse dans l'hilarité qui suivit et, même si je n'étais pas certaine de ma position exacte dans la structure familiale, je commençai à penser que j'y avais ma place.

— Ben, reprit mama, fais pas trop travailler les filles, c'est encore des bébés.

— Venez alors, les bébés, nous dit-il en nous prenant chacune par la main, on a beaucoup de bois à porter.

Belle se tourna vers nous.

— Ben, occupe-toi bien de mon bébé.

À ces mots, un frisson de joie me parcourut. Quant à Ben, ne sachant pas quoi dire, il nous souleva de terre et nous fit voltiger jusqu'à ce que nous riions aux éclats.

Le matin de Noël, Fanny revint de la grande maison, les yeux brillants.

— Marshall a eu deux nouveaux livres de contes, et des soldats, et Sally, une poupée qui lui ressemble, et une dînette, et plein d'autres choses. Et tous les deux ont eu des pots de peinture et des pinceaux pour dessiner. Et m'ame Martha, un long fil de petites boules blanches, ils appellent ça des perles !

Elle ouvrit grands les bras et s'adressa au ciel :

— C'est comme quand je mourrai, dit-elle avec emphase.

— Tu vas mourir si tu viens pas nous aider ici, fit mama en souriant.

Il y eut un autre grand moment d'excitation quand des invités arrivèrent à midi. Je n'avais encore jamais vu une telle agitation joyeuse au domaine. Fanny, Beattie et moi nous postâmes au coin de la grande maison pour observer les chevaux qui montaient l'allée à toute vitesse. Le capitaine resta sur le perron, mais Mme Martha descendit les marches en courant. Elle se précipita vers la calèche, forçant le cocher à tirer violemment sur les rênes. La portière s'ouvrit brusquement et, dans un cri de joie, une femme se jeta dans les bras de Mme Martha. Elles restèrent ainsi un long moment.

— Elles sont sœurs, chuchota Fanny.

Le capitaine les rejoignit pour accueillir le petit homme au crâne dégarni qui sortit en deuxième de la calèche. Suivit une petite fille, d'à peu près mon âge, qui portait un manteau rouge vif et un chapeau ourlé de blanc. Marshall observait les salutations de loin, mais Sally courut vers sa cousine Meg.

Les invités de la grande maison furent conduits à l'intérieur et menés à leurs chambres pour se reposer un moment. Nous regardâmes Ben, Papa George et Oncle Jacob aider le cocher à décharger toutes leurs malles. Enfin, quand les chevaux et la calèche tachetée de boue prirent le chemin de la grange, nous revînmes à la cuisine. Belle et Mama Mae avaient travaillé des jours entiers pour préparer le festin qui s'annonçait, et elles avaient besoin de notre aide.

En milieu d'après-midi, nous commençâmes à transporter des plats de la dépendance à la grande maison. Nous accédions à la salle à manger par une entrée latérale, contournant le petit salon où recevaient le capitaine et Mme Martha. Les grandes portes coulissantes lambrissées qui séparaient l'entrée de la salle avaient été fermées, afin que nous ne croisions pas les occupants de la grande maison.

Ce n'était que la deuxième fois que je pénétrais dans la salle à manger, et j'étais émerveillée. Dory, Oncle Jacob et Fanny avaient décoré la pièce avec du gui et toute sorte de verdure. Des branches de houx ornaient les fenêtres, leurs baies rappelant les superbes rideaux rouges. De petites coupes en porcelaine avaient été disposées sur chaque rebord. Elles contenaient le pot-pourri à l'odeur douce et sucrée que j'avais aidé Belle à préparer à l'automne, en mêlant des pétales de roses séchés, de la lavande, du romarin et des quartiers de pomme, et que nous avions ensuite saupoudré de cannelle et de muscade râpées. Ce parfum se mariait à merveille avec celui des branches de sapin fraîchement coupées qui habillaient le manteau de la cheminée.

Nous dressâmes la table sur deux nappes damassées blanches que j'avais vu mama repasser quelques jours plus tôt. La nappe du dessus semblait douce et moelleuse, comme de la crème épaisse. Les verres en cristal et les couverts en argent brillaient aux côtés d'un élégant service décoré d'oiseaux aux couleurs vives. Belle m'informa qu'il s'agissait de paons et que le capitaine en avait un, autrefois, sur la plantation.

— Vieux oiseau qui faisait du boucan, marmonna Oncle Jacob.

— C'est vrai, Oncle Jacob, dit Belle, mais il était beau et fier !

— Jusqu'à ce que ce vieux renard lui fasse la peau.

Oncle Jacob se mit à rire en plaçant une autre bûche sur le feu crépitant. Puis il commença à allumer les nombreuses bougies.

Nous apportâmes chacune des plats préparés pour les donner à Belle et Mama Mae qui les disposaient sur la table de façon stratégique, équilibrant le festin. Un grand jambon fumé, enveloppé dans une serviette et garni de prunes marinées et de pêches au brandy, avait été installé à une extrémité. Belle entoura le plat de feuilles de magnolia vert foncé et, à côté du sucrier en argent, elle posa une saucière en cristal remplie de miel et de moutarde acidulée.

Ensemble, mama et Belle apportèrent l'énorme plat contenant un morceau de bœuf bien juteux. Il avait rôti doucement à la broche pendant des heures et, au-dessous, une poêle de pommes de terre grésillantes avait recueilli la graisse de cuisson. De grandes assiettes de légumes, toutes peintes du même motif de paons, étaient posées aux quatre coins de la table. Les petits pois avaient été mélangés à une sauce crémeuse, les betteraves rouges luisaient de beurre, les patates douces ruisselaient de miel et les panais blancs, parsemés de persil frais, avaient un air de fête. Devant l'assiette de la maîtresse, mama déposa une soupière fumante, remplie d'une soupe d'huîtres parfumée et agrémentée de brins de thym.

Le dessert, un copieux gâteau aux prunes, cuisait encore dans le four, mais un plateau de gelées et de crèmes avait déjà été installé sur le buffet. Quatre charrettes miniatures, tirées par de minuscules chèvres en argent, trônaient à côté de ces douceurs. Belle m'avait accordé le privilège de les remplir de friandises et de raisins secs.

Dory apparut à la porte tandis que nous admirions notre œuvre. Elle revenait du petit salon où elle avait servi du brandy au capitaine, à la maîtresse et à leurs hôtes. J'étais jalouse de ce qu'elle avait vu, mais elle semblait lasse et désintéressée. Soudain, Sally s'engouffra dans la pièce.

— Fanny, Fanny ! cria-t-elle gaiement en courant vers nous, sa nouvelle poupée de porcelaine dans les bras. Viens, Meg, ajouta-t-elle en faisant signe à sa cousine qui attendait à la porte.

Pendant que les jumelles examinaient la poupée de Sally, cette fille, Meg, approcha à pas de loup. Elle boitait légèrement, mais mon attention fut surtout attirée par ses petites lunettes. Ses cheveux bruns étaient attachés en arrière avec un ruban violet ; cependant, des boucles rebelles refusaient cet emprisonnement et frisottaient tout autour de son visage, adoucissant la sévérité de ses traits. Malgré son attitude solennelle, j'éprouvai pour elle une sympathie immédiate.

— Vous avez une poupée ? demanda Fanny à Meg.

— Je n'aime pas les poupées ! répondit Meg.

— Mais tu aimes les oiseaux, n'est-ce pas, Meggy ? demanda Sally.

— J'aime bien les oiseaux, admit Meg.

— Elle en a un qui parle, déclara Sally, mais elle a dû le laisser dans sa maison.

— Un qui parle ? interrogea Fanny.

Meg hocha la tête, intimidée par nos regards curieux.

— Moi aussi j'aime les oiseaux, dis-je, pour lui venir en aide.

Elle m'observa à travers ses lunettes.

— Quelle sorte ?

— Les poules, répondis-je.

— Tu en as une ?

J'acquiesçai.

— Plein ! Elles habitent dans la grange. Je leur donne à manger tous les jours. Et je prends leurs œufs. Quand il fera chaud, papa dit qu'elles auront des poussins.

— Ohhh…, souffla Meg avec envie.

Dory nous interrompit :

— Mam'zelle Sally, allez poser votre poupée avant de venir manger.

Tandis que les cousines sortaient, Dory chuchota assez fort à mama :

— M'ame Martha arrive avec m'ame Sarah.

Quand celles-ci entrèrent, je les regardai les yeux ronds. Les deux femmes étaient si différentes que j'avais du mal à croire qu'elles étaient sœurs. Mme Martha, grande et élancée, était vêtue d'une robe de brocart bleu, simple mais très joliment coupée, tandis que Mme Sarah, petite et ronde, contrastait nettement dans une robe volumineuse en soie rouge vif, dont la jupe était plissée sur toute la longueur. Leurs comportements aussi étaient très différents. Mme Martha, discrète et silencieuse, respirait l'élégance, tandis que Mme Sarah, enthousiaste et extravertie, donnait l'impression d'être agitée et de s'exciter pour un rien.

Mme Sarah commença immédiatement à s'extasier sur les décorations de fête, mais dès qu'elle m'aperçut entre Mama Mae et les jumelles, elle ouvrit de grands yeux. Mal à l'aise d'être ainsi dévisagée, je me cachai derrière mama.

— Oh ! Martha, mon Dieu ! Qui... qu'est-ce... ?

— Je sais, je sais. Je n'ai pas eu le temps de... Elle était à bord du navire. James l'a amenée ici au printemps dernier.

— Mais, ma chère ! Nous devons lui donner une chance ! La mettre avec...

— Sarah ! Pouvons-nous parler de cela plus tard ?

— Oui, oui, bien sûr. Mais tu comprends mon étonnement.

Mme Martha mit fin à la conversation en se tournant vers mama pour la remercier de s'être donné tant de mal. Puis elle nous congédia, mais dit à Belle de rester. Nous écoutâmes derrière la porte tandis que, d'un ton sec, Mme Martha demandait à Belle pourquoi elle n'avait pas la tête couverte.

Quand celle-ci essaya d'expliquer qu'elle avait retiré son fichu à cause de la chaleur qui régnait dans la cuisine, Mme Martha la fit taire.

— Es-tu toujours obligée de te faire remarquer ? lui asséna-t-elle d'une voix sévère avant de la renvoyer, au moment où le capitaine et les autres convives entraient dans la salle.

Belle fut la dernière à nous rejoindre chez papa et mama pour le dîner de Noël. Elle était d'humeur maussade jusqu'à ce que Ben, qui m'avait prise sur ses genoux, la taquine pour la dérider.

À la fin du repas, nous reçûmes chacun quelques raisins secs et une pomme fraîche du garde-manger. Papa cassa des noix et Ben en dégagea les cerneaux à l'aide des clous de fer à cheval qu'il transportait toujours dans sa poche.

Oncle Jacob repartit travailler à la grande maison au moment où l'on sortit une bouteille de brandy à la pêche, cadeau du capitaine. Mama en servit à boire à chaque adulte, y compris Ben, Belle et Dory. La discussion s'anima après la deuxième tournée d'alcool, et je me réjouis bientôt en apprenant que nous irions danser au quartier des esclaves ce soir-là. Ben et Papa George partirent peu après, impatients de terminer leurs corvées de la journée.

Une fois la vaisselle faite, Belle nous ramena à la dépendance, les jumelles et moi. Elle monta dans sa chambre et, quand elle redescendit, j'eus du mal à la reconnaître. Sous son châle d'hiver, elle portait un chemisier blanc que je n'avais jamais vu. Au niveau du col, une jolie broderie rappelait celle du jupon blanc qui dépassait de sous sa jupe ample. Ses cheveux étaient détachés et bouclaient autour de son visage. Les jumelles et moi la regardions ébahies, ayant très envie de toucher sa longue chevelure douce. Belle sourit et nous dit qu'il n'y avait pas de quoi s'extasier, mais ses yeux verts brillaient de plaisir.

Elle confia à Fanny et moi son peigne et son miroir en argent, ainsi que des rubans bleus à emporter chez mama. Beattie et elle prirent chacune un grand pain d'épice parmi ceux qui avaient été cuits dans l'après-midi. Avant de quitter la maison, Belle me dit que je ne devais pas manger les gâteaux à la fête.

— Pourquoi ?

— Parce qu'on a déjà eu nos douceurs.

À notre retour, mama tentait de convaincre Dory de venir à la soirée dansante.

— Viens, chérie, il faut continuer à vivre. Et puis, je connais un homme qui t'attend, ce soir…

Dory se détourna.

— Je peux pas, mama.

— Très bien, déclara mama en enlevant son tablier et en s'asseyant à la table. Je vais rester ici avec toi.

— Non, mama, je veux pas que tu rates la fête !

— Alors, tu viens avec nous, répliqua mama. Tu t'assoiras à côté de moi et on regardera les autres danser.

Belle entraîna Dory sur un tabouret.

— Allez, je vais t'arranger les cheveux.

Elle enleva le fichu de Dory et tressa ses cheveux avec un ruban bleu. Quand elle eut fini, elle leva le miroir. Dory jeta un coup d'œil à son reflet, puis son visage se décomposa et elle se mit à pleurer. Belle se pencha pour l'enlacer.

— Bébé Henry est heureux où il est, et je sais qu'il voudrait que tu le sois aussi.

À l'autre bout de la pièce, mama observait la scène, et quand nous la vîmes utiliser son tablier pour essuyer ses larmes, nous nous mîmes toutes les trois à sangloter. Ce fut ainsi que nous trouvèrent Ben et Papa George en ouvrant la porte.

— Bon, bon, bon, dit papa, on a vraiment l'impression que ces dames sont fin prêtes pour la soirée, hein, Ben ?

— Tout à fait, papa, répondit Ben, et elles chantent drôlement bien.

— Laquelle tu vas inviter à danser, Ben ? demanda papa.

— Je choisis mama. C'est elle qui pleure le mieux. On l'entend depuis la grange.

Mama rit en séchant ses larmes.

— Ça suffit, vous deux !

— Eh bien, je crois que moi, je choisis Dory, continua de plaisanter papa.

Il s'approcha de mama et lui passa un bras autour des épaules, puis regarda à nouveau son visage et lança :

— Elle a les yeux si gonflés que tout le monde va penser que je me suis trouvé une nouvelle femme.

Nous rîmes tous et même Dory esquissa un sourire. Nous partîmes alors ensemble pour la fête. Il faisait sombre et froid dehors. Nous n'avions plus vu de neige depuis le jour de l'enterrement de bébé Henry, mais la terre était gelée et nos pieds faisaient craquer les feuilles mortes. Cela me faisait mal de marcher avec les lourdes chaussures qui m'irritaient les chevilles, mais il était inutile de le signaler, car Fanny se plaignait assez pour deux.

Mama la gronda.

— Les autres esclaves donneraient n'importe quoi pour avoir ces chaussures, dit-elle, et je me félicitai d'avoir gardé le silence.

Du haut de la colline, nous apercevions la couleur orangée d'un grand feu. Tandis que nous en approchions, je distinguai les accents d'un violon ainsi que des rires et des chants. À l'abri entre Belle et Ben, je m'agrippai à la main de chacun, partageant leur joie d'être ensemble et de rejoindre une fête.

Notre petit groupe fut accueilli avec enthousiasme et les gâteaux de Belle furent reçus avec reconnaissance. Les femmes apportèrent vite un banc et invitèrent mama, Belle et Dory à s'asseoir avec elles. Autour du feu, un grand espace avait été déblayé, et certains dansaient déjà. Un peu à l'écart, quelques hommes jouaient une musique entraînante sur des instruments de fortune : deux d'entre eux avaient fabriqué des violons avec des gourdes, deux autres soufflaient dans des flûtes en roseau, et le dernier tapait avec des bâtons et des os sur des casseroles.

Je restai près de Belle jusqu'à ce que Beattie et Fanny viennent me chercher. Nous nous approchâmes d'un groupe d'enfants, mais ceux-ci reculèrent, méfiants. Certaines des filles avaient notre âge, mais elles ne disaient rien. Nous étions habillées différemment, sans doute un peu plus chaudement, et elles observaient nos pieds comme si elles n'avaient jamais vu de chaussures.

Bientôt, nous retournâmes auprès de mama, Belle et Dory. Belle nous autorisa à boire une gorgée de brandy à la pêche dans son gobelet, une gourmandise rare envoyée de la grande maison pour cette fête de Noël. Des tables rugueuses étaient accolées les unes aux autres et, sur le côté, les hommes partageaient avec enthousiasme deux pichets de whisky de maïs, un autre cadeau des maîtres.

Tout le monde prêta attention aux femmes lorsqu'elles se regroupèrent pour convenir que les poulets, qui rôtissaient depuis quelque temps sur une broche au-dessus de charbons rougeoyants, étaient cuits à point. Sans attendre, un homme harponna deux gros jambons pour les sortir de l'eau bouillante et les plaça sur des blocs de bois installés de part et d'autre d'une grande marmite fumante de haricots cornille. Des femmes apportèrent des casseroles frémissantes de légumes verts de fin de saison et déposèrent sur les tables du pain de maïs tout chaud et croustillant. D'autres empoignèrent des bâtons taillés en pointe pour extraire les patates douces de sous la cendre. Enfin, on annonça le souper.

Les femmes servirent d'abord les hommes, puis les enfants. Elles insistèrent pour que nous mangions avec eux, et je fus surprise de voir ma famille accepter. Papa et les autres prirent de toutes petites portions, mais je remarquai le sourire des femmes lorsque Belle, mama et Dory leur dirent à quel point c'était bon. Quand je reposai mon bol, il restait un petit morceau de jambon.

Belle se pencha vers moi.

— Finis-moi ça, me chuchota-t-elle, et je compris au ton de sa voix qu'il ne valait mieux pas protester.

Après que les femmes eurent elles aussi mangé, elles rappelèrent les enfants pour leur distribuer les restes. En voyant leur excitation, je compris qu'ils n'en avaient pas l'habitude et j'eus honte en pensant que Belle avait dû me dire de finir ma viande.

Lorsque l'un des violonistes entama un air plein d'entrain, il fut vite suivi par les autres musiciens. Dans un cri de joie, quelques jeunes couples se levèrent pour aller danser. Les plus âgés de l'assistance se mirent à taper des mains et, bientôt, une ronde de danseurs souriants tourna autour du feu. Après quelques chansons, le violoniste lança :

— Qui va nous montrer comment on enflamme la piste ? George, Mae, allez, montrez-nous !

Ravis, tous se joignirent à lui pour les plébisciter.

Papa George s'approcha alors de mama.

— Mae, lui dit-il en lui prenant la main, allons montrer aux jeunes qu'on est encore de bons danseurs !

Mama Mae se leva à contrecœur, mais quand il la conduisit près du feu, tout le monde les encouragea. Papa s'inclina et mama lui fit la révérence tandis que démarrait une musique enjouée. Papa George répétait chaque pas de mama, et je compris qu'il s'amusait à essayer d'anticiper ce qu'elle allait faire.

D'autres dansèrent après papa et mama, mais aucun couple ne provoqua autant d'excitation dans l'assemblée, jusqu'à l'arrivée de Ben et de Belle. Elle avait un air timide en faisant sa révérence, mais, quand elle leva les yeux vers son partenaire, il lui fit un clin d'œil. Elle répondit par un pas décidé, donnant le rythme d'une danse endiablée.

Je surpris la conversation de quelques femmes derrière moi.

— C'est bien sa fille. Avec son air sûr d'elle.

Assise à côté de mama, Dory entendit elle aussi. Elle se tourna vers elles.

— Belle est quelqu'un de bien, elle a pas choisi son père.

— On sait, on dit juste qu'elle pourrait passer, c'est tout.

— Passer où ? demanda Dory d'un ton sec. Sa famille est ici. Où elle irait ? Sa maison est ici. Elle est née et a grandi ici.

En entendant le ton de Dory, mama était prête à intervenir, quand une silhouette mince et sombre, à l'écart dans l'obscurité, attira son attention. C'était Jimmy, le père de bébé Henry. Il faisait signe à Dory et, quand celle-ci l'aperçut, elle faillit bousculer Beattie dans sa précipitation à le rejoindre dans les bois.

— Fais attention à toi, lui murmura mama avant qu'elle s'éloigne.

Tandis que tous deux s'éclipsaient, une femme à la peau très noire et aussi fine qu'un roseau s'approcha de mama. Elle frottait nerveusement son ventre proéminent. Fanny me chuchota qu'il s'agissait de la mère de Jimmy, Ida. Je me souvins l'avoir déjà vue.

— Qu'est-ce qu'on va faire, Mae ? demanda-t-elle en regardant par-dessus son épaule. Le contremaît' dit qu'il va tuer mon Jimmy s'il le revoit avec Dory.

— Je parlerai au cap'taine avant qu'il parte, répondit mama. Je vais lui demander s'ils peuvent sauter le balai.

— Tu sais qu'ils veulent pas que les hommes des cases se mélangent avec les femmes de la grande maison. Tu le sais comme moi, Mae.

— Ces deux-là peuvent pas rester loin l'un de l'autre, voilà ce que je sais. Je vais dire au cap'taine que Jimmy est un homme bien pour Dory. Le cap'taine a toujours bien aimé Dory.

— Si le cap'taine dit oui, Rankin va pas être content, répondit sombrement Ida.

— De toute façon, ce contremaît' est jamais content de rien.

La conversation tourna court lorsque, comme s'il avait su qu'on parlait de lui, le capitaine apparut dans la lumière du feu, accompagné de son beau-frère corpulent. Marshall et un autre homme très grand les suivaient. La musique cessa.

— Continuez donc ! lança le capitaine.

Il leva deux autres pichets de whisky au-dessus de sa tête.

— Y aurait-il des amateurs pour une deuxième tournée ?

Des cris fusèrent et la musique reprit.

— C'est m'sieur Waters, le tuteur, me glissa Fanny à l'oreille en montrant l'homme qui se tenait à côté de Marshall.

J'étais intriguée par cet homme étrange. Il avait une main fermement posée sur l'épaule de Marshall et observait les gens autour de lui avec arrogance. De temps en temps, il se penchait pour dire quelque chose à Marshall, et je fus frappée par l'air bouleversé du jeune garçon, bien qu'il ne tentât en aucune façon de s'écarter. Plus tard, je réaliserai que, déjà, j'avais deviné la nature vile de cet homme et que, même si je ne comprenais pas vraiment ce qu'il se passait, j'avais eu raison de penser que Marshall était pris au piège.

— Va chercher Dory et Jimmy, fit mama à Ben, et il s'élança dans les bois sombres.

Le capitaine parcourut l'assemblée du regard jusqu'à ce qu'il pose les yeux sur Belle. Il se dirigea immédiatement vers elle.

— Belle, lui dit-il, tu es ravissante.

— Merci, répondit-elle d'une petite voix, les yeux baissés.

Le capitaine se tourna ensuite vers Mama Mae, qui, assise à côté de Belle, s'était à présent levée.

— Mae, c'est un véritable festin que toi et ta famille nous avez préparé aujourd'hui.

— Oui, cap'taine, fit Mama Mae.

— Ta famille a-t-elle tout ce qu'il lui faut pour une belle fête ?

— Cap'taine, on a bien assez.

— Très bien, très bien, dit-il et, comme s'il ne savait plus quoi ajouter, il se mit à observer les danseurs.

— Cap'taine ? entendis-je mama reprendre.

Il se tourna à nouveau vers elle.

— Oui, Mae ?

— Cap'taine, il faut que je vous parle. C'est à propos de Dory.

— Mae, je suis au courant pour le bébé. J'ai été désolé d'apprendre la nouvelle.

— C'est pas le problème, cap'taine. Dory veut épouser Jimmy, qui vit dans les cases. C'était le père du bébé.

— Eh bien, Mae, je ne sais pas quoi te répondre. Rankin m'a parlé d'une autre fille pour Jimmy. Il a l'air de penser que Dory cause des ennuis à Jimmy.

— Je pense qu'il a tort.

— Ah oui, Mae ?

— Je crois que ce serait bien qu'ils sautent le balai. George le pense aussi.

— Eh bien, Mae, George et toi faites quasiment partie de la famille, et Dory est tout pour Mme Martha. Je suppose que nous pourrions faire une petite entorse à la règle. Mais Jimmy devrait rester dans les champs, et Dory à la grande maison.

— Ça poserait pas de problème.

— Quand voudraient-ils se marier ?

— Dès que possible, répondit vivement mama.

Il rit.

— Écoute, Mae. Si tu penses que c'est une bonne idée, ils pourraient se marier ici, ce soir. Cela irait-il ?

— Ce serait parfait pour tout le monde, mais peut-être pas pour m'sieur Rankin ?

— Il sera de retour dans deux ou trois jours. Je lui parlerai à ce moment-là. Ne t'inquiète pas, Mae, je m'en chargerai. Bon, poursuivit-il en regardant autour de lui, où se trouve le jeune couple ?

Par chance, Ben les avait trouvés, et ils se tenaient tous deux à côté de Papa George. Mama leur fit signe d'avancer et ils s'exécutèrent, menés par papa George.

— Dory, ta mama dit que tu souhaites épouser ce jeune homme que voici, déclara le capitaine.

Dory avait encore pleuré. Ses yeux étaient si gonflés qu'ils avaient à peine l'air ouverts, mais elle hocha la tête.

— Et Jimmy, veux-tu sauter le balai avec Dory ?

— Oui, cap'taine, répondit-il. Plus que tout.

— Qu'on aille chercher un balai, alors, cria le capitaine, nous allons célébrer un mariage !

La musique s'arrêta et la foule s'approcha. On entendit des voix murmurer et quelqu'un arriva avec l'objet souhaité.

— Maintenant, tenez-vous par la main, dit le capitaine à Dory et Jimmy, je vais m'occuper de la cérémonie.

On plaça le balai devant le couple ; le capitaine leur demanda s'ils promettaient de bien se comporter l'un envers l'autre, de ne pas commettre d'infidélité et d'avoir beaucoup de bébés. Ils répondirent « oui » tous les deux, et alors il les invita à sauter par-dessus le balai. Ils sautèrent ensemble, main dans la main, et quand Jimmy trébucha, tout le monde rit, même le capitaine.

— Eh bien, Jimmy, fit-il, on voit qui portera la culotte !

Assise à côté de moi, Belle m'expliqua que Dory et Jimmy étaient à présent mari et femme.

— Maintenant, c'est l'heure de faire la fête ! lança le capitaine, et il envoya Ben retrouver Oncle Jacob à la grande maison pour aller chercher plus d'alcool.

La musique reprit de plus belle et quelle ne fut pas ma surprise lorsque le capitaine s'approcha de Belle et lui tendit la main pour l'inviter à danser.

Elle se leva et il la conduisit près du feu, où les autres couples reculèrent. Petit à petit, Belle et le capitaine se retrouvèrent seuls à danser. Les gens se turent tandis que le couple se mouvait, réglant ses pas sur le rythme envoûtant d'un unique violon.

Quand Belle levait les yeux vers lui, son beau visage rougissait, sous l'effet du brandy. Le capitaine la regardait avec fierté et, tandis qu'il la guidait autour du feu, son amour pour elle ne faisait aucun doute.

Je cherchai Ben des yeux, mais ne le vis nulle part. Puis j'aperçus Marshall. Le tuteur était parti, et il était seul à observer le couple de danseurs. Un frisson me parcourut tout le corps lorsque je vis la haine dans ses yeux.

6

Belle

Si Mme Martha continue de me harceler, je vais finir par lui dire la vérité. Le problème c'est que, si je fais ça, le capitaine me demandera de partir.

Noël est toujours le pire moment de l'année pour moi. C'est ce dont je me souviens le mieux, quand j'habitais à la grande maison. Et maintenant, c'est Marshall qui dort dans mon ancienne chambre.

Oncle Jacob connaît l'histoire de ma vraie mama. C'est lui qui m'a raconté. Quand il avait trente-quatre ans et n'était toujours pas marié, le capitaine se trouvait à Richmond et traversait une cour où on vendait des Noirs. Le capitaine les a vus donner des petits coups à cette femme qui se tenait droite dans son box, le regard lointain, comme si elle était un arbre et les hommes qui la malmenaient, seulement la poussière autour. Quand le capitaine a déclaré : « Je vais la prendre », tout le monde a ri et lui a dit : « Vous feriez mieux de vous méfier. Elle est du genre à vous tuer dans votre sommeil. »

Quand le capitaine l'a amenée ici, sa mama à lui, Mme Pyke, était très malade. Ma mama noire savait comment utiliser les plantes et a guéri Mme Pyke. Le capitaine est resté ici tout ce temps-là et, tout à coup, je suis arrivée. Mais, à ma naissance, ma mama a eu une mauvaise fièvre et est morte. Il paraît que le capitaine s'est comporté comme si elle était blanche.

Ben est né la même année que moi, en 1773 ; alors, quand Mme Pyke a vu que Mama Mae allaitait, elle l'a fait venir des cases pour me nourrir, moi aussi. Mama Mae travaillait dur et, très vite, elle s'est retrouvée à aider Oncle Jacob à la grande maison et ensuite à faire la cuisine à la dépendance. Quant à Papa George, il travaillait déjà à la grange.

Oncle Jacob dit que j'étais la joie de vivre de Mme Pyke. Selon grand-maman, il y avait toujours quelque chose à apprendre, tout le monde avait des choses à nous enseigner. Elle demandait à Oncle Jacob de nous montrer l'écriture arabe, et on l'écoutait nous parler de sa tribu des Peuls et de son Allah.

Après la mort de Mme Pyke, tout a changé. De son vivant, j'étais chez moi dans la grande maison.

Dory répète que Mme Martha est transformée quand le capitaine est là, mais elle est vraiment surprise de voir à quel point sa maîtresse est une autre femme quand sa sœur est à la maison. Elle ne l'a jamais vue aussi heureuse.

Son bébé manque toujours à Dory, mais ça lui a réussi de sauter le balai avec Jimmy. Mama dit : « Dieu soit loué. J'avais toujours peur que quelqu'un voie ces deux-là ensemble. » Mama m'a surprise en me parlant de Ben d'un air interrogateur :

— Je vous ai vus danser Ben et toi, ça me laisse penser des choses…

— Et toi et papa ? Vous avez tous les deux plus de quarante ans et vous dansez encore comme ça ! Ça aussi, ça me laisse penser des choses…

Mama ne sourit pas.

— Ça répond pas à ma question, Belle.

Je me suis levée pour faire la cuisine.

— Peut-être que Ben serait bien pour moi.

— Belle, tu ferais mieux d'être prudente. Tu sais que le capitaine va te donner tes papiers d'affranchissement et qu'il veut t'emmener avec lui.

Je ne dis pas à mama que Ben et moi nous sommes déjà embrassés. Quand on était petits, Ben était mon meilleur ami mais, cette année, il est plus silencieux et me regarde d'une façon complètement différente. Ça me fait sourire, parce que moi aussi je le vois différemment. Une fois, au poulailler, il m'a attrapée et attirée vers lui pour m'embrasser. Je lui ai dit :

— Non, Ben.

Il a eu l'air blessé, comme si je ne voulais pas de lui. Alors, j'ai pris son doux visage dans mes mains et je l'ai embrassé, mais c'est lui qui m'a repoussée cette fois.

— Tu vois pas ce que tu me fais ? m'a-t-il demandé.

— T'aimes pas ma façon d'embrasser ? ai-je dit d'un ton taquin.

— Belle, tu sais que j'ai envie d'être avec toi.

Il a commencé à parler de sauter le balai, mais alors je suis repartie en courant à la dépendance. On sait tous les deux, depuis mon enfance, que le capitaine a toujours dit qu'un jour il m'emmènerait à Philadelphie.

Et maintenant, dès qu'il est là, le capitaine me parle de ses projets. Mais, chaque fois, je me mets à pleurer et je lui dis : « Attendez, je vous en prie, ne me forcez pas à quitter ma maison. » Il sait pas quoi répondre quand je pleure, alors il s'en va et je reste. Mais il me fait toujours promettre de pas me mettre avec un homme, et j'ai tenu ma promesse. Jusqu'à aujourd'hui.

7

Lavinia

Les hôtes de la grande maison restèrent encore deux semaines, mais Belle et moi nous affairions à la dépendance et n'eûmes plus de contact avec eux. Un soir, avant leur départ, je surpris une conversation entre Belle et Oncle Jacob. Ils parlaient de Mme Martha.

— Je sais pas ce qu'elle va faire à la fin des vacances, dit Oncle Jacob. Sa sœur va s'en aller, et le cap'taine aussi. M'ame Martha va plus quitter son lit, c'est sûr. Je sais pas à quoi il pense cet homme, laisser cette femme seule, encore une fois…

Selon Oncle Jacob, le capitaine avait toujours agi ainsi depuis qu'il avait amené sa jeune épouse ici, croyant qu'elle gérerait la plantation comme le faisait sa mère.

— Il a ses affaires à Philadelphie et à Williamsburg, dit Belle pour défendre le capitaine.

— Je sais bien, Belle. Mais il est temps pour lui de rester ici. M'ame Martha sait pas du tout comment s'occuper de cet endroit. Chaque fois qu'il part, Dory dit qu'elle prend de plus en plus de gouttes noires. Et m'ame Martha quitte pas p'tite Sally des yeux. La seule à qui elle fait confiance pour cette petiote, c'est Dory.

— Elle est terrifiée de perdre un autre enfant. Mama dit que Mme Martha n'a plus toute sa tête depuis la mort de son dernier bébé.

— Tout ce que je sais, c'est qu'il est temps que le cap'taine reste pour de bon et s'intéresse à ce qui se passe ici. Ce Rankin est pas bon aux cases, et je sens pas le tuteur non plus.

— Qu'est-ce qu'il a, le tuteur ? demanda Belle.

— Y a quelque chose qui cloche chez cet homme.

— Qu'est-ce que tu racontes ?

— Pourquoi il a besoin de fermer la porte à clé quand il donne des cours d'histoire au jeune maît' ? Ce qui se passe, je sais pas, mais j'ai plusieurs fois entendu le garçon pleurer en passant devant la porte. J'ai prévenu le cap'taine, mais il me dit que le jeune maît' a besoin de discipline, qu'il est temps qu'il apprenne des choses dans des livres pour pouvoir gérer le domaine quand il sera grand.

Belle poussa un soupir.

— Et puis, il est temps aussi que le cap'taine fasse quelque chose pour toi, continua Oncle Jacob.

— Eh bien, j'ai décidé que je voulais aller nulle part. Il va juste falloir qu'il parle à Mme Martha. Pourquoi est-ce qu'il veut que je parte maintenant ?

— Belle, tu deviens trop grande pour rester. Depuis le début, m'ame Martha croit que t'es la fille de Mae. Maintenant, quand le cap'taine vient à la dépendance et te donne des peignes et des rubans, elle se demande ce qui se passe. Il est temps qu'il te donne tes papiers d'affranchissement. Il a raison, Belle. Il est temps qu'il t'éloigne d'ici.

— Tout le monde dit toujours qu'il faut que je m'en aille. Mais vous oubliez que c'est chez moi ici ! Je vais dire au capitaine que je reste, que je vais même peut-être épouser Ben.

— Ben ! Fais attention, répliqua Oncle Jacob d'un ton brusque. Depuis que t'es p'tite, tu sais que le cap'taine a d'autres idées pour toi.

— Je ferais mieux de fermer pour la nuit, répondit Belle, mettant fin à la conversation.

Quand elle se mit au lit, je m'y glissai près d'elle. Elle me tournait le dos, mais je savais qu'elle pleurait, alors je lui tapotai le dos, comme elle le faisait souvent avec moi. Néanmoins, j'étais perplexe, car j'avais l'impression que mes efforts pour la consoler la faisaient pleurer de plus belle.

Quand les invités quittèrent la maison, la maîtresse étonna tout le monde en gardant sa bonne humeur. Le capitaine resta au domaine jusqu'à mi-février, mais, cette fois-ci, à la surprise générale, Mme Martha ne sombra pas après son départ. Avant de partir, le capitaine donna à Papa George la permission de faire travailler Jimmy avec lui à la grange, et Dory retrouva le sourire. Avec le temps, Mme Martha accepta de mieux en mieux que Fanny s'occupe de Mlle Sally, libérant ainsi Dory pour qu'elle passe plus de temps avec elle.

Nous eûmes la confirmation de l'arrivée du printemps lorsque, ayant éclos, les œufs des poules libérèrent des petits poussins. Mon excitation était à son comble. Fanny, obligée de rester à l'intérieur avec Mlle Sally, s'impatientait.

— Cette petite fille est pourrie gâtée, nous disait-elle, mais elle n'était pas très convaincante car nous savions qu'elle avait beaucoup d'affection pour l'enfant aux cheveux dorés.

Quelle ne fut pas notre surprise quand, un chaud matin de printemps, Fanny apparut à la porte de la dépendance en tenant Sally par la main.

— M'ame Martha dit qu'on a le droit d'aller voir les petits poussins.

Belle et mama échangèrent un regard.

— Où est m'sieur Marshall ? interrogea mama.

— Il étudie, répondit la petite fille.

— Qu'est-ce qu'il étudie, mam'zelle Sally ? continua mama.

— Des livres. Il a un tuteur, M. Waters, mais Marshall et moi ne l'aimons pas.

Elle leva les yeux vers Fanny.

— Aimes-tu M. Waters, Fanny ?

Fanny regarda mama, étonnée.

— Si on allait voir ces p'tits poussins ? lança mama rapidement.

Tout excitée, la petite fille se précipita en avant. Son bonnet blanc, si grand que seules quelques mèches blondes dépassaient à l'arrière, lui tombait sur les yeux, et elle leva ses bras potelés pour le retenir tandis qu'elle courait. Des jupons blancs dépassaient de sous sa robe rose et les boucles dorées de ses chaussures roses scintillaient, comme enflammées par le soleil.

Nous la rattrapâmes bientôt et, quand nous atteignîmes le poulailler, Fanny emmena la petite fille vers un carré d'herbe et l'y assit avec précaution. Puis elle pénétra dans l'enclos et évita de justesse un coup de bec d'une poule quand elle saisit l'un de ses poussins. Sally attendit patiemment jusqu'à ce que Fanny vienne déposer l'oiseau dans ses mains tendues.

— Le serrez pas trop fort, l'avertit Fanny, sinon vous risquez de le tuer.

La petite semblait s'être arrêtée de respirer.

— Oh ! il est si doux, Fanny ! murmura-t-elle.

— C'est parce que c'est un bébé, expliqua Fanny.

— Comme moi ! Maman dit que je suis toujours son bébé. Elle dit que même quand le nouveau bébé arrivera, je serai toujours son bébé.

— Ta mama va avoir un autre bébé ? demanda Beattie.

— Oui, répondit la petite fille en hochant la tête, un vrai. Et maman dit que j'aurai le droit de le porter. Toi aussi, Fanny, proposa-t-elle généreusement.

Nous restâmes encore un moment, mais mama se tenait non loin de là et nous observait, anxieuse, jusqu'à ce que Fanny escorte Sally pour la ramener à la grande maison, en lieu sûr.

— Je reviendrai vous voir ! lança l'enfant par-dessus son épaule tandis que nous lui faisions signe depuis la cour de la dépendance.

Elle tint parole. À partir de ce jour-là, si le temps le permettait, Fanny nous amenait sa protégée. La balançoire était l'activité favorite de Mlle Sally, et nous la poussions toutes à tour de rôle. Marshall ne sortait pas souvent dans le jardin. Les rares fois où nous le voyions, c'était lorsque sa sœur arrivait à le persuader de la pousser sur la balançoire. La petite fille lui vouait une adoration sans bornes, et il était évident qu'il lui était tout aussi dévoué.

Au cours du printemps et de l'été qui suivit, nous tombâmes toutes amoureuses de Mlle Sally. Elle était généreuse, innocente, sincère et aimait s'amuser. Elle insistait pour apporter ses poupées et sa dînette en porcelaine de la grande maison et était toujours ravie de nous en faire profiter. Seule Belle gardait ses distances avec l'enfant.

— Tu ne m'aimes pas ? lui demanda un jour Sally.

Belle baissa la tête pour la regarder et vit ses grands yeux interrogateurs. Je crus une minute que Belle allait se mettre à pleurer. Puis elle répondit :

— Si, si, bien sûr, mademoiselle Sally.

— Ouf, lâcha la petite fille, parce que parfois, je n'en ai pas l'impression.

— Ça doit être quand j'ai mal à la tête.

— Toi aussi, tu as des maux de tête ? demanda Sally. Ma maman en a tout le temps. C'est très douloureux. Quand je serai grande, j'espère que je n'aurai jamais mal à la tête.

— Je suis sûre que non, la rassura Belle.

Puis elle offrit à Sally une petite poignée de raisins secs. Elle l'observa aller vers chacune d'entre nous, paume ouverte, partageant généreusement ses gourmandises, et je vis alors que Belle aussi avait été conquise.

Cet été-là, les jumelles et moi n'eûmes pas souvent de temps libre, mais une telle occasion se présenta un après-midi de la fin août. À l'ombre des bois, nous étions toutes les trois allongées sur un lit d'aiguilles de sapin, en train de parler de la nouvelle excitante de la venue de deux bébés, celui de Dory et celui de Mme Martha.

— Comment elles ont fait? me demandai-je tout haut.

Fanny prit la liberté de me présenter une théorie tout à fait choquante. Après la confirmation de Beattie, nous nous mîmes chacune à réfléchir en silence. Soudain, Fanny se redressa et tourna la tête pour mieux écouter. Puis Beattie et moi perçûmes la même chose qu'elle. Nous reconnûmes toutes la voix suppliante de Marshall. Alors que sa plainte devenait plus sonore, nous entendîmes un adulte lui intimer de se taire.

— Tu veux que je prenne ta petite sœur à ta place la prochaine fois?

— Non, non, laissez-la tranquille. Je serai sage, je serai sage.

Je ne sais pas qui fut le plus surpris lorsque Marshall fut poussé près de nous. Il eut l'air à la fois soulagé et terrifié de nous voir. Le tuteur sembla également très étonné de nous trouver là et ses yeux plissés brillaient de fureur.

— Bon, dit-il en essuyant les coins de sa bouche moite, j'ai l'impression que nous avons de la compagnie.

— Filez d'ici, siffla Marshall.

Les filles s'enfuirent, mais quelque chose dans la détresse de Marshall me fit rester.

— Venez avec nous, dis-je en le tirant par le bras, mais il semblait incapable de bouger.

M. Waters s'avança, un sourire aux lèvres.

— Alors, qui avons-nous là?

Il m'empoigna le bras avec force, mais Marshall, dans un élan de rage, me délivra du tuteur et me cria de partir. Terrifiée, je m'éloignai en courant.

Les filles étaient déjà allées chercher Papa George dans la grange. Quand elles lui expliquèrent la situation, il n'attendit pas qu'elles aient terminé pour saisir une fourche et prendre la direction des bois. Cependant, avant qu'il traverse le ruisseau, Marshall et son tuteur apparurent. Le garçon lança un regard implorant à Papa George alors qu'il s'approchait d'eux. Je n'entendis pas ce que dit Papa George, mais le visage du tuteur devint rouge écrevisse.

— C'est moi qui suis responsable de ce garçon ! hurla-t-il. Tu n'es rien qu'un esclave. Si tu ne fais pas attention, je ferai en sorte que tu te retrouves à travailler dans les champs.

— Papa, t'as besoin d'aide ?

C'était Ben, qui arrivait en courant. Il revenait de la forge où il avait travaillé le métal à très haute température, alors que le temps était déjà étouffant. Il portait un tablier noir en cuir pour se protéger des étincelles quand il martelait le fer. Il avait des marques de charbon noir sur son visage dégoulinant de sueur et tenait à la main la masse qui servait à donner au métal la forme voulue. Le torse bombé, Ben avançait avec un air de guerrier.

Papa George se tourna vers lui.

— Tout va bien, Ben. Je dis juste à cet homme qu'on garde un œil sur m'sieur Marshall.

M. Waters vit Ben se rapprocher et attira Marshall avec lui en direction de la maison. Ben entreprit de les suivre, mais Papa George saisit le bras de son fils et lui chuchota avec fermeté :

— Ben ! Attends !

J'observais la scène, incapable de détacher mes yeux de Ben tandis qu'il regardait le tuteur disparaître dans la grande maison. La colère avait transformé l'homme doux que je connaissais. Le cou de Ben se gonflait. Il parlait à travers ses dents serrées et je ne reconnaissais pas sa voix.

— Laisse-moi y aller, papa ! Je vais mettre les choses au clair.

— Non, Ben. C'est tout ce qu'il attend. Tu le provoques et il fait venir Rankin. Rankin te tue ou te vend, et ensuite invente une histoire pour le cap'taine. M'ame Martha va accoucher d'un jour à l'autre, et le cap'taine a dit qu'il serait là. Jusqu'à ce qu'il arrive, on attend et on surveille.

Quand Papa George et Ben repartirent vers la grange, je courus me mettre à l'abri à la dépendance, où je trouvai Belle. Je me jetai sur elle et m'agrippai à sa taille. Une fois de plus, cette nuit-là, tout me terrifiait. J'étais allongée dans le noir à côté de Belle, essayant de comprendre ce qu'il s'était produit. Je manquais de mots pour décrire ma peur et ressentais une appréhension terrible.

Je fus joyeusement distraite de mes pensées quand, fin septembre, Dory mit au monde une petite fille. Les quelques semaines qui suivirent, on lui accorda le droit de travailler à la cuisine, et j'eus la permission d'aider à prendre soin du nouveau-né.

Sukey n'avait rien à voir avec bébé Henry qui hurlait sans arrêt. Cette enfant noire au visage tout rond était comme une poupée et j'étais enchantée. Mama remplaçait Dory à la grande maison et nous faisait un rapport quotidien de ses tentatives pour gérer la frustration de Mme Martha, alitée contre son gré.

— Plus que deux ou trois semaines et le bébé sera là, rappela Belle à mama.

— Et Dieu soit loué, le cap'taine a promis à m'ame Martha qu'il sera là avant, fit mama.

À présent, Fanny était presque exclusivement responsable de Mlle Sally. Quasiment tous les après-midi, elle l'amenait à la dépendance où nous jouions avec elle pour la divertir. La petite fille était tombée amoureuse du nouveau bébé de Dory et fut ravie quand on lui permit de porter Sukey. Un matin, elle nous surprit toutes en apparaissant dans la cour de la dépendance avec Marshall. Tandis qu'elle l'entraînait en avant, je vis son bracelet briller au soleil. Fanny marchait derrière eux, l'air gêné.

Ben avait quitté la grange et se trouvait à l'arrière de la dépendance à couper du bois pour le feu. Beattie et moi étions à nouveau aux anges de l'aider et apportions le bois à Belle tandis qu'elle faisait cuire la première compote de pommes de la saison en la remuant d'un geste ample.

— Marshall peut-il voir le bébé ? demanda Sally à Belle.

— Allez-y, lui répondit-elle, Dory est à l'intérieur.

Marshall avait l'air embarrassé mais montra de l'intérêt lorsque Dory amena le bébé à la porte de la cuisine pour qu'il le voie.

— Il est joli, dit-il, d'un ton qui semblait sincère.

— Merci, m'sieur Marshall, répondit Dory.

— Notre bébé ressemblera-t-il à celui-ci ? demanda Sally à Marshall.

Après quelques secondes de silence, Marshall secoua la tête.

— Non, dit-il.

— Pourquoi ? interrogea Sally, étonnée.

— Il ne lui ressemblera pas, c'est tout, marmonna-t-il en rosissant.

— Mais je veux un bébé exactement comme celui-ci !

— Eh bien, tu n'en auras pas, trancha Marshall d'un ton brusque.

Sally se mit à gémir.

— Je veux un bébé comme ça.

Belle posa sa grande cuillère et vint s'accroupir près de Sally.

— Où est-ce que vous avez eu cette jolie chose que vous portez à votre poignet ? demanda-t-elle dans un effort pour détourner l'attention de l'enfant.

Cela fonctionna.

— Mon papa me l'a donné pour Noël. Regarde, c'est un portrait de lui.

Elle leva le bras pour que Belle puisse mieux voir le tableau miniature serti dans le bijou. La breloque était bordée d'or et attachée à son poignet par un ruban de velours rose.

— C'est ravissant, dit Belle d'une voix douce.

— Viens, Sally, allons-y, intervint Marshall, qui perdait patience et la tirait par le bras.

La petite fille se souvint du bébé et repoussa son frère.

— Belle, est-ce que je pourrais avoir un bébé comme celui-ci ?

Belle la rassura.

— Ta mama va avoir un joli bébé, mignon comme celui-ci.

— C'est vrai, Belle ?

— Oui, c'est sûr.

— Tu vois ? dit Sally. Tu vois ? Belle dit qu'il sera tout comme celui-ci.

Marshall lança un regard furieux à Belle avant de partir. Voyant son mécontentement, sa petite sœur le suivit en courant. Fanny leur emboîta le pas, mais Beattie et moi restâmes avec Ben devant le tas de bois, les regardant remonter vers la grande maison. Quand Sally atteignit le chêne, elle grimpa sur sa balançoire.

— Marshall ! Pousse-moi ! lança-t-elle, agitant ses pieds en l'air.

Mais Marshall l'ignora et poursuivit son chemin.

Fanny la rejoignit, mais l'enfant insista : elle voulait son frère.

— Marshall ! Viens ! Pousse-moi sur la balançoire ! l'appela-t-elle.

Il fit mine de ne pas l'entendre. La petite fille aperçut le tuteur qui se tenait à l'arrière de la grande maison et changea alors de tactique.

— Monsieur Waters, monsieur Waters, cria-t-elle, dites à Marshall de me pousser sur la balançoire !

Marshall s'arrêta et leva les yeux. Voyant que le tuteur s'approchait, il revint vite sur ses pas. En arrivant à la balançoire, il saisit le siège et le poussa violemment, faisant presque tomber l'enfant.

— Marshall, lança la petite fille, pas si fort !

Il la poussa à nouveau, encore plus fort. Effrayée, Sally lui donna un coup de pied et lui cria d'arrêter, mais il poussa la balançoire de plus belle, comme alimenté par les cris de sa sœur. Quand Sally lâcha un hurlement strident, Belle se précipita en haut de la colline. Ben accourut lui aussi, derrière elle. Belle cria à Marshall d'arrêter immédiatement. Fanny se rua sur lui et usa de toute sa force pour le plaquer à terre, mais Marshall avait eu le temps d'effectuer une dernière poussée pleine de violence. La balançoire s'élança et atteignit la hauteur maximale, puis tressauta avant de redescendre.

Personne ne vit avec certitude si la petite fille était tombée ou avait sauté. Quand elle retomba à terre, il y eut un craquement sonore ; elle gisait immobile, la tête de côté et ses petits bras grands ouverts comme pour accueillir le ciel.

Même les oiseaux cessèrent de chanter.

8

Belle

La première fois que j'ai vu cette petite Sally, elle ne m'a pas plu, juste parce qu'elle est qui elle est. C'est ma sœur, mais je ne peux pas le lui dire. Et simplement parce qu'elle est blanche, jamais elle ne sera envoyée à la dépendance comme moi. Mais, cet été-là, en faisant sa connaissance, j'ai vu qu'elle était comme Beattie, souriante et heureuse de partager ce qu'elle a. Au bout d'un moment, je me suis prise d'affection pour elle et j'ai commencé à penser que, peut-être, quand elle serait grande, je lui dirais moi-même que nous sommes sœurs. Mais ensuite, sans crier gare, elle est partie. Après sa mort, avant l'arrivée du médecin, mama me dit de faire la toilette de Sally et de lui mettre sa plus jolie robe.

Je réponds :

— Non, s'il te plaît, mama, demande à Dory.

Mais Mama Mae insiste.

— Belle, tu sais combien Dory aime cette enfant. En plus, elle allaite, et ça pourrait arrêter son lait.

Puis mama me regarde avec intensité avant d'ajouter :

— Mais si tu veux quand même que Dory le fasse, je vais l'amener ici.

— Non, mama, tu as raison. C'est seulement que je n'aime pas toucher les choses sans vie.

— Personne aime ça.

Alors, je lave cette petite fille, douce comme un oisillon. Ça me semble injuste qu'elle aille sous terre. En nettoyant son bras minuscule, je retire son bracelet avec le portrait du capitaine. Je le glisse dans ma poche, en me disant que maintenant il est à moi, mais je me mets à pleurer et je le ressors, parce que je sais que je ne recevrai jamais une telle chose, tout comme je ne pourrai jamais plus habiter à la grande maison. Quand Oncle Jacob arrive, je sanglote tellement que je sursaute en sentant sa main sur mon épaule.

— Calme-toi, Belle, tout le monde meurt un jour ou l'autre, dit-il pour me consoler.

Mais lui-même a les yeux humides à la fin de notre tâche. Après ça, je lui donne le bracelet. Il le regarde, puis il me regarde moi. Il secoue la tête d'un air très triste, comme s'il savait tout ce que je pensais, puis il le met dans sa poche.

9

Lavinia

On dit que les hurlements de Mme Martha pour sa fille furent entendus par les travailleurs jusque dans les champs. Immédiatement après que mama lui eut appris la terrible nouvelle, Mme Martha commença à avoir des contractions.

Persuadée qu'elle était responsable de la mort de Sally, Fanny tremblait de la tête aux pieds et ne voulait pas lâcher Beattie. Mama demanda à Dory de les emmener à la cuisine, de donner à Fanny un peu de brandy et de rester avec elle. Papa porta Mlle Sally à la grande maison, tandis que le tuteur escortait jusqu'à sa chambre un Marshall sous le choc. Belle et Oncle Jacob restèrent auprès du corps inanimé de l'enfant en attendant que Ben aille chercher le médecin. Je demeurai seule pour aider mama au moment de la naissance de Campbell.

Je me tenais à la porte, tremblante, ne sachant pas si les cris d'agonie de Mme Martha étaient dus à la disparition de Sally ou aux spasmes qui parcouraient son abdomen enflé. mama m'appela à ses côtés, mais, lorsque Mme Martha poussa un autre hurlement strident, je me figeai et me bouchai les oreilles. Mama s'approcha de moi et me saisit par le bras. Elle me murmura à l'oreille :

— M'ame Martha vient de perdre un enfant, tu veux qu'elle perde aussi ce bébé ? T'es là pour aider, et t'aides personne comme ça.

La colère de mama m'effraya plus encore que les cris de Mme Martha, alors je pris le linge humide qu'elle me tendait.

— Va lui essuyer le front, Abinia. Doucement maintenant, m'ame Martha. Poussez doucement, encore, voilà.

D'après ce que j'appris plus tard, ce fut une naissance rapide, mais, cet après-midi-là, l'atroce douleur de Mme Martha me sembla durer une éternité. Enfin, le bébé arriva.

— Abinia, donne-moi le cordon, maintenant prends les ciseaux, coupe ici, t'inquiète pas, tu lui fais pas mal. Parfait, donne-moi la couverture.

Mes mains tremblaient, mais je parvins à faire tout ce que me dit mama.

Le bébé toussait et s'étouffait pendant que mama le nettoyait, puis il se mit à pleurer. Des larmes de soulagement et d'émerveillement coulèrent le long de mes joues et, incapable de les arrêter, je les essuyai du revers de la main. Mama l'enveloppa dans une couverture et l'amena à sa mère.

— C'est un garçon, m'ame Martha, un garçon grand et fort.

— Non !

Mme Martha repoussa mama et le bébé qui pleurait toujours. Elle détourna la tête et ferma les yeux.

— Tiens, Abinia, prends-le.

Mama désigna une chaise de la tête. Je reniflai bruyamment et elle chuchota avec insistance:

— Abinia, c'est pas le moment de pleurer. Il faut que tu serres ce bébé dans tes bras. Allez. J'ai besoin de toi.

À nouveau, je repris mon sang-froid. Déterminée à recueillir l'approbation de mama, je tendis les bras vers le bébé.

— Je vais le prendre, mama.

Instinctivement, je commençai à le bercer d'avant en arrière jusqu'à ce qu'il se calme. Pendant que mama s'occupait de Mme Martha, je regardai mon protégé. Tandis qu'il agitait les mains en l'air, je remarquai ses ongles minuscules et les observai passer du violet au rose. J'étais abasourdie par ses traits miniatures et, quand il ouvrit les yeux, il me regarda. Sa petite bouche remua comme s'il essayait de parler et, au plus profond de moi, je ressentis un amour inconditionnel pour ce bébé.

Mama essaya encore et encore de donner l'enfant à Mme Martha; chaque fois qu'elle le rejetait, j'étais impatiente de le reprendre dans mes bras. Je vis à quel point mama fut soulagée en entendant arriver la calèche du médecin. Il s'arrêta d'abord à la nursery pour voir Mlle Sally, puis, tout pâle, il vint voir Mme Martha. Il l'examina, mais elle ne répondit pas à une seule de ses questions. Ensuite, le médecin prit mama à part. Il sortit de sa mallette un flacon de liquide sombre et donna des instructions.

— Vous savez comment utiliser les gouttes, Mae. Il faut lui en donner assez pour la faire dormir jusqu'à…

Il fit un signe de tête en direction de la nursery.

Le bébé commença à s'agiter et le médecin s'approcha de nous.

— Il va falloir faire venir une femme du quartier des esclaves pour le nourrir. Avez-vous quelqu'un en tête ? demanda-t-il à mama.

— Ma fille Dory vient d'avoir un bébé, dit rapidement mama, elle allaitera celui-là aussi.

Le médecin examina le nouveau-né ; il caressa ses jolis cheveux blonds, et je me demandai si Mlle Sally le trouverait aussi mignon que celui de Dory. Dans un sursaut, je me souvins que Mlle Sally était morte.

— Il faut aussi aller voir m'sieur Marshall, dit mama au médecin.

Elle le mena de l'autre côté du couloir et frappa à la porte jusqu'à ce que le tuteur lui ouvre. M. Waters invita le médecin à entrer mais ferma la porte, excluant Mama Mae. Elle me rejoignit dans la chambre de Mme Martha, la mine sinistre. Un peu plus tard, nous entendîmes le tuteur et le médecin discuter en descendant l'escalier. Quand ils fermèrent les portes de la bibliothèque derrière eux, mama alla voir Marshall mais revint pour dire qu'il dormait. Puis elle me prit le bébé des bras et m'envoya chercher Dory.

Je ne sais pas pourquoi, je sortis par la porte principale et non par la porte de service. Peut-être parce qu'elle était grande ouverte ; ce qui est sûr, c'est que j'étais désorientée par les événements de cette journée. Je m'arrêtai une minute sous le porche, surprise de la normalité du coucher de soleil doré. Je descendis les marches du perron et me dirigeai vers le côté de la maison, puis je fis une halte, effrayée à l'idée de contourner le bâtiment. Je savais que le chêne et la balançoire pendante attendaient là, et je ne voulais pas les voir. Je restai quelques instants sous la fenêtre ouverte de la bibliothèque. Le buis avait beaucoup poussé et, même si personne ne pouvait me voir de l'intérieur, je distinguais clairement la voix de M. Waters.

— C'est Ben, ce type de la grange. Il n'a rien à faire avec les enfants, mais apparemment personne ne peut le contrôler. Il fait ce qu'il veut ici et, la plupart du temps, il s'assoit derrière le tas de bois pour roupiller. Je ne sais pas ce qui lui a pris de mettre cette petite fille sur la balançoire et de la pousser comme ça. Je ne pense pas qu'il avait l'intention de la tuer, mais, à voir la façon dont il poussait cette balançoire, je me demande ce qu'il cherchait.

Je courus à la dépendance, voulant rapporter à Dory la conversation entre les deux hommes, mais, quand j'arrivai, Dory, encore sous le choc de la mort de Sally, était dans un tel état qu'elle m'intima de me taire. Je me souvins alors de ma mission initiale.

— Dory, mama veut que tu viennes, m'empressai-je de lui dire.

Dory faisait de son mieux pour préparer le repas du soir alors que son bébé, Sukey, manifestait sa faim et commençait à s'énerver.

— Quoi ? lança-t-elle. Qu'est-ce qu'elle veut ? Elle sait que j'ai assez à faire ici !

J'insistai en lui disant que mama avait besoin d'elle à la grande maison pour allaiter le nouveau bébé. Dory me lança un regard noir, reposa violemment un bol sur la table, puis prit son bébé et partit pour la grande maison, avec moi sur les talons.

Nous fûmes accueillies par les pleurs du nouveau-né de Mme Martha. Mama le tenait dans ses bras quand elle nous retrouva dans la petite pièce bleue qui donnait directement sur la chambre de la maîtresse. Là, sur ordre de mama, Dory plaça à contrecœur le bébé de Mme Martha sur son sein. Je m'approchai, impatiente qu'il soit rassasié. Tandis qu'il tétait avidement, Sukey se mit à pleurnicher dans les bras de mama.

— Mama, je comprends plus rien. Mon Henry est parti, p'tite Sally est partie, et maintenant celui-là.

Elle regarda son propre enfant qui pleurait dans les bras de sa mère. Furieuse, elle baissa les yeux vers le nourrisson.

— Il tète comme si c'était son droit.

Elle se mit à sangloter.

— Je veux pas faire ça, mama.

Celle-ci rapprocha sa chaise. Elle parla d'une voix douce mais ferme.

— Allez, ma chérie. Oublie pas, t'y gagnes aussi. Avec ça, on va encore avoir besoin de toi dans cette maison. Arrête de pleurer, maintenant. Il a le droit de vivre, comme toi et moi. C'est pas bon que tu pleures quand tu le nourris. Tu voudrais pas que quelqu'un dise que ton lait est pas bon. Sinon, du jour au lendemain, on fera venir quelqu'un d'autre. Chante-lui quelque chose, ça l'aidera à digérer.

Mama berça Sukey jusqu'à ce qu'elle se calme, puis reprit :

— Allaite d'abord ce nouveau bébé, il a besoin du lait. Puis tu allaiteras ton p'tit chou à toi, reprit-elle en serrant dans ses bras le bébé de Dory. T'as bien assez à donner pour les deux. Tout ce que tu dois faire, c'est manger plus.

Dory renifla bruyamment.

— Je vais essayer, mama.

Je n'en pouvais plus d'attendre que Dory ait fini pour récupérer le bébé de Mme Martha.

Mama Mae loua mon aide et déclara que je m'étais très bien débrouillée pour mon âge. Je lui rappelai que j'avais déjà huit ans. Elle secoua la tête et se demanda tout haut comment elle avait pu l'oublier. Elle dit que je m'y prenais si bien avec le nouveau bébé que je pourrais peut-être rester avec lui le lendemain. Je me hâtai de lui confirmer que j'en étais capable, et je portai l'enfant dans mes bras avec beaucoup de précaution tandis qu'elle installait une nursery dans la chambre bleue.

Le contremaître signa à Ben un laissez-passer et il partit à cheval pour annoncer au capitaine la mort de Sally. Tôt le lendemain matin, un pasteur arriva, suivi de quelques voisins en calèche ou en chariot. Ils apportèrent de la nourriture et mama ne cessait de faire des allers-retours entre les visiteurs, la cuisine et la chambre de Mme Martha. Finalement, mama me demanda si je pensais pouvoir donner à la maîtresse son médicament à son réveil. Bien qu'angoissée par cette nouvelle tâche, j'étais avide de recevoir d'autres louanges de la part de mama, alors j'acquiesçai. Mama mesura la dose prescrite et me donna des instructions précises, m'assurant que je ne serais pas longtemps seule car Dory viendrait bientôt nourrir le bébé.

Le nouveau-né dormait dans son berceau, dans la pièce attenante. J'attendis en parcourant la chambre du regard. Quand je vis Mme Martha remuer puis ouvrir les yeux, je lui apportai son breuvage sans hésiter. Elle semblait savoir de quoi il s'agissait et but avec empressement.

Puis elle reposa la tête sur ses oreillers et, dans un soupir, relâcha ses bras de part et d'autre de son corps frêle. Ses poignets étaient nus et des veines bleues battaient sous sa peau blanche. À cet instant, elle paraissait aussi fragile que son nourrisson. Elle ne portait pas de bonnet de nuit, et ses épais cheveux roux encadraient son visage délicat. Ses yeux, aussi verts que de l'herbe, se posèrent sur moi.

— Isabelle ? demanda-t-elle.

Elle tendit la main vers moi, et je la laissai me toucher. Lorsqu'elle ferma les yeux et que je m'écartai pour sortir de la pièce, elle me rappela.

— Isabelle.

— C'est Lavinia, dis-je.

— Ne t'en va pas.

Voyant sa faiblesse, ma peur s'envola et je restai pour lui tenir la main. Elle était sèche et brûlante. Elle ne m'adressa plus la parole, mais regarda dans ma direction jusqu'à ce que ses yeux se ferment et qu'elle plonge dans un profond sommeil.

Je n'assistai pas au service funéraire pour Mlle Sally, ni à son inhumation mais, quelque temps plus tard, Belle m'emmena au petit cimetière. Il se trouvait assez près de la maison, derrière le verger. Nous entrâmes dans l'enceinte de pierre par un portail en fer noir et nous assîmes toutes les deux sur un banc en bois. Je fus surprise par la paix qui y régnait.

— Pourquoi est-ce qu'on n'a pas enterré bébé Henry ici ?

Je voulais le savoir parce que je trouvais rassurante l'idée de deux innocents reposant l'un près de l'autre.

— Cet endroit est réservé aux gens de la grande maison, expliqua Belle. C'est là qu'est enterrée ma grand-mère.

Elle se dirigea vers une pierre tombale imposante et la caressa de la main.

— Et ta mama, elle est où ?

— Au même endroit que bébé Henry.

— Est-ce que tu viendras ici quand tu seras morte ?

— Non, répondit Belle d'un ton sec. Je t'ai dit que c'était réservé aux gens de la grande maison.

Puis, comme pour adoucir ses mots, elle ajouta :

— Je ne sais pas ce qu'on fera de moi, Lavinia. Peut-être simplement qu'on me mettra sous la dépendance.

Elle se pencha pour observer la pierre tombale de Mlle Sally.

— Qu'est-ce qu'il y a écrit ? demandai-je, un peu perdue et désireuse de changer de sujet.

— « Sally Pyke... », commença Belle et, tandis qu'elle passait le doigt sur les lettres, des larmes se mirent à couler le long de ses joues. « Sally Pyke, fille chérie de James et Martha Pyke. »

Les jours suivants, le médecin rendit à nouveau visite à Mme Martha et indiqua qu'il fallait continuer à lui donner de l'opium jusqu'au retour du capitaine.

— Il faut qu'elle dorme, déclara-t-il à Mama Mae.

— Cette boisson lui fait perdre la tête, le prévint mama.

— Cela s'arrangera, la rassura le médecin. Continuez de lui en donner.

Après avoir bu la mixture, Mme Martha mettait souvent du temps à se rendormir. Quand elle était éveillée, elle semblait retomber en enfance et, à ses yeux, j'étais sa jeune sœur Isabelle. Le temps que le médicament fasse effet, Mme Martha me faisait souvent asseoir sur le bord de son lit. Elle défaisait mes tresses et, nerveuse, me démêlait les cheveux, les lissant jusqu'à se calmer et s'endormir.

Dory nourrissait et changeait le bébé, mais c'était moi qui le couvrais d'amour. Je le prenais dans mes bras dès que j'en avais l'occasion et, quand j'étais seule avec lui, je le serrais fort et blottissais mon visage dans son cou pour respirer son odeur sucrée.

Le lendemain de l'enterrement, j'étais seule dans la chambre bleue, le bébé dans les bras. Il était réveillé et me regardait quand, soudain, un souvenir s'imposa à mon esprit. Je me rappelai avoir eu un petit frère, né en Irlande et mort très jeune.

— Je vais t'appeler Campbell, murmurai-je, submergée par un flot de souvenirs. Campbell, répétai-je alors qu'il m'attrapait le doigt et s'y agrippait. Tu es mon joli bébé, roucoulai-je.

Je sursautai en entendant une voix.

— Je veux voir ma mère.

Marshall se tenait sur le pas de la porte.

— Elle dort, dis-je.

Je n'avais pas vu Marshall depuis que Sally était tombée de la balançoire. Son visage pâle était marqué par sa détresse, et j'eus pitié de lui.

— Venez voir le bébé, lui proposai-je.

À ma grande surprise, il s'approcha.

— Vous avez vu comme il est dodu ?

Je repoussai les couvertures pour lui montrer ses jambes et ses bras éclatants de santé. Malgré sa réserve, Marshall s'agenouilla à côté de la chaise où j'étais assise.

— Comment s'appelle-t-il ?

— Campbell, répondis-je, testant à voix haute le prénom que j'avais choisi.

Je soulevai un des pieds du bébé.

— Regardez-moi ses tout petits orteils.

Marshall prit délicatement le pied du bébé dans sa main.

— Vous pouvez l'embrasser, lui dis-je.

— Non !

Comme s'il avait été brûlé par un tisonnier, il retira sa main. Il baissa la tête et je crus qu'il allait se mettre à pleurer.

— M'sieur Marshall, vous avez pas voulu faire de mal à mam'zelle Sally, soufflai-je, cherchant à le réconforter.

Ses épaules s'affaissèrent et il me regarda, l'air impuissant. Il était sur le point de parler quand sa mère appela de sa chambre.

— Isabelle ! Isabelle !

Marshall se leva d'un bond.

— Qui appelle-t-elle ? demanda-t-il.

— Moi.

— Est-ce ton nom ?

— Non, je m'appelle Lavinia. Mama Mae dit que votre mama me prend pour sa sœur.

Même si cela me semblait impossible, son visage pâlit encore davantage.

— Oui, fit-il.

Puis il ajouta avec dégoût :

— Mais elle est morte !

Il partit en claquant la porte derrière lui.

Le capitaine arriva le lendemain après-midi. Dory nourrissait le bébé dans la chambre bleue, et j'étais assise sur le bord du lit de Mme Martha. Elle était sur le point de s'endormir, et j'avais sa main sur les genoux.

— Martha ! lança le capitaine en arrivant dans la pièce.

Sa stature imposante m'effraya, et je voulus m'enfuir au plus vite, mais Mme Martha me saisit la main.

— Martha, répéta-t-il, et je me libérai tandis qu'il s'approchait du lit à grands pas.

Il dégageait une forte odeur de crasse et de cheval, mais, lorsqu'il s'assit et l'attira vers lui, elle enfouit son visage dans son cou.

— James, murmura-t-elle, et sa douleur sembla ravivée quand elle prononça le nom de sa fille.

Je sentis les larmes me piquer les yeux et je partis tandis qu'il tentait de la calmer.

Le lendemain soir, Marshall rejoignit ses parents dans la chambre pour un souper léger. Mme Martha resta au lit, mais on la redressa afin qu'elle puisse manger. Mama servait le repas tandis que Dory et moi nous occupions du bébé dans la pièce à côté. Oncle Jacob préparait un feu dans la cheminée quand Belle jaillit dans la chambre bleue.

— Mama ! lança-t-elle. Mama, ils ont Ben ! Va chercher le capitaine !

Mama arriva en courant avec le capitaine, tous deux suivis par Marshall.

— Belle, fit le capitaine. Moins fort ! S'il te plaît ! Martha n'est pas…

— Ils ont Ben ! répéta-t-elle.

— Comment ?

Le capitaine jeta un regard inquiet en direction de la chambre de sa femme.

— Ils ont pris Ben ! cria Belle à nouveau. Rankin et la patrouille sont avec lui. Ils ont tous bu. Ils disent que Ben a tué Sally.

Pétrifiée, mama se laissa tomber sur le fauteuil en soie bleue.

— Ils l'ont attaché pour le transporter. Vous devez aller le sauver ! Ils vont le tuer !

— Calme-toi, Belle, répondit le capitaine. Qu'est-ce que tu racontes ? Pourquoi penseraient-ils que Ben…

Marshall recula quand le tuteur apparut sur le pas de la porte. Belle se rua vers M. Waters.

— Vous ! Ils disent que c'est vous qui leur avez dit que Ben avait tué Sally.

Le tuteur fronça les sourcils d'un air sceptique.

— Qu'est-ce que c'est que cette histoire ? Dites-moi ce que c'est que cette histoire ! cria le capitaine.

Le tuteur se tourna vers Belle.

— Je n'ai parlé à personne de ton amant. Je n'ai même pas assisté à l'accident. Je ne peux que répéter ce que m'a dit M. Marshall, et il m'a informé que Ben avait fait tomber Mlle Sally de la balançoire en la poussant.

Nous regardâmes tous Marshall. Ils allaient faire du mal à Ben ! Je savais que le tuteur mentait. Pourquoi Marshall ne disait-il rien ?

— Marshall ? rugit son père.

Le regard paniqué de Marshall passa de son père à son tuteur.

— Dites simplement la vérité, Marshall, dit M. Waters.

Marshall ne quittait pas le tuteur des yeux.

— Ils vont tuer Ben ! répéta Belle hors d'elle. Marshall, je vous en supplie. Dites-le au capitaine ! Dites-lui que c'est vous qui poussiez Sally !

La terreur de Belle pour Ben me gagna.

— Qui poussait cette balançoire ? hurla le capitaine.

— C'était Marshall, lâchai-je. Nous l'avons tous vu. Mais il ne voulait pas lui faire de mal.

Je courus me réfugier auprès de mama.

— Belle ? demanda le capitaine. Belle ?

— C'était Marshall ! S'il vous plaît ! Allez-y ! Ils vont le tuer !

Ses mots poussèrent le capitaine à l'action. Nous le vîmes bondir hors de la pièce et descendre l'escalier en courant vers la bibliothèque, où il ouvrit son coffret d'armes. Il tendit un des fusils à Papa George et tous deux partirent au galop, sous un ciel clair de pleine lune.

Le soleil apparaissait déjà à l'horizon quand le capitaine revint auprès de son épouse endormie. Il me réveilla en traversant la chambre bleue où je dormais à côté du berceau de Campbell. J'aurais voulu le suivre et l'interroger à propos de Ben, mais je n'osai pas. Je restai donc à ma place, le regardant s'approcher de la tête du lit à baldaquin, dont les rideaux bleu et blanc étaient ouverts. Il se pencha pour embrasser Mme Martha, puis lui secoua doucement le bras, mais l'opium l'avait plongée dans un profond sommeil. Comme elle ne réagissait pas, il se redressa. Il l'observa un long moment avant de se diriger vers la commode. Il souleva le petit flacon en verre qui s'y trouvait, le remua, puis poussa un long soupir et s'assit dans le fauteuil à côté du meuble. Au moment où il reposa le flacon, je le vis tressaillir et je devinai ce qu'il avait vu. Le jour de l'enterrement de Sally, pendant que la maîtresse dormait, Oncle Jacob avait délicatement placé sur la commode le bijou vers lequel le capitaine tendait à présent la main. C'était le bracelet que la petite fille portait au poignet.

Le capitaine pressa le bijou contre sa poitrine. Puis il se mit à gémir et se recroquevilla sur lui-même, comme si le ruban rose lui transperçait le cœur. Quand il se redressa, il porta l'objet à ses lèvres.

Campbell remuait et commença à pleurer. Je le pris dans mes bras et fis quelques pas jusqu'à ce qu'il se calme. Quand je levai les yeux, je vis le capitaine sur le pas de la porte.

— Comment va Ben ?

Je ne pouvais retenir la question plus longtemps.

Le capitaine me fixa comme s'il s'étonnait de mon inquiétude.

— Il s'en remettra, dit-il.

Il s'approcha et saisit le bébé avec maladresse.

— Qui le nourrit ? demanda-t-il.

— Dory. Elle ne devrait pas tarder.

— Très bien. Comment s'appelle-t-il ?

— Campbell, répondis-je.

— Campbell. Campbell ? répéta-t-il.

Avant que je puisse lui expliquer quoi que ce soit, que c'était moi qui avais donné un nom au bébé, Dory apparut.

— Ben s'en sort-il ? s'enquit le capitaine. A-t-on pu stopper l'hémorragie ?

— Oui, répondit Dory, mais il crie tellement il a mal.

Quand elle prit le bébé des bras du capitaine, je vis que ses mains tremblaient.

Le maître retourna dans la chambre de sa femme et en revint avec le flacon d'opium.

— Apporte cela à Mae, me dit-il. Dis-lui d'en donner à Ben.

Je saisis le flacon et partis en courant, impatiente de voir Ben. Le jour pointait et Oncle Jacob revenait de la maison de mama. Il me fit un signe de tête quand je le croisai sur le palier. Un lever de soleil éclatant dans un ciel sans nuages versait de l'or sur notre petit monde. Des volutes de fumée rassurantes s'élevaient de la cheminée de la dépendance, et je soupirai de soulagement en voyant que la routine d'une nouvelle journée avait repris.

— Est-ce que Ben va bien, Oncle Jacob ?

Le vieil homme regarda au loin.

— Ça dépend de lui. Maintenant, il a la peur. S'il garde cette peur en lui, il ne pourra plus être heureux. S'il rejette cette peur dans le monde, il aura une raison de se battre.

Il inspira profondément en levant les bras au ciel.

— Toi et moi, on donne ça à Allah. On dit : « Allah, reprends cette peur de Ben. »

Il baissa la tête puis la releva. Il gardait les bras tendus tout en regardant autour de lui.

— On voit le soleil, on voit les arbres, on voit le jour nouveau. On dit : « Merci, Allah. Merci d'aider notre garçon. »

Des larmes coulaient le long de ses joues et il s'inclina à nouveau. Puis il baissa les bras et s'essuya les yeux. Voulant faire plaisir à Oncle Jacob, je me penchai moi aussi en direction du soleil et déclarai :

— Merci, Allah, et s'il vous plaît, écoutez Oncle Jacob.

— T'es une bénédiction, Abinia, me dit Oncle Jacob en m'offrant un grand sourire avant que je m'éloigne en courant vers la maison de mama.

Quand j'arrivai à sa cabane, j'entendis Ben hurler de douleur. J'eus si peur que je pus à peine frapper à la porte, et je fus soulagée lorsque mama ouvrit mais me refusa l'entrée. Je lui tendis les gouttes, puis partis vite me réfugier à la dépendance. Belle avait les yeux gonflés à force d'avoir pleuré, mais elle me donna du lait et du pain de maïs, puis me refit mes tresses et me débarbouilla. J'en profitai pour m'enquérir de l'état de Ben, mais elle coupa court à mes questions en me disant que, bientôt, il serait remis. Certaine à présent que Ben était sain et sauf, je débordais d'enthousiasme. Mon soulagement me rendit bavarde et je racontai à Belle ma conversation avec Oncle Jacob, ce qui m'amena à lui demander qui était Allah. Elle me dit qu'Allah était le dieu d'Oncle Jacob, tout comme le Seigneur était celui de mama.

— Et toi, c'est qui, ton dieu? lui demandai-je, curieuse.

— Les deux.

Puis elle me regarda, abasourdie, et reprit:

— T'as jamais autant parlé depuis que t'es ici!

Je souris mais ne répondis rien. Je ne pouvais pas lui expliquer mon bonheur. Tout ce que je savais, c'était que Ben était de retour et que, là-haut dans la grande maison, j'avais un bébé à aimer. Un bébé qui avait besoin de moi.

10

Belle

Les malheurs s'enchaînent. D'abord la petite Sally, et puis ensuite Ben.

Hier soir, sans crier gare, ils sont venus chercher Ben. C'est évidemment ce contremaître, cet affreux Rankin, qui menait le groupe. Quatre hommes ont sauté sur Ben quand il est sorti de la porcherie. Ils l'ont attaché et emmené avant que papa ou Jimmy arrivent pour les arrêter. Je suis immédiatement allée chercher le capitaine en courant. Il a sauté sur un cheval et a emmené papa avec lui. Quand ils les ont retrouvés, les hommes avaient déjà humilié Ben et lui avaient enlevé tous ses vêtements, juste par cruauté.

— Nègre, avoue ou on te tue, disaient-ils, mais Ben a rétorqué qu'il savait qu'ils le tueraient dans tous les cas.

— J'ai fait quoi ? J'ai fait quoi ? ne cessait de demander Ben.

— T'as tué cette petite Blanche.

— Je sais pas de quoi vous parlez, a répondu Ben, mais ils l'ont jeté à terre en lui donnant des coups de pied, en lui disant d'avouer.

— Tenez, a dit l'un d'eux. Tenez, prenez ça.

Il a sorti un des clous de fer à cheval que Ben transportait dans sa poche.

— Coupe-lui l'oreille. Ça le fera parler.

Tout le monde sait qu'au tribunal, quand un Noir a fait quelque chose de mal, on lui cloue l'oreille à un arbre avant de la couper. Alors voilà ce qu'ils ont fait à Ben. Ils lui ont arraché une oreille et allaient s'occuper de l'autre, mais le capitaine est arrivé à temps et a tiré sur la cime de l'arbre.

— Lâchez cet homme ! Il m'appartient.

Ils étaient tous saouls et ne voulaient pas s'arrêter, mais Papa George a levé son fusil, s'apprêtant à tirer. Le capitaine a dit :

— Du calme, George, garde juste ce fusil bien à la vue de tous. Je vais essayer de gérer ça.

Il est alors descendu de son cheval et s'est dirigé vers les hommes. Il les connaissait assez bien pour les appeler par leurs noms.

Rankin a fait un pas en avant.

— Capitaine, je ne fais que mon travail en punissant ce gars.

— Rankin. Messieurs. J'ai peur qu'il y ait eu un malentendu. Mon garçon ici présent n'a rien fait de mal.

Ils ne voulaient pas libérer Ben, mais ils savaient qu'il appartenait au capitaine. Rankin a eu l'intelligence de prendre le parti du capitaine, et il a dit aux hommes de partir. Il a ajouté qu'il aiderait le capitaine à régler cette affaire à la maison.

Du sang coulait abondamment là où Ben avait perdu son oreille, et papa a déchiré sa chemise pour lui faire un bandage. « Ben était plus lui-même, m'a raconté papa ensuite. Il tournait en rond en disant : "Papa, où sont mes habits, où sont mes habits ?" »

Au milieu de tout ce foutoir, Ben a refusé de monter sur le cheval tant qu'il n'avait pas remis ses vêtements. Le capitaine a donné le cheval de Rankin à Ben et a dit au contremaître de marcher. Tout le monde savait que Rankin allait retourner sa colère contre quelqu'un sur le chemin.

Mon Ben ne voulait pas que je le voie, mais j'y suis allée quand même. Il refusait de me regarder et gardait les yeux fermés. J'ai aidé mama à arrêter le saignement, mais ensuite, de retour à la dépendance, je ne pouvais plus m'arrêter de pleurer à cause de ce qu'ils lui avaient fait. Il reste mon Ben adoré, mais il n'est plus beau comme avant. Pourquoi est-ce qu'ils lui ont fait ça ?

Le lendemain, pendant que je prépare le dîner, le capitaine vient à la dépendance et tambourine à la porte.

— Qu'est-ce que Waters voulait dire en parlant de ton amant ?

— Je ne sais pas, dis-je, effrayée.

Je n'ai encore jamais vu le capitaine aussi furieux contre moi.

— Est-ce qu'il parlait du fils de Mae ? De Ben ?

Je secoue la tête.

— Je ne sais pas de quoi parlait ce tuteur.

— Je le vendrais si je pensais qu'il t'avait touchée !

— Ben ne m'a rien fait.

— Belle, tout cela a trop duré. Je vais régulariser tes papiers. Cet été, tu prendras la direction du nord.

Je te trouverai un bon mari. Je refuse que tu gâches ta vie ici.

— Mais je veux rester ! C'est chez moi ici ! J'ai mama et papa ici. Et puis Dory et les filles, c'est comme des sœurs.

— Ce sont mes esclaves !

Je commence à m'énerver.

— Vous oubliez ma mama ? Elle aussi, c'était votre esclave. Vous amenez des esclaves sur votre bateau ! Et ensuite vous les vendez !

— C'est faux ! Jamais sur mon bateau. Je ne les ai jamais amenés.

— Mais vous les avez achetés ! Ils sont à vous. À part Rankin, tous les gens des cases sont des esclaves.

— C'est mon père qui les a achetés. Il en avait besoin pour démarrer l'exploitation de la plantation. Et tu sais bien que j'ai encore besoin d'eux aujourd'hui pour continuer ce travail.

J'inspire deux ou trois fois, essayant de me calmer.

— D'abord vous dites que je ne peux pas rester dans votre grande maison. Maintenant vous dites que je ne peux pas rester dans la dépendance. Pourquoi est-ce que je dois toujours partir ?

— Belle, répond le capitaine d'une voix plus douce, je veux une vie heureuse pour toi. Tu es ma fille.

Ses mots me firent l'effet d'un boulet de canon. Il m'appelait sa fille et, tout ce temps, il me faisait travailler à la dépendance !

— Donc, si je meurs, je serai enterrée à côté de Mlle Sally ou avec vos esclaves ?

— Tu vas trop loin ! Avant l'été prochain, tu auras quitté cet endroit. Entre-temps, je t'interdis de t'approcher de cet homme.

— Ben est un homme bien, capitaine, essayé-je à nouveau de le raisonner.

— Écoute, Belle. J'ai dit à Rankin de le surveiller. Il agira si nécessaire. Et je te préviens, Belle, les conséquences seront terribles.

— Je vous en prie…

— Belle ! Ça suffit ! Je viens de perdre… Je dois partir demain matin et je dois être sûr que cette affaire est réglée.

Pour la première fois, je trouvais qu'il faisait plus que ses cinquante et quelques années.

— Vous repartez déjà ? Si vite ?

— Je n'ai pas le choix, Belle. Mais je sais qu'il est temps que je revienne gérer le domaine. Martha ne peut pas continuer comme cela, quant à Marshall…

— Ce tuteur ne se comporte pas bien avec Marshall.

Le capitaine a levé une main comme pour me faire taire.

— Je ne veux rien entendre sur Marshall. S'il y a une chose dont il a besoin, c'est bien de discipline.

— Mais…

— Belle, en voilà assez ! Maintenant, promets-moi que tu ne permettras pas à cet homme de t'approcher.

Alors je le lui ai promis.

11

Lavinia

L'après-midi suivant le retour de Ben, on m'envoya à nouveau à la grande maison pour veiller sur Campbell. Tout était calme et je somnolais à côté du bébé quand je fus réveillée par la voix du capitaine à l'étage.

— Où allez-vous ?

— Étant donné les circonstances, je me suis dit qu'il vaudrait mieux que je cherche du travail ailleurs.

Je reconnus la voix du tuteur.

— Écoutez, Waters, dit le capitaine, c'est une période difficile. Il me faut éviter toute autre perturbation dans cette maison. Je dois repartir demain ; j'ai un équipage à gérer, un cargo à décharger, des réparations à superviser. Je serai de retour dans moins de deux mois, certainement avant Noël. Je vous serais reconnaissant d'envisager de rester au moins jusque-là. De toute évidence, mon fils a besoin de fermeté. Martha ne peut s'occuper de lui à l'heure actuelle. Qui plus est, je crois que son indulgence est une des causes majeures du problème.

— Pour ma part, je me sens responsable de sa déformation de la mort de…, commença le tuteur.

— Cela concerne mon fils et lui seul, l'interrompit le capitaine. Il doit apprendre à répondre de ses actes.

— Oui, répondit Waters. Il en va de mon obligation de vous dire que, depuis mon arrivée, je suis conscient que M. Marshall a fort besoin d'être guidé. Vos domestiques et vos esclaves de la grange prennent le parti du garçon, et c'est avec réticence que je vous avoue qu'ils essaient parfois de se mêler de nos affaires.

— Je vais leur parler. Comment se passent ses études ?

— Pas très bien, j'en ai peur. Il n'a pas l'habitude de la discipline et se laisse facilement distraire.

— Si vous acceptez de rester, je vous donne la permission d'utiliser toute méthode que vous jugerez nécessaire pour le former.

Il y eut une pause avant que le tuteur réponde :

— Capitaine, au vu des circonstances, je sens qu'il est de mon devoir de poursuivre ici mes services. Je ferai de mon mieux pour aider M. Marshall.

— Très bien, très bien. Il est temps que ce garçon soit pris en main.

Le capitaine appela alors Oncle Jacob pour lui demander de rapporter les bagages du tuteur dans sa chambre et de les défaire pour lui.

— Oui, cap'taine, entendis-je Oncle Jacob répondre d'un ton soumis.

Le matin de son départ, le capitaine vint parler à mama et Dory dans la chambre bleue.

— Je ne veux plus que Mme Martha prenne de laudanum. Elle ne se remettra jamais si elle continue à dormir ainsi.

— Le docteur dit qu'elle a besoin de ces gouttes, répondit mama.

— Je me fiche de ce que dit le médecin. Moi, je dis qu'il ne faut plus qu'elle en prenne !

— D'accord, cap'taine, dit mama.

— Mae, je compte sur toi. M. Waters va prendre Marshall en main. Je te laisse veiller sur Mme Martha et Campbell, ajouta-t-il en faisant un signe de tête en direction du berceau.

— Cap'taine, commença mama en se tournant vers la porte, il faut que je vous parle de Marshall et de m'sieur Wat…

Le capitaine l'interrompit :

— Waters a accepté de rester. Il a la responsabilité de Marshall. Je veux que toi et les autres le laissiez faire son travail.

— Mais, cap'taine…, reprit mama, mais il lui coupa de nouveau la parole.

— Mae ! Pas maintenant. Il m'a dit que vous vous mêliez de leurs affaires, et c'est inacceptable ! Nous n'allons rien changer d'ici à mon retour pour Noël.

D'un pas vif, il se dirigea vers la chambre à coucher et regarda son épouse endormie avant de se retirer.

Après son départ, mama demanda à Dory :

— Comment le cap'taine a appelé ce bébé ?

Sa fille haussa les épaules.

— Campbell, dis-je.

Mama Mae fronça les sourcils.

— D'où il sort, ce nom ?

Pour toute réponse, Dory fit une grimace. Je gardai le silence.

Bientôt, une routine fut établie. Tôt le matin, j'étais envoyée à la chambre bleue pour aider Dory à s'occuper des bébés. Quand Mme Martha se levait et s'asseyait dans un fauteuil pour son petit déjeuner, mama changeait ses draps. De mon côté, j'avais la tâche de l'aider à faire sa toilette. Bien que fière de mes nouvelles responsabilités, je manquais souvent d'assurance et demandais constamment des conseils à mama. Au cours de ces premières semaines, Mme Martha était affreusement malheureuse. Elle ne cessait de réclamer plus de gouttes, mais, bien que mama continuât de faire semblant de lui en donner de fortes doses, j'étais certaine qu'elle suivrait les ordres du capitaine. Au fur et à mesure, avec la diminution des médicaments, une nouvelle Mme Martha, plus stable, commença à émerger. Quand elle marchait dans sa chambre, elle s'arrêtait souvent pour regarder par la fenêtre. La première fois que je la vis près de la vitre, je perçus ses sanglots plus que je ne les entendis. Pensant que Mlle Sally lui manquait, j'allai me placer doucement à côté d'elle, de ma propre initiative. Elle baissa les yeux vers moi et me caressa les cheveux.

— Chère Isabelle, murmura-t-elle.

Jour après jour, je ressentais de plus en plus de compassion pour cette femme, ce qui me faisait me sentir déloyale envers Belle. Je ne comprenais pas très bien les raisons de la colère de Belle contre Mme Martha et, un jour, je lui posai la question.

— Tu comprendras tout quand tu seras grande, me dit-elle. Quand tu es à la grande maison, fais ce que dit mama, c'est tout.

Je me contentai de cette réponse, car, en fin de compte, Mama Mae était celle à qui je voulais faire plaisir par-dessus tout.

Mme Martha ne manifestait toujours qu'un intérêt limité pour Campbell, bien que nous le lui amenions au moins deux fois par jour. Quand nous l'y incitions, elle acceptait de le prendre, mais dès qu'il s'agitait, elle nous le rendait et nous demandait de l'éloigner de sa chambre.

Elle ne mentionna jamais Marshall jusqu'à ce que, un matin de novembre, il apparaisse à la porte de sa chambre. J'étais en train de retirer des épingles des cheveux de la maîtresse, et mama faisait son lit.

— Bonjour, Marshall, l'accueillit sa mère, semblant sincèrement contente de le voir. Mon Dieu, ajouta-t-elle d'un ton plus grave, comme… comme tu as grandi !

À treize ans, il était dégingandé et ses manches étaient beaucoup trop courtes pour lui. Des cernes noirs assombrissaient ses intenses yeux bleus et ses cheveux étaient coupés très court de façon irrégulière, comme s'il l'avait fait lui-même sans prendre la peine de se regarder dans un miroir. Il ferma la porte à la hâte.

— Mère, dit-il en s'approchant d'elle d'un pas rapide, je veux arrêter.

— Arrêter quoi, chéri ?

— Mes études.

Il se retourna pour jeter un coup d'œil inquiet à la porte.

— Oh ! Marshall, tu sais que tu dois faire des études ! Ton père a engagé ce ahh… monsieur… Ahhh…

— Waters ! murmura Marshall d'une voix dure. Il s'appelle Waters !

— Oui, bien sûr.

— S'il vous plaît, mère, se mit à la supplier Marshall, envoyez-moi à l'école.

— Pourquoi donc, Marshall ? Où est M. Waters ? Voudrais-tu que je lui parle ? Est-il trop exigeant ?

— Non, dit Marshall en scrutant à nouveau la porte. Ne lui dites pas que je suis venu vous voir.

— Où il est, maintenant ? demanda Mama Mae tout en secouant le couvre-lit blanc.

— Il est sorti, répondit Marshall.

— Il est avec Rankin ?

Mama Mae avait posé la question à Marshall, mais elle avait les yeux rivés sur Mme Martha.

— Cela ne te regarde pas !

La fureur avait gagné Marshall.

— Marshall ! fit sa mère d'un ton sec. Excuse-toi.

— Pourquoi ? Qu'est-ce qu'elle peut faire, de toute façon ? C'est qu'une Négresse !

Son visage s'empourpra et, sans crier gare, il saisit le verre d'eau de sa mère et le jeta sur mama. Celle-ci l'esquiva, et il alla se casser contre le mur. Mme Martha se leva d'un bond pour attraper le bras de Marshall. En colère, il la repoussa violemment, la projetant contre la commode. Elle essaya de se retenir, mais sa main glissa sur le meuble, renversant un miroir en argent et envoyant ses trésors en verre et en porcelaine se briser sur le sol. Elle parvint cependant à s'accrocher et à garder l'équilibre. Marshall se calma dans le silence qui suivit. Lorsque, sous le choc, sa mère prononça son prénom, il regarda autour de lui d'un air égaré. Puis, comme vaincu, il quitta la pièce.

Ce soir-là, une fois la maîtresse tranquillisée, mama et moi allâmes chercher à la cuisine le ragoût que Belle avait préparé pour le souper.

— Viens manger avec nous ce soir, l'invita mama.

— Merci, mama, mais je crois que je vais rester ici, répondit Belle.

— T'es sûre que ça va ? demanda mama.

— Oui, oui, fit Belle en frottant une tache sur son tablier. Oncle Jacob va venir ici tout à l'heure.

Mama observa Belle.

— Ça te pose pas de problème si Abinia vient manger avec nous ?

— Bien sûr que non, mama.

— Ben la raccompagnera à la fin du repas.

— Elle est assez grande pour revenir toute seule.

Belle refusait de croiser le regard interrogateur de mama.

— D'accord, Belle, finit par lancer mama, me faisant signe de la suivre.

Les jumelles attendaient sur les marches de leur cabane quand mama et moi arrivâmes. Cette famille était à mille lieues de la grande maison, et je laissai derrière moi les inquiétudes de cette journée en la rejoignant. Quand Papa George revint de la grange, les jumelles et moi descendîmes l'accueillir en courant. Il se pencha pour que Beattie grimpe sur son dos, puis il tendit les deux bras pour que Fanny et moi le tirions jusqu'en haut de la colline. Une fois arrivé en haut, il nous lâcha et se redressa.

— T'es rien qu'un vieux enfant toi-même, le gronda mama. Va te débarbouiller.

— D'abord je veux un bisou de ma femme, dit-il en s'approchant de mama.

Elle le repoussa mais rit avec nous quand il la serra dans ses bras.

À l'intérieur, j'aidai avec joie les filles à descendre leurs jouets de l'étagère. Papa s'assit à la table pour discuter avec mama tandis qu'elle préparait du pain de maïs pour notre repas.

— Je crois que m'sieur Waters était encore avec le contremaît' aujourd'hui, dit mama.

— Ils prennent la nourriture de ces pauvres gens des cases et la vendent, enchaîna papa.

— Comment tu le sais ?

— J'ai parlé avec les hommes. Ils ne reçoivent pas ce que le cap'taine dit qu'ils doivent avoir. Ces deux-là commencent même à s'en prendre aux femmes des…

Mama nous regarda et secoua la tête pour faire taire papa, juste au moment où Ben ouvrit la porte. Je ne l'avais pas vu depuis son enlèvement et n'étais pas préparée au choc de sa mutilation.

Une horrible blessure noire avait remplacé son oreille, mais, pire encore, ce côté de son visage et de son cou était si enflé que je le reconnaissais à peine. Je le fixai, saisie d'horreur.

— Abinia ! lança-t-il joyeusement en me voyant, jusqu'à ce qu'il perçoive la terreur dans mes yeux.

Il alla s'asseoir sur le banc près de la table, puis me dit de venir le voir. Je fourrai mon pouce dans ma bouche et secouai la tête, refusant de m'approcher de lui.

— Viens là, petit oiseau, dit-il en me tendant la main.

À contrecœur, je me dirigeai vers lui. Il m'attira avec douceur et se plaça de telle sorte que je ne voie plus ses blessures.

— Tu vois, je suis encore Ben.

Je le reconnus alors. Quand je fondis en larmes, il me prit sur ses genoux et je me blottis contre sa poitrine. Il me recouvrit la tête de sa grande main comme pour m'abriter pendant que je pleurais pour ce qu'on lui avait fait.

— Je serai plus beau avec le temps, me rassura-t-il.

Il avait réussi à me calmer quand mama nous servit notre repas. Tout le monde mangea en silence jusqu'à ce que Ben demande où était Belle.

— Elle est restée à la dépendance, répondit mama. Elle dit que Jacob doit venir.

— Quand j'aurai fini, je ramènerai Abinia, dit Ben en regardant mama.

— Je sais pas, Ben, répliqua mama, quelque chose tourne pas rond chez Belle depuis le départ du cap'taine.

Il n'y avait pas de lune et la nuit était sombre, alors je me sentis rassurée lorsque Ben me prit par la main pour me ramener chez moi après le souper.

— Ta tête te fait mal, Ben ?

— Ouaip, ça fait mal, mais de moins en moins.

— Tu veux que je t'apporte encore des gouttes ?

Il se mit à rire.

— Et comment tu feras ?

— Je demanderai à Mme Martha.

— Eh ben, merci beaucoup, petit oiseau, de prendre soin de moi, mais je crois que ça va aller, répondit-il en serrant ma main dans la sienne.

Quand nous arrivâmes à la porte de la dépendance, Belle ouvrit à peine la porte et me fit rentrer brusquement, en évitant Ben.

— Alors comme ça, je suis trop laid pour toi, maintenant ? lança-t-il, avant de tourner le dos et de s'en aller sans attendre sa réponse.

Blessée, Belle l'appela, mais il ne se retourna pas. Elle m'envoya me coucher mais, plus tard, quand je l'entendis sangloter dans la cuisine, je redescendis à petits pas.

— Qu'est-ce qui va pas, Belle ?

— Remonte vite, me répondit-elle à travers ses larmes, va dormir.

J'hésitai, puis utilisai ce qui, j'en étais sûre, attirerait son attention.

— Aujourd'hui, Marshall a poussé Mme Martha et elle est tombée.

Comme je l'avais pressenti, cela fonctionna. Belle s'arrêta de pleurer.

— Quoi ? demanda-t-elle en relevant la tête.

Je répétai ma phrase. Belle se moucha, puis tapota le siège à côté d'elle.

— Viens là. Bon, dis-moi ce qui s'est passé.

J'étais soulagée de tout lui raconter. En silence, Belle me prit la main et entrelaça mes doigts avec les siens.

— C'est bien que tu me racontes ça, dit-elle en me regardant tendrement. Tu es d'une grande aide.

— J'ai déjà huit ans, lui rappelai-je.

— Tu es trop grande pour venir sur mes genoux, alors ? me taquina-t-elle.

Je secouai la tête, ravie. J'avais grandi depuis mon arrivée à la plantation, mais je restais fine comme une brindille et elle me souleva sans difficulté. Je posai ma tête sur son épaule, et nous restâmes un long moment ainsi, blotties l'une contre l'autre devant les braises rougeoyantes de l'âtre.

Dory et moi étions assises l'une à côté de l'autre dans la chambre bleue et, pendant qu'elle nourrissait Campbell, je portais Sukey. C'était tout début décembre, le premier jour de l'abattage des porcs. Je demandai à Dory pourquoi cet événement générait une telle excitation.

Cela représentait une pause pour les travailleurs des champs, m'expliqua-t-elle, et ils attendaient avec impatience le festin qui couronnerait la fin de cette tâche. Par ailleurs, au cours de cette semaine, ils recevaient de la viande supplémentaire avec leur ration de semoule de maïs.

— Sinon, ils ne mangent que de la semoule de maïs ? demandai-je, intriguée.

Dory me répondit que non, qu'on leur donnait également une ration hebdomadaire de porc salé. Presque tous les gens des cases avaient un petit jardin où ils cultivaient patates douces, pois cassés et haricots, et certains, dit-elle, avaient même quelques poulets.

— Pourquoi ils n'ont pas de nourriture de la grande maison ? interrogeai-je à nouveau.

J'avais souvent accompagné Belle au garde-manger, à la cave de la grande maison, et avais vu les aliments qui y étaient entreposés en abondance.

— Ils reçoivent rien, c'est tout.

Elle poussa un soupir avant de reprendre comme pour elle-même :

— Belle a raison. C'est sûr que tu poses beaucoup de questions en ce moment.

Cela mit fin à notre conversation. Je commençais à me rendre compte que les questions à propos du quartier des esclaves n'étaient pas les bienvenues. Et, quand les adultes répondaient, ils semblaient très mal à l'aise.

Alors qu'elle installait les bébés pour leur sieste, Dory me suggéra d'aller aider mama et Belle à la dépendance. J'avais hâte de les rejoindre, mais je devais d'abord vider le pot de chambre qui se trouvait sous le lit de Mme Martha. Le récipient en porcelaine fermé dans les bras, je descendis l'escalier de service et me dirigeai vers les latrines les plus proches. Il y avait deux espaces extérieurs dédiés à cet usage. Celui des domestiques se trouvait derrière la maison de mama. Celui où j'allais à présent, réservé aux habitants de la grande maison, était situé dans un endroit plus retiré, près du verger.

L'air du petit matin était frais et parfumé, et j'étais contente d'être dehors. Je marchais d'un pas lent, faisant craquer les feuilles mortes sous mes pieds. Le temps que j'arrive à proximité des latrines, le pot de chambre me semblait plus lourd, et je le posai pour me reposer. Non loin de là, sous un arbre, j'aperçus une pomme rouge abandonnée sur un lit de feuilles. J'en eus l'eau à la bouche, mais décidai de la ramasser sur le chemin du retour et de partager cette douceur avec les jumelles. Soudain, j'entendis des bruits inhabituels en provenance des latrines.

Je crus reconnaître la voix de Marshall, mais les sons étaient curieux et troublants. Instinctivement, je courus me réfugier derrière la barrière du jardin. Je m'accroupis et observai entre les planches disjointes. Lorsque la porte des latrines s'ouvrit, le tuteur apparut. Puis il se retourna et donna un coup de pied à quelque chose sur le sol, lui disant de se lever. Je pensai tout de suite qu'il s'agissait de Marshall. Je reculai quand l'homme examina les environs et n'osai plus regarder jusqu'à ce qu'il ait rejoint la grande maison. J'attendis qu'il y soit entré pour aller prudemment jusqu'aux latrines. En jetant un coup d'œil à l'intérieur, je trouvai Marshall, à moitié habillé, assis par terre dans un coin. Il semblait médusé et ne parut pas m'entendre quand j'appelai son nom. Sans savoir pourquoi, je courus chercher la pomme et, à mon retour, la lui offris.

— Tenez, Marshall, vous pouvez la prendre, dis-je.

Il ne sembla pas la remarquer. Je soulevai sa main et essayai d'y placer la pomme, mais ses doigts refusaient de se fermer.

— Tenez, Marshall, mangez ça et moi, je vais aller chercher papa.

Comme il ne répondait toujours pas, je croquai un petit morceau du fruit et le lui mis dans la bouche.

— Mâchez, insistai-je et, quand il commença lentement à le faire, je lui remis la pomme dans la main ; cette fois-ci, ses doigts se refermèrent sur le fruit. Je vais revenir avec papa, dis-je, puis je le laissai.

Je traversai le verger en courant, passai devant les jardins et l'extrémité de la dépendance. Quand je contournai le crib à maïs, je m'arrêtai net. Horrifiée, je ne pouvais aller plus loin. J'étais arrivée dans la cour de la grange où les hommes égorgeaient les porcs. Mon regard se fixa sur un cochon, déjà mort, qui pendait par une patte au-dessus d'un chaudron fumant d'eau bouillante. Derrière se trouvait une autre bête suspendue à un poteau, éventrée sur toute sa longueur. En en découvrant une troisième, le cou ruisselant de sang dans une poêle placée au-dessous, je sentis que je commençais à chanceler.

— Abinia ! Qu'est-ce que tu fais là ?

La voix énervée de Ben me sortit de ma torpeur. Il me secoua par les épaules jusqu'à ce que je le regarde.

— Retourne à la maison, t'as rien à faire ici, reprit-il.

— Papa ? lâchai-je.

— Qu'est-ce qui se passe, Abinia ?

— Papa ? répétai-je. Où est papa ?

— Il est avec Rankin.

Ben m'attira derrière le crib. Il se baissa pour me regarder dans les yeux.

— Qu'est-ce qui va pas, Abinia ? Pourquoi tu demandes papa ?

— C'est Marshall. Il va pas bien. Il est dans les latrines et n'arrive pas à se lever. Il ne parle pas non plus.

— Quoi ? demanda Ben.

— Le tuteur. Il le battait dans les latrines.

Le regard de Ben m'effraya ; il me rappelait le jour où il était sorti de la grange avec sa masse. Il balaya les alentours des yeux.

— Va pas chercher papa, il est avec Rankin. Je vais m'occuper de Marshall. Va chercher mama, elle est à la cuisine. Envoie-la-moi.

Ben partit à toute allure tandis que je filai vers la dépendance. Quand j'arrivai dans la cour, je vis d'autres scènes de porcs ensanglantés. Mais cette vision-là m'était plus familière. Là, les femmes des cases s'affairaient sur de longues planches qui faisaient office de tables de travail, découpant des portions de viande fraîche à destination du fumoir. J'aperçus Mama Mae à l'une des tables, en train de travailler et de rire avec les autres. Quand je lui tirai sur le bras, elle se retourna l'air impatient, mais lorsqu'elle vit l'expression de mon visage, elle se baissa pour m'écouter.

— Ben veut que tu viennes, lui dis-je.

— Ben ?

Elle sembla étonnée, puis inquiète.

— Il est avec Marshall aux latrines de la grande maison. Le tuteur lui a fait mal.

Mama Mae lâcha la petite scie qu'elle avait à la main, alla voir Belle, lui chuchota quelque chose à l'oreille, puis disparut.

La matinée était déjà bien avancée quand mama revint ; sa bonne humeur s'était envolée. Elle prit Belle à part pour lui parler avant de reprendre le travail dehors avec les autres femmes. Après cela, Belle aussi arborait un air grave.

— Est-ce que Marshall va bien ? demandai-je.

— Ben est avec lui à la grande maison, répondit-elle simplement.

J'étais soulagée de savoir que Marshall était en sécurité avec Ben, même si j'avais tout de même l'impression qu'il s'était produit quelque chose de grave. Toutefois, très vite, Fanny parvint à me distraire. Elle était redevenue elle-même et se prêtait à toutes sortes d'idioties pour nous faire rire Beattie et moi. Tout d'abord, elle sortit une langue de porc d'un seau et se faufila derrière nous, se délectant de nos cris de dégoût. Ensuite, elle trouva deux oreilles de cochon et les accrocha entre ses tresses. Il nous fallut une minute pour remarquer qu'elle se tenait à la porte de la maison, les oreilles de cochon tombant sur les siennes.

— Fanny, tu es incorrigible, dit Belle, secouant la tête mais souriant malgré elle.

— Voyez-vous ça ! Comme c'est charmant de voir tout le monde s'amuser !

Rankin, le contremaître, observait la scène dans l'embrasure de la porte. Ses yeux sévères brillaient d'autre chose que d'amusement. Des mèches de cheveux grisonnantes lui tombaient sur les épaules et ses vêtements bruns étaient tachés du sang de l'abattage. Il plaça ses pouces au niveau de sa taille et je remarquai la crasse sous ses ongles longs. Il jaugea Belle du regard, des pieds à la tête, avant d'entrer dans la cuisine et d'en faire le tour, inspectant tous les recoins.

— Je cherche ce gars, Ben. Je suis content de voir qu'il ne se cache pas dans cette cuisine.

— Monsieur Rankin, voulez-vous boire quelque chose ? demanda Belle.

— Comment une petite Négresse comme toi a appris à parler comme ça ? On croirait entendre une Blanche. Nom d'un chien ! Tu pourrais presque passer pour une Blanche. Je comprends pourquoi le capitaine veut te garder pour lui tout seul.

Belle l'ignora comme s'il s'agissait d'un insecte. Quand elle passa devant lui pour se diriger vers la porte, il l'attrapa par le bras.

— Eh, j'avais pas l'intention de te faire peur, dit-il.

Belle fixa sa main sur son bras jusqu'à ce qu'il relâche son emprise.

— Il y a beaucoup de travail à faire, répliqua-t-elle simplement.

— J'espérais que tu pourrais prendre un petit verre avec moi ce soir. Après la fête, peut-être ?

Il lui fit un clin d'œil. Sans répondre, elle sortit de la cuisine.

— Eh bien, voilà une Négresse drôlement prétentieuse. Je suppose qu'il va falloir que je la remette à sa place, vous ne croyez pas ?

Face au silence qui l'accueillit, il frappa du poing sur la table et cria à nouveau :

— Vous ne croyez pas ?

Nous sursautâmes et il éclata de rire.

— Eh ben, voilà, c'est comme ça que j'aime mes femmes. Il faut qu'elles sachent qui est le chef.

Lorsque Mama Mae entra, elle sembla surprise de le voir, alors que j'avais aperçu son ombre près de la porte tout au long de l'échange.

— Oh ! m'sieur Rankin, dit-elle, ça fait plaisir de vous voir à la cuisine !

— Je cherche votre fils. Où est Ben ? Ça fait un moment que je ne l'ai pas vu et que je n'ai pas de nouvelles de lui.

— M'sieur Rankin, ça me surprend pas que vous trouviez pas les gens que vous cherchez. Vous êtes si occupé, je sais pas comment vous arrivez à tout faire. Vous avez des journées terriblement longues.

— C'est vrai que je suis assez occupé, reconnut-il.

— Vous êtes vraiment un bon contremaît'. Le cap'taine a vraiment bien fait de vous amener ici. George dit sans arrêt : « Cap'taine, ce m'sieur Rankin est vraiment très efficace. »

— Eh bien, je suis heureux de l'entendre, Mae.

Mama se dirigea vers les bouteilles de brandy qu'Oncle Jacob avait apportées plus tôt pour le festin du soir. Elle en déboucha une et versa un peu du liquide ambré dans un gobelet qu'elle tendit à Rankin.

— Vous travaillez si dur, vous voulez peut-être vous détendre un peu ?

Il sourit en acceptant le verre, le vida d'une traite, et le tendit à mama pour une deuxième tournée.

— Eh bien, vous, Mae, vous savez comment rendre un homme heureux.

Après avoir avalé son deuxième verre, il se redressa et soupira :

— Bon, je dois y retourner. Tu connais ces Nègres. On les laisse seuls une minute, et ils s'assoient, ils arrêtent de travailler.

— M'sieur Rankin, vous avez drôlement raison, répondit mama.

Elle attendit d'être sûre qu'il soit parti, puis posta Fanny à la porte, trouva un banc, et s'y assit.

— J'ai pas de temps pour ça, marmonna-t-elle comme pour elle-même, mais je vais rester assise pour tous ceux qui travaillent dehors. Je prie pour que le Seigneur me fasse pas ce que je ferais bien subir à ce petit coq prétentieux.

En fin d'après-midi, Belle nous apporta une gâterie. C'était un petit bol de morceaux de couenne rôtie qu'elle avait extraits du saindoux fondu. Nous les grignotâmes avec gourmandise. Elle nous dit qu'il y en aurait davantage, avec le repas du soir, quand elle préparerait du pain craquant pour tous les esclaves.

— Du pain craquant ? répétai-je, ébahie.

La sonorité me plaisait.

— C'est ce qui y a de meilleur ! s'exclama Beattie.

— Elle mélange les morceaux de couenne rôtie dans le pain de maïs, m'expliqua Fanny.

— Mmmmmmm, lancèrent-elles à l'unisson.

En début de soirée, tandis que la nuit tombait et que le travail extérieur touchait à sa fin, Beattie et moi fûmes envoyées à la grande maison pour aider Dory. Un porc fraîchement tué rôtissait au-dessus d'une fosse depuis plusieurs heures déjà. Des patates douces cuisaient dans les braises de la fosse et Belle, avec l'aide d'Ida, préparait d'énormes quantités de pain craquant dans la grande cheminée de la cuisine.

Mama vint nous voir avant que nous partions.

— Oncle Jacob est avec m'sieur Marshall. Ben est à proximité de la maison si Dory ou Oncle Jacob ont besoin de lui. Dès que j'ai fini ici, j'irai m'occuper des bébés et de m'ame Martha, et vous vous reviendrez avec Dory pour votre souper et pour le bal.

Beattie et moi partîmes donc, main dans la main, heureuses de savoir que nous serions bientôt de retour.

La grande maison se détachait sur le ciel crépusculaire et, quand nous entrâmes, le rez-de-chaussée était si silencieux que c'en était sinistre. Oncle Jacob avait allumé une des lampes du long corridor, mais la flamme vacillait et projetait des ombres peu rassurantes ; nous hésitions, nous tenant toujours la main.

— On y va en courant, murmurai-je.

— Mama dit qu'il faut pas courir dans la grande maison, chuchota Beattie en retour, alors nous commençâmes à avancer ensemble en marchant, mais nous accélérâmes le pas en passant devant les pièces sombres et caverneuses qui donnaient sur l'escalier.

Nous avions atteint le premier palier lorsque nous entendîmes la voix ferme d'Oncle Jacob.

— Je dis que je vais rester ici, m'sieur Waters, dit-il.

Nous continuâmes notre ascension, d'un pas plus lent.

— C'est moi qui en ai la responsabilité et tu vas me le laisser !

Nous avions reconnu la voix de M. Waters. En percevant sa fureur, j'étais prête à faire demi-tour, terrifiée, mais Beattie me tira en avant. Nous arrivâmes au dernier palier juste au moment où le tuteur essayait d'entrer en poussant Oncle Jacob mais, à ce moment, Ben sortit de la chambre de Marshall et se plaça dans l'embrasure de la porte, l'occultant de toute sa hauteur.

— Comme l'a dit Jacob, on va rester ici avec m'sieur Marshall jusqu'au retour du cap'taine.

— Les Nègres dirigent la maison, maintenant? Vous êtes tous devenus fous? répliqua le tuteur en faisant un pas en arrière.

Ben ne répondit pas mais, même dans l'obscurité, je distinguai les éclairs dans ses yeux.

— T'as pas retenu la leçon, hein? cracha M. Waters. Je me demande ce que M. Rankin dira de ça.

Il tourna les talons et, à peine s'était-il précipité dans l'escalier que Ben nous lança dans un murmure:

— Allez chercher Dory! Dites-lui de prévenir mama!

En ouvrant la porte de la chambre bleue, nous eûmes l'impression d'être entrées dans un autre monde. La pièce était calme, mais pas complètement silencieuse, contrairement au reste de la maison. Bien que des lampes fussent allumées là aussi, leur lumière était douce et rassurante. Les tons bleus et ivoire chatoyaient dans la lueur du feu, et la pièce sentait le bébé et la lavande. Les deux enfants dormaient, Campbell dans son berceau et Sukey sur un grabat. Des bribes de musique nous parvenaient de la célébration qui se préparait au-dehors et, par la grande fenêtre fermée, j'aperçus un immense feu, luisant comme un phare dans la cour de la dépendance.

— Elle dort enfin, nous chuchota Dory en sortant de la chambre de Mme Martha. Elle a passé une mauvaise journée. Elle a entendu ces porcs couiner et…

— Dory, Dory! fit Beattie en accourant vers elle.

— Chut! Tu vas la réveiller. Qu'est-ce que tu veux?

Avant que Beattie ait fini de s'expliquer, Dory était sur le pas de la porte.

— Je reviens tout de suite. Prenez les bébés s'ils pleurent.

Au moment même où elle s'éclipsa, Campbell commença à s'agiter. Beattie et moi nous précipitâmes toutes les deux vers le berceau et, quand je touchai son derrière humide, je sus qu'il fallait le changer. Sûre de moi, je défis sa gigoteuse et, toute fière, montrai mes compétences fraîchement acquises en retirant la première épaisseur de laine, puis le tissu gonflé du dessous. Je soulevai ses petites fesses en attrapant ses chevilles d'une main, puis, de l'autre, glissai le linge propre sous le bébé. Bien qu'il fît frais dans la pièce, il semblait apprécier cette liberté et remuait ses petites jambes en l'air. Beattie et moi rîmes en observant ensemble la différence évidente entre les filles et les garçons.

— Je voudrais pas de cette chose, déclara Beattie d'un ton solennel.

— Moi non plus, dis-je en faisant la grimace.

— C'est vraiment bizarre, reprit-elle, et j'acquiesçai.

Nous approchâmes la tête pour mieux l'examiner.

Comme si c'était tout ce qu'il attendait, sa différence masculine se redressa et lança dans l'air un jet digne d'une fontaine, nous aspergeant le visage. Nous retînmes notre respiration et reculâmes d'un bond. Quand nos regards se croisèrent, nous éclatâmes de rire tout en essayant désespérément de nous contrôler. Mais chaque fois que nous parvenions à nous calmer un peu, l'une de nous mimait à nouveau la scène, déclenchant un autre fou rire incontrôlable.

Un appel inquiet de Mme Martha nous ramena à la raison.

— Vas-y, me souffla Beattie, je vais changer Campbell.

— Isabelle ! appela Mme Martha en se redressant dans son lit. Écoute, dit-elle en orientant son oreille vers la fenêtre, quelqu'un appelle à l'aide.

Je répétai les mots habituels de mama :

— Tout va bien. Il y a une fête dans la cour de la dépendance.

— Oh ! fit-elle, avant de me demander de lui verser un grand verre de xérès de la carafe qui se trouvait sur sa commode.

Elle vida son verre, puis commença à en siroter un deuxième.

— Écoute ! dit-elle à nouveau. N'entends-tu pas ? Quelqu'un appelle.

Mon cœur se mit à cogner dans ma poitrine quand, moi aussi, je perçus le cri de détresse. Immédiatement, je devinai qu'il s'agissait de Dory. Sans donner d'explications, je me précipitai hors de la chambre, passai devant Beattie qui portait Campbell, traversai le corridor et allai tambouriner à la porte de Marshall.

— Ben ! Ben ! lançai-je, et la porte s'ouvrit sans attendre. Dory est dehors et elle t'appelle !

Sans hésiter une seconde, Ben saisit une petite masse et se précipita vers l'escalier.

— Retourne avec les bébés, ordonna-t-il, et ne bouge pas de cette pièce.

Quand je revins auprès de Mme Martha, elle appelait Mama Mae.

— Où est-elle passée ? demanda-t-elle d'une voix contrariée.

Je lui assurai que mama allait arriver d'une minute à l'autre, priant pour que ce soit le cas. La maîtresse posa son verre vide, puis repoussa ses couvertures et annonça qu'elle devait se soulager. Je tirai le pot de chambre de sous son lit, l'aidai à se lever, puis tournai le dos pendant qu'elle en faisait usage. Une fois qu'elle eut fini, je remis le couvercle sur le pot et le repoussai sous le lit, me demandant qui l'avait récupéré dans le verger où je l'avais laissé le matin même. Mme Martha n'était pas très stable sur ses jambes tandis que je l'aidai à remonter dans son lit. Elle s'installa contre ses oreillers et parcourut la pièce des yeux.

— Pourrais-tu demander à Jacob de mettre une autre bûche dans la cheminée ?

— Je peux m'en occuper moi-même, dis-je avant de me diriger vers le feu.

— Merci, Isabelle. Viens donc t'asseoir à côté de moi, m'invita-t-elle en tapotant son lit. Les enfants vont bien ?

Elle commençait à avoir l'air fatiguée.

— Oui.

— James est-il rentré ?

— Pas encore.

— Ne me laisse pas, murmura-t-elle.

Ses yeux se fermèrent tandis qu'elle prononçait ces derniers mots.

Je restai jusqu'à avoir la certitude qu'elle dormait, puis retournai dans la chambre bleue. Je surpris Beattie qui se faisait doucement rebondir dans le fauteuil couvert de soie bleue. Elle me regarda d'un air coupable.

— C'est si doux, dit-elle en caressant le tissu de la main.

Je n'eus pas le temps de répondre, car Dory entra en trombe dans la pièce, haletante. Elle semblait paniquée. Elle saignait du nez et les gouttes qui tombaient abondamment tachaient le devant de la chemise déchirée qu'elle maintenait fermée sur sa poitrine.

— Allez chercher mama, murmura-t-elle d'une voix pressante. Allez chercher papa. Vite ! Vite !

Nous descendîmes l'escalier et traversâmes la maison à toute vitesse. Dans l'obscurité, nous faillîmes trébucher sur Ben qui était assis sur les marches de l'entrée de service. En le voyant, je crus un instant que tout allait bien, mais quand il nous pria d'aller chercher papa d'une voix éteinte, je sus que ce n'était pas le cas.

Les adultes n'avaient pas fini de souper, mais les musiciens avaient déjà commencé à jouer et certains des enfants, dont Fanny, dansaient gaiement autour du feu. Papa, au bout d'une longue table couverte de victuailles, servait le brandy. Nous nous dirigions hâtivement vers lui quand nous aperçûmes Rankin assis sur un banc juste à côté de lui. Nous changeâmes alors de cap et courûmes à la cuisine, où nous trouvâmes Mama Mae, Belle et Ida qui s'apprêtaient à apporter les pains d'épice.

Beattie bafouillait, mais mama en comprit assez pour agir sans attendre.

— Vous deux, restez ici, nous somma-t-elle avant de gagner le coin sous l'escalier où étaient stockés tous les outils de l'abattage de la journée.

Tandis qu'elle saisissait un couteau bien aiguisé pour le glisser sous son tablier, Ida s'exclama :

— Mae ! Tu ferais mieux d'envoyer George !

Mama secoua la tête.

— Rankin est avec lui, répondit-elle simplement, puis elle sortit, traversant la cour comme si de rien n'était.

Belle nous ordonna de ne pas quitter la dépendance, puis alla vite porter les gâteaux avec Ida.

Belle était de retour à la cuisine d'où nous n'avions pas bougé lorsque Mama Mae revint. Elle était essoufflée, mais ne perdit pas de temps. Tout d'abord, elle envoya Beattie faire le guet et lui dit de se mettre à chanter très fort si quelqu'un arrivait. Puis elle prit Belle à part sous l'escalier et lui chuchota quelque chose à l'oreille. Belle eut l'air choquée et s'écarta pour regarder mama dans les yeux, mais celle-ci ne s'embarrassa pas de plus amples explications. Au lieu de cela, elle sortit une bouteille de whisky de la réserve du capitaine de sous son tablier et la posa sur la desserte, puis fouilla dans la poche de son jupon et en extirpa le flacon marron de Mme Martha.

Effarée, Belle observa mama ouvrir la bouteille d'alcool et y verser une dose généreuse de laudanum. Ensuite elle la referma, l'agita, et la donna à Belle.

— Fais-lui boire ça. Assez pour le faire dormir toute la nuit. Dès qu'il sera dans les vapes, envoie papa à la grande maison.

Elle retourna vers le tas d'outils. Elle les tria rapidement et sortit une petite scie à viande qu'elle coinça sous ses jupes.

Soudain, Beattie se mit à chanter. Elle tapait des pieds et des mains tout en s'époumonant à propos d'une douce rivière. Mama se dirigea vers la porte et Belle alla s'affairer près de la cheminée.

— Arrête de hurler, cracha Rankin à Beattie en la croisant à l'entrée de la dépendance.

En voyant mama, il la regarda d'un air désapprobateur.

— Mae, je croyais que tu aiderais au service.

— M'sieur Rankin, je suis vraiment désolée de pas pouvoir rester, mais je dois aller à la grande maison. M'ame Martha va pas très bien, expliqua-t-elle en essayant de sortir.

Rankin lui barra la route.

— Dis, où est passé ton fils ? Je l'ai à peine vu de la journée.

— Vous venez encore de le rater.

Mama n'avait pas sa voix habituelle.

— Il est à la grange à faire ses corvées.

Rankin fixa mama d'un air dur et Belle accourut à son secours. Elle avait le visage rosi par la chaleur et était plus jolie que jamais.

— Mama, dit-elle, je suis sûre que M. Rankin n'y verra pas d'inconvénient si tu dois t'absenter. Il sait que Mme Martha t'attend. Monsieur Rankin, demanda-t-elle en se rapprochant de lui, avez-vous goûté mon pain d'épice ?

— Tout à fait, répliqua-t-il, l'air étonné, et je l'ai trouvé très bon. Pour l'instant, il faut que je règle quelques affaires avec M. Waters mais, tout à l'heure, accepterais-tu de danser avec moi ? J'ai entendu dire que tu te débrouillais très bien.

Mama en profita pour s'éclipser.

— Monsieur Rankin, répondit Belle, ce serait un plaisir.

Elle se dirigea vers la desserte et prit la bouteille de whisky.

— Mais avant que vous ne partiez, je me demandais si vous voudriez un peu de cela. Le capitaine l'a rapporté spécialement pour moi de son bateau.

— Eh bien, merci, dit-il en levant une tasse, mais j'ai déjà à boire.

Il examina la bouteille de whisky et reprit :

— Mais je prendrai un peu de cela plus tard, si l'offre tient toujours.

Belle émit un petit rire.

— Je suis sûre qu'un homme comme vous est capable de finir ce petit fond qu'il vous reste pour que je puisse vous servir un autre verre !

Rankin bomba le torse.

— Il me semble qu'une dure journée de travail te donnera raison.

— Je ne vous le fais pas dire, répondit-elle en serrant la bouteille contre sa poitrine, lui souriant de plus belle.

Il vida sa tasse, s'essuya la bouche d'un revers de la main et tendit sa tasse à Belle.

— Je crois que je vais goûter un peu de ce whisky, dit-il, l'observant avec attention tandis qu'elle ouvrait la bouteille pour lui en servir une grande rasade.

— Asseyez-vous donc ! lui proposa Belle. Les filles, nous dit-elle à Beattie et moi, il est temps pour vous d'aller danser.

J'hésitai, mais Belle me lança un regard qui appelait une obéissance immédiate. Nous rejoignîmes Fanny, mais je gardai un œil sur la dépendance, espérant apercevoir Belle. Quand je vis Rankin pousser la porte, enfermant Belle avec lui, je dus faire de gros efforts pour ne pas courir la retrouver.

Je continuai à surveiller la dépendance, et une éternité me sembla s'écouler avant que la porte se rouvre. Belle en sortit, menant Rankin par l'une de ses mains crasseuses.

— Reviens à l'intérieur, geignait-il.

Il vacillait, mais Belle l'entraîna sur la piste.

— Rien qu'une danse, ensuite on reviendra, promit-elle.

Comme il protestait, Belle souleva ses jupes et se mit à se balancer d'un pied sur l'autre. Les autres danseurs reculèrent tandis que Rankin, instable sur ses jambes, essayait de l'attraper. Belle s'éloigna dans un tourbillon. De la salive s'écoulait de la bouche du contremaître tandis qu'il la pourchassait en titubant, mais elle lui échappa encore et encore. Il but une dernière gorgée avant de faire tomber sa tasse et de s'effondrer en avant. Papa partit immédiatement pour la grande maison.

La musique avait cessé, mais Belle semblait incapable de s'arrêter de tournoyer. Elle tourna et tourna jusqu'à ce qu'Ida l'attrape dans ses bras. Ida était une femme grande et, le visage appuyé contre sa poitrine, Belle avait l'air d'un petit enfant. Elle tremblait et Ida lui souffla à l'oreille d'une voix rassurante :

— Il est par terre, chérie. Il est par terre. Il t'aura pas.

12

Belle

En une soirée, j'ai vu plus de maux que jamais. À peine me suis-je extirpée des griffes de Rankin que mama m'appelle à la grande maison. Voici ce qui est arrivé : M. Waters s'est attaqué à Dory, et maintenant c'est un homme mort. Ben s'en est chargé. À présent, les latrines derrière la cabane de mama abritent quelque chose dont personne ne doit parler. On s'est dépêchés, mama, Oncle Jacob et moi, pour vider la chambre du tuteur. Je ne sais pas qui a le plus peur. Si quelqu'un apprend ce qui s'est passé ici, on est tous morts. On a travaillé toute la nuit, puis, juste avant le lever du jour, avant que je retourne à la dépendance, mama m'a dit d'écrire une lettre au capitaine. Je dois faire croire qu'elle vient de M. Waters et expliquer qu'il doit partir. J'utilise mon dictionnaire et, pour finir, j'écris son nom comme je l'ai vu sur le papier que nous avons trouvé dans sa chambre.

Puis je dis à mama qu'on doit apposer un sceau, comme le fait le capitaine. Je lui montre comment placer la bougie allumée sous la cire que je tiens au-dessus du papier, mais elle est si effrayée, si fatiguée et elle tremble tellement qu'elle me brûle le doigt.

— Aïe ! Tu approches la flamme trop près !

— C'est parce que tu bouges.

— Pas du tout, c'est toi qui bouges.

— Reste immobile, m'ordonne mama, mais, en la voyant approcher à nouveau avec la bougie, la main toujours tremblante, je sais qu'elle va encore me brûler et j'éclate de rire.

— C'est pas le moment de rigoler, dit-elle, et alors on pouffe toutes les deux.

Mama doit poser la bougie tellement elle rit, et moi aussi.

C'est là qu'Oncle Jacob entre dans la pièce.

— Jimmy est de retour. Il dit que ce cheval est fou comme Waters. Ils ont eu beaucoup de mal à retrouver le cheval de ce tuteur.

— Dory s'est choisi un homme bien, répond mama, en essayant de ne pas rire, parce qu'Oncle Jacob nous regarde d'un drôle d'air.

Elle se lève et lui donne la bougie.

— Tu ferais mieux d'aider Belle à finir ça. Je vais vérifier une dernière fois cette chambre. Ensuite je vais m'assurer que Ben et papa ont nettoyé ce feu. Papa dit que s'il reste quelque chose, il le jettera dans les latrines.

— Comment il va faire si ça ressort ? demandé-je, avant de me remettre à glousser, et mama doit se rasseoir tellement elle rit.

Plus Oncle Jacob nous regarde d'un air ahuri, plus on s'esclaffe.

— Ah ! les femmes…, soupire-t-il en secouant la tête.

13

Lavinia

Belle était si nerveuse et distraite le lendemain de l'abattage des porcs que, si je ne le lui avais pas rappelé, elle aurait oublié de me donner quelque chose à manger avant de m'envoyer à la grande maison. Dory, elle aussi perturbée, sursauta quand j'ouvris la porte de la chambre bleue mais, à mon tour, j'eus le souffle coupé en la voyant. Elle avait l'œil droit bouffi et noir, la lèvre supérieure bleue et gonflée. Elle détourna la tête pour échapper à mon inspection et, d'un ton brusque, me dit d'aller dans la chambre de Mme Martha.

Dès que j'entrai, mama prit congé en disant qu'elle serait de retour dans l'heure. Mme Martha avait déjà reçu ses soins du matin et était assise dans son lit, adossée contre des oreillers. Seule avec elle, j'étais un peu intimidée. Je restai à bonne distance du lit tandis qu'elle m'examinait.

— Bonjour, Isabelle, fit-elle.

Contre toute attente, elle ajouta :

— Pourrais-tu m'amener Sally ?

Je cherchai mama des yeux, même si je savais qu'elle était déjà partie. Je sentis mes jambes faiblir d'appréhension, mais, ne voyant pas d'alternative, je me rapprochai du lit. Je regardai Mme Martha dans les yeux, pris mon courage à deux mains et lui dis à voix basse mais intelligible :

— Non, je ne peux pas. Elle est tombée de la balançoire.

Livide, la maîtresse inspira profondément et enfouit son visage entre ses mains. J'étais sur le point de courir chercher mama lorsque Mme Martha releva vers moi ses yeux verts, sombres de douleur.

— J'espère toujours que c'est un cauchemar, un terrible cauchemar.

— Je ne m'appelle pas Isabelle, lançai-je, espérant la distraire de ses tristes pensées.

Elle se détourna à nouveau et j'eus peur d'avoir dit une bêtise, mais, quand elle me refit face, elle souriait.

— Je sais, ma chère, mais s'il te plaît, pardonne-moi. Tu me rappelles ma sœur, et prononcer son nom m'apporte un tel réconfort…

Je comprenais très bien, ayant moi-même nommé Campbell pour une raison similaire.

— Cela ne me dérange pas si vous m'appelez Isabelle.

Elle me prit la main.

— Je veux reprendre des forces, je sais qu'il faut que je sorte de cette chambre, mais tout me semble si vain.

Elle me regarda droit dans les yeux avant de reprendre :

— Je ne sais pas quoi faire de ma vie.

Je me souvins alors des sages paroles d'Oncle Jacob.

— Vous pouvez l'offrir à Allah.

— Allah ? Qui est Allah ?

— C'est un autre nom pour Dieu. Mama dit que Mlle Sally joue avec ma maman et que le bon Dieu veille sur elles.

Mme Martha me fixa avec curiosité, puis tapota le lit.

— Viens t'asseoir à côté de moi, me proposa-t-elle, et je m'exécutai. Comment as-tu acquis autant de sagesse ?

Je haussai les épaules.

Elle joua un instant avec mes tresses.

— Comment va le bébé ? interrogea-t-elle.

— Voulez-vous que j'aille le chercher ? lançai-je, pleine d'espoir.

Elle secoua la tête.

— Pas maintenant.

Puis, voyant ma déception, elle ajouta :

— Peut-être tout à l'heure.

Je hochai la tête et nous restâmes un moment silencieuses.

— Pourrais-tu me faire la lecture ? finit-elle par demander.

— Je ne sais pas lire.

Elle parut étonnée.

— Dans ce cas, je vais devoir t'apprendre.

Elle venait d'ouvrir un livre lorsque nous entendîmes la grosse voix de mama dans la chambre bleue.

— J'y vais d'abord ! C'est une dame et je laisserai entrer aucun homme dans sa chambre sauf si elle le demande !

— Assurez-vous qu'elle sache que je souhaite la voir pour affaires.

J'eus froid dans le dos en reconnaissant la voix de Rankin.

Mama entra dans la chambre et ferma la porte derrière elle. Elle s'approcha de Mme Martha, se pencha vers elle et lui chuchota que le contremaître était là.

— Il croit que c'est lui le maît', à voir comment il se déplace dans cette maison. Il dit que vous êtes qu'une femme malade et pitoyable, et qu'il est le chef jusqu'au retour du cap'taine.

Mme Martha haussa les sourcils et ses joues s'empourprèrent.

— Il se promène dans ma maison ? Il me taxe de pitoyable ? Comment ose-t-il ?

— Cet homme est là, à penser qu'il s'occupe de votre maison. Vous voulez le voir ?

— Oui, très certainement !

Mama se dirigea vers la chambre bleue, mais Mme Martha la rappela.

— Mae, nous ne sommes pas pressées. Pourrais-tu me passer mon miroir ?

Mama revint pour faire ce qu'on lui demandait.

Mme Martha retira son bonnet de nuit et le tendit à mama.

— À présent, donne-moi ma brosse, lui dit-elle, et elle me fit tenir son miroir devant elle pendant qu'elle arrangeait ses boucles rousses autour de ses épaules.

Elle se pinça les joues et battit des paupières avec exagération, puis leva les yeux vers moi qui admirais sa transformation. Je rougis lorsqu'elle me sourit.

Mama jeta un coup d'œil nerveux en direction de la porte.

— Mae, déclara Mme Martha, assieds-toi dans le fauteuil. Isabelle, pourrais-tu s'il te plaît ouvrir à M. Rankin ?

Je me dirigeai vers la porte, mais, alors que je tournais la poignée, mama me dit d'attendre. Elle se leva et poussa le pot de chambre pour le cacher sous le lit, puis saisit un sous-vêtement oublié sur une chaise et le rangea à la hâte. Pendant ce temps-là, à travers la porte entrouverte, j'observais Rankin qui se tenait debout à côté de Dory dans la chambre bleue.

— Qui t'a frappée ? demanda-t-il.

— Personne. Je suis tombée, répondit Dory avec précipitation.

— Tu es tombée ? dit-il en l'examinant de plus près. Tu en es sûre ?

Comme Dory, visiblement pétrifiée, ne répondait pas, il poursuivit :

— En tout cas, tu es une bien belle fille.

Il rit.

— J'ai l'impression que tu regorges de lait pour ces deux bébés !

Il marqua une pause.

— Comment t'appelle-t-on déjà ?

— Mam'zelle Dory, rétorqua-t-elle dans une attitude de défi.

— Mademoiselle Dory ! Voyez-vous cela ! Nous avons de sacrées prétentieuses dans cette grande maison !

Au signe de mama, j'ouvris la porte en grand et inclinai la tête pour inviter M. Rankin à entrer. Avant de la quitter, il se pencha vers Dory pour lui murmurer à l'oreille : « Tu sais que Rankin se méfie toujours des jolies filles. » Puis il pénétra dans la chambre d'un pas confiant. Son apparence ne s'était pas améliorée du tout et une odeur de saleté le suivait. Il portait un document.

— Monsieur Rankin ?

Le ton de voix de la maîtresse le dissuada d'approcher davantage. Il sembla surpris de voir Mama Mae assise dans un fauteuil.

— Eh bien, madame Martha, commença-t-il après une légère hésitation, cela me fait plaisir de vous voir aussi en forme.

— Merci, répondit-elle. Comme vous le voyez, je me sens très bien.

M. Rankin n'arrêtait pas de tripoter le papier qu'il tenait dans ses mains sales.

— Que puis-je pour vous ? demanda la maîtresse.

— Ceci stipule que Waters est parti.

Il s'approcha et lui tendit le document. Elle le prit et examina le cachet brisé.

Ceci est adressé au capitaine, dit-elle.

— Oui, mais bon, les choses étant ce qu'elles sont… comme vous êtes…

Elle leva la main pour le faire taire pendant qu'elle parcourait le document.

— Alors, M. Waters est parti ? demanda-t-elle en repliant la lettre.

— Oui. Oui. Ses affaires ont disparu, et il semble qu'il ait pris son cheval, mais je ne suis pas sûr que…

— De quoi n'êtes-vous pas sûr, monsieur Rankin ? le coupa Mme Martha.

— Eh bien, il ne m'avait pas dit qu'il comptait partir.

— Et pourquoi aurait-il fait une chose pareille ?

Il semblait ne pas savoir quoi répondre.

— D'après ce que je vois, monsieur Rankin, ceci est une affaire qui concerne mon mari. Il devrait rentrer d'un jour à l'autre, à présent. Laissons tout cela reposer jusqu'à son retour. Je vous remercie de vous inquiéter, mais, comme vous pouvez le voir, je suis bien capable de gérer la maison et ce qui s'y rapporte.

— Eh bien, j'essaye seulement de faire mon travail, dit Rankin. En partant, le capitaine m'a demandé de veiller sur la propriété. Il ne m'a pas précisé que je devrais me justifier auprès de son épouse, mais je suppose…

Le ton de Mme Martha devint glacial.

— Monsieur Rankin, je ne veux pas vous retenir plus longtemps.

L'homme s'inclina d'un air bête avant de gagner la porte. Avant de sortir de la chambre bleue, il s'arrêta près de Dory qui avait fini de nourrir Campbell et s'occupait à présent de Sukey. À son approche, elle se couvrit vite la poitrine. Il resta debout à côté d'elle une minute, puis se pencha pour pincer le visage du bébé. Sukey se mit à pleurer et, quand Dory repoussa la main de Rankin, il lui attrapa le poignet et se mit à serrer en la regardant droit dans les yeux. Enfin, dans un rire grossier, il la lâcha, puis partit, laissant Dory se calmer et consoler son bébé.

Derrière moi, j'entendis Mme Martha dire à mama que, à compter de ce jour, elle commencerait à faire un peu plus d'exercice.

Plus tard, dans l'après-midi, Mme Martha se reposait et je m'occupais de Campbell, permettant à Dory d'aller dîner. Le bébé était réveillé, alors je le pris dans mes bras et le berçai en fredonnant une chanson de mama. À ce moment, Marshall passa la tête dans l'embrasure de la porte. Il avait les yeux à peine ouverts et semblait encore à moitié endormi sous l'effet de l'opium que mama lui avait donné la veille pour l'aider à trouver le sommeil.

— Pourquoi la chambre de M. Waters est-elle vide ? Sais-tu où il est ? me demanda-t-il dans un murmure.

— Il est parti, dis-je.

— Waters ? Parti où ?

— Je ne sais pas. M. Rankin est venu ce matin pour dire à votre mère que M. Waters était parti.

— Je n'y crois pas, lâcha Marshall d'une voix furieuse, se tournant vers le corridor.

— C'est la vérité. Mama a dit qu'il était allé au diab'.

— Où cela ?

— Au diab', répétai-je.

— Au diable ? corrigea-t-il.

— Je suppose.

— Ne commence pas à parler ainsi, dit-il. Tu n'es pas l'une d'entre eux.

— Que voulez-vous dire ?

— Ils ne sont pas comme nous. Ils sont stupides.

— Qui est stupide ?

— Les Nègres !

— Pas Belle, rétorquai-je, prête à l'informer qu'elle savait lire.

— Belle ! cracha-t-il avec dégoût. Ce n'est qu'une sale putain.

Je ne répondis rien, ne sachant pas ce que cela voulait dire.

— Ne fais confiance à aucun d'entre eux, ajouta Marshall. Ils s'en prendront à toi dès que tu auras le dos tourné.

— Ben et Papa George aussi ?

— Ce sont les pires, les plus proches de soi. Ils vous tuent dans votre sommeil.

— Qui dit cela ? questionnai-je.

— Waters et Rankin. Cela arrive tout le temps. Ils m'ont raconté beaucoup d'histoires d'esclaves qui avaient tué leur maître. Il faut apprendre à les contrôler avant qu'ils nous tuent tous.

Je le regardais, les yeux écarquillés. Marshall s'exprimait avec une telle conviction que, malgré moi, je me demandai si j'avais des raisons de m'inquiéter.

— Mais ne t'en fais pas, ajouta-t-il, je veillerai sur toi.

Campbell commença à s'agiter, alors je desserrai sa couverture. Quand je me retournai, Marshall avait disparu. J'étais perturbée par ses paroles et, ce soir-là, je demandai à Belle ce qu'il avait pu vouloir dire. Elle me répondit que c'étaient des bêtises et qu'apparemment, Marshall avait passé trop de temps en compagnie de Rankin.

La santé mentale et physique de Mme Martha s'améliora avec la diminution de ses doses de laudanum. À présent, en fin de matinée, elle me gardait avec elle. Elle s'était fait apporter des ardoises et avait entrepris de m'apprendre à lire et à écrire. J'étais une élève passionnée et prenais grand plaisir à être l'objet de son attention, même si je ne comprenais pas pourquoi elle ne s'occupait pas plus de ses propres enfants. Elle ne s'enquérait jamais de Marshall et, lorsqu'elle recommença à sortir de sa chambre, elle était contente de voir que Dory prenait soin de Campbell mais ne demandait jamais à le prendre dans ses bras. Par ailleurs, je remarquai que, quand nous déambulions le long du couloir du premier étage, devant la chambre de Sally, elle détournait les yeux.

Le rez-de-chaussée comptait quatre très grandes pièces. Le corridor, peint en bleu vif et richement meublé, s'étendait sur toute la longueur de la maison, avec le grand escalier pour point central. Du côté ouest, vers l'arrière, se trouvait la salle à manger aux murs recouverts de peintures représentant des vues panoramiques de mer bleue où voguaient des navires et de collines verdoyantes piquetées de chevaux. Cette pièce splendide jouxtait un petit salon de réception.

De l'autre côté du couloir, dans la partie est de la maison, se trouvaient un autre salon, plus grand et, derrière, la bibliothèque, aussi appelée l'étude. Le salon était la pièce la moins solennelle, et c'était là que Mme Martha paraissait le plus à l'aise.

Comme toutes les pièces du rez-de-chaussée, le salon avait un plafond haut de plus de trois mètres et demi. Ses trois grandes fenêtres étaient dotées de volets en bois intérieurs, qui se repliaient simplement dans le mur si l'on souhaitait laisser entrer la lumière du jour. Les murs étaient peints en vert chatoyant et les parquets en sapin étaient recouverts de tapis de différentes tailles, chacun présentant un motif complexe et des couleurs variées. Des portraits dans des cadres dorés ornaient les murs et, bien que j'aie eu plusieurs fois l'intention de demander de qui il s'agissait, l'opportunité ne se présenta jamais au cours de ces années.

Dans un coin en face de la cheminée, où Oncle Jacob préparait toujours un grand feu, se trouvait une harpe ; dans l'angle opposé trônait une massive horloge en noyer sombre. Entre les deux, un beau secrétaire abritait deux gros livres ainsi que, posées à côté, des lunettes qui devaient appartenir au capitaine. Au centre de la pièce se dressait une petite table pour le thé entourée d'un canapé et de trois fauteuils confortables. Quand je m'y asseyais avec elle, Mme Martha me racontait des souvenirs, notamment de son enfance. Dans ces moments, elle parlait librement de ses jeunes années, heureuse de se rappeler une époque où elle se sentait aimée et en sécurité.

Elle avait deux sœurs. La plus grande, Sarah, était la dame de Williamsburg qui lui avait rendu visite à Noël. La plus jeune, Isabelle, était morte à l'âge de douze ans. Cela avait été une grande perte. Mais Mme Martha n'en dit pas plus et changea vite de sujet pour évoquer sa mère. Celle-ci était anglaise, austère et exigeante, et déterminée à élever des Anglaises dignes de ce nom. Son père était tout l'inverse. Jeune homme, il était venu d'Irlande. En travaillant dur et avec un peu de chance, il était devenu un riche marchand. Bruyant et plein d'entrain, il mettait souvent sa femme dans l'embarras, mais elle le tolérait car il était influent dans la société de Philadelphie. Ce qui importait le plus à Mme Martha, c'était que son père adorait ses filles et qu'il était immensément fier d'elles.

— Il nous gâtait tellement. Si nous demandions une robe, il nous en donnait deux ; si nous demandions un bonnet, il nous en offrait trois.

— Sont-ils venus vous voir ici ? demandai-je.

— Une seule fois. Le voyage était si long, et la santé de ma mère était déjà préoccupante. Je me demande parfois si le trajet jusqu'ici n'a pas accéléré son… départ.

Un jour, Mme Martha m'emmena à l'étude plutôt que dans le salon. Elle s'approcha d'un grand bureau et fit glisser sa main le long de son bord poli.

— C'était le bureau de mon père.

Elle ouvrit le tiroir et en sortit une liasse de lettres reliées par un ruban en gros-grain.

— Elles sont de ma mère.

— En voilà un joli ruban, dis-je.

Elle m'invita à venir m'asseoir sur une chaise près d'elle.

— Oui, répondit-elle en défaisant le nœud, le bleu a toujours été ma couleur préférée. Quelle est la tienne ?

— Le vert, répliquai-je avec assurance en pensant au fichu de Belle et aux vêtements de ma poupée.

— Ah, dit-elle en me souriant, le vert de l'Irlande.

Ce jour-là, elle lut à voix haute des passages d'au moins une dizaine de missives. Je pouvais presque voir la mère de Mme Martha – une dame d'une grande prestance, d'après ce que je m'imaginais – écrire à son bureau de Philadelphie. Elle parlait de soirées mondaines et des amies d'enfance de Mme Martha qui s'étaient mariées et participaient à présent à des événements chics. Elle exprimait l'inquiétude d'une mère pour sa fille et lui recommandait de bien prendre soin de sa santé. Elle compatissait à la solitude de Mme Martha, mais lui rappelait que c'était elle qui avait fait le choix de partir. Mme Martha s'arrêta de lire et regarda par la fenêtre.

— Pourquoi vouliez-vous venir ici ? questionnai-je.

Elle eut un petit rire, comme s'il s'agissait d'une plaisanterie pour initiés. Elle fouilla dans le tiroir et en sortit un petit livre d'où elle extirpa une coupure de journal jaunie. Elle se mit alors à la lire, autant pour elle-même que pour moi. Il était question du mariage d'une ravissante jeune femme, Mlle Martha Blake, avec le capitaine James Pyke, quarante ans, marchand prospère et propriétaire d'un bateau. Ils allaient résider à Tall Oaks, une plantation de tabac dans le sud de la Virginie. L'article précisait que Mlle Martha, étant elle-même d'un tempérament vif, serait la partenaire idéale pour cet homme illustre et aventureux.

— Est-ce de vous qu'il s'agit ? demandai-je.

J'avais du mal à croire que la femme dynamique dont parlait cet article flatteur était Mme Martha.

— Tout à fait. J'étais jeune et bête. Je n'avais pas encore vingt ans. Je pensais que ce serait une aventure. Je n'avais aucune idée de ce que serait ma vie ici. Je m'imaginais en femme élégante de la campagne, avec de nombreux serviteurs qui m'aideraient à donner des bals. Je pensais que je serais occupée à organiser ces événements en attendant que mon mari revienne de ses voyages. Je croyais que, si jamais je me sentais seule, il me suffirait de retourner à Philadelphie ou de rendre visite à ma sœur dans la ville excitante de Williamsburg. Mais le sort en a décidé autrement, conclut-elle avant de replonger dans le silence.

Je ne pus contenir ma question.

— Qu'est-ce qui s'est passé ?

— Quand je suis arrivée et que j'ai vu cette maison, à quel point nous étions isolés, je n'avais qu'une envie, c'était de retourner à Philadelphie. Je pensais que j'avais fait le mauvais choix, peut-être même que j'avais épousé la mauvaise personne. Mais James était si charmant, si rassurant, et il me promettait qu'il vendrait bientôt son bateau et mettrait un terme à ses autres affaires pour être ici avec moi. Mais les années ont passé…

Elle s'interrompit.

— Vous n'avez pas d'amis ici ? demandai-je encore, souhaitant lui insuffler un peu d'espoir.

— Le voisin le plus proche est un célibataire de longue date qui vit de façon tout à fait inappropriée avec… une de ses domestiques.

Elle secoua la tête comme pour éloigner cette pensée.

— Je ne peux pas voyager sans être escortée par un homme, et je n'ai pas le droit de voyager avec un homme…

Elle hésita, puis se tourna vers moi avant de continuer :

— … qui ne soit pas de notre couleur. C'est tout simplement interdit. Cela ne me laisse donc nul autre choix que de voyager avec M. Rankin, et je suis sûre que tu es assez grande pour te rendre compte du problème.

— Vous avez Mama Mae et Belle et Dory, dis-je. Ce sont vos amies.

Elle vérifia que personne n'était dans les parages, puis se retourna vers moi. Elle parlait à voix basse.

— Ce ne sont pas mes amies, Isabelle. Ce sont mes domestiques. Elles sont sur leurs gardes. Mae sait que sa fille aînée fréquente mon mari, bien qu'elle le nie. Tu es jeune, mais je suis sûre que tu comprends. Presque dès le début, j'ai soupçonné leur secret.

Je ne comprenais pas très bien ce qu'elle voulait dire, mais j'entrepris de la rassurer quant à la loyauté de Belle à son égard, quand elle m'interrompit brusquement :

— Ne me parle pas d'elle !

Immédiatement, elle se rendit compte de la sécheresse de son ton et me tapota la main en reprenant plus doucement :

— Un jour, tu comprendras, ma chère, mais je suis si seule que parfois j'ai l'impression que je pourrais en mourir.

— Ne pouvez-vous pas aller voir votre sœur ?

Elle secoua la tête et poussa un soupir.

— Je n'en ai jamais eu la force. Marshall est né un an après mon mariage. Les années suivantes, j'ai eu d'autres bébés qui… n'ont pas survécu. Je n'arrivais pas à recouvrer la santé, même si je me sentais beaucoup plus forte juste avant que Sally…

Elle pâlit, frappée par ce douloureux souvenir, puis ferma les yeux comme pour repousser son chagrin.

— Voulez-vous que j'aille chercher mama ?

Elle secoua à nouveau la tête et rouvrit les yeux.

— Que faisiez-vous quand vous étiez enfant ? demandai-je rapidement, prenant exemple sur mama qui avait l'art de changer de sujet quand il le fallait.

Mme Martha garda le silence tandis qu'elle repliait soigneusement l'article de journal et qu'elle le remettait entre les pages du livre, avant de replacer ce dernier dans le tiroir. Elle regroupa les lettres et entreprit de les rattacher avec le ruban, et je me demandai si elle avait entendu ma question.

— Pourrais-tu poser le doigt ici ? me demanda-t-elle, indiquant le nœud du ruban.

Je plaçai mon pouce au bon endroit avec précaution et elle finit le nœud commencé par deux superbes boucles. Elle garda le paquet sur ses genoux et se mit à caresser le ruban en parlant.

— Quand j'étais petite, à Philadelphie, l'un de mes plus grands plaisirs était d'accompagner mes sœurs au marché de la ville. Sarah, Isabelle et moi sortions souvent. Bien sûr, nos bonnes nous suivaient, mais quelles aventures nous avons vécues ! La vie citadine était merveilleuse, Isabelle. Il y avait des restaurants !

Elle me regardait les yeux brillants.

— Chaque dimanche après-midi, après l'office religieux, notre père nous emmenait au restaurant en famille. Les gens étaient vraiment aux petits soins pour nous, même si mes sœurs et moi savions déjà que nous étions assez jolies.

Elle marqua une pause pour se remémorer ces moments.

— Comme ces dimanches me manquent !

— Pourquoi ? fis-je, ayant peur qu'elle arrête de me raconter ses souvenirs.

— Il y avait une église, Isabelle, au clocher si haut que je pensais qu'il s'agissait de l'élément le plus remarquable de Philadelphie, à l'époque. Le dimanche matin, nous revêtions nos plus belles toilettes et allions à l'église anglicane à pied. Nous marchions toujours ensemble, en famille. Comme j'aimerais assister à un office à nouveau…

— Il n'y a pas de temples, ici ? interrogeai-je encore, certaine d'avoir entendu mama en mentionner un.

— Il y en a un presbytérien, répondit-elle, comme si c'était une réponse qui ne nécessitait pas d'autres explications.

Je voyais qu'elle était fatiguée, alors je ne lui demandai pas de m'éclairer.

Un après-midi gris après deux jours de pluie, Mme Martha s'assit devant ce qu'elle appelait une harpe et commença à en jouer. Quand elle eut fini, elle se tourna vers moi avec un sourire confus.

— Malheureusement, je ne joue pas très bien.

J'avais été captivée par la musique et l'assurai que c'était très beau.

Elle prit un air grave.

— Je ne joue pas souvent car cela me fait me sentir trop seule.

Je compris car, lorsqu'elle entama une autre mélodie, je ressentis cette solitude tandis que chaque note s'échappait et résonnait dans la salle superbement meublée mais vide.

14

Belle

On réfléchit tous à une histoire pour le capitaine. On répète encore et encore comment ça s'est passé, et comment on va raconter que ça s'est passé. Papa veut dire la vérité au capitaine, mais mama lui a dit qu'il oubliait que Waters était blanc et que, si nous disions la vérité, ils pendraient Ben à coup sûr. C'est la première fois que je vois Mama Mae et Papa George en désaccord.

Tout le monde a peur de Rankin. Depuis qu'il est allé voir Mme Martha à la grande maison et qu'elle ne s'est pas laissé intimider, Ida dit qu'il embête les femmes des cases encore plus qu'avant. Il sait que quelque chose n'est pas clair avec Waters, mais personne ne parle et ça le rend fou. Et puis, aussi, il vient souvent me voir depuis ce soir où je lui ai donné le whisky et où il ne m'a pas eue. Maintenant, tous les matins, il passe à la dépendance.

Quand je lui dis que le capitaine ne voudrait pas qu'il m'embête, ses yeux lancent des flammes. Il me répond que c'est lui le maître ici et qu'il nous surveille Ben et moi, comme le capitaine le lui a demandé. Ensuite, il reste là le sourire aux lèvres, à me reluquer. Chaque fois qu'il m'approche, je me demande s'il reste de la place dans ces latrines.

Et Ben, au lieu d'être effrayé de ce qu'il a fait à Waters, semble se considérer comme un homme capable de tout. Il prend trop de risques. Hier soir, il est venu me voir quand je travaillais au garde-manger, dans la cave de la grande maison. J'étais en train de verser du brandy sur les gâteaux pour Noël quand il s'est glissé dans la pièce et a fermé la porte. Je lui ai dit :

— Ben, tu ferais mieux de sortir d'ici !

Mais il m'a répondu :

— Rankin est saoul, il dort.

Puis il m'a demandé, tout bas :

— Belle, t'en as plus rien à faire de moi ?

Mes jambes voulaient courir vers lui, mais j'ai tenu bon.

— Si, je t'aime toujours, Ben, mais cet été, le capitaine va m'emmener à Philadelphie.

Ben s'est approché de moi. Il me mangeait des yeux, et je savais que je ne pourrais pas résister s'il me touchait. Il a murmuré mon prénom avant de se pencher pour m'embrasser, mais Oncle Jacob a ouvert la porte juste à temps. Il m'a foudroyée du regard, mais je lui ai dit :

— Ben est juste là pour s'assurer que tout va bien.

Après le départ de Ben, Oncle Jacob m'a mise en garde :

— Tu veux le voir mort ?

— Non ! ai-je lancé.

Mais Oncle Jacob a poursuivi :

— T'es la seule responsable, Belle. Si quelque chose arrive à Ben, Mae et George, c'est à toi qu'ils vont en vouloir.

Je sais que je dois garder mes distances avec Ben, mais je préférerais qu'on me coupe une main.

15

Lavinia

Les dernières semaines avant Noël, Mme Martha passait de plus en plus de temps à la fenêtre à guetter le chariot du capitaine. Chaque jour, mama la rassurait : « Il arrive bientôt. Mettez une belle robe aujourd'hui pour ressembler à la jolie femme qu'il a épousée. »

Un matin, alors que Dory se trouvait à l'étage avec les bébés, Beattie et moi, au rez-de-chaussée, aidions Mme Martha à disposer du houx et des branches de cèdre sur la cheminée du salon, quand mama entra en trombe.

— Les patrouilleurs sont là, et ils emmènent Jimmy ! lança-t-elle, haletante.

— Mae, pour l'amour du ciel ! s'exclama Mme Martha. Tu m'as fait une peur bleue.

— Les patrouilleurs ! répéta mama. Ils sont là, à la grange, et maintenant ils vont aller à la dépendance. Ils disent qu'ils cherchent m'sieur Waters. Ils battent Jimmy ! Ils disent qu'il est au courant de quelque chose et ils l'emmènent avec eux !

Mama était dans tous ses états et parlait sans reprendre son souffle.

— Rankin dit que Ben est le prochain !

Mme Martha jeta les branches qu'elle tenait à la main par terre, puis appela Oncle Jacob tout en se dirigeant vers le coffre aux armes de la bibliothèque.

— Tiens, prends ça, dit-elle en tendant un pistolet à Oncle Jacob, avant d'en attraper un autre pour elle.

Ses mains tremblaient tandis qu'elle le chargeait, mais il était évident qu'elle savait comment utiliser une arme. Elle sortit par la porte de service, escortée de mama et d'Oncle Jacob. C'était une journée froide mais ensoleillée. Personne ne remarqua que Beattie et moi les suivions. Des chevaux sellés étaient attachés près de la dépendance où se dirigeait notre petit groupe. Papa George se trouvait derrière le bâtiment en train d'extraire une hache d'un tas de bois.

— Tu n'auras pas besoin de cela, George. Viens, prends ceci et reste près de moi, dit Mme Martha en lui tendant le pistolet que portait Oncle Jacob.

Ensemble, ils firent le tour de la dépendance. Jimmy avait les mains liées à la selle d'un cheval bai; il avait la tête appuyée contre le flanc de l'animal et je détournai le regard en voyant son dos sanguinolent.

Papa lui parla à voix basse en passant à côté de lui.

— Tiens bon, mon garçon.

Des cris et des rires s'échappaient de la cuisine, et nous comprîmes vite ce qu'il se passait. Quatre hommes, dont Rankin, formaient un cercle. Ils faisaient tourner Belle, se l'envoyant de l'un à l'autre comme s'il s'agissait d'un jouet. Dans un coin, allongé sur le ventre et bâillonné, Ben se débattait, pieds et poings liés. Fanny, en pleurs et tremblante, était accroupie à côté de lui.

— Qui va parler en premier ? demanda l'un des patrouilleurs.

Rankin laissa échapper un rire gras, attrapant Belle et la serrant contre lui.

— Qu'est-ce qu'on va devoir faire à cette petite pour faire parler ce Ben ?

Parmi eux, Marshall observait avec des yeux remplis d'excitation. Un autre homme, en face de Ben de l'autre côté de la pièce, ne participait pas au cercle. Plus jeune que les autres, il semblait perturbé par ce jeu.

La détonation du pistolet de Mme Martha mit un terme à cette scène.

— Messieurs, lança-t-elle sans s'adresser à quelqu'un en particulier. Maintenant que j'ai votre attention, je veux vous assurer que je sais utiliser mon arme avec plus de précision que ce que vous venez de voir.

Elle marqua une pause et leva les yeux vers le plafond éclaté.

— Mon Dieu, j'ai fait un trou dans ma propre cuisine !

Puis, se tournant vers Papa George, elle déclara :

— George, je crains d'avoir alourdi votre charge de travail.

Elle se retourna ensuite vers les hommes abasourdis et demanda :

— Quelqu'un aurait-il l'obligeance de m'expliquer tout ceci ?

Rankin avança vers elle avec arrogance.

— Eh bien, madame Martha, ces citoyens respectueux de la loi sont venus nous informer que le cheval de M. Waters a été retrouvé dans le comté de Buckingham. Comme nous sommes toujours à la recherche de M. Waters lui-même, ils pensaient que quelqu'un ici disposerait peut-être d'informations qu'il n'aurait pas jugé nécessaire de révéler.

Mme Martha regarda Rankin avec froideur, puis se tourna vers les autres hommes de la pièce.

— Messieurs, je crains qu'on vous ait mal informés. L'affaire du départ de M. Waters sera gérée par mon mari à son retour. Cela ne concerne M. Rankin en aucune façon. Il a été embauché pour maintenir l'ordre dans les champs, où ce type de traitement... (elle baissa les yeux vers Ben, puis les releva)... peut se révéler nécessaire. En revanche, cela n'a aucune raison d'être avec mes domestiques.

Elle regarda alors Belle avant de continuer:

— Êtes-vous conscients que vous êtes en train de jouer avec l'une des possessions les plus chères du capitaine?

Son ton était glacial.

— Ce n'est qu'une putain, mère! lança Marshall.

Si Mme Martha fut surprise par ces propos, elle ne le montra pas.

— Oui, Marshall, certainement, mais c'est la putain de ton père, et que le ciel vienne en aide à l'homme qui l'oublie.

Immobiles, les hommes la fixaient avec une expression étonnée qui me rappelait les paons du service de la grande maison.

— Messieurs, reprit-elle, j'apprécie le fait que vous soyez tous si respectueux de la loi. Toutefois, je vous prie à présent de quitter ma propriété. Veuillez détacher le garçon dehors et me le laisser.

Le jeune homme qui se tenait dans le coin s'avança, retira son chapeau et passa la main dans ses cheveux bruns et raides.

— Veuillez nous excuser d'avoir troublé votre journée, madame Pyke. Il semble en effet que nous ayons été mal informés.

Les autres le regardèrent d'un air mécontent.

— C'est une affaire pour la justice, grogna l'un d'entre eux.

— Et comment vous appelez-vous, monsieur ? demanda Mme Martha au jeune homme qui lui avait présenté des excuses.

— Euh… Stephens, bégaya-t-il. Will Stephens.

— Stephens ? Ce nom m'est familier. Le capitaine connaît-il votre père ?

— Oui, madame, répondit-il en tripotant son chapeau. Nous louons au capitaine la propriété du côté est.

— Ne me dites pas que vous êtes le petit garçon qui nous a aidés ici à la grange l'année de la naissance de Marshall ! fit-elle d'une voix presque enjouée.

Il rougit.

— Si, madame. Lui-même.

— Mon Dieu ! Vous avez drôlement grandi. Cela me rassure de savoir que vous surveillez la colline pour nous. Vous direz cela à votre père, d'accord ?

Il l'assura qu'il le ferait.

Lorsque Rankin sortit, les autres lui emboîtèrent rapidement le pas. Papa George resta aux côtés de Mme Martha quand elle les suivit. Tandis que les autres repartaient chez eux à cheval, Rankin prit la direction du quartier des esclaves.

La voix de Mme Martha l'arrêta.

— Monsieur Rankin.

Il se retourna.

— Je ne veux pas que vous vous occupiez de quoi que ce soit ici. Mes domestiques seront armés.

Elle désigna papa qui se tenait près d'elle, son pistolet à la main.

— J'imagine qu'ils seront tendus à cause de cette affaire. J'espère que mon sommeil ne sera pas interrompu par le bruit d'un coup de feu, mais ils seront encouragés à prendre les armes s'ils soupçonnent la présence d'un intrus sur les terres de la grande maison.

Le visage de Rankin s'assombrit, mais il garda le silence et repartit vers les cases. À ma grande surprise, Marshall le suivit en courant, mais sa mère le rappela aussitôt. L'espace d'un instant, il parut hésiter, prêt à désobéir, mais quand elle lui intima une seconde fois de revenir, il donna un coup de pied rageur dans la terre et regagna la grande maison.

— Il faut que je m'assoie.

Mme Martha était soudain très pâle. Mama s'approcha d'elle et l'emmena dans la cuisine où Oncle Jacob aidait Ben à se relever. Une fois libre, Ben sortit de la dépendance à la hâte. Appuyée contre la table, Belle frappait celle-ci du plat de la main, encore et encore. Dehors, papa appela mama pour qu'elle vienne l'aider à détacher Jimmy. Oncle Jacob assit Mme Martha avant d'aller voir Belle.

— Belle, dit-il d'un ton ferme en lui posant une main sur le bras, Jimmy a besoin d'aide dehors. Viens vite.

— C'est une chance que personne n'ait été blessé, déclara Mme Martha.

Belle la fusilla du regard, prête à la frapper. Oncle Jacob s'interposa.

— M'ame Martha, on ferait mieux de vous ramener à la grande maison. Mae et George s'occupent de tout ici. Si le cap'taine arrive, il faut que vous soyez là pour lui. Venez, je vais vous raccompagner.

Il lui présenta son bras, et Mme Martha se leva pour le prendre. Oncle Jacob me fit signe de les suivre. Je ne voulais pas y aller ; j'avais peur et souhaitais rester avec Belle. Je me demandais où était Ben et s'il allait bien. Je n'arrivais pas à effacer de mon esprit son regard quand il était attaché, dans l'incapacité de venir au secours de Belle.

J'obéis malgré ma réticence. Brusquement, alors que notre petit groupe avait presque rejoint la grande maison, nous entendîmes des claquements étouffés derrière nous. Comme si quelqu'un martelait le mur de la dépendance à coups de casserole.

16

Belle

Tout le monde est très nerveux. Chaque jour, maintenant, nous attendons avec impatience le retour du capitaine. Depuis que Rankin et les autres hommes sont venus à la dépendance, Ben ne vient plus me voir. C'est mieux comme ça, mais je pense qu'il garde ses distances parce qu'il a honte. Le jour où Rankin me bousculait dans tous les sens, Ben s'est enfui à toutes jambes. Ce n'est pas sa faute. Depuis qu'on lui a coupé l'oreille, je sais qu'il est terrifié. Ce jour-là, à la dépendance, Ben n'aurait rien pu faire, je le sais bien. Mais c'est un homme, et il ne voit probablement pas les choses de cette façon.

Tout le monde est sur ses gardes. Rankin guette la moindre occasion de nous tomber dessus.

17

Lavinia

Un chariot arriva la veille de Noël, et ravie, la maîtresse courut à sa rencontre. Il y avait une lettre et des montagnes de cadeaux, mais pas de capitaine. Mme Martha pâlit lorsqu'elle apprit qu'il n'était pas là, et Oncle Jacob la conduisit vite à un canapé dans le salon, où elle s'assit, incrédule, serrant dans sa main la lettre encore cachetée.

— Il ne viendra pas, se dit-elle à elle-même. Dieu tout-puissant, il ne viendra pas.

Mama entra en trombe.

— Il ne viendra pas, Mae.

Mme Martha regardait mama comme si elle espérait qu'elle la contredirait.

Mama paraissait aussi en colère que Mme Martha. Elle finit par déclarer :

— Vous devriez lire cette lettre.

— Oui.

Mme Martha baissa les yeux vers l'enveloppe qu'elle tenait dans ses mains, comme si elle l'avait oubliée.

— La lettre.

Marshall apparut à la porte.

— Où est père ?

Il parcourut la pièce des yeux, dans l'expectative.

— Une minute, Marshall, répondit sa mère. Je suis en train de lire sa lettre.

Elle parcourut le premier paragraphe en diagonale.

— Il a vendu le bateau ! s'exclama-t-elle. Mais il ne peut pas tout de suite régler les affaires qui s'y rapportent. Il nous demande pardon, mais il ne sera pas de retour avant le printemps.

Elle reposa la lettre sur ses genoux.

Mama Mae prit appui sur le fauteuil le plus proche.

Marshall saisit la lettre. Il y eut un silence tandis qu'il parcourait le document des yeux.

— Il va vous emmener à Philadelphie. Et moi, j'irai à Williamsburg.

Mme Martha leva les yeux vers son fils.

— Comment ? Qu'as-tu dit ?

— Lisez la suite.

Marshall lui redonna la lettre et lui indiqua un passage. Tandis qu'elle lisait, Mme Martha reprit des couleurs.

— Marshall ! lança-t-elle tout excitée. Tu as raison ! Il t'a trouvé une école ! À Williamsburg ! Et il s'est arrangé pour que je puisse rendre visite à mon père à Philadelphie. Je vais revoir père ! Nous y resterons tout l'été !

Des larmes de joie se mirent à couler le long de ses joues et je les regardai tomber sur le corsage de sa robe de brocart bleu.

Marshall quitta la pièce brusquement, mais le visage de mama demeura tendu.

Noël se passa sans grandes célébrations, même s'il y eut un bal au quartier des esclaves. Ben fut le seul d'entre nous à y aller et, quand il revint, ivre, il nous réveilla en frappant à la porte de la dépendance et en appelant Belle. Il faisait tant de bruit que papa vint le chercher. Il parla à son fils avec fermeté, et je crus entendre Ben pleurer tandis qu'ils s'éloignaient. Belle pleurait, elle aussi, alors je grimpai dans son lit et essayai de la consoler, comme mama l'aurait fait, mais je m'endormis avant que ses larmes cessent de couler.

La maîtresse attendit deux jours interminables avant de décider qu'elle était d'humeur à ouvrir ses cadeaux de Noël.

— Est-ce que Beattie et Fanny peuvent regarder avec moi ? demandai-je.

— J'imagine que cela ne poserait pas de problème, accepta-t-elle à contrecœur, et, quand je partis les chercher en courant, elle me lança : Demande à Marshall de venir, aussi.

Les filles et moi appelâmes Marshall, mais papa, qui nettoyait un box dans la partie de la grange qui faisait office d'écurie, nous dit qu'il était parti à cheval avec Rankin. Nous repartîmes vers la grande maison en courant, tout excitées à l'idée de voir Mme Martha ouvrir ses présents. J'informai la maîtresse de ce que faisait Marshall, et elle fronça les sourcils.

— Que fabrique-t-il avec cet homme ?

Je n'avais pas de réponse à lui donner, même si je ne pensais pas qu'elle en attendait une.

— Oh ! après tout, il sera bientôt loin d'ici ! se répondit-elle à elle-même. Allons-y, alors. Il a déjà ouvert ses cadeaux, lui.

Émerveillées, Beattie, Fanny et moi regardâmes Mme Martha classer ses paquets après avoir lu un billet lui disant de les ouvrir dans un ordre bien précis. Du premier paquet, Mme Martha sortit deux poupées. Elle lut à voix haute :

— « On m'a assuré que ces deux poupées sont habillées à la dernière mode londonienne. J'ai commandé pour vous une réplique de ces toilettes chez un excellent couturier, ici à Williamsburg, et je vous apporterai le produit fini au printemps. Mon plus profond désir est de vous voir les porter à Philadelphie. J'espère que vous approuvez le choix des tissus et des couleurs. Tendrement, James. »

Nous n'avions jamais rien vu d'aussi ravissant. Les mannequins miniatures étaient des poupées en bois au visage peint, et leur chevelure, faite de vrais cheveux, était élégamment bouclée. Leurs robes étaient d'une grande finesse : l'une était bleue, de style Empire, avec une jupe et une traîne toutes deux ourlées d'une magnifique broderie en fil d'argent ; la seconde, d'un style similaire, était crème, bordée de dentelles blanches et de rubans ivoire.

Les deux paquets suivants contenaient chacun une paire de chaussures. La première paire de pantoufles délicates était en satin de soie bleu parsemé de broderies argentées et les petits talons étaient recouverts de satin ivoire. L'autre, en soie ivoire bordée de cocardes de ruban rose, arborait des talons de satin rose. Je n'imaginais tout simplement pas que quelque chose d'aussi beau ait été conçu pour être porté, et je fis part de cette réflexion à Mme Martha. Elle rit et retira l'une de ses chaussures en cuir marron pour glisser son pied menu dans une des pantoufles en satin bleu, avant de le lever pour nous montrer le résultat. Elle fit des petits cercles avec sa cheville et pointa ses orteils, puis rit à nouveau en nous entendant dire à quel point cela lui allait bien.

Parmi les autres présents, nous nous extasiâmes aussi sur des gants en soie montant jusqu'aux coudes et sur deux paires de bas brodés. Mme Martha nous expliqua que ces accessoires étaient censés compléter les robes.

Enfin, au fond de la dernière boîte, Mme Martha trouva une enveloppe plate marron et l'examina. Je lisais maintenant assez bien pour reconnaître le nom de Belle écrit en gros en haut à droite. Mme Martha fronça les sourcils, la tourna plusieurs fois, puis se leva. Elle nous dit de rester assises et emporta la missive à la bibliothèque. Je crus entendre le tiroir du bureau s'ouvrir et, lorsqu'elle revint les mains vides, je supposai qu'elle avait placé la lettre avec les autres, celles qui étaient attachées par le ruban bleu.

— C'était pour Belle ? demandai-je.

Elle parut étonnée l'espace d'une minute.

— Non, répondit-elle, c'est une lettre que je dois ouvrir plus tard.

Je compris au ton de sa voix que le sujet était clos et pensai alors que j'avais dû mal lire. Dory m'appela peu après pour que j'aille m'occuper de Campbell, et j'oubliai tout, à l'exception de la beauté des cadeaux qui avaient été déballés devant mes yeux.

18

Belle

Je n'ai jamais vu mama si énervée. Rankin fouine dans tous les coins, disant qu'il va découvrir ce qui est arrivé à M. Waters avant le retour du capitaine. Et puis, aussi, Rankin se vante partout que, s'il trouve Ben avec moi, il a reçu du capitaine l'ordre de le vendre. Mama Mae me répète sans cesse que je ne dois pas approcher de Ben et que s'il vient me voir, il faut que je le renvoie. Mama nous dit de prier pour que le capitaine revienne vite.

Et puis voilà que le capitaine envoie une lettre pour dire qu'il ne sera pas là avant le printemps et qu'il emmènera Mme Martha à Philadelphie. Le soir où mama m'annonce la nouvelle, je lui demande ce qui m'arrivera au retour du capitaine. Va-t-il m'emmener moi aussi à Philadelphie ? Pense-t-il pouvoir me mettre dans la même calèche que Mme Martha tout le trajet ?

Mama me répond qu'elle ne sait pas quand le capitaine m'emmènerait, mais qu'il vaut mieux que je m'en aille le plus tôt possible. À ces mots, je bondis sur mes pieds en criant :

— Quoi ! Je vois que tu t'en fiches de moi et que tu te fais seulement du souci pour Ben !

Mama me regarde comme si je l'avais giflée. Elle se lève à son tour.

— C'est ce que tu penses, Belle ? Tu penses que je veux pas de toi ici ?

Sa lèvre inférieure tremble comme si elle allait pleurer.

— Tu crois que je veux pas que tu restes ? Tu sais pas que, quand tu partiras, ce sera comme si je perdais mon propre enfant ?

Et alors, elle fond en larmes.

Je vais vers elle, la prends par les épaules et la fais asseoir à côté de moi.

— Je suis désolée, mama. Je sais que tu tiens à moi comme à ta propre famille. Mama, s'il te plaît, arrête de pleurer.

Elle sort un bout de tissu de sa poche, se mouche et me regarde. Ses yeux noirs sont remplis de peur.

— Belle, il faut que tu partes d'ici. Ce Rankin est chaque jour plus en colère. Il supporte pas de pas savoir ce qui est arrivé à ce tuteur. Je panique quand je le vois fourrer son nez partout. Il va pas s'arrêter avant d'avoir Ben. Ça, je le sais.

— Mama, t'en fais pas pour Ben et moi. Je n'ai plus rien à faire avec lui. Et cette fois je suis sûre de moi.

Après le départ de mama, je mets un moment à me calmer. C'est la première fois que je vois à quel point ça l'affecte. Je me rends compte que même mama a des limites à ce qu'elle peut supporter.

Encore une chose. Papa nous dit que Marshall passe tout son temps avec Rankin. Celui-ci le laisse boire de l'alcool et, jeune comme il est, d'après papa, Marshall y a déjà pris goût. Papa dit que Rankin est furieux contre Mme Martha et qu'il essaye de retourner son fils contre elle.

J'ai beau envisager l'avenir sous tous ses angles, je ne vois arriver que des ennuis.

19

Lavinia

Le printemps 1793 arriva tôt. Un après-midi de début mai, les jumelles et moi, qui célébrions nos neuf ans, étions assises dans la cour de la dépendance à assembler des couronnes de chèvrefeuille. Le parfum enivrant des fleurs jaunes et blanches imprégnait l'air tandis que nos doigts agiles s'activaient pour voir qui finirait la première.

— Mama dit qu'un jour tu vivras dans une grande maison, peut-être même que t'auras des domestiques qui travailleront pour toi, lança Fanny en plaçant sa couronne terminée sur sa tête.

— Non, répondis-je, contente de la situation telle qu'elle était. Je veux rester avec Belle.

— Mais non, dit Fanny en secouant la tête. Mama dit que m'ame Martha t'apprend à être une Blanche.

— Je veux pas être une Blanche, répondis-je, sentant monter la peur en moi. Je veux vivre avec Belle, et ensuite je vais épouser Ben !

Fanny, allongée en appui sur les coudes, se redressa pour me regarder dans les yeux.

— Il vaut mieux que t'oublies cette idée au plus vite. Tu seras jamais noire comme nous, et ça veut dire que t'es une Blanche et que tu vas vivre dans une grande maison. Dans tous les cas, tu peux pas épouser Ben. Il est noir.

— Fanny a raison, renchérit Beattie.

Je me mis à pleurer.

— J'ai le droit d'épouser Ben si je veux. Vous pouvez pas me forcer à être une Blanche.

Je jetai ma couronne au loin.

— Et vous pouvez pas me forcer à habiter dans une grande maison.

Mama apparut sur le pas de la porte de la cuisine.

— Abinia, c'est toi qui pleures ? T'as neuf ans et tu pleures encore comme un bébé ?

— Elle veut épouser Ben, expliqua Fanny. Elle veut pas habiter dans la grande maison, elle veut pas être une Blanche.

Tandis que Fanny révélait mes pensées, mes pleurs se transformèrent en gros sanglots.

— Voilà qui bat tout le reste ! dit mama. C'est la première fois que j'entends une chose pareille. Viens là, petiote.

J'allai vers elle, hoquetant entre deux sanglots. Elle s'assit sur un banc, sortit sa pipe de sa bouche et me tapota gentiment la poitrine avec.

— Alors comme ça tu veux être une Noire ?

J'acquiesçai.

— Et pourquoi ça ?

— Je veux pas vivre dans la grande maison. Je veux rester ici avec toi, Belle et papa.

Mama parlait avec tendresse.

— Mon enfant, il y a des choses dans ce monde que tu connais pas encore. Nous sommes ta famille, ça changera jamais. Même quand tu trouveras un gentil Blanc et que tu te marieras, on sera toujours ta famille. Mama sera toujours là, et Belle sera toujours ta mama.

Je cessai de pleurer.

— Et papa ? Et Ben ? demandai-je pleine d'espoir.

— Ils veilleront sur toi comme aujourd'hui. Abinia, me dit mama en me regardant dans les yeux, tu es du côté des chanceux. Un jour, c'est peut-être toi qui veilleras sur nous.

Ses mots me rassurèrent, mais, ce jour-là, je découvris une nouvelle réalité et pris conscience d'une ligne tracée en noir et blanc, bien que sa profondeur ne signifiât pas encore grand-chose pour moi.

Au cours de ce printemps-là, Marshall passa le plus clair de son temps avec Rankin. La maîtresse avait perdu son autorité sur son fils aîné ; il était aussi éloigné d'elle qu'elle l'était de Campbell.

Mme Martha continuait de m'inclure dans beaucoup de ses activités quotidiennes. Elle me lisait chaque jour des passages de la Bible et s'arrêtait de temps à autre pour m'en donner son interprétation personnelle. Elle continuait de m'apprendre à lire et à écrire et, pour mon plus grand plaisir, à jouer de la harpe. Certains jours, à ma demande, elle permettait à Beattie et Fanny d'observer, mais elle hésitait toujours à les faire venir à mes leçons. Un après-midi, après nous avoir vues rire ensemble toutes les trois, la maîtresse me prit à part.

— Lavinia, tu ne dois pas trop te lier d'amitié avec elles. Elles ne sont pas comme nous.

— Comment cela ? Pourquoi elles ne sont pas comme nous ?

— Tu le comprendras un jour.

Elle poussa un profond soupir avant de reprendre :

— À mon retour de Philadelphie, je t'apprendrai quelle est ta place.

Campbell était mon amour. Le matin, après qu'il eut tété, Dory l'emmaillotait et m'envoyait l'amener à Mme Martha. Par rapport à Sukey, Campbell était un petit homme très sérieux, mais je savais le faire sourire. La maîtresse regardait ses réactions joyeuses à mes jeux, mais elle se joignait rarement à nous.

— Pourquoi est-ce qu'elle ne veut pas de lui ? questionnai-je un jour Dory en le lui ramenant.

Selon elle, la maîtresse avait peur d'aimer un autre bébé comme elle aimait la petite Sally.

— Et Marshall, elle ne l'aime plus ?

— Je pense qu'elle en veut à Marshall d'avoir fait tomber Sally de la balançoire.

— Mais Marshall ne voulait pas faire de mal à Sally, répliquai-je d'un air convaincu.

— Je sais, mais apparemment pas sa mama, dit-elle. Et maintenant Marshall tourne mal, il est insolent avec elle et passe son temps avec Rankin.

— Qu'est-ce qu'ils font ensemble ?

— Des méchantes choses.

— Quoi, par exemple ? demandai-je.

— Tu l'apprendras bien assez tôt, dit-elle, mettant un terme à la conversation.

La deuxième semaine de mai, j'attendais à la porte d'entrée avec Mme Martha quand le capitaine arriva enfin. Le couple réuni resta enlacé un long moment avant d'aller au petit salon et de refermer la porte.

La maison bouillonnait de vie tandis que nous nous hâtions tous de mettre la table dans la salle à manger pour un déjeuner tardif.

Lorsque le capitaine et sa femme revinrent, Mme Martha avait très bonne mine, ce qui faisait ressortir ses yeux verts brillants. Sa bouche était rouge et pleine, et ses cheveux, jusque-là attachés avec des épingles, étaient à présent ébouriffés autour de ses épaules.

— Mae, lança le capitaine à mama, tu m'as rendu ma femme !

— C'est vrai qu'elle est redevenue elle-même, dit mama en souriant.

Le capitaine baissa les yeux vers Mme Martha.

— Tout à fait, et j'en suis heureux.

La maîtresse rougit et cacha son visage contre le bras de son mari.

— Ma jeune épouse est encore timide, la taquina le capitaine.

Il regarda autour de lui.

— Et où sont mes fils ? Où est Marshall ? Et Campbell ?

Je me sentais si liée à Campbell que, lorsque Dory le passa à son père, je ressentis de la fierté en entendant les louanges du capitaine.

— Martha, dit-il ravi, vous m'avez donné un autre fils magnifique.

— Oui, oui.

Mme Martha fit signe à Dory d'emmener le bébé.

— Venez maintenant, nous devons aller dîner avant que les plats refroidissent.

Je n'appréciais pas le fait que Mme Martha accapare toute l'attention du capitaine. Cet après-midi-là, je portai Campbell dans mes bras un long moment, essayant de comprendre comment elle pouvait si peu se soucier de cet enfant que j'adorais.

La semaine suivante, Marshall fut envoyé à Williamsburg : le capitaine s'était arrangé pour qu'il loge chez la sœur et le beau-frère de Mme Martha le temps de finir sa scolarité. Marshall partit seul dans une calèche, et il ne se retourna pas pour agiter la main en guise d'au revoir.

À la fin de ce mois de mai vert et rayonnant, une autre calèche arriva. Celle-ci était grande, d'un noir laqué, achetée exprès par le capitaine pour faire une surprise à Mme Martha. Quand la voiture partit pour Philadelphie, elle emmena avec elle Mme Martha, le capitaine, Dory et mon Campbell chéri. Sukey, du haut de ses huit mois, fut laissée à notre charge. Lorsque Dory tendit son bébé à Mama Mae, elle pleurait si fort que j'avais peur que son cœur se brise. Belle prit Dory dans ses bras.

— Tu seras de retour dans quelques mois. Nous allons tous bien prendre soin de Sukey, tu peux compter sur nous.

— Abinia, m'appela Dory, et elle s'écarta de Belle pour me prendre par les épaules. Tu sais ce qu'elle aime, ce qu'elle veut. Veille sur elle pou' moi.

Je hochai la tête, mais ma gorge était trop serrée pour pouvoir lui répondre.

— Dis à Ida qu'elle aime boire avant de jouer, ajouta Dory, et ensuite, tu la prends. Elle te connaît. Joue avec elle.

Je hochai à nouveau la tête, ne souhaitant rien d'autre que détourner les yeux de la douleur qui déformait les traits fins de son visage. Tandis que nous les regardions s'éloigner, cette fois ce fut Dory, portant Campbell dans ses bras, qui ne se retourna pas pour nous faire signe. Belle avait passé son bras autour de mes épaules et, blottissant ma tête contre elle, je pleurai de voir mon bébé s'en aller.

Ida, qui elle-même allaitait un de ses enfants, vint du quartier des esclaves pour nourrir sa petite-fille. Hurlant tout au long de ce premier jour, Sukey refusa son sein. Enfin, au plus grand soulagement de tous, elle accepta le lait d'Ida le soir venu. Elle but, arrêta de pleurer, puis téta encore. Plus tard, mama l'emmena chez elle mais revint très vite avec l'enfant en larmes. J'imagine que j'étais le visage le plus familier pour elle, car, quand Sukey m'aperçut, elle tendit ses petits bras dodus et s'agrippa à moi.

Il fut décidé qu'elle dormirait à côté de moi sur mon grabat, sous la surveillance de Belle. Quand Sukey se réveilla pendant la nuit, Belle alluma une lampe et traversa l'obscurité jusqu'à la laiterie. À son retour, elle fit chauffer un peu du lait qu'elle était allée chercher. Nous y trempâmes le coin d'un torchon propre et, bien que la petite fille s'agitât, elle avala le liquide chaud qui gouttait dans sa gorge.

Il fallut une semaine entière pour que Sukey se calme et s'habitue à une nouvelle routine, acceptant le sein d'Ida matin et soir. Belle et moi complétions ces allaitements avec du lait de vache. Cette première semaine, je me sentis tour à tour flattée par la préférence que me manifestait le bébé et accablée par la responsabilité que cela représentait. Campbell me manquait terriblement et je ne pouvais qu'espérer que Dory prenait autant soin de lui que moi de Sukey.

Avant de partir, le capitaine avait pris une décision qui eut un impact positif pour tout le monde. Il avait engagé Will Stephens, le jeune homme qui était resté en retrait des patrouilleurs à la dépendance. Je savais que Papa George et Mama Mae s'étaient entretenus avec le capitaine à ce sujet.

Un soir, quelques jours avant le départ, Belle avait eu un rendez-vous avec le capitaine. Je n'étais pas là, mais la rencontre eut un triste effet sur Belle. Malgré les préparatifs frénétiques du voyage, il était évident pour tout le monde qu'elle était contrariée.

Après le départ des maîtres, elle se renferma sur elle-même. Au bout de quelques jours d'isolement, mama vint lui rendre visite un soir. Sukey et moi étions déjà couchées, mais j'étais tout à fait réveillée et écoutai la conversation.

Belle évitait les questions en en posant elle-même. Elle demanda à mama:

— Pourquoi est-ce que le capitaine a engagé Will Stephens?

— Il va travailler avec Rankin, mais il est surtout là si on a besoin de lui à la grande maison. Il doit écrire au cap'taine pour lui dire ce qui se passe ici pendant son absence.

Puis, sans laisser à Belle la possibilité de poser une nouvelle question, mama enchaîna:

— Belle, je me demandais, qu'est-ce que t'a dit le cap'taine sur ton départ à toi?

— Mama, il m'a trouvé un mari!

Belle fondit en larmes. Je me sentis mieux lorsque j'entendis ses sanglots diminuer, car je sus alors que mama l'avait prise dans ses bras.

— Qu'est-ce qu'il t'a dit de lui ? interrogea mama.

— C'est un Noir affranchi qui vit à Philadelphie. Il a sa propre entreprise de chaussures, et le capitaine dit qu'il va nous acheter une belle maison. Il viendra me chercher au retour du capitaine.

— On a toujours su que ce jour arriverait, Belle, dit mama.

Belle se moucha.

— Assure-toi que Ben ne m'approche pas, mama. Le capitaine m'a encore dit que Rankin avait le droit de le vendre.

— Papa s'en occupe.

— Je ne veux pas partir, mama, se lamenta Belle.

— Il le faut, ma fille. Tu vas être libre !

— Le capitaine m'a dit qu'il avait envoyé mes papiers d'affranchissement à Noël.

— Il les a envoyés ? Où ils sont ?

— Je ne sais pas. Il dit qu'il les a envoyés avec les paquets de Mme Martha.

— Tu lui as dit qu'elle te les avait pas donnés ?

— Non, mais ils doivent être dans la maison.

— Belle, faut que tu trouves ces papiers !

— Je sais, mama, mais il y a autre chose.

— Quoi donc ?

— J'ai demandé si je pouvais emmener Fanny et Beattie, pensant qu'elles aussi pourraient être affranchies, mais il a dit non. Je dois emmener Lavinia.

— Il va lui rendre sa liberté ? demanda mama.

— C'est ce qu'il a dit.

— Eh ben, qu'il en soit ainsi.

Je m'assis sur mon grabat, le cœur battant de cette nouvelle. Je ne voulais pas partir. Je ne voulais pas quitter ma maison ! Quand Sukey s'agita, je me rallongeai et caressai sa petite main rebondie pour me réconforter, jusqu'à ce que je finisse par sombrer dans le sommeil. Mais je me réveillai en pleine nuit, la peur au ventre. J'avais rêvé que je m'éloignais de la plantation dans une grande calèche noire et que j'étais toute seule, comme Marshall.

Le lendemain matin, je demandai à Belle si j'allais partir avec elle.

— Je crois, répondit-elle, mais pour l'instant nous sommes ici, alors il n'y a pas de raison de s'inquiéter.

J'insistai pour avoir de plus amples informations, mais elle coupa court à la conversation d'un ton sec :

— Écoute, Lavinia, je ne veux plus parler de ça. On verra ce qui se passera au retour du capitaine.

Je compris à sa voix que Belle ne répondrait plus à mes questions, alors je lui parlai de la lettre que j'avais oubliée, celle que j'avais vue à Noël et qui lui était adressée. Mama et elle me demandèrent de leur montrer le tiroir où je pensais que Mme Martha l'avait rangée, mais elle ne s'y trouvait pas. Ensemble, elles fouillèrent la maison à la recherche des papiers, sans succès. Elles finirent par abandonner, sachant qu'au retour du capitaine, cette affaire serait résolue.

Grâce à la présence de Will Stephens, nous passâmes un été agréable. Si je n'avais pas su que Belle et moi allions devoir partir, cela aurait pu être la période la plus heureuse de ma vie.

Mama profita de cette période sereine pour nous apprendre, aux jumelles et à moi, à nettoyer la grande maison. Elle nous montra comment saupoudrer les parquets en sapin de sable fin, avant de les laver à l'eau. Elle nous apprit à astiquer les meubles avec de l'huile de lin ou de la cire d'abeille, selon le type de bois. Puis vint le jour où mama nous emmena débarrasser la nursery. Avant de partir, le capitaine avait demandé à mama de monter les affaires de Sally au grenier et de préparer la chambre pour Campbell à leur retour. Quand mama ouvrit la porte de la chambre de Sally, nous restâmes toutes trois bouche bée. Il y avait deux lits, deux commodes, et plus de jouets que je n'aurais pu en imaginer. Une table d'enfant était dressée, recouverte d'une petite nappe en lin et d'un service à thé miniature en porcelaine blanche et rose. Un cheval à bascule gris et blanc se tenait prêt à galoper, sa crinière noire tombant sur le côté, ses yeux sombres nous invitant à le chevaucher. Sur l'une des deux chaises d'enfant, je reconnus la poupée en porcelaine de Sally. Toute la pièce était imprégnée de la présence de la petite fille.

Voyant nos yeux brillants, mama hocha la tête, nous donnant la permission d'examiner les jouets. Nous n'hésitâmes pas et fûmes bientôt transportées par l'excitation de toucher tant de trésors. Je saisis un livre d'images et fus enchantée de voir que j'étais capable de le lire. Fanny essaya un chapeau de paille à large bord qui gisait sur l'un des lits. Puis elle alla s'admirer dans un petit miroir accroché au mur au-dessus d'une commode minuscule. Avec respect, Beattie prit la poupée et la posa sur ses genoux pour caresser ses boucles blondes. Nous partagions nos trouvailles jusqu'à ce que mama, mal à l'aise depuis le début, nous dise qu'il était temps de ranger les affaires de Sally. Après qu'Oncle Jacob eut emporté les cartons pour les entreposer au dernier étage, la chambre semblait vide, étrange, et nous fûmes contentes de la quitter.

Les jours qui suivirent, nous aidâmes aussi mama à vider la chambre bleue. Je n'étais pas préparée au sentiment de mélancolie qui s'empara de moi quand je fus à nouveau entourée des affaires de Campbell. Je me demandai comment je supporterais d'être loin de lui si je devais partir pour Philadelphie.

Nous transportâmes le berceau et tout le reste dans la chambre de Sally, mais, désormais, la pièce paraissait obscure et beaucoup trop grande pour un bébé. Je ne pouvais m'empêcher de penser que nous aurions dû laisser la chambre telle qu'elle était. En enlevant les jouets de Sally, j'avais l'impression que nous avions effacé ce qui restait de sa lumière rose.

Ben surprit tout le monde début juin en annonçant qu'il avait sauté le balai avec une fille du quartier des esclaves. Elle travaillait dans les champs et s'appelait Lucy. Mama semblait hésiter à partager la nouvelle avec Belle et, quand elle se décida à le faire, même si Belle ne dit pas un mot, elle ne put masquer la peine et le sentiment de trahison qui assombrirent son regard.

Les jeunes mariés passèrent les nuits qui suivirent dans la case de Ben près de la grange, mais Lucy partait tôt chaque matin, au son du cor, pour rejoindre les habitants des cases et gagner la plantation. Rankin avait accepté le mariage, à condition que la jeune fille continue de travailler sous ses ordres.

Fin juin, Will Stephens apporta à Belle la première lettre de Philadelphie. C'était un homme qui attirait l'attention avec ses yeux bruns enfoncés, sa large mâchoire et son gentil sourire. De taille moyenne, il était costaud et marchait d'un pas assuré. Il retirait toujours son chapeau en entrant quelque part et avait l'habitude de repousser en arrière ses cheveux bruns épais avant de parler. La franchise de Will était son plus grand charme. Il vous regardait dans les yeux et, quand vous le regardiez en retour, vous saviez qu'il était incapable de tromperie. Quand il apporta cette première lettre, je l'entendis présenter ses excuses à Belle pour l'épisode, au printemps, où Rankin avait mis la main sur elle. Will dit qu'il s'était couvert de honte en ne venant pas à son aide, et il lui présenta ses excuses. Belle était intimidée mais accepta de lui pardonner. Il lui demanda ensuite si elle voulait qu'il lui lise la lettre. Il ne parut pas étonné lorsque Belle déclina son offre et tendit simplement la main pour prendre le courrier. Après son départ, elle m'envoya chercher mama à la grande maison. À notre retour, j'avais Sukey dans les bras et nous écoutâmes Belle nous lire la missive.

Les voyageurs étaient bien arrivés, mais il y avait aussi des nouvelles inquiétantes. Le père de Mme Martha était malade et, surtout, on craignait que Philadelphie ne subisse une épidémie de fièvre jaune. Le capitaine exprimait son désir de retourner chez lui, mais Mme Martha refusait de quitter son père souffrant. Une autre lettre était promise dans un délai de deux semaines.

Le capitaine tint parole et, deux semaines plus tard, nous reçûmes d'autres nouvelles. À nouveau,

Will Stephens vint apporter le message et, cette fois-ci, Belle l'invita à entrer. Ce jour-là, Ben venait justement réparer la cheminée de la cuisine, mais, quand il entra et entendit Belle converser gaiement avec Will Stephens, il ressortit à la hâte. Je me demandai pourquoi il avait l'air aussi en colère.

Une nouvelle fois, Belle attendit que Will Stephens fût parti pour décacheter la lettre, puis m'envoya chercher mama. Les nouvelles étaient mauvaises. Le père de Mme Martha était mort. Le capitaine était à son tour malade et, bien qu'il fût encore capable de dicter la lettre, il n'était pas en état de voyager. Mme Martha, Campbell et Dory allaient tous bien – mama poussa un soupir de soulagement – mais il était peu probable qu'ils reviennent en août, comme prévu.

Fin juillet, Will Stephens revint à la dépendance, tenant une lettre qui, cette fois, lui avait été adressée. Voyant son air solennel, mama accourut du poulailler.

— J'ai de mauvaises nouvelles, dit-il en regardant Belle, puis mama. J'ai le regret de vous annoncer que... Dory est morte de la fièvre jaune.

Mama s'effondra sur une chaise tandis que Belle se précipitait à ses côtés.

— Je vais chercher George, déclara simplement Will Stephens.

Après son départ, le silence était si pesant que je retenais ma respiration, craignant que le moindre bruit fasse exploser notre douleur. Je me sentis faible tout à coup, et posai doucement Sukey par terre. Habituée à ce qu'on s'occupe d'elle, elle tira sur ma jupe pour se cacher les yeux et entamer un jeu auquel je me prêtais souvent avec elle. Ses éclats de rire rompirent le silence. Mama poussa une sourde plainte et leva son tablier vers son visage, essayant de masquer son tourment. Pensant que sa grand-mère jouait le jeu, Sukey la rejoignit à quatre pattes et se mit debout en s'appuyant sur ses genoux. « Bouh ! Bouh ! » lança-t-elle, enchantée.

Mama Mae souleva sa petite-fille qui éclata encore de rire et jeta ses bras autour de son cou. Quand mama se mit à pleurer, tout le monde fondit en larmes.

20

Belle

Pendant quelques jours après la nouvelle de la mort de Dory, mama n'est plus que l'ombre d'elle-même. Elle se rend à la grande maison, puis revient à la dépendance, ayant oublié ce qu'elle devait faire. Elle répète : « Peut-être que Dory va revenir à la maison… peut-être qu'ils se sont trompés… peut-être que quand cette calèche reviendra, Dory sortira en courant pour venir prendre sa Sukey. »

Papa dit que mama a juste besoin de temps. C'est dur pour elle, dit-il, de ne pas voir sa fille sur son lit de mort, de ne pas pouvoir l'enterrer à côté de bébé Henry. Je sais que Dory est partie. Je le sens quand je porte Sukey. Dory était comme une sœur pour moi. Mais je ne montre pas ma peine. J'essaye de rester forte pour mama.

Sukey s'accroche à Lavinia, qui s'occupe bien d'elle, mais je sais que cette petite attend Campbell. Je ne sais pas pourquoi elle est si attachée à ce bébé. Je me demande ce qui arrivera quand nous irons à Philadelphie et qu'elle devra le laisser.

Papa n'ose plus croiser mon regard. Je sais que c'est lui qui a convaincu Ben de sauter le balai avec Lucy. Quand je pense aux lèvres de mon Ben sur elle, j'ai envie de piétiner la tête de cette fille. C'est qu'une mocheté des cases ! Un soir, je suis allée près de chez Ben, juste pour être fixée. Je les ai entendus ensemble et on aurait dit des animaux, mais je suis restée à écouter, incapable de bouger, j'avais les jambes en coton. Mon cœur battait si fort que je me suis assise dans l'herbe haute, sans me préoccuper des serpents. Je suis restée là jusqu'à entendre le ronflement de Ben, puis je suis rentrée chez moi. Je pleurais tellement que je ne voyais plus rien. Le lendemain, Ben est arrivé pour travailler dans ma cuisine au même moment où Will Stephens venait avec une lettre. J'ai parlé à Will comme s'il me plaisait. Les yeux de Ben crachaient du feu et il est parti en courant ! Ça m'a fait du bien.

Tout le monde pense que, quand j'arriverai à Philadelphie et que j'épouserai le bottier du capitaine, je serai heureuse. Mais je ne veux pas d'un sale bottier. Je veux mon Ben. Je rêve qu'on remette Lucy aux cases et qu'on me rende Ben. Je ne dors pas la nuit, je réfléchis au moyen de me débarrasser de Lucy.

21

Lavinia

Les dernières feuilles tombaient des arbres l'après-midi de mi-novembre 1793 où la calèche noire réapparut dans l'allée. Le capitaine et le petit groupe qui l'accompagnait étaient enfin de retour. Fanny et Beattie se trouvaient à la grande maison avec mama et Oncle Jacob pour préparer l'arrivée des voyageurs. Pendant que Sukey faisait la sieste, je travaillais avec Belle dans la cuisine et nous nous apprêtions à mettre la touche finale sur des gâteaux aux fruits. Nous avions ajouté différentes sortes de raisins secs à une recette de quatre-quarts, puis versé la pâte dans de petits moules. Les gâteaux étaient encore chauds et, avant de m'en donner un en récompense, Belle en saupoudra la surface croustillante de sucre blanc. Quand j'entendis le bruit des roues, j'avalai le petit gâteau en deux grosses bouchées en courant vers la grande maison. Je n'en pouvais plus d'excitation. J'allais revoir Campbell !

Oncle Jacob et mama se tenaient déjà près de la voiture, Fanny et Beattie à leurs côtés, prêtes à aider. Mme Martha fut la première à en sortir. Je fus stupéfaite des dégâts que la rudesse de ces derniers mois avait causés. Je l'avais déjà vue malade, mais là c'était différent. Elle avait les traits tirés et des rides profondes et, éblouie par la lumière, elle dut plisser les yeux en descendant de la calèche d'un pas lourd. Toutefois, j'étais encore moins préparée à l'apparition de l'homme émacié à l'air très âgé qu'Oncle Jacob aida à sortir de la voiture. Le capitaine avait survécu à la fièvre jaune, mais il n'était plus le même. Après que mama et Oncle Jacob eurent emmené le capitaine et la maîtresse, je restai seule à attendre avec impatience Campbell et sa nourrice. Enfin, n'en pouvant plus, je m'approchai de la calèche.

— Campbell, appelai-je d'une voix douce, certaine qu'il reconnaîtrait ma voix.

L'intérieur de la voiture me parut étonnamment étriqué et une horrible odeur de maladie me prit à la gorge. Une fois que mes yeux se furent habitués à l'obscurité, je vis qu'elle était vide. Je me précipitai dans la grande maison par l'entrée principale et rejoignis le petit groupe dans l'escalier.

— Où est Campbell ? demandai-je.

Mama se tourna vers moi et secoua la tête pour me faire taire.

— Il est avec Dory.

Je demeurai un long moment immobile, essayant d'assimiler la signification de ses mots. Puis je ressortis en courant pour vérifier à nouveau dans la calèche. Abasourdie, je retournai à la dépendance. Belle tenait Sukey dans les bras quand elle me trouva à côté du tas de bois, où je vomissais le gâteau aux fruits.

Les yeux de Belle se remplirent de compassion quand je fus assez remise pour lui parler de Campbell. Sukey tendit les bras vers moi, et je fus la première surprise de la repousser en la tapant. Désorientée, elle se mit à hurler pour que je la prenne dans mes bras. Je ne pus supporter ses larmes et la soulevai malgré mon désespoir.

— Je suis désolée, je suis désolée, répétai-je en la serrant dans mes bras. Je suis désolée, je suis désolée.

Belle me prit le menton et leva mon visage vers elle.

— Tu n'as rien à te reprocher, Lavinia, dit-elle. Tu n'es absolument pas responsable de la mort de ce bébé.

Je pleurai, les bras de Sukey agrippés autour de mon cou. Elle avait besoin de moi et, les semaines suivantes, ce fut cela qui me sauva.

En peu de temps, Fanny devint l'infirmière préférée du capitaine. Il appréciait sa vivacité et, lorsqu'elle exprimait ses observations intelligentes, elle parvenait souvent à le faire sourire, et parfois même rire. Le médecin venait régulièrement saigner son patient, mais, après son départ, le capitaine paraissait plus léthargique qu'avant. Mama observa cela quelques semaines, jusqu'à finir par convaincre le capitaine de refuser ces traitements sauvages. Le capitaine se rendant à ses arguments, elle travailla dur pour stimuler son appétit. Le matin, avant le lever du soleil, elle sortait avec l'une des jumelles et, tandis que cette dernière tenait la lanterne, elle tuait un poulet. Puis elle l'apportait à la dépendance, vidait l'oiseau et le faisait mijoter dans un bouillon avec une grosse poignée de persil fraîchement cueilli dans le jardin, des gousses d'ail, des oignons et une bonne quantité de sel. Tout au long de la journée, Fanny faisait boire ce bouillon à la cuillère au capitaine. Mama lui concoctait également des infusions de camomille et, le soir, elle lui donnait un verre de vin sucré coupé avec de l'eau pour l'aider à se détendre. Au bout de quelques jours, il réclama des morceaux de poulet, mais mama les lui refusa. Au lieu de cela, elle écrasait des carottes cuites qu'elle mélangeait au bouillon en promettant que, bientôt, il aurait aussi de la viande. Quand ce jour arriva, Fanny rapporta son bol vide, aussi fière que si elle l'avait mangé elle-même, et mama poussa un grand soupir de soulagement.

— Il est en train de nous revenir, déclara-t-elle.

Oncle Jacob ne quittait pas le capitaine, il dormait sur un grabat près de lui la nuit. Ce fut grâce à lui que Belle put rendre visite à son père quand la maîtresse dormait dans sa chambre, à l'étage.

La première fois qu'elle vint, le capitaine lui annonça que le jeune homme de Philadelphie ne pourrait finalement pas l'épouser. Il lui raconta qu'à leur arrivée dans la ville, la fièvre jaune commençait tout juste à s'installer et que, quand il fut attesté que la maladie était contagieuse, des milliers de citoyens s'enfuirent, terrifiés. Pendant l'été, même le président, George Washington, quitta la cité, et le gouvernement fut dissous. Le capitaine parla du combat de Mme Martha, comment elle avait pris soin de son père, puis de Dory et, enfin, de lui-même. Il ne mentionna pas Campbell, et quand Belle lui posa la question, le capitaine hésita, mais parut ensuite soulagé de se confier à quelqu'un.

— Après la mort de Dory, Martha était submergée par la peur, certaine que j'allais moi aussi mourir. J'étais trop malade pour l'aider, mais je savais que Martha n'était pas elle-même. Le bébé a pleuré pendant des jours. Un matin, ne l'entendant plus crier, j'ai insisté pour qu'elle me l'amène. Mais il était trop tard.

Il inspira profondément.

— Dieu merci, des secours sont arrivés. Le jeune homme que tu devais épouser faisait partie d'une communauté de Noirs affranchis qui nous ont aidés. Au départ, on pensait que les Noirs ne pouvaient pas contracter la fièvre jaune, mais la mort de Dory nous a démontré le contraire. Il y avait peu de nourriture, et les paysans refusaient de venir vendre leurs produits en ville, mais, quand ce jeune homme venait, il nous apportait à manger et emportait…

Sa voix se brisa sous le coup de l'émotion.

— Il a prouvé à maintes reprises qu'il était bien l'homme que je pensais. Il aurait été un bon mari, Belle. J'aurais été fier que tu l'épouses. Mais lui aussi est mort de cette maladie…

La voix du capitaine tremblait.

— Nous avons traversé l'enfer et, à présent je m'inquiète pour Martha.

Il n'était pas le seul, tout le monde s'inquiétait pour Mme Martha. Son comportement n'avait pas de sens. Elle errait de pièce en pièce, déplaçant meubles et bibelots de part et d'autre. Mama m'emmena la voir, pensant que je lui apporterais peut-être le réconfort d'autrefois, mais son regard vide m'effraya et elle ne réagit pas à ma présence comme mama l'avait espéré. Finalement, le médecin fut appelé et prescrivit de fortes doses de laudanum. Pour être honnête, nous fûmes tous soulagés de la voir prendre à nouveau le médicament qui l'aidait à dormir.

Les jours suivants, Belle, pensant qu'elle resterait désormais à la plantation, rayonnait tant son soulagement était grand. Suivant son exemple, je commençai aussi à espérer que mon avenir à la dépendance était sauf. Néanmoins, je me promis de me rendre à Philadelphie quand je serais plus âgée. Mon cœur d'enfant refusait d'accepter la perte de Campbell ; je me convainquais qu'il y avait eu une erreur. Certaine qu'il était en vie, dans une famille aimante, je me résolus à le retrouver un jour. Je n'avais jamais oublié mon frère et décidai que, quand je serais assez grande, je retrouverais à la fois Cardigan et Campbell.

Sukey fut celle qui me sauva, sans aucun doute. Elle continuait de partager mon grabat ; son visage était le premier que je voyais le matin et le dernier que je voyais avant de m'endormir. Elle dépendait de moi plus que jamais, et son premier mot fut Binny, sa version de mon prénom. La nuit, je dormais tout contre elle, déterminée à ne jamais la perdre.

Mama envoya Beattie me chercher le froid matin de décembre où avait lieu l'abattage des porcs. Les cris d'agonie avaient tant affecté Mme Martha qu'elle réclamait Isabelle. Beattie et Sukey m'accompagnèrent et restèrent dans la chambre bleue tandis que j'allai voir la maîtresse. Quand j'entrai dans sa chambre, Mme Martha m'apparut plus lucide qu'auparavant, mais, en me voyant, elle insista pour que je lui amène le bébé. J'étais perdue jusqu'à ce que j'entende le rire de Sukey dans la pièce à côté. Une idée me traversa soudain l'esprit et je regardai mama. Celle-ci lut dans mes pensées et hocha la tête, alors je sortis et revins avec Sukey. Mme Martha tendit les mains vers le bébé comme s'il s'agissait de celui qu'elle avait réclamé. Sukey était une petite fille extravertie et alla sans peur dans les bras de la maîtresse. Assise sur le lit, elle observait la pièce et, quand Mme Martha lui chatouilla le ventre, elle gloussa et plaqua ses petites mains dodues sur les siennes. Lorsque l'enfant aperçut la poupée de Williamsburg posée sur la commode à côté du lit, Mme Martha me demanda de la lui apporter. Sukey prit la poupée et l'examina avec soin, passant délicatement les doigts dans le drapé de sa parure. Ce jour-là, Mme Martha regarda le bébé jouer avec la poupée jusqu'à ce que toutes les deux s'endorment.

À la suite de cette visite, Mme Martha demanda à voir le bébé presque tous les jours. Quand Sukey venait, enchantée à l'idée de jouer avec la poupée adorée, Mme Martha ouvrait les bras et était visiblement ravie que la petite fille accepte volontiers son étreinte.

Il y avait de plus en plus de tensions au quartier des esclaves. Le capitaine étant rentré, Will Stephens était retourné à la ferme de son père. Rankin, toujours aussi imbu de sa personne, avait à nouveau tout contrôle. Selon Ida, Rankin utilisait son fils pour passer ses frustrations et Jimmy, désespéré par la perte de Dory, menaçait de contre-attaquer. Ida craignait pour sa vie et, ne sachant plus que faire, demanda à papa d'en parler au capitaine.

Beattie et moi astiquions les meubles sur le palier du haut lorsque Papa George entra dans la chambre du capitaine. Il laissa la porte entrouverte, alors, quand Rankin arriva peu après, nous le vîmes écouter, sur le seuil. Quand papa plaida la cause de Jimmy, le capitaine refusa d'intervenir. Rankin, rappela-t-il à papa, était responsable de la plantation depuis cinq ans et, bien que le capitaine sache que c'était un chef exigeant, l'exploitation se portait bien. Le capitaine mit fin à la conversation en disant que, tant qu'il ne serait pas rétabli, il devrait appuyer les décisions de Rankin.

Quand papa ressortit, il sembla étonné de trouver Rankin dans le couloir. Ce dernier, sachant que le capitaine ne pouvait pas le voir, tendit la jambe dans l'embrasure de la porte, forçant papa à passer par-dessus. Je me demandai pourquoi papa ne soulevait pas cet homme plus petit que lui pour le jeter sur le côté ; au lieu de cela, il lui fit un signe de tête. Toutefois, je remarquai la démarche raide de papa et ses poings serrés au moment de s'éloigner.

À Noël, encore trop faible pour se rendre à la fête du quartier des esclaves, le capitaine y envoya papa et Ben avec un fût de pommes, trois gros jambons et quatre pichets de brandy. Nous apprîmes plus tard par Ida que Rankin avait vendu deux des jambons et gardé deux des pichets de brandy pour lui. Le mécontentement croissait parmi les travailleurs, car Rankin confisquait à nouveau la moitié des rations de nourriture quotidienne et échangeait le maïs et le lard contre de l'alcool pour son usage personnel. Les gens avaient faim, nous rapporta Ida.

Ben confirma les tristes conditions de vie dans les cases. Bien qu'il trouvât de la nourriture pour Lucy, il ne pouvait pas la préserver du rude labeur des champs.

De nouveaux terrains étaient en cours de défrichement pour étendre la culture du tabac, et les femmes comme les hommes participaient à ce travail physique exigeant. Rankin devenait de plus en plus audacieux et dangereux, et personne n'osait élever la voix.

Ben s'était éloigné de sa famille, et plus particulièrement de Belle. Le soir, il allait chercher son repas chez mama et mangeait seul, ou bien attendait dans sa case que Lucy revienne des champs.

Mama essaya de se lier d'amitié avec la femme de Ben, sans grand succès. Même alors, je savais à quel point nos vies devaient lui sembler différentes et privilégiées par rapport à la sienne. Le jour de Noël, Lucy accompagna Ben chez mama, mais elle resta timidement à la porte, refusant de s'asseoir. Frustré, Ben lui parla d'un ton vif, ce qui eut pour effet de faire fuir Lucy, qui retourna en courant dans leur case. Ben avala son repas en silence avant de repartir avec le dîner de Noël que mama avait préparé pour sa femme.

Mama Mae disait que Lucy avait toujours été timide. Elle connaissait son histoire et nous raconta qu'au même âge que Sukey, elle avait été arrachée à sa mère et amenée sur cette plantation. Elle avait été donnée à la vieille femme qui s'occupait des nombreux enfants des cases. Cette vieille femme n'était pas méchante, selon mama, mais elle avait trop d'enfants à sa charge pour pouvoir bien prendre soin d'eux.

— On a privé Lucy de sa mama trop tôt, dit mama. On emmène pas les animaux si jeunes.

— Donne-lui un peu de temps, déclara papa, elle va se détendre.

Le reste de cet hiver-là, la santé du capitaine demeura instable. Dès qu'il sentait une amélioration, il s'épuisait en voulant reprendre une vie normale mais, très vite, il devait à nouveau s'aliter. De plus, malgré les protestations de mama, le médecin revint saigner et purger son patient. Lors de ces accès douloureux, le capitaine était irritable et exigeant, mais Belle, avec ses visites nocturnes, et Fanny, avec son esprit joyeux, arrivaient à le calmer.

La plupart du temps, Mme Martha restait dans sa chambre. Une fois, néanmoins, Oncle Jacob la surprit en train d'errer la nuit, essayant d'ouvrir la caisse d'armes. Elle dit à Oncle Jacob qu'elle allait tuer la putain, mais il la convainquit de retourner se coucher. À partir de ce jour, Beattie alla dormir dans la chambre bleue pour veiller sur la maîtresse.

Le printemps 1794 fut froid et humide. Certains travailleurs des cases souffraient de la fièvre et d'une mauvaise toux, mais Rankin disait qu'ils étaient bien assez en forme pour planter du tabac. Selon Papa George, c'était la faim atroce qui les rendait malades. Quand notre famille s'asseyait autour de la table pour le repas du soir, il nous était difficile d'apprécier la nourriture, simple mais abondante, sachant que d'autres mouraient de faim non loin de là.

Un matin de crachin froid, Ida arriva en courant du quartier des esclaves et se mit à tambouriner à la porte de la dépendance. Elle resta dehors, tremblante, incapable de parler, jusqu'à ce que Belle la fasse entrer au sec et lui enveloppe les épaules d'une couverture. Quand Ida ouvrit enfin la bouche, il était difficile de comprendre ce qu'elle disait tellement elle claquait des dents.

Pendant l'orage de la nuit précédente, son fils aîné, Jimmy, et son petit frère, Eddy, étaient entrés dans le fumoir par effraction pour voler un peu de nourriture. « Rien qu'un peu, dit-elle, pour les petits. » Ils avaient attendu un éclair pour voir les clous, puis arraché les planches pendant que le tonnerre étouffait le bruit. Après avoir pris juste un petit morceau de lard, ils étaient sortis et, à nouveau aidés par la nature, avaient remis les planches de l'entrée en place.

Ils pensaient que Rankin dormait, mais celui-ci avait senti l'odeur de la viande qui cuisait. Il était alors entré en trombe dans leur case, avait tiré Jimmy dehors et l'avait attaché à un piquet dans la cour. Il l'avait frappé jusqu'à ce que Jimmy admette qu'il avait volé la viande. Rankin jubilait, certain que Ben aussi était impliqué dans l'affaire, mais Jimmy répétait avec insistance qu'il avait agi seul. Voulant à tout prix que Jimmy nomme Ben, Rankin avait continué à le battre. Ida poursuivit, tremblante :

— J'ai essayé de l'arrêter, mais il a dit qu'il allait s'en prendre aux petits si je m'écartais pas. Même si c'est ses bébés, il dit que c'est que des petits Nègres qui représentent rien pour lui.

Furieuse de se sentir impuissante, Ida se donnait de grands coups sur les jambes.

— Il est en train de frapper mon Jimmy !

Belle réagit sans attendre.

— Je vais à la grande maison, Ida. Toi, reste ici, décida-t-elle.

Mais Ida repartit au quartier des esclaves dès que Belle eut refermé la porte.

Je ne sais pas ce que dit Belle au capitaine ce matin-là, mais ce que je sais, c'est que le maître s'habilla et demanda à Ben et Papa George de l'accompagner aux cases.

Jimmy, toujours attaché au piquet, était mort. Assise près de lui, Ida maintenait sa tête hors de la boue et lui parlait comme s'il pouvait encore l'entendre. Des hommes et des femmes des cases entouraient la mère, effrayés à l'idée de détacher le corps de son fils.

Rankin, ivre, était rentré chez lui. Fou de rage, le capitaine le fit sortir et le jeta sur son cheval, le sommant de disparaître. Il lui dit qu'il l'enverrait en prison s'il osait revenir. Puis il demanda à Ben d'aller chercher Will Stephens.

Le capitaine fit une proposition au jeune homme. D'après ce que comprit Fanny, la seule de nous qui fut présente lors de l'entretien, Will Stephens serait l'unique contremaître de la plantation pour une durée de cinq ans. Chaque année, il gagnerait vingt-cinq hectares et, à la fin de la période définie, il pourrait choisir quatre Noirs, deux hommes et deux femmes, pour démarrer sa propre exploitation de tabac. Will Stephens accepta l'offre du capitaine et, grâce à cela, nous vécûmes paisiblement les deux années suivantes.

22

1796

Belle

Chaque fois qu'on pense que le capitaine va mieux, il retombe malade. Il a comme ça des hauts et des bas pendant deux ans. Quand il m'apprend que le bottier est mort de la fièvre jaune, j'ai envie de sauter et de danser, mais je demande d'une voix douce :

— Dois-je toujours aller à Philadelphie ?

— Oui, quand je serai rétabli, répond le capitaine.

Mais pendant toute cette période, ces deux ans où il est malade, il ne m'en reparle pas et moi, bien sûr, j'aborde pas le sujet.

Quand Lavinia apprend que Campbell ne reviendra pas, elle prend Sukey en charge comme si c'était sa propre fille. Elles sont inséparables. Un jour, Lavinia me dit de demander au capitaine des informations sur son frère, Cardigan, et je l'ai fait. Le capitaine ne sait pas ce qui est arrivé au garçon après qu'il l'a vendu, mais il pense que Cardigan a peut-être été emmené vers le nord.

Il se souvient que, quand Cardigan est parti avec cet homme, Lavinia hurlait tellement qu'elle lui faisait mal aux oreilles. Quand je le répète à Lavinia, elle se met à pleurer, alors je lui dis de ne pas s'inquiéter, que je veillerai toujours sur elle. Je lui dis que je sais ce que c'est que de se sentir seule, loin des siens.

Mon seul problème, c'est la femme de Ben, Lucy, qui ne m'aime pas. C'est une grosse fille, timide avec tout le monde, mais elle me lorgne sans arrêt. Elle sait que je plais toujours à Ben, et elle sait qu'il me plaît toujours. En fait, je suis encore folle de lui, mais il a sauté le balai avec Lucy, un point c'est tout. Du moins, c'est ce que je me dis la plupart du temps.

Will Stephens gère très bien la propriété, et tout le monde est content de l'évolution de la situation. Quand Will Stephens me regarde, je sais qu'il me trouve jolie. Et moi aussi. C'est un bel homme. Pas comme mon Ben, oh non, mais un bel homme quand même. On parle, on rit et, parfois, avec mama et papa, on s'assoit dehors le soir. Quand je parle et que je ris avec Will, ça rend Ben fou furieux. Un jour, il vient me voir quand je nourris les poules.

— Qu'est-ce que tu fais avec cet homme ? me demande-t-il.

— Qu'est-ce que tu fais avec Lucy ? répliqué-je.

Ben bouillonne et je ris, puis je pars en marchant lentement pour qu'il voie bien ce qu'il perd.

Ça dure deux ans comme ça. Je me rends compte que, plus le temps passe, mieux je me porte. J'ai déjà vingt-trois ans et, bientôt, je serai trop vieille pour que le capitaine me trouve un mari.

23

1796

Lavinia

En mai 1796, les jumelles et moi célébrâmes notre douzième anniversaire. Nous eûmes droit à un après-midi de liberté et partîmes avec allégresse, portant le panier de vivres que Belle nous avait préparé. Nous discutâmes sans interruption sur le chemin, jusqu'à ce que nous arrivions dans les bois où Fanny avait décidé que nous pique-niquerions. C'était la plus grande d'entre nous et elle était toujours affamée. Vive d'esprit, Fanny était aussi rustre physiquement que dans sa façon de parler, et il fallait souvent lui rappeler de faire attention à ses manières. De nature brusque, elle observait tout haut ce que la plupart n'osaient même pas penser et, parfois, ses remarques non sollicitées entraînaient un silence choqué, suivi d'une explosion de rires.

Contrairement à sa jumelle, Beattie semblait destinée à être une beauté. Elle était d'une grande gentillesse, avait une voix douce et, lorsqu'elle souriait, les fossettes de son visage ressortaient, comme pour ponctuer son bon caractère. Beattie était toujours bien mise, elle soignait son apparence et elle aimait les jolies choses. La couture et la broderie étaient ses passions, et ses vêtements arboraient toujours un élément décoratif. Rien ne l'enchantait davantage que de récupérer les chutes de tissu que mama rapportait de la grande maison et d'en faire des cols ou des poches pour orner ses habits rudimentaires.

Je me situais entre les deux jumelles en taille. J'étais mince et élancée, mais pas aussi grande que Fanny. Je me soupçonnais d'être assez quelconque, bien que personne ne me l'ait dit. Mes cheveux roux flamboyants viraient peu à peu à l'auburn, et je les portais en longues tresses. Fanny me taquinait à cause des taches de rousseur sur mon nez, jusqu'à ce que mama lui dise d'arrêter.

Grâce à la stabilité que nous connûmes pendant ces deux dernières années, j'étais devenue plus sûre de moi et certainement plus extravertie. Pourtant, une certaine angoisse sous-jacente ne me quittait jamais. Par conséquent, j'étais attentive à ne froisser personne et prompte à obéir.

Nos journées étaient chargées de corvées. Fanny s'occupait du capitaine, tandis que Beattie et moi travaillions avec Belle à la cuisine ou aidions mama à la grande maison.

Mes tâches du matin consistaient notamment à assister mama pour la toilette de Mme Martha. Depuis son retour de Philadelphie, la maîtresse ne vivait plus dans le monde réel, mais de fortes doses de laudanum la maintenaient tranquille, et je ne la craignais plus comme aux premiers jours. En fait, j'appréciais même les moments où j'étais assise à côté d'elle, à lui faire la lecture ou à carder de la laine pendant qu'elle se reposait. En fin d'après-midi, si l'humeur de Mme Martha s'y prêtait, je lui amenais Sukey, qui provoquait toujours une réaction joyeuse. La maîtresse s'égayait à la vue de l'enfant. Sukey se blottissait contre elle, et Mme Martha lui lisait des livres d'images. D'une étrange voix chantante, elle répétait les strophes encore et encore jusqu'à ce qu'elles s'endorment toutes les deux.

Un après-midi, Mama Mae passa la tête dans l'embrasure de la porte et les vit toutes deux assoupies.

— C'est le seul moment où cette femme trouve la paix, me chuchota mama, mais laisse-les jamais seules ensemble.

Le capitaine n'arrivait pas à recouvrer la santé. Au départ, il pouvait se promener dehors, mais il dut renoncer à ces excursions à cause d'une léthargie croissante qui s'emparait de lui. Fanny et Oncle Jacob continuaient de s'occuper de lui, mais c'était Fanny son rayon de soleil. Il lui apprit à jouer aux cartes et, les jours où elle remportait la partie, il la récompensait avec des pièces qu'elle donnait fièrement à sa mère pour que celle-ci les garde en lieu sûr.

J'imaginais sans peine à quel point les visites nocturnes de Belle réjouissaient son père. Elle choisissait des livres dans la bibliothèque de la grande maison pour lui en faire la lecture, souvent jusque tard dans la nuit. Un soir, je me réveillai au son de la voix de Belle provenant de la cuisine. Faisant attention à ne pas troubler Sukey, je descendis sur la pointe des pieds et trouvai Belle, assise à la grande table, en train d'étudier des livres à la faible lumière de la lampe. Elle m'expliqua qu'elle préparait les textes pour la nuit suivante. Ignorant certains mots, elle les cherchait dans un dictionnaire en deux volumes, puis les prononçait à voix haute, comme le lui avait appris sa grand-mère. À partir de ce soir-là, à ma demande, elle m'inclut à son travail et, ensemble, nous améliorâmes nos capacités de lecture.

Ce jour de mai, lors de notre pique-nique d'anniversaire, notre conversation s'orienta vers l'événement religieux du week-end. Un service était prévu, ce qui signifiait toute une journée loin de la maison, une journée qui serait consacrée non seulement à la prière et au sermon, mais aussi à la nourriture et à la rencontre de nouvelles personnes. Nous parlions toutes les trois en termes élogieux de Will Stephens, à qui nous devions tout cela.

En apportant certains changements relevant de la bonté, Will Stephens avait gagné la confiance de tous au quartier des esclaves. Sous sa supervision, non seulement la plantation prospérait, mais la production avait aussi dépassé celle des années précédentes. Les rations alimentaires furent augmentées et le sel entra dans le régime quotidien des travailleurs. Le samedi après-midi et le dimanche furent libérés : un temps libre qui permettait aux gens des cases de travailler dans leur jardin, de chasser ou de pêcher, de laver leurs vêtements et de rendre visite à leurs proches. Ils avaient aussi la possibilité d'aller au temple le dimanche.

Will Stephens avait été habitué depuis l'enfance à assister à l'office et, tous les dimanches, il attelait un chariot et invitait tous ceux qui le souhaitaient à monter, dans la limite des places disponibles, tandis que les autres parcouraient à pied le trajet d'une heure. Je fus terriblement jalouse le premier dimanche où je découvris que Beattie et Fanny, accompagnées de Ben et Lucy, avaient obtenu la permission de suivre le groupe.

— Mais pourquoi, demandai-je à Belle en pleurant, pourquoi est-ce que je peux pas y aller ?

— Ta place n'est pas avec eux, essaya de m'expliquer Belle.

Je dus faire tant d'histoires que Will finit par intercéder pour moi auprès de Belle. Je n'en crus pas mes oreilles en l'entendant dire que, si je venais, il veillerait sur moi.

— Pourquoi ne viens-tu pas, toi aussi ? demanda-t-il à Belle. Tu pourrais monter dans le chariot.

— Merci, répondit-elle, mais il faut que je reste ici pour faire la cuisine.

Alors nous partîmes, les jumelles et moi, ce premier dimanche matin. J'étais si contente d'être de la partie que je ne me demandai même pas pourquoi Will Stephens m'avait fait asseoir à côté de lui à l'avant, tandis que les filles faisaient le trajet à l'arrière du chariot.

Le temple était rustique, c'était un grand bâtiment en bois avec des bancs grossièrement taillés. Ce fut dans ce lieu de culte que je me rendis compte pour la première fois de la différence entre les Blancs et les Noirs. Les Blancs étaient assis devant alors que, au fond de l'édifice, un espace dépourvu de bancs était réservé aux serviteurs noirs.

Je me retournais pour attendre les jumelles quand Will me prit le bras pour m'emmener m'asseoir. Beattie me vit la première et me fit un petit sourire timide. Quand Fanny m'aperçut à son tour, elle fit de grands gestes, et Ben lui fit immédiatement baisser le bras. Je m'arrêtai dans l'allée, voulant retourner avec elles, mais Ben me fit signe de continuer d'avancer avec Will. Tout au long de la cérémonie, je sentis cette séparation et me demandai si Belle aurait pu s'asseoir près de Will et moi si elle était venue. À la fin du service, alors que quelques familles restaient pour discuter, notre groupe repartit, enthousiaste à l'idée de raconter cette expérience à ceux qui n'étaient pas venus.

L'office du dimanche devint une habitude. J'eus la permission d'accompagner les jumelles et Will chaque fois qu'ils y allaient. J'arrêtai de demander à Belle de se joindre à nous quand je commençai à éprouver de l'affection pour Will Stephens, ce qui, bientôt, se transforma en amour de petite fille. Will, sans doute au courant de mon penchant, se montrait enjoué et espiègle avec moi. Il disait que j'avais un air solennel et semblait ravi lorsqu'il parvenait à me faire sourire. Au fil du temps, nos trajets du dimanche entre le temple et la propriété nous offrirent la possibilité de conversations plus intimes, et il finit par gagner ma confiance. Je devins alors plus bavarde et, un jour, je le questionnai sur son âge. Sans hésiter, il m'informa qu'il aurait vingt-trois ans au mois d'octobre.

— Est-ce que vous avez une amie ? demandai-je, et il m'adressa un sourire si chaleureux que j'eus envie de lui toucher le bras, même si bien sûr je m'abstins.

— Eh bien, non, répondit-il. Est-ce que tu aurais quelqu'un en tête ?

— Pourquoi pas Belle ? fis-je, inquiète.

Il prit un air sérieux.

— Belle ne pourra jamais être ma chérie.

Avant que j'aie le temps de demander pourquoi, il ajouta :

— Nous ne pourrions jamais nous marier. Tu le sais. Ce serait illégal.

Je ne le savais pas et ne comprenais pas pourquoi, mais je ne voulais pas paraître jeune et ignorante, alors je gardai le silence.

— Et toi, as-tu un galant ? demanda-t-il au bout d'un moment.

— Avant, j'avais Ben, mais il s'est marié.

— Oh.

Il esquissa un sourire.

— Je vois pourquoi Ben te plaisait. C'est un homme bien.

Soudain, je me sentis audacieuse.

— Vous pourriez peut-être m'attendre, dis-je, le temps que je grandisse. Je pourrais être votre amie.

— Eh bien ! Voilà une idée.

— Je suis assez maligne, continuai-je sur ma lancée. Et puis je sais lire et cuisiner, et Sukey m'adore.

— Et qui est Sukey ?

— C'était le bébé de Dory mais, quand Dory est morte, Sukey a voulu que je sois sa nouvelle mère.

Je soupirai et croisai les mains sur mes genoux.

— N'es-tu pas un peu jeune pour cela ? demanda-t-il.

— J'ai douze ans, répondis-je avec indignation.

— Bon, dans ce cas, d'accord.

— Belle dit qu'un jour je serai une beauté.

Je le regardai pour guetter sa réaction.

— Je crois que tu l'es déjà, me dit-il en me faisant un clin d'œil.

J'avais le visage en feu, mais je poursuivis :

— Oh ! et je sais élever des poulets ! Je n'en ai pas encore tué, mais mama dit que c'est pour bientôt, me vantai-je alors que je frissonnais à cette idée.

Will redressa ses épaules avant de parler.

— Voyons, dit-il. Une beauté qui sait lire et tuer des poulets. Je pense que je devrais envisager cette proposition sérieusement.

— Vous me taquinez ?

Il agita les rênes et se tourna vers moi, un beau sourire aux lèvres.

— Cela m'arrive-t-il de te taquiner ?

— Sans arrêt ! répliquai-je, et nous éclatâmes de rire.

Je le soupçonnais de me considérer comme une enfant, mais je m'en fichais. J'étais sûre que, si j'avais mon mot à dire, il serait mon futur mari.

— Abinia, Abinia, m'appela Fanny, me tirant de ma rêverie, à quoi tu penses ?

— À rien, mentis-je.

Beattie me sourit.

— Tu penses à Will ?

— Peut-être, dis-je, lui rendant son sourire.

— Vous savez que Marshall arrive cette semaine ? lança Fanny.

Je m'allongeai sur le ventre, me rappelant la triste image du pauvre garçon s'éloignant dans la calèche.

— Je me demande à quoi il ressemble maintenant.

— Il vient que pour deux semaines. Ensuite il va retourner étudier. Le cap'taine veut voir comment il va, précisa Fanny.

Au cours de notre pique-nique ce jour-là, Marshall arriva en effet.

— Il a tellement grandi, c'est dur de croire que c'est le même garçon, nous dit mama.

Elle avait raison. En fin d'après-midi, je fus envoyée à la grande maison pour veiller sur Mme Martha pendant qu'elle dormait. Là, quelle ne fut pas ma surprise en découvrant Marshall assis près d'une fenêtre dans la chambre de sa mère. Bien qu'ayant été prévenue, je le reconnus à peine. Il se leva en me voyant. Timide, je reculai d'un pas. À quinze ans, il avait déjà la taille d'un adulte.

— Bonjour, Lavinia, dit-il.

Sa voix d'enfant monocorde avait été remplacée par un timbre affirmé de baryton.

— Bonjour, dis-je à voix basse.

— Tu as grandi, constata-t-il en me dévisageant et, pour la toute première fois, j'eus conscience de mes pauvres vêtements bien ternes.

En comparaison, il portait une culotte bleu marine et un gilet en satin ivoire. Celui-ci était orné d'une scène brodée de couleurs vives, et je pensai immédiatement à Beattie, sachant qu'elle serait captivée par le détail de cette broderie.

— Joins-toi à moi, m'invita-t-il, en approchant un fauteuil du sien, près de la fenêtre.

Ne sachant pas très bien quoi faire, mais voyant la maîtresse endormie, je m'exécutai. Il prit place avec assurance, et je m'assis comme me l'avait enseigné Mme Martha, les pieds joints et les mains croisées sur les genoux.

Marshall était devenu un très beau jeune homme. Ses cheveux blonds courts frisaient librement dans son cou et ses yeux qui, dans mon souvenir, étaient éteints, brillaient à présent lorsqu'il souriait.

— Je pense souvent à toi, dit-il avant d'avaler un verre de vin. Tu t'occupais si bien de mon petit frère.

Il regarda par la fenêtre. Le soleil se couchait et la lumière éclairait son visage. J'avais du mal à croire qu'il s'adressait à moi de cette façon et ne pouvais détacher mon regard du bel homme qu'il était devenu.

— J'ai cru comprendre que tu étais d'une grande aide pour ma mère, reprit-il.

— Je lui fais la lecture, répondis-je, fière de cette prouesse.

— Aimes-tu lire ?

— C'est ce que je préfère.

— Il faut que je parle de toi avec père, je me demande quels sont ses projets.

À cet instant, mama fit irruption dans la pièce, ce qui m'évita d'avoir à répondre. Elle nous examina un moment avant de s'adresser à Marshall :

— Vous savez que le cap'taine veut vous voir.

Marshall s'empourpra. Il se leva et, avec une attitude de défi, passa dans la chambre bleue. Il s'arrêta près de la petite table où était posée la carafe à décanter et se servit un autre verre de vin. Il le but d'une traite, puis quitta la pièce.

Mama secoua la tête.

— Ce garçon boit trop.

Je ne vis Marshall qu'en coup de vent les jours qui suivirent, mais, chaque fois qu'il m'apercevait, il hochait la tête, souriait, et me saluait par mon prénom. J'étais flattée de cette attention de la part de ce jeune homme sophistiqué.

— Marshall boit sans arrêt, déclara mama au souper ce soir-là.

— Je lui dis de pas partir à cheval quand il boit comme ça, enchérit papa, mais il continue à le faire quand même, tous les jours.

— Où il va ? s'enquit mama.

— Les gens disent qu'il a retrouvé Rankin… ou peut-être que c'est Rankin qui l'a retrouvé, je sais pas, répondit papa. C'est bien que ce garçon reparte bientôt.

— Qu'est-ce qui va se passer quand le cap'taine sera plus là ? interrogea alors Fanny. Marshall va revenir ici pour gérer la plantation ? Ce sera lui le maît' après ?

Belle répondit rapidement :

— Le capitaine va se remettre, Fanny ! Il est chaque jour plus fort.

— Belle, tu sais qu'il est malade. Tu ferais bien de lui parler de tes papiers, fit Papa George.

— Je vais le faire, papa. Je vais récupérer ces papiers, mais je ne veux pas qu'il recommence à parler de m'envoyer ailleurs.

— Tu dois lui dire que t'as besoin de ces papiers, dit papa d'un ton ferme.

— Oui, oui, répliqua Belle, ne cachant pas son agacement.

Le dimanche de l'office tant attendu arriva enfin, et les jumelles et moi pouvions à peine contenir notre excitation. J'avais préparé avec Belle le festin que nous allions emporter pour le pique-nique collectif prévu sur le terrain autour du temple. Nous remplîmes des paniers de biscuits et de pain de maïs tout frais, de cornichons et de conserves de pêches et, ce que je préférais, un quatre-quarts recouvert d'une épaisse couche de confiture de fraises.

Transportée par l'excitation, je suppliai Belle de venir avec nous et d'amener Sukey.

— Ben et Lucy viennent tous les deux, lui dis-je pour la motiver.

— Mama a besoin de moi pour préparer les repas de la grande maison, répondit-elle, et je ne pense pas vouloir prier toute la journée de toute façon.

Elle nous fit au revoir de la main dans la lumière du petit matin. Elle s'était pressée à nous aider dans nos préparatifs et n'avait pas pris le temps de s'occuper de ses cheveux. Sa natte épaisse pendait et, lorsqu'elle leva le bras pour nous faire signe, sa robe glissa, révélant un coin de son épaule douce et dorée. Elle la remit vite en place et rougit d'embarras. Je vis bien le regard admiratif que lui lança Will Stephens et, à cause de cela, je fus finalement contente qu'elle ne vienne pas.

Je lui fis un geste de la main mais j'eus un mauvais pressentiment quand, levant les yeux vers la grande maison, j'aperçus Marshall à la fenêtre de sa chambre, regardant notre chariot s'éloigner.

24

Belle

J'étais seule dans la cuisine, en train de passer le balai, et je n'ai rien vu venir jusqu'à ce que je sente un couteau sous mon menton et que j'entende la voix de Rankin dans mon oreille, me disant que, si je faisais le moindre bruit, il enfoncerait le couteau. Puis Marshall, saoul comme Rankin, s'approche de moi. Je commence à donner des coups de pied, mais Rankin me tord le bras et m'envoie un coup de poing dans le ventre. Je me mets à crier, mais il m'arrache mon fichu pour me l'enfoncer dans la bouche. J'ai du mal à respirer et je m'étouffais presque mais, quand je comprends ce que Marshall s'apprête à faire, je deviens folle. Alors Rankin me frappe et je tombe. Tout le temps que Marshall est sur moi, il parle, mais je n'entends pas ce qu'il dit. Rankin parle lui aussi mais, tout ce que je pense, c'est *je vais mourir, je vais mourir*. À la fin, pendant que Marshall se rhabille, Rankin fait glisser le couteau très lentement le long de mes seins, en me regardant dans les yeux. « Tu veux que je coupe ces deux-là ? Que je les garde pour moi ? » Ma tête s'agite d'avant en arrière, d'avant en arrière. Je ne pouvais pas m'arrêter.

Il dit que, si j'en parle à qui que ce soit, il reviendra les couper avant de tuer la personne à qui j'en aurai parlé. « Juste comme ça », ajoute-t-il. Il lève le couteau au-dessus de moi avant de le planter violemment dans le sol. Je me liquéfie.

Quand ils sont partis, je me traîne dans un coin où je reste immobile, essayant seulement de respirer. Je continue de m'étouffer. Je ne pense même pas à enlever le fichu de ma bouche. Quand Oncle Jacob me trouve, il me dit de tenir bon, qu'il va chercher mama.

— Qui t'a fait ça ? me demande mama, mais je ne dis rien.

Elle me nettoie et me donne de l'alcool de pêche. Puis elle redemande :

— Belle, qui t'a fait ça ?

Je suis sûre que ces deux-là écoutent, alors je ne réponds rien. Je sais que Rankin mettrait ses menaces à exécution.

— Papa dit que Rankin et Marshall boivent et font des mauvais coups. Ils sont venus ? insiste mama.

Je mets vite la main sur sa bouche pour qu'elle se taise. Mama recule et me regarde. Puis elle dit qu'elle va voir le capitaine pour lui raconter, et c'est là que je me mets à pleurer.

— Non, mama, non.

Je m'agrippe à elle comme si elle allait mourir.

— Non, mama, non. Ne le dis à personne !

— Chut, ma fille, je vais rien faire si tu veux pas.

Elle me donne un autre verre de liqueur pour que j'arrête de trembler.

— Ne le dis à personne, mama, s'il te plaît, ne le dis à personne !

— D'accord. Je ferai comme tu veux, Belle.

Je bois encore un peu et, ensuite, tout ce que je me rappelle, c'est que mama m'emmène me coucher.

25

Lavinia

La journée avait été merveilleusement longue et enrichissante. Sur le chemin du retour, nous continuâmes à chanter des hymnes, reprenant les cantiques entendus plus tôt au temple. Lucy nous avait tous surpris. C'était une grosse femme noire, qui ne parlait pas, mais Dieu l'avait dotée d'une voix qui, quand elle chantait, poussait tout le monde à s'arrêter pour l'écouter. Pendant le trajet, nous insistâmes pour qu'elle chante un solo. Sa voix était splendide, et tout le monde fut ému dans le chariot.

À notre premier arrêt au quartier des esclaves, Ida et les autres femmes descendirent du chariot, et Ben y grimpa pour s'asseoir fièrement auprès de Lucy. Will relança les chevaux au trot pour gagner la dépendance, avant de rentrer à la grange. Quand les jumelles et moi descendîmes, nous fûmes surprises de voir papa assis sur le banc en sapin grossièrement taillé devant le bâtiment. Il se leva en nous voyant arriver et vint à notre rencontre. Mes yeux étaient habitués à l'obscurité et je détectai immédiatement l'inquiétude sur son visage.

— Tout va bien, essaya-t-il de nous rassurer, tout va bien.

— Papa ? fit Ben en sautant hors du chariot.

— Belle a des problèmes, mais ça va aller, dit papa.

Will descendit à son tour pour rejoindre les hommes.

— Que s'est-il passé ici, George ?

Papa les entraîna à l'écart du chariot avant de leur parler à voix basse. Tous deux eurent une réaction similaire en l'écoutant ; ils semblèrent s'étouffer d'indignation et détournèrent la tête de papa. Ben scruta la grande maison, dévoilant son profil intact : il ne m'avait jamais paru aussi en colère. Lorsqu'il fit mine de se diriger vers la porte de la dépendance, papa le retint.

— Emmène Lucy chez vous, dit papa. Elle a pas besoin d'ennuis, avec son bébé qui arrive.

Comme par hasard, Lucy rejoignit Ben et essaya de lui prendre la main. Il la repoussa.

— Retourne dans ce chariot ! lui lança-t-il, avant de lui tourner le dos, encore plus furieux.

Lucy ne remonta pas dans le chariot ; j'imagine qu'elle se disait qu'étant arrivée à son dernier mois de grossesse, il valait mieux ne pas se fatiguer à faire des efforts. Elle partit donc à pied, seule dans le noir, en direction de sa case près de la grange. Papa fixa Ben avec insistance jusqu'à ce qu'il se décide à suivre son épouse. Après que Will fut reparti avec les chevaux et le chariot, papa envoya Beattie et Fanny à la grande maison pour passer la nuit dans la chambre bleue. Mama y était avec Sukey et les attendait. Elles s'y rendirent ensemble, traversant l'obscurité main dans la main, et je restai seule avec papa. Il baissa les yeux vers moi comme s'il ne savait pas très bien quoi dire.

— Papa, où est Belle ?

J'avais si peur que j'avais du mal à parler.

— Mama sera là bientôt, répondit-il simplement.

— Papa, repris-je doucement, osant à peine poser la question qui me taraudait, est-ce que Belle est morte ?

— Non, ma petite, répondit papa.

Il m'emmena vers un banc et me fit asseoir à côté de lui.

— Belle va se remettre.

Il détourna les yeux en ajoutant :

— Belle a passé une mauvaise journée, c'est tout.

— Qu'est-ce qui s'est passé, papa ?

— Des hommes sont venus. Ils étaient ivres et ils ont frappé Belle.

— Où était mama ? demandai-je en alerte.

Papa inspira profondément.

— Elle et Sukey étaient là-haut avec m'ame Martha.

— Qui étaient ces hommes ?

— Belle veut que personne en parle.

— Mais je veux savoir ce qui s'est passé !

— Elle veut même pas qu'on le dise au cap'taine.

— Pourquoi, papa ? demandai-je avec colère. Pourquoi ne veut-elle pas en parler au capitaine ?

— Belle a peur d'être envoyée loin d'ici, répondit papa d'une voix faible.

Quand mama arriva, elle nous emmena nous coucher, Sukey et moi, nous priant de ne pas faire de bruit. Belle dormait déjà dans notre chambre sombre et, peu après le départ de mama, Sukey s'endormit aussi. Je restai éveillée un long moment, trop effrayée pour aller voir Belle, trop effrayée pour dormir.

Il faisait déjà jour quand je me réveillai le lendemain matin sous les caresses de Sukey. Je fis semblant de dormir encore tandis qu'elle me touchait les yeux puis passait les doigts le long de mes sourcils, me chatouillant. Je souris malgré moi, puis la surpris en lui saisissant la main. Elle tomba contre moi en riant et je la serrai dans mes bras, respirant sa délicieuse odeur de bébé.

Lorsque j'entendis les bruits de poêles et de casseroles de la cuisine, je me souvins des événements de la veille et me redressai vite sur mon coude pour voir comment allait Belle. Son lit était vide et je fus soulagée de savoir qu'elle était en bas en train de préparer le petit déjeuner. J'arrêtai de jouer avec Sukey et me levai pour enfiler ma longue jupe marron sur ma chemise de nuit, puis dis à la petite fille d'attendre que je revienne.

— Belle ! lançai-je en me penchant en avant, arrivée à la moitié de l'escalier.

À mon insu, Sukey m'avait suivie et avait attrapé ma jupe pour s'amuser. Belle travaillait près de la cheminée, et mon appel la fit sursauter. Je criai quand j'aperçus son visage tuméfié. Voyant mon effroi, elle essaya de sourire dans un effort pour adoucir le choc. Cela dut lui faire mal, car elle grimaça et porta la main à sa bouche enflée. Alors, je remarquai ses jupes dans les braises et, quand je vis qu'elles brûlaient, je devins muette de terreur. Je descendis le reste des marches en courant, voulant éloigner Belle de la cheminée. Sans le savoir, j'entraînai Sukey, qui tomba à la renverse dans l'escalier. Quand elle commença à hurler, je me figeai, mon cœur ne sachant pas qui aider en premier. Je me retournai un instant vers Sukey, puis vis Belle se précipiter vers l'enfant, sans se rendre compte que le bas de sa jupe était en feu.

Sous le choc, j'étais incapable de faire un geste. Dieu soit loué, Will Stephens apparut. En un clin d'œil, il retira Sukey des bras de Belle et me tendit l'enfant en pleurs. Il plaqua Belle à terre, piétina ses jupes et me cria d'apporter un seau d'eau. J'assis Sukey sur une chaise et courus vers notre réserve d'eau potable. Will me prit le récipient des mains et jeta l'eau sur Belle pour éteindre les flammes de ses jupes. Elle poussa un cri lorsque l'eau froide vint lui frapper les jambes.

— Ça suffit, pleurait Belle, ça suffit.

Elle balançait la tête d'avant en arrière et, bien qu'elle eût les yeux grands ouverts, elle ne semblait pas nous voir.

Will s'assit à côté d'elle sur le sol de terre battue et appuya la tête de Belle contre son épaule.

— Tout va bien, dit-il, c'est fini. Tes jupes avaient pris feu, et nous l'avons éteint. Tout va bien.

Sukey continuait de hurler et je la pris dans mes bras pour courir chercher mama.

Au moment de la naissance de Junior, le bébé de Ben et Lucy, Belle semblait s'être remise de son traumatisme physique, mais restait lunatique et repliée sur elle-même. Curieusement, je n'avais pas reçu d'explications. En surprenant les chuchotements des adultes, Fanny, Beattie et moi essayions d'associer le peu d'informations à notre disposition.

Plus tard, cet automne-là, lorsque le ventre de Belle commença à s'arrondir, nous ne fîmes pas le rapprochement entre cet événement et sa grossesse.

Quand on nous apprit qu'elle allait avoir un bébé, nous supposâmes toutes les trois que Will était le père, car il était devenu un visage familier à la dépendance. J'observais avec jalousie sa prévenance envers Belle. Je ne voyais pas de contact physique entre eux, mais, dans mon jeune cœur, j'étais convaincue qu'ils étaient amants.

Un jour, incapable de me retenir, je demandai à Belle de nommer le père de son enfant.

— Tu sais qu'on ne doit pas en parler, répondit-elle avec froideur.

Je n'insistai pas, mais, après son refus de m'éclairer, je me montrai de plus en plus acerbe. Quand, au cours de ce même mois, je devins une femme, j'allai voir mama pour qu'elle m'explique comment prendre soin de mon intimité pendant les périodes concernées. Après m'avoir donné ses instructions, elle me fit asseoir dans sa petite maison.

— Pourquoi tu es si en colère contre Belle ? demanda-t-elle.

Je haussai les épaules sans répondre.

— Je t'entends lui parler d'une façon que j'aime pas, poursuivit-elle.

Je gardai la tête haute.

— Les femmes sont parfois irritables, et elles savent pas pourquoi. C'est pas grave si tu sais pas pourquoi t'es si en colère contre Belle, mais je crois que ça a quelque chose à voir avec son futur bébé.

Mama marqua une pause, mais je demeurai silencieuse.

— Belle a pas eu son mot à dire pour ce bébé. C'est à nous de l'aider, maintenant. Elle a besoin de toi, tout comme Sukey a besoin de toi.

Mama m'attira vers elle et me caressa le dos.

— Je sais que t'es une bonne fille, Abinia. Ce jour où t'es arrivée a été formidable pour nous. T'es comme le propre enfant de Belle. Ça changera jamais. Mais tu grandis et c'est un moment où elle a besoin de toi.

Elle se pencha pour me prendre le menton.

— Belle a besoin de chacun de nous, répéta-t-elle en me regardant droit dans les yeux. On est sa famille, et on va l'aider. Tu fais partie de notre famille ?

Je me dégageai d'un mouvement brusque et lui tournai le dos.

— Abinia ? dit-elle avec déception. T'es pas avec notre famille ?

— Je ne sais pas ! criai-je en tapant du pied. Je ne sais pas ! Tous les jours, oui, j'ai l'impression de faire partie de cette famille, mais au temple je dois aller devant et m'asseoir à côté des Blancs. Je veux m'asseoir avec les jumelles, mais elles ne peuvent pas venir devant avec moi, et je ne peux pas les rejoindre derrière. Tu n'es pas ma vraie mama, et Belle non plus. Où j'irai quand je serai grande ? Et je ne veux pas non plus vivre dans une grande maison !

Je fondis en larmes et mama attendit un moment avant de reprendre la parole.

— Abinia, si toi, Beattie et Fanny vous jouez dans le ruisseau, et qu'il devient profond à cause d'une grosse pluie et que vous avez toutes les trois besoin d'aide, tu crois pas que je serais là pour t'aider, exactement comme pour aider les jumelles ?

Je réfléchis un instant, m'imaginant la situation.

— Mais qui tu sauverais la première ? demandai-je, me tournant vers elle.

— Celle sur qui je mettrais la main en premier, répondit mama rapidement.

Nous nous regardâmes avant d'éclater de rire devant l'honnêteté de sa réponse.

— Abinia, voilà ce que je sais. La couleur, le papa, la mama, on s'en fiche. On est une famille, on prend soin les uns des autres. La famille nous rend forts quand les temps sont durs. On se soutient tous, on s'aide tous. C'est ça, une famille. Quand tu seras grande, tu emporteras avec toi ce sentiment de famille.

— Mais je ne veux pas partir…, commençai-je.

Mama m'interrompit :

— Pourquoi tu penses à t'en aller maintenant ? C'est dans très longtemps. Regarde chaque jour, ma petite. Tu dis : « Merci, Seigneur, pour tout ce que tu me donnes aujourd'hui. » Et ensuite tu t'occupes du jour d'après quand il arrive.

Je poussai un soupir de soulagement.

— Alors, Abinia, redemanda mama, tu fais partie de notre famille ?

Je hochai la tête. Elle me sourit.

— C'est bien. Alors on ferait mieux de se remettre à la tâche, parce qu'on est une famille de travailleurs.

Elle se leva et moi, me sentant femme, je la suivis dehors pour rejoindre la vive lumière du jour.

Au cours de cet automne et de l'hiver qui suivit, Belle devint de plus en plus grosse et gauche. Me rappelant les paroles de mama, j'essayais de l'aider chaque fois qu'elle me le permettait. Elle demeurait lunatique, mais nous étions à nouveau proches, bien qu'aucune de nous ne parlât jamais du bébé qu'elle portait. Fanny nous dit à Beattie et moi que, lorsque le capitaine avait enfin remarqué l'état de Belle, il était entré dans une fureur noire et avait exigé de savoir qui était le père. Belle avait refusé de répondre et lui avait dit qu'elle ne lui rendrait plus visite s'il devait redemander. Fou de rage, il lui avait répondu de ne plus venir. Et c'est ce qu'elle fit.

J'étais à la dépendance avec Belle et mama, par une froide soirée de février, quand le bébé arriva. Les jumelles étaient à la grande maison, et papa vint chercher Sukey lorsque la douleur des contractions de Belle devint sérieuse. Je voulus accompagner papa, mais Belle m'agrippa la main et me demanda de rester. Je regardai mama, espérant qu'elle me renvoie avec Sukey.

— Abinia va rester.

Mama me fixa pour m'inciter à obéir.

— Abinia peut presque faire ça toute seule, rassura-t-elle Belle. Souviens-toi comme elle m'a bien aidée à la naissance de Campbell.

Cette fois-ci, j'étais plus grande et mieux préparée à un accouchement, mais je fus tout de même terriblement soulagée quand Belle délivra enfin son bébé. Mama me fit couper le cordon violet et, après avoir nettoyé et enveloppé l'enfant dans un linge, elle me le tendit.

— Donne-le à Belle.

J'observai le bébé.

— Vas-y, fit-elle en me poussant vers Belle.

— Belle ! lançai-je enchantée. Belle ! On dirait Campbell !

Belle poussa un cri perçant et détourna la tête. Sa réaction me rappela le rejet de Mme Martha, et j'eus peur pour le nouveau-né. Je regardai mama pour savoir quoi faire et fus surprise de la voir essuyer ses propres larmes. J'attendis, incertaine, jusqu'à ce que le bébé commence à s'agiter.

Mama s'approcha alors.

— Belle, dit-elle en me prenant l'enfant des bras, allez. C'est ton bébé. Cet enfant vient du Seigneur. Il a le droit d'avoir une mama, et cette mama, c'est toi. Maintenant, prends-le et donne-lui ton lait. C'est un gentil bébé. Ça va être un enfant adorable.

Belle tournait toujours la tête, mais mama ouvrit sa chemise de nuit afin d'exposer un sein, puis installa le bébé sur Belle. Tandis que, affamé, le nourrisson cherchait le mamelon pour téter, Belle poussa un gémissement rauque. Ses yeux anxieux cherchaient mama, mais son regard s'adoucit à l'instant même où elle le posa sur son bébé en train de boire. Elle se mit à le bercer et à roucouler doucement en caressant son minuscule visage blanc.

Je versai des larmes de joie et de soulagement. Belle me prit la main et m'attira vers elle et son enfant.

— Lavinia, murmura-t-elle, comment va-t-on l'appeler ?

26

Belle

Fin mai 1797, le capitaine me demande de lui amener mon bébé, Jamie, à la grande maison. D'abord je refuse, mais mama me dit :

— Belle, il faut que tu y ailles. Cet homme est de plus en plus malade. Il peut presque plus marcher, et il a une couleur de vieille pêche desséchée. Il faut qu'il te donne les papiers d'affranchissement pour toi et Jamie. Si le cap'taine meurt, qu'est-ce que tu vas faire ? Rester ici quand Marshall va prendre la place du cap'taine ? C'est ce que tu veux ?

Pour la toute première fois, je comprends qu'il me faut ces papiers. Je vais donc à la grande maison avec mon bébé de quatre mois.

Mama a raison. Quand je vois le capitaine, je comprends qu'il n'en a plus pour longtemps. Mes jambes ne veulent pas avancer, mais je m'approche pour lui montrer Jamie. Il le regarde fixement pendant un long moment, puis il me redemande qui est le père, mais je suis incapable de parler. Oncle Jacob, comme s'il n'en pouvait plus, a soudainement lâché :

— C'est pas difficile de voir qui est le père ! Et Belle a pas eu le choix. Voilà !

Le capitaine a l'air de suffoquer. Quand il réussit enfin à parler, il dit qu'il donnera les papiers pour Jamie, mais que je dois ensuite aller à Philadelphie. Je réponds que je suis d'accord, mais que je n'ai toujours pas mes papiers à moi. Il pensait que je les avais, mais je lui dis qu'on ne me les a jamais donnés.

— Reviens demain matin, m'a-t-il dit, je vais demander à l'avocat de venir les préparer.

Et puis, hier soir, mama arrive en courant de la grande maison pour demander à Ben d'aller chercher le docteur, mais le capitaine est mort avant leur retour.

Je n'ai pas le temps de pleurer, juste celui de me demander ce qui va se passer maintenant. Mama a raison. À présent, Marshall va être le nouveau maître. Il faut qu'on parte d'ici, Jamie et moi. Je ne sais pas où je vais aller, je sais seulement que je dois disparaître avant que Marshall revienne.

Pendant que tout le monde s'affaire à la grande maison, se préparant à enterrer le capitaine, je prends le meilleur couteau de la cuisine, je l'emballe avec soin, puis j'enveloppe vite autant de choses que je peux porter. Ce soir, je vais m'enfuir avec Jamie. Au départ, je pense emmener aussi Lavinia, mais je sais qu'elle ne partira pas sans Sukey.

J'attends qu'il n'y ait plus personne aux alentours, puis je cours jusque derrière la laiterie pour cacher mon baluchon. Je ne vois pas que Ben me suit. Quand il surgit au coin du bâtiment, il me fait tellement peur que je commence à le frapper. Il essaie de me calmer, mais je le tape encore plus fort.

— Arrête de me taper, chérie.

— M'appelle pas chérie.

— Belle, tu es toujours ma chérie, tu le sais, hein ? Je prends soin de toi comme de ma propre femme.

Alors je m'énerve comme rarement ! Ma bouche refuse de se fermer.

— Toi, tu prends soin de moi ? Et quand ça, hein ? La fois où Rankin et ses hommes me faisaient valser dans la cuisine ? Ou bien j'imagine que tu prenais soin de moi quand Rankin me plaquait par terre et que Marshall était sur moi ? Ou… non… non ! Ah oui, je vois ! Tu prends soin de moi toutes les nuits où tu es avec Lucy !

Ben me lâche. Il me regarde, et je vois dans ses grands yeux que mes paroles font leur effet. Il recule, levant les mains pour que j'arrête de parler.

— T'as raison, t'as raison, répète-t-il, et quand il commence à pleurer, toute ma colère s'envole.

— Oh ! mon Ben, ce ne sont que des mots ! Ce n'est pas ce que je pense vraiment.

Mais il continue à secouer la tête en disant :

— Non. Non. T'as raison, Belle. Je t'aide pas. Je t'ai jamais aidée.

Je m'approche de lui, je soulève le bas de ma jupe et j'essuie les larmes de ses yeux, mais il n'arrête pas de pleurer.

— Je suis désolée, Ben, je suis désolée d'avoir dit tout ça.

Je pose un doigt sur sa bouche.

— *Chhhh*, je souffle pour le consoler, *chhhh.*

Il pousse une plainte sonore et profonde, puis m'attire vers lui. Quand nos lèvres se sont rejointes, ni lui ni moi ne cherchons à nous arrêter.

Ce soir-là, je retrouve Ben. Il me dit de rester jusqu'à ce qu'on sache ce qu'en pense Will Stephens. Ben a promis qu'il s'enfuira avec moi si Marshall revient.

27

Lavinia

Le capitaine fut enterré avant que la sœur de Mme Martha et son mari aient eu le temps d'arriver de Williamsburg. En voyant l'état de Mme Martha, le médecin décida de l'organisation de funérailles simples et rapides. Seules quelques calèches vinrent pour l'enterrement, mais tous les habitants de la plantation étaient présents, à l'exception de Mme Martha et de Marshall qui, pour une raison qui m'échappait, resta à Williamsburg.

L'arrivée de M. et Mme Madden marqua le début d'une semaine agitée. Lorsque Mme Sarah venait dans la chambre de sa sœur, elle me trouvait souvent en train de m'occuper de Mme Martha. Je me souvenais d'elle lors de sa visite une année à Noël, et ma première impression n'avait pas tellement changé. J'étais toujours stupéfaite de la différence flagrante entre les deux sœurs. Bien qu'elle fût solennelle étant donné les circonstances, ses yeux étaient vifs et pétillants. Le visage de Mme Sarah était rond, comme le reste de son corps, mais j'allais vite me rendre compte que, sous cette apparence douce, se cachait une grande détermination.

Quand elle prit la tête de la propriété, elle montra sans équivoque qu'elle était en effet capable de superviser un foyer. Les premiers jours, elle fit peu de commentaires, nous observant en train de prendre soin de Mme Martha. Puis, un jour, elle s'adressa à moi.

— Marshall m'a dit comme tu étais bonne pour sa mère. Je me rends compte à présent de mes propres yeux à quel point elle compte sur toi.

— Elle aime que je lui fasse la lecture, dis-je.

— Et qui t'a appris à lire ? s'enquit-elle.

J'eus l'intuition qu'il valait mieux ne pas mentionner Belle.

— Mme Martha, répondis-je, avant qu'elle tombe malade.

— Et aimerais-tu continuer d'apprendre ? demanda-t-elle avec douceur.

— Oh oui ! répliquai-je en toute innocence.

Plus tard, cette semaine-là, elle m'appela pour l'aider à trier les vêtements de sa sœur. Je lui indiquai les robes et les chaussures préférées de Mme Martha et lui montrai celles qui lui serraient les orteils. Bizarrement, je ne devinai pas que nous faisions des bagages pour un départ imminent.

En sa qualité de notaire, M. Madden était l'exécuteur testamentaire de son beau-frère. Papa George et Will Stephens s'entretenaient souvent avec lui et, finalement, un vendredi, tous les gens de la grande maison furent convoqués à la bibliothèque. M. Madden s'exprima en premier. Maître Marshall, dit-il, avait hérité de la plantation et de tout ce qui l'accompagnait. Néanmoins, le capitaine souhaitait que M. Madden en assure la surveillance jusqu'au vingt-deuxième anniversaire de Marshall, c'est-à-dire, nous informa-t-il, dans cinq ans. D'ici là, Marshall poursuivrait ses études à Williamsburg, où il avait l'intention de faire du droit au College of William and Mary. Le personnel de la maison et de l'exploitation entretiendrait la propriété jusqu'à son retour sous la responsabilité de Will Stephens.

Mme Sarah prit ensuite la parole et déclara que Mme Martha allait repartir avec eux à Williamsburg. Une fois là-bas, elle serait transférée dans un hôpital reconnu, où les patients atteints de troubles comme ceux de Mme Martha recevaient un traitement souvent couronné de succès. Mme Sarah était certaine que l'équipe de cette institution pourrait aider sa sœur. Par ailleurs, Mme Martha se trouverait près de son fils à Williamsburg.

Je fus étonnée, puis inquiète, quand on me demanda de rester après la fin de la réunion. Nerveuse, je me tournai vers mama et Belle qui commençaient à s'éloigner. Belle avait l'air au bord des larmes, mais mama me fit un signe de tête rassurant.

M. Madden, aussi bien en chair que son épouse, était assis au bureau et parcourait les documents devant lui à travers ses lunettes. Une fois que la pièce se fut vidée, Mme Sarah toussa pour attirer l'attention de son mari. Il leva les yeux.

— Oh ! lança-t-il, comme s'il était surpris de me voir. Alors, c'est toi, Lavinia ? J'ai examiné tes papiers. Apparemment, tu vas venir avec nous.

Je dus mal cacher le choc que je ressentis, car Mme Sarah me prit la main et me fit asseoir dans un fauteuil. Je fis alors le lien entre les mots de M. Madden et la conversation que j'avais surprise quelques jours plus tôt. Cette nuit-là, je m'étais réveillée en entendant la voix de Belle au rez-de-chaussée. J'avais jeté un coup d'œil en direction de bébé Jamie qui dormait profondément dans le berceau robuste que lui avait fabriqué Papa George. Sukey était endormie à côté de moi, et je me penchai pour embrasser sa joue rebondie en me levant. Avant d'atteindre la dernière marche, je vis que la porte de la dépendance était ouverte. Pour une raison que j'ignore, je m'arrêtai quand je perçus la voix de mama dans la cour. Mai touchait à sa fin et la soirée était chaude ; je pensai que cela devait être très agréable pour Belle et mama de profiter ainsi de l'air nocturne.

— Mais si elle ne veut pas y aller ? dit Belle.

— C'est une chance pour elle, répondit mama.

Puis j'entendis la voix de Will :

— C'est une opportunité, Belle. Ce sont des gens bien, et ils lui offriront une éducation.

Furieuse de savoir Will avec Belle, je remontai l'escalier à toute vitesse. Je croyais toujours que Will était le père de bébé Jamie, et j'arrivais à peine à contenir ma jalousie. Mais c'était la première fois que je les surprenais ensemble la nuit, et ma colère brûlait si férocement en moi que je cessai de m'intéresser à leur conversation.

À présent, dans la bibliothèque en compagnie des Madden, je compris que, cette nuit-là, c'était de moi qu'ils parlaient.

— Lavinia.

Mme Sarah prit les papiers des mains de son mari.

— Tu as déjà treize ans et, étant donné qu'il ne te reste plus que quelques années de service dans cette maison, nous avons décidé de t'emmener avec nous.

Je hochai la tête, bien que ne sachant pas grand-chose du contrat qui me liait à la propriété. On ne m'avait jamais rien expliqué et, pour être honnête, je n'avais jamais pensé à demander des renseignements sur ma situation.

— Je t'ai observée avec Mme Martha, et j'ai vu à quel point elle t'appréciait.

Je hochai la tête à nouveau, tétanisée.

— Nous souhaitons que tu viennes avec nous à Williamsburg. Quand Mme Martha se sentira mieux, tu t'occuperas d'elle. Entre-temps, tu habiteras avec nous. Nous avons convenu, poursuivit-elle en guettant l'approbation de son mari, que tu pourrais étudier avec la tutrice qui vient pour notre fille.

Je gardai le silence, si bien qu'elle enchaîna:

— Nous sommes prêts à te prendre chez nous et à t'offrir tous les avantages pour ton avenir.

Le bourdonnement de mes oreilles m'empêcha d'entendre la suite et, finalement, Mme Sarah me renvoya à l'étage pour que je reprenne mes tâches.

Beattie m'y attendait et, à la façon dont elle m'observait, je devinai qu'elle était déjà au courant de mon départ imminent. Je ressentais un tel sentiment de trahison que je refusai de parler à Beattie ni à quiconque pour le restant de la journée. J'avais l'intention d'éviter tout le monde jusqu'au moment où je devrais partir.

Ma colère augmenta encore le lendemain quand mama me fit veiller sur Mme Martha le plus clair de la matinée ainsi qu'en fin d'après-midi. Fanny était au service de M. et Mme Madden, tandis que Beattie et mama étaient étrangement absentes de la grande maison. Oncle Jacob vint me voir pendant que

Mme Martha dormait, mais je refusai de lui adresser la parole.

— Allah soit avec toi, me dit-il après que j'eus repoussé sa main réconfortante de mon épaule.

Quand il partit, je donnai un coup de pied dans l'air, furieuse contre lui et son Allah.

Mme Martha soupa de bonne heure et, une fois qu'elle eut fini, Mme Sarah vint me donner une petite malle en cuir et me dit de l'emporter à la dépendance pour y ranger mes affaires.

Je savais que je n'avais pas grand-chose à emporter et, lorsque je lui dis que je n'aurai pas besoin d'un bagage de cette taille-là, elle sourit et me dit de le prendre quand même.

La dépendance était vide. Belle n'avait pas préparé mon souper habituel, et cela dépassait presque ce que je pouvais supporter. Je crus alors qu'elle m'avait oubliée. Désespérée, j'allai à l'étage pour préparer mes affaires, traînant la petite malle derrière moi.

Quelle ne fut pas ma surprise quand, arrivée en haut, je vis deux des robes de Mme Martha étendues sur le lit de Belle. Alors que je m'approchais pour regarder de plus près, Fanny et Beattie jaillirent de derrière le lit.

— On a aidé mama à les préparer pour toi ! crièrent-elles.

Elles se précipitèrent toutes les deux vers moi et commencèrent à me déshabiller, insistant pour que j'essaie mes nouvelles robes. Ce faisant, elles m'expliquèrent que Mme Sarah avait confié deux robes de jour de Mme Martha à mama, en lui donnant l'instruction de les rétrécir pour moi. Fanny, la plus proche de moi en taille, m'avait remplacée pour les mesures afin que ce soit une surprise. Une fois que j'eus enfilé la robe en calicot bleu clair, Fanny la boutonna à l'avant, tandis que Beattie sortait un ruban bleu de sa poche. Elle défit mes tresses et me brossa les cheveux, avant de saisir quelques mèches qui me tombaient dans les yeux pour les attacher en arrière à l'aide du ruban. Elles me prirent les mains et, riant aux éclats, m'entraînèrent jusqu'au quartier des esclaves sans vouloir me dire pourquoi.

Un feu de joie crépitait. Des plats étaient alignés sur des tables de fortune ; un festin avait été préparé. Des applaudissements retentirent quand j'apparus avec les filles, et je compris alors que la fête était pour moi. Belle fut la première à venir m'embrasser, suivie de mama et papa, puis de Ben et Lucy. Enfin, Ida, accompagnée de tous les adultes et des enfants qui avaient été mes camarades au temple, vint me souhaiter le meilleur. Je regardai autour de moi, émerveillée de voir que tant de personnes m'appréciaient. Comment pouvais-je supporter de les quitter ?

Quand le repas fut servi, j'hésitai à manger, craignant de salir ma nouvelle robe. Ida s'aperçut de mon dilemme, alla dans sa case, et en ressortit avec un chiffon propre qu'elle étendit sur mes genoux avec précaution avant de me rendre mon bol. Mes yeux s'embuèrent face à sa prévenance, et je mourais d'envie qu'elle me prenne dans ses bras, qu'elle me dise qu'il y avait eu un malentendu et que je ne partais plus. Toute la soirée, je luttai pour refouler mes larmes. Quand la musique s'éleva, papa me choisit comme partenaire pour la première danse. Tandis que nous tournoyions, je regardai les visages souriants autour de nous sans arriver à croire que j'allais tous les quitter le lendemain matin. Puis Will m'invita à danser à son tour. Ses cheveux raides et épais lui tombèrent dans les yeux quand il s'inclina, et il les repoussa en arrière avant de me prendre la main. Beattie gloussa et Fanny me donna une tape dans le dos quand je me levai. Pendant que nous dansions, je m'efforçai de ne pas croiser son regard, mais il commença à me taquiner et je ne mis pas longtemps à plaisanter joyeusement en retour. À la fin du morceau, Will me ramena auprès de Belle et des jumelles.

— N'oublie pas, Lavinia, dit-il, tu m'as dit que tu serais ma douce. Je t'attendrai.

Je détournai les yeux, énervée qu'il ose plaisanter ainsi devant Belle. Je fus contente lorsque mama annonça qu'il était temps de rentrer.

Ma famille me surprit à nouveau en me retrouvant à la dépendance. Chacun m'avait préparé un cadeau. Ben m'offrit un petit dessous-de-plat en fer forgé, en forme d'oiseau. Mama m'avait tissé un panier ; à l'intérieur se trouvait la contribution de Beattie : trois plumes de dinde sauvage qu'elle avait fait bouillir avant de retirer leurs membranes et d'affûter leur pointe, les rendant prêtes à écrire. Il y avait aussi des noix noires, et Belle m'expliqua comment les faire chauffer pour obtenir de l'encre. Fanny me tendit un petit sac contenant deux pièces de monnaie.

— Fanny les a reçues du cap'taine, indiqua Beattie, fière de sa sœur.

Belle m'offrit son précieux miroir en argent et, quand j'essayai de le lui rendre, elle insista pour que je le prenne et me demanda de penser à elle chaque fois que je l'utiliserais. Papa, quant à lui, me donna un petit poussin en bois qu'il avait sculpté.

— Tu sais ce que ça signifie, me dit-il, et je ravalai mes larmes, me rappelant notre très ancienne conversation, lorsqu'il avait accepté d'être mon papa.

Oncle Jacob m'offrit un sifflet en roseau. Il était tout petit et, quand je soufflai dedans, il laissa échapper une note aiguë et sauvage.

— C'est le son qui m'appelle, dit-il. Si t'as des problèmes, tu le sors et tu siffles. Je guetterai ce son attentivement.

Je ne sais pas si ce fut le bruit du sifflet ou la gentillesse de ses paroles qui m'émut autant, mais cette fois-ci je ne pus retenir mes larmes et m'appuyai tout contre Belle, en pleurs. Elle me serra dans ses bras et papa me taquina gentiment pour me distraire. Tout le monde éclata de rire quand il me recommanda d'utiliser le sifflet avec parcimonie, parce qu'Oncle Jacob ne montait pas très bien à cheval. Papa nous le décrivit en train de se rendre à Williamsburg, s'agrippant désespérément à sa monture tout en criant qu'il arrivait pour me sauver.

Son divertissement fonctionna à merveille. Quand il fut l'heure de se souhaiter bonne nuit, je riais au milieu de mes larmes.

Belle m'aida à remplir ma malle. Il y avait assez de place pour toutes mes affaires, à l'exception de ma collection de nids d'oiseau, alors Belle me suggéra de n'en emporter que deux et me promit de conserver les autres en lieu sûr. J'acceptai à contrecœur, mais je n'avais pas vraiment le choix, car ma malle était pleine le lendemain matin quand Ben l'emporta à la grande maison et l'attacha à la voiture à l'aide d'une sangle.

Tout le monde vint me dire au revoir. À la dernière minute, Mme Martha décida qu'elle ne voulait pas partir. Après quelques tentatives infructueuses pour la raisonner en douceur, M. Madden ordonna à Ben de la soulever et de la déposer dans la calèche.

Je fus la dernière à y prendre place. Les chevaux piaffaient d'impatience, faisant tanguer l'attelage, et je fus reconnaissante à Ben lorsqu'il m'aida à monter les quelques marches. Il serra ma main dans la sienne, mais je n'osai pas croiser son regard. Tandis que la portière se refermait, j'aperçus Sukey qui sortait de la dépendance en courant pour monter la colline. Je lui avais parlé tôt ce matin-là et lui avais expliqué que je partais un certain temps. Elle m'avait écoutée avec attention, mais n'avait pas semblé perturbée et avait tranquillement vaqué à ses occupations matinales. On avait dû l'oublier au milieu de l'agitation générale, et elle arrivait à présent avec ses lourdes chaussures d'hiver et la poupée que lui avait donnée Mme Martha.

— Attends, Binny, je viens avec toi, lança-t-elle, je viens avec toi !

Avant qu'elle ait pu atteindre la calèche, Papa George l'attrapa dans ses bras.

Le moment du départ était arrivé, mais je ne pouvais m'empêcher de regarder avec nostalgie par la fenêtre tandis que la voiture s'ébranlait. Sukey était hors d'elle et papa avait du mal à la retenir alors qu'elle se débattait et donnait des coups de pied, essayant de se libérer.

À l'intérieur de la calèche, les hurlements de Mme Martha parlaient pour moi.

28

Belle

C'est sûr que Lavinia me manque. Après son départ, je me rends compte que je n'aime vraiment pas être toute seule. Le pire, c'est la nuit. Bien que Marshall soit encore à Williamsburg et que, selon Will Stephens, Rankin soit à présent très loin d'ici, ça ne change rien, j'ai installé un verrou sur ma porte et je dors avec un couteau à côté de moi. Si l'un d'eux se pointe, c'est un homme mort.

La journée, je n'ai pas le temps de trop y penser. Même s'il n'y a plus personne dans la grande maison, je suis très occupée avec les jardins, Jamie et Sukey.

Je me demande comment va Lavinia sans sa Sukey. Le soir de son départ, la petite a pleuré sans arrêt, nous empêchant de dormir, Jamie et moi, jusqu'à ce que mama finisse par la prendre et la confier à Beattie. Ça l'a un peu calmée, mais maintenant elle refuse de manger. Mama dit que c'est comme si cette petite fille avait perdu deux mamas. D'abord Dory, et ensuite Lavinia.

La vérité, c'est que, depuis que mama prend Sukey chez elle la nuit, Ben peut venir me voir plus facilement. Il ne peut pas s'en empêcher, et moi je ne fais plus rien pour l'en dissuader. Mais je suis d'abord allée voir Ida pour qu'elle me donne quelque chose afin de ne plus tomber enceinte. Elle m'a dit que ça ne marchait pas pour tout le monde, que ça n'avait jamais marché pour elle, mais pour l'instant, ça fonctionne bien pour moi. Mon Jamie est tout pour moi, mais je ne veux plus de bébés. Si un jour je dois m'enfuir, ce sera déjà assez compliqué pour Ben et moi d'emmener un enfant.

Et puis, il y a Lucy. Moi, je ne l'aime pas. Rien que de penser qu'elle habite avec Ben, ça me rend malade, mais il ne veut pas qu'elle soit au courant pour nous. Il dit que, si elle l'apprend, ça la fera souffrir, et qu'elle a déjà assez souffert dans sa vie.

On ne veut pas non plus que mama et papa le sachent. Mais je connais mama. Elle le découvrira tôt ou tard et alors, attention ! Hier soir, on a ri quand j'ai dit à Ben que c'était quand même incroyable qu'à vingt-quatre ans, on se cache encore de mama.

29

Lavinia

En 1797, Williamsburg n'était plus la capitale, mais conservait trois institutions remarquables. L'une, le palais de justice, était le centre de la ville et le point de rencontre local. C'était un bâtiment en brique, impressionnant, qui s'élevait au milieu de l'artère principale, la Duke of Gloucester Street. En tant que juriste, M. Madden connaissait parfaitement les lieux.

La deuxième, centrale également, était le College of William and Mary. Fondé en 1693, il bénéficiait d'une excellente réputation pour les études supérieures, surtout en droit. C'était là que Marshall approfondirait son éducation.

La troisième, celle qui deviendrait la plus importante pour moi, était l'hôpital public. C'était aussi un superbe bâtiment en brique fondé en 1773. Celui-là, néanmoins, était situé en périphérie de la ville et était mieux connu sous le nom de « maison des fous ». Sa réputation grandissant, ce fut là que Mme Martha fut admise. L'hôpital n'acceptait que les patients dangereux ou guérissables. Je ne sus jamais dans quelle catégorie Mme Martha avait été rangée.

Les Madden possédaient une charmante demeure. Proche du palais de justice, c'était une maison en bardeaux, pleine de coins et de recoins mais, bien que d'une taille très impressionnante, elle n'était pas aussi grande que celle de Tall Oaks. Les pièces étaient nombreuses, mais basses de plafond, et elles étaient plus petites, plus intimes que celles de la maison que je laissais derrière moi. Beaucoup de rebords de fenêtre étaient recouverts de coussins qui invitaient à s'asseoir, tandis que les autres abritaient des pots de fleurs qui parfumaient délicatement la demeure. Bien qu'il y eût une bibliothèque, des livres étaient négligemment posés çà et là dans d'autres pièces, et je me dis à raison que lire était pratique courante au sein de ce foyer. Le mobilier n'était pas aussi riche qu'à Tall Oaks, mais assez délicat, si bien que l'on devinait immédiatement que la maison appartenait à une famille aisée. Je fus d'abord étonnée par les couleurs des pièces, des teintes riches et vives, néanmoins je m'habituai bientôt à ce style particulier de décoration.

À ma grande surprise, on me donna ma propre petite chambre à l'étage. J'appris plus tard qu'on m'avait installée là car la pièce donnait sur une grande chambre destinée à Mme Martha à son retour de l'hôpital. Quand bien même, je fus stupéfaite d'être logée dans la maison principale, et dans une chambre aussi joliment décorée. Le vert gai des murs offrait un contraste plaisant avec la blancheur du beau dessus-de-lit. Un tapis rond tressé recouvrait en grande partie le parquet et un petit bureau en chêne faisait face à une fenêtre à pignon.

Par cette fenêtre, j'apercevais la rue large et animée, délimitée par de grands ormes et robiniers et, aux travers des branches, j'avais vue sur d'autres maisons de style similaire. Si certaines auraient eu besoin de réparations, presque toutes étaient entourées de jardins luxuriants remplis de fleurs, d'arbustes et d'herbes aromatiques.

Mes hôtes n'avaient qu'un enfant, qu'ils chérissaient, la petite Meg que je me souvenais avoir vue avec Sally. À mon arrivée à Williamsburg, elle m'accueillit avec enthousiasme. Elle avait douze ans et moi treize et, bien que nous ayons toutes deux grandi depuis la première fois que nous nous étions vues, des années plus tôt, elle était à présent bien plus petite que moi. Elle était mince et boitait plus que dans mon souvenir, mais ses cheveux bruns frisés flottaient comme auparavant sur ses épaules et je dois dire qu'au premier abord, elle m'apparut comme une étrange créature. Elle portait des lunettes rondes qu'elle retirait pour vous fixer du regard, quand elle vous écoutait parler, et ses grands yeux bruns ne quittaient pas votre visage, comme si elle essayait d'étudier ce qui générait vos pensées.

Les premières semaines, j'étais si perturbée par ce complet changement de situation que je ne sais pas très bien comment je m'en serais sortie sans Meg. Je trouvais particulièrement difficile de me résigner à vivre au sein d'une ville. J'étais très troublée par l'activité constante, les hurlements soudains des enfants du voisinage et les bruits de ferraille inattendus des calèches. Le jour, avec autant de voitures à cheval qui allaient et venaient dans tous les sens, la ville me semblait étriquée, et je rêvais de retrouver les champs et les sentiers forestiers que j'avais quittés.

Mais je trouvais le réconfort dans la chambre de Meg. Elle abritait le monde des oiseaux et de la botanique, la nature que je croyais avoir perdue. Je fus ravie de découvrir qu'elle collectionnait les nids, elle aussi, et les alignait sur le rebord des fenêtres au milieu de pierres et de feuilles de toutes sortes. Diverses variétés de fougères, conservées sous verre, recouvraient une grande partie d'un des murs, tandis que des empreintes d'oiseaux en ornaient un deuxième. Tous, m'apprit-elle, étaient des espèces de la région.

Pendant que j'examinais les empreintes de plus près, je sursautai en entendant une voix rocailleuse appeler de l'autre côté de la pièce.

— Bonjour !

Je fis volte-face.

— Pépé, lança Meg en s'approchant d'une grande cage en osier, sois gentil.

Elle ouvrit la porte et tendit la main. Un gros oiseau noir sortit, lui sauta sur l'épaule puis, en roucoulant, lui toucha l'oreille du bec.

Toute fière, Meg annonça :

— Voici Péché.

— Péché ?

— Oui, c'est mère qui l'a appelé ainsi. Ce n'est pas son préféré. « Aussi noir que le péché », m'a-t-elle dit le jour où je l'ai eu.

— Viendrait-il vers moi ?

Le visage de Meg s'éclaira d'un large sourire.

— Bien sûr.

L'oiseau se percha volontiers sur mon épaule et je me mis à rire quand il me chatouilla en fouillant dans mes cheveux du bout de son bec.

— Que mange-t-il ? demandai-je.

— Des souris, des grenouilles, des cacahuètes, des fruits…

— C'est quel type d'oiseau ? questionnai-je encore en caressant ses plumes noir irisé.

— Il est du genre Corvus. Un corbeau noir.

Elle parlait de façon très formelle, comme aurait pu le faire une maîtresse d'école.

— Je l'ai trouvé quand il était très petit et il m'a séduite. Il est très intelligent et je lui ai appris à parler.

Tandis qu'elle le faisait marcher dans la pièce, je regardai le reste de sa chambre.

Une petite plante, avec toutes ses racines, était posée sur sa table et je vis un début de croquis dans un carnet à dessins ouvert. En remarquant mon intérêt, Meg sortit une autre de ses précieuses possessions : une longue boîte ovale en étain, peinte en bleu ciel. Elle m'expliqua qu'elle l'utilisait pour récolter des échantillons animaux et végétaux au cours de ses promenades. Elle était attachée à une bandoulière en cuir et elle la plaça sur son épaule pour me montrer comment elle parvenait à ouvrir le couvercle d'une seule main. Le couvercle lui-même était délicatement peint à la main de fleurs sauvages blanches et roses, bien que l'usure ait effacé une partie des décors. Meg m'expliqua que c'était un herbier, et elle fit rouler le mot dans sa bouche comme s'il s'agissait d'une friandise.

Je fus ébahie lorsqu'elle me montra son étagère de livres. C'était son père qui les lui avait tous donnés, me dit-elle, pour l'aider dans ses études. Après que Péché eut rejoint un perchoir au-dessus du bureau, je m'assis dans un petit fauteuil pour me remettre de mes émotions, continuant à tout observer, fascinée. Meg était enchantée que je m'intéresse à son monde et, en quelques jours, nous étions devenues de grandes amies.

Au début, je n'étais censée assister qu'aux leçons de lecture et d'écriture de Meg. On m'assigna certaines tâches ménagères et Mme Sarah demanda à sa domestique noire, Nancy, de me montrer comment faire. Terriblement seule et triste d'avoir perdu ma famille, je me réconfortais avec la présence de Nancy et de sa fille, Bess.

Nancy, son mari et Bess habitaient sur la propriété des Madden, dans une petite maison à l'arrière de la dépendance. Les deux femmes faisaient la cuisine, le ménage, et s'occupaient de la maison sous la surveillance de Mme Sarah, tandis que le mari de Nancy entretenait le domaine et ses gigantesques jardins.

Pendant que j'accomplissais mes corvées, j'essayais de me rapprocher de Nancy et Bess, mais elles, ne sachant rien de moi, gardaient leurs distances. Un après-midi, ayant du temps libre et souhaitant gagner leur amitié, j'allai à la cuisine et leur proposai de les aider. Elles me regardèrent, impassibles. Non, me dirent-elles, elles n'avaient pas besoin de moi.

Plus tard, ce jour-là, Mme Sarah vint me voir et me demanda de ne pas déranger les domestiques. Ils étaient très secrets, m'expliqua-t-elle, et n'appréciaient pas la présence d'autrui sur leur lieu de travail. Naïve, je ne comprenais pas pourquoi ils me rejetaient, mais ne tentai plus dès lors de m'attirer leurs bonnes grâces.

Au départ, je trouvai Mme Sarah autoritaire, mais je compris petit à petit que cela partait d'une bonne intention. Elle prenait sa maison au sérieux et, bien que sa famille fût sa priorité principale, elle consacrait aussi beaucoup de son énergie à ses obligations sociales. Depuis son enfance, elle occupait une place dans la société qui lui offrait luxe et privilèges. Sa mère avait insisté sur l'obligation de tenir son rang, et Mme Sarah mettait un point d'honneur à accomplir son devoir. Je l'entendais souvent déclarer qu'elle se sentait obligée d'aider les moins chanceux, et cela ne faisait aucun doute que mon bien-être participait de cette volonté.

Pour Mme Sarah, l'apparence et la bienséance étaient de la plus haute importance, bien qu'elle-même fût corpulente et que ses goûts vestimentaires laissassent à désirer. Elle avait un faible pour les sucreries et, par conséquent, ses robes de couleurs vives étaient souvent plus ajustées que ce qu'avait prévu la couturière. À l'instar de Meg, Mme Sarah avait une étrange tendance à fixer ses interlocuteurs, mais, à la différence de sa fille, elle articulait en silence les mots prononcés, comme pour mieux les digérer.

M. Madden était absent la plupart du temps, mais, lorsqu'il ne travaillait pas, il aimait jardiner. Il trouvait toujours une occasion de gâter Meg, ce qui poussait Mme Sarah à être plus ferme avec sa fille en contrepartie. Ce fut lors d'un dîner que je remarquai pour la première fois la proximité entre le père et sa fille. Tous deux étaient férus de botanique, mais alors que M. Madden se contentait de son jardin bien entretenu, Meg cherchait à découvrir ce qu'il y avait au-delà des limites de leur propriété.

Je fus stupéfaite d'apprendre que c'était M. Madden qui fournissait à Péché la majorité de sa nourriture vivante. Au grand dam de Mme Sarah, c'était un sujet qui revenait souvent à table. Certains jours, j'en oubliais de manger, tant j'étais captivée par ces conversations qui ne m'étaient pas habituelles. À plusieurs reprises, M. Madden essaya de me faire participer, mais j'étais si intimidée que j'étais presque incapable d'ouvrir la bouche. Il dut s'écouler au moins six mois avant que j'arrive à soutenir son regard et à répondre à ses questions.

Le tout premier jour dans cette maison, quand j'avais appris que j'allais dîner avec la famille, j'avais ressenti autant de surprise que de terreur. Jusqu'alors, je n'avais jamais pris mes repas à une table comme la leur. Devinant mon désarroi, Mme Sarah était vite venue à mon secours pour me guider. Avide de faire mes preuves, j'avais immédiatement suivi son exemple.

Les semaines suivantes, Meg insista pour que sa mère me libère de mes tâches ménagères, afin que je puisse assister à tous ses cours. Notre tutrice était une veuve d'un certain âge, Mme Ames, très intelligente, bien que souvent distraite et encline aux commérages. Tous les jours, à l'exception du samedi et du dimanche, nous avions des leçons de lecture et de calligraphie. Deux après-midi par semaine étaient consacrés à l'art et à la musique, tandis que les cours de danse avaient lieu en alternance. Le reste du temps, nous étions libres de partir en excursion.

Au départ, j'avais voulu me rendre dans les magasins du centre-ville, afin de voir par moi-même ce dont j'avais entendu parler. Mais cela n'intéressait pas Meg, alors, quand nous avions du temps, je l'accompagnais dans ses promenades, où elle ramassait de nouveaux échantillons végétaux pour ses observations botaniques, ou bien je l'aidais à concevoir de nouvelles méthodes pour attraper le dîner de Péché.

Au fil des mois, je découvrais d'autres aspects d'un monde nouveau et agréable. Cependant, bien que mes journées fussent occupées de diverses activités joyeuses, je conservais le sentiment latent que mon avenir était incertain. On m'avait dit à maintes reprises que mon éducation à Williamsburg allait m'ouvrir des portes, mais je n'avais jamais été informée de la nature concrète desdites opportunités. Craintive, je n'osais pas poser la question. J'étais reconnaissante de la chance qui m'était donnée mais, tout au long de mon séjour, mon profond désir de retourner à la maison ne faiblit pas. Lorsque j'écrivis ma première lettre à Belle, j'envisageai de la supplier de m'assurer que je rentrerais un jour. Toutefois, après réflexion, je me rendis compte qu'il était futile de lui demander d'intercéder en ma faveur et y renonçai. Cette décision, néanmoins, me fit me sentir plus seule que jamais.

Je redoutais surtout l'heure du coucher, car c'est à ce moment-là que la nostalgie me submergeait. La nuit, ma jolie chambre semblait vide et isolée. Dans l'obscurité, l'odeur et la présence de Sukey me manquaient terriblement, et je rêvais d'entendre les bruits nocturnes de la cuisine ou les voix familières de Belle et de mama. Avant de dormir, je n'arrivais pas à bloquer mes souvenirs. Je revoyais encore et encore Sukey courir vers la calèche et, quand la douleur était trop grande, je prenais les couvertures de mon lit et les disposais à même le sol pour me rappeler mon ancien grabat. De là, j'attrapais le panier de mama sous le lit. J'en sortais chaque trésor avant de m'abandonner au chagrin qui m'engloutissait. Lorsque je finissais par m'endormir, je rêvais souvent que j'étais sur un bateau. Je me réveillais, le cœur battant de peur que la vague suivante ne submerge tout ce qui m'était familier.

Le jour, je souffrais moins, car les distractions ne manquaient jamais. Toutes les matières m'intéressaient, mais c'étaient les cours de danse qui m'amusaient le plus. Le professeur s'appelait M. Degat et était accompagné au violon par son ami de longue date, M. Alessi. Ils habitaient ensemble, mais étaient souvent en désaccord et n'hésitaient pas à critiquer le travail de l'autre. Certains jours, notre cours était même suspendu car l'un ou l'autre partait en claquant la porte, abandonnant son collègue. Étant donné l'interdépendance des deux hommes, leurs tentatives individuelles de cours se soldaient en général par un échec.

Après un épisode de la sorte, Meg en informa ses parents lors du souper. Le duo était déjà tendu au début de la séance. Quand il y eut un faux pas entre Meg et M. Degat, M. Alessi arrêta de jouer et émit l'opinion selon laquelle, si M. Degat avait avancé le pied gauche au lieu du droit, tout se serait passé comme prévu. M. Degat répliqua en disant que, si la musique avait été plus régulière, il n'aurait pas été aussi distrait. M. Alessi déclara que son violon était au-dessus de tout reproche et que M. Degat aimerait peut-être s'excuser pour un tel affront. M. Degat l'assura qu'il n'en ferait rien et, sur ce, M. Alessi posa son violon et quitta la pièce pour « prendre l'air ». Furieux, M. Degat s'approcha de l'instrument, saisit l'archet et le brisa en deux sur son genou. Il le replaça ensuite soigneusement près du violon. Ayant apaisé sa rage, il revint vers nous, lança un regard nerveux en direction de la porte, puis tapa dans ses mains pour nous rappeler à l'ordre. Le cours allait continuer, nous informa-t-il. Il fredonnerait un air pour nous accompagner. Et il s'exécuta, après nous avoir placées, Meg et moi. À peine avions-nous commencé à danser que M. Alessi entra en trombe. Un cri d'outrage suivit la découverte de son archet brisé. En sortant, il déclara que M. Degat était un homme vil et cruel. En réponse à cela, M. Degat ne fit que fredonner plus fort tout en nous faisant signe de poursuivre. M. Alessi était parti depuis moins d'une demi-heure quand M. Degat fut frappé par une de ses migraines débilitantes et dut mettre un terme à la séance.

À la fin du récit, M. Madden, qui ne se sentait pas bien placé pour émettre une opinion sur un tel sujet, demanda à Mme Sarah si elle souhaitait envisager d'engager un autre violoniste. Mme Sarah réagit avec surprise. MM. Degat et Alessi formaient une équipe, dit-elle. Et ne se rendait-il pas compte que M. Degat était le meilleur professeur pour cette danse si compliquée qu'était le menuet ? Par ailleurs, continua-t-elle, les deux hommes parvenaient toujours à régler leurs différends. Je jetai un coup d'œil à Meg et vis qu'elle était aussi soulagée que moi que son père ne cherchât pas à contredire son épouse. Nous appréciions toutes les deux nos cours de danse tels qu'ils étaient.

Nous avions une leçon de latin le samedi matin et je fus étonnée d'apprendre que le professeur n'était autre que Marshall. Lui-même n'avait pas cours ce jour-là et, grâce à un arrangement avec son oncle, il avait accepté d'enseigner à Meg la langue qu'il étudiait depuis quelque temps. Bien que peu intéressée par cette matière, je souffrais tant de nostalgie pour ma vie passée que j'avais hâte de le voir. Lors de notre première séance, il me salua avec gentillesse et ne sembla pas surpris de ma nouvelle place dans ce foyer. Je l'avais très peu vu l'année précédente, quand il était venu rendre visite à son père, mais je me souvenais de l'attention qu'il avait manifestée à mon égard. À le revoir à présent, je ressentais un lien heureux avec la famille que j'avais laissée derrière moi.

Il était habituel que le samedi, après notre cours, Marshall restât pour le déjeuner. M. et Mme Madden témoignaient de l'affection et de l'intérêt à Marshall, et j'étais bien placée moi-même pour savoir à quel point il s'épanouissait sous leur approbation.

Marshall était un beau jeune homme ; tout le monde le disait. Ses cheveux blonds avaient foncé et pris une couleur cendrée et, si j'avais dû désigner le trait le plus remarquable de son visage, j'aurais mentionné sa mâchoire puissante et sa fossette au menton. Il avait une grande bouche, des dents blanches et bien alignées, et des yeux d'un bleu profond. Toujours impeccablement habillé, il mesurait plus d'un mètre quatre-vingts, était large d'épaules et très musclé.

C'était un bon professeur et, bien qu'il admît ne pas être un passionné de botanique, il semblait heureux d'aider Meg à déchiffrer la terminologie latine qui, selon elle, détenait tant de secrets de la nature. Alors, étant donné le goût que je partageais avec Meg pour les plantes et mon plaisir à avoir Marshall comme professeur, je me mis à attendre avec impatience le cours du samedi.

Une nuit, après un terrible accès de nostalgie, j'élaborai un plan. Je décidai que Mme Martha devait se remettre et que, quand ce serait le cas, je retournerais avec elle à Tall Oaks pour lui servir de dame de compagnie. À partir de ce jour, je commençai mon complot pour la voir.

Au cours des premiers mois où je demandais à rendre visite à Mme Martha, Mme Sarah m'opposa un refus catégorique sous prétexte que l'hôpital n'était pas un endroit pour quelqu'un de mon âge. Je remarquai que Mme Sarah elle-même s'y rendait de moins en moins, jusqu'à ce que, un jeudi en fin d'après-midi, à son retour, je surprenne sa conversation avec M. Madden. Sans vergogne, je m'arrêtai devant la porte de la bibliothèque pour écouter.

— C'est simplement trop horrible d'en parler ! Je l'ai convaincu de venir, et maintenant de voir une telle chose ! dit-elle.

— C'est son fils, répondit M. Madden. Vous avez eu raison. Il était temps qu'il lui rende visite.

— Mais vous n'avez aucune idée de…

Elle éclata en sanglots.

— Dites-moi, alors, ma chère.

— Je ne sais pas si je peux en parler.

— Il le faut. Racontez-moi tout d'une traite.

Une fois que Mme Sarah eut entamé son récit, elle parla à toute allure pour en finir au plus vite.

— Je lui ai dit : « Marshall, c'est ta mère. Tu es son seul espoir. En te voyant, c'est certain qu'elle réagira. » Il ne voulait pas venir. Je voyais à quel point il était pâle en approchant de l'hôpital. Dans le hall, il a dû s'asseoir, mais moi, pensant qu'il aiderait à la guérison de Martha, je l'ai forcé à aller jusqu'au bout. Elle dormait quand ils ont déverrouillé sa cellule pour nous laisser entrer ; c'est pour cette raison, j'imagine, que l'infirmière n'est pas restée. Marshall s'est assis sur un tabouret dans un coin et, immédiatement, de l'autre côté, une femme… pitoyable… a passé le bras à travers les barreaux et lui a demandé de l'aider dans un hurlement. Quand j'ai vu à quel point cela l'affectait, à quel point il tremblait, j'ai eu pitié de lui. J'étais sur le point de lui proposer de rentrer, mais alors Martha s'est réveillée. Elle était calme – jusqu'à ce qu'elle aperçoive Marshall. Avant que lui ou moi ayons eu le temps de deviner ce qu'elle s'apprêtait à faire, elle s'est levée de son grabat et s'est jetée au cou de Marshall. Quand il a essayé de se libérer, elle a pris son visage dans ses mains et l'a embrassé d'une façon qui… Il est certain qu'elle le prenait pour son mari. Quand elle a commencé à… Mon Dieu, aidez-moi… à le toucher, il était dans une telle stupeur qu'il n'a pas pu se protéger. J'ai dû appeler les infirmières pour qu'elles le libèrent.

Mme Sarah étouffa des sanglots.

— Oh ! ma chère ! dit M. Madden.

— Mais ce n'est pas tout, murmura-t-elle, et je me penchai pour mieux entendre.

— Que s'est-il passé ? Dites-le, et nous n'en reparlerons plus jamais.

— Avant que nous quittions la cellule… nous n'avons pas eu le temps de gagner la sortie qu'elle a levé ses jupes et a… uriné.

Quand sa femme se remit à sangloter, j'imaginai M. Madden l'attirer contre lui pour la consoler. Une fois qu'elle se fut calmée, il s'enquit de l'état de Marshall.

— Il ne m'a pas parlé de tout le trajet du retour. Quand j'ai pris sa main tremblante dans la mienne, il s'est écarté. J'ai essayé de lui présenter mes excuses, mais il refusait de regarder dans ma direction. Comment ai-je pu lui infliger une chose aussi horrible ?

— Ce n'est pas votre faute, ma chère. Vous vouliez l'emmener pour une bonne raison. Il était normal de penser que sa présence aiderait.

— Mais j'aurais dû m'en douter. Rappelez-vous le dîner de Noël dernier… quand il avait trop bu… quand il a dit haut et fort que Martha le haïssait, qu'elle lui reprochait la mort de Sally ? Et vous souvenez-vous de sa colère quand il nous parlait de sa consommation extrême de laudanum alors qu'il était enfant ?

— Mais le laudanum n'est-il pas un des traitements qu'elle prend actuellement ? demanda M. Madden.

— Non, ils l'ont arrêté.

Il y eut un silence avant que Mme Sarah poursuive :

— Vu son état, je vois mal comment elle pourrait espérer un jour quitter cet endroit. Ils ont tout tenté.

Ils la saignent toutes les semaines, ils la purgent, ils ont essayé l'intimidation et ensuite la chaise de contention. Ils ont utilisé les bains froids à maintes reprises, mais rien, rien ne fonctionne.

— Ma chère, pourquoi continuez-vous d'aller la voir ?

— Je ne peux pas l'abandonner, répondit Mme Sarah. Je suis responsable d'elle. Elle passe ses journées toute seule dans cette terrible cellule. Elle dort sur un grabat, on ne lui accorde même pas la dignité d'un lit. On ne lui donne pas de couverts. Elle est obligée de manger avec les mains, comme un animal !

— Vous reconnaît-elle quand vous venez lui rendre visite ?

— Parfois, après s'être dégourdi les jambes dans la cour – la cour des fous, comme ils l'appellent –, elle semble retrouver un peu de lucidité. Mais ensuite elle me supplie de lui amener le bébé, ou notre sœur Isabelle. J'ai le sentiment que je dois être honnête avec elle, mais elle pleure tellement quand je lui dis qu'ils sont morts tous les deux…

Je ne pouvais en supporter davantage et, victime de ma propre indiscrétion, je montai dans ma chambre en courant, emportant cette nouvelle qui allait renforcer le trouble de mes nuits sans sommeil.

Le samedi suivant la visite à sa mère, Marshall ne vint pas pour notre cours de latin, ni pour le dîner. Mme Sarah insista pour que M. Madden aille le chercher. Finalement, en fin de soirée, il retrouva Marshall saoul dans une taverne à quelques kilomètres de la ville. Meg dormait déjà et je me trouvais au petit salon avec Mme Sarah lorsque M. Madden revint avec son neveu. Marshall était si ivre que nous dûmes nous y mettre à trois pour le conduire dans une chambre.

Tandis que nous l'étendions sur le lit, Mme Sarah et moi vîmes qu'il avait la main droite méchamment coupée et gonflée. Ensemble, nous la nettoyâmes et, bien que nos soins dussent le faire souffrir, il ne communiquait que par des marmonnements incohérents. Lorsqu'il commença à avoir des haut-le-cœur, nous le mîmes sur le côté mais, vu l'état de ses vêtements, il était évident que son estomac s'était déjà complètement vidé, à l'exception de la bile tachée de sang qu'il crachait à présent. Lorsqu'il s'endormit, nous nous retirâmes tous pour la nuit, mais fûmes réveillés peu après par des cris venant de sa chambre. Quand les Madden arrivèrent, il était en train de se cogner la tête contre les murs.

Meg était avec moi dans le couloir, et nous nous réconfortions mutuellement, jusqu'à ce que Mme Sarah vienne nous dire de regagner nos chambres. Il y eut de l'agitation toute la nuit durant. Incapable de dormir, je m'habillai à l'aube et allai demander à Mme Sarah si je pouvais me rendre utile. Elle avait les yeux rougis par l'épuisement.

— Si tu pouvais juste veiller sur lui, je vais peut-être dormir une heure, dit-elle. M. Madden se prépare à partir. Il doit faire en sorte de… s'occuper de… des conséquences.

Je m'assis dans le fauteuil à côté du lit où reposait Marshall, assurant Mme Sarah que je l'appellerais si besoin. Après son départ, je regardai timidement Marshall, profondément endormi. Pendant la nuit, son état m'avait effrayée, mais il était à présent pâle et vulnérable. Cela me rappela les pires jours de son enfance, son visage hagard à la mort de Sally, son corps battu quand je l'avais trouvé dans les latrines, et mon cœur s'ouvrit à lui. Il ressemblait tant à sa mère, pensai-je, et je sombrai dans une grande tristesse. Un terrible désir de revoir tous les gens de Tall Oaks s'empara de moi. Je ne pus retenir mes larmes et m'essuyais les yeux quand je me rendis compte que Marshall était réveillé et me regardait.

— Ne pleure pas, dit-il, tendant sa main bandée vers la mienne.

Horrifiée, je fixai ses doigts enflés et violets. En voyant ma réaction, il remarqua sa main et s'appuya sur son coude pour mieux évaluer son état. Ce mouvement relança ses haut-le-cœur, alors je lui tendis la bassine et le réconfortai comme Mama Mae aurait pu le faire. Il avait le visage moite de transpiration à cause de l'effort et, quand il se rallongea, je lui plaçai un chiffon humide sur le front pour le rafraîchir. Son regard bleu croisa le mien et, quand il esquissa un sourire, je ressentis un élan de tendresse envers lui que je n'avais connu qu'avec Sukey et Campbell. Je voulais le consoler, le prendre dans mes bras comme un enfant, mais je savais que c'était inapproprié et me retins. Désorientée par mes sentiments, je fus contente de quitter la pièce lorsque Mme Sarah vint prendre la relève.

Je ne revis pas Marshall avant le lendemain. Il se sentait encore trop mal pour manger et ne parvenait à garder que quelques gorgées d'eau. Mme Sarah resta en permanence à son chevet, mais finit par rejoindre la famille au rez-de-chaussée pour le petit déjeuner.

— Il dit que la seule chose qui le tente est la soupe de Mama Mae, déclara Mme Sarah.

— Je ne crois pas que le dorloter soit la bonne méthode, répondit M. Madden en prenant une autre gaufre. Peut-être que ça lui servira de leçon de passer quelques jours le ventre vide.

— Il faut qu'il mange !

Ces mots sortirent de ma bouche comme un cri du cœur et tout le monde me regarda abasourdi, me faisant monter le rouge aux joues.

— Je suis désolée, ajoutai-je vivement.

Tandis que M. Madden se concentrait sur son assiette, Mme Sarah déclara :

— Bien sûr que Marshall aura de quoi manger, ma chère.

En silence, j'avalai péniblement le reste de ma gaufre, puis demandai à prendre congé. Tandis que je montais l'escalier, je surpris la remarque de M. Madden :

— Elle est loyale, cette petite. On ne peut pas lui en vouloir pour cela.

J'attendis que Mme Sarah fût seule, plus tard ce jour-là, pour lui dire que je savais comment préparer la soupe de Mama Mae. Je lui demandai alors si je pouvais en faire pour Marshall et elle m'en donna la permission.

Nancy et Bess ne m'accueillirent pas à bras ouverts dans leur cuisine, mais elles n'entravèrent pas non plus mon travail. Elles me regardèrent attraper, tuer et vider le poulet, puis émincer le persil, les oignons et le thym. Je fis mijoter la soupe exactement comme Mama Mae me l'avait appris et, le soir, elle était prête. Mme Sarah quittait la chambre de Marshall quand j'arrivai avec une petite tasse du bouillon fumant. Il était évident qu'elle s'inquiétait pour lui.

— Je ne suis pas sûre, me dit-elle en regardant la tasse que je portais. Je doute qu'il puisse tolérer ne serait-ce que cela.

— Puis-je essayer ? demandai-je.

— Vas-y. Peux-tu te débrouiller si je descends souper ?

Je l'assurai que oui.

À la lumière de la lanterne, je vis que l'état de Marshall s'était à peine amélioré ; je m'installai sur le bord du lit tandis qu'il m'observait l'air éreinté.

— Je vous ai apporté un peu de soupe.

Il me regarda dans les yeux.

— Je ne peux rien avaler, Lavinia.

— C'est du bouillon. Je l'ai préparé exactement comme me l'a montré Mama Mae, dis-je en lui plaçant une serviette sur le torse.

Quand je lui offris une cuillerée, il secoua la tête, mais je persistai jusqu'à ce qu'il ouvre la bouche et avale le liquide chaud.

— C'est bien, dis-je.

J'attendis avant de lui en donner davantage. Marshall ne détournait pas les yeux de moi. Ne me souciant que du fait qu'il ne recrache pas le liquide, je ne me précipitais pas et, entre deux cuillerées, ignorant son regard, j'observais les ombres vacillantes dans la pièce qui s'assombrissait.

— C'est bon, fit-il au bout d'un moment.

— Je sais. J'en mangeais à la cuisine.

Il émit un petit rire.

— Vous sentez-vous un peu mieux ?

— Ce sera le cas si j'arrive à conserver ce bouillon dans mon estomac.

Il inspira profondément, puis ajouta :

— J'ai entendu dire que tu avais pris ma défense ?

— Comment cela ?

— Au petit déjeuner.

— J'ai seulement dit que vous deviez manger.

— Mon oncle est-il en colère contre moi ?

— Je crois.

J'attendis un moment. Il tourna la tête vers le mur.

— Bon, ce n'est pas la première fois.

— Que voulez-vous dire ?

— Il est responsable de moi jusqu'à mes vingt-deux ans, et il essaie toujours de me contrôler. « Poser des limites et instituer des normes », comme il dit.

Je ne savais pas quoi répondre à cela et reposai la cuillère dans la tasse vide. Je me levai pour partir.

— Tu veux bien rester ? demanda-t-il.

— Voulez-vous que je vous fasse la lecture ? Je peux augmenter la lumière.

— Non. Viens juste t'asseoir là. Parle-moi.

Je me demandai comment j'allais lui faire la conversation, mais à peine m'étais-je assise qu'il ferma les yeux, pour s'endormir peu après.

Pendant la nuit, Mme Sarah lui donna une autre tasse du bouillon et, le lendemain matin, il en réclamait davantage.

Les jours suivants, pendant la convalescence de Marshall, j'aidai Mme Sarah à s'occuper de lui. Meg ne voulait rien avoir à faire avec les soins, bien qu'elle ait regardé la blessure de Marshall d'un œil critique quand sa mère et moi avions changé le pansement.

Elle déclara qu'il n'y avait pas d'infection, puis nous donna l'instruction de poursuivre. Mme Sarah leva les yeux au ciel et secoua la tête quand Meg sortit. Quand elle revint quelques heures plus tard, c'était avec Péché perché sur son épaule et des cartes dans la main. Cet après-midi-là et les suivants, nous fîmes quelques parties animées de lanturlu.

Il s'écoula près d'une semaine avant que Marshall soit remis sur pied. Entre-temps, M. Madden s'arrangea pour qu'il soit pris en pension chez l'un des professeurs du College of William and Mary. L'enseignant et son épouse étaient très stricts et imposaient un couvre-feu. Avant de leur confier Marshall, M. Madden lui fit promettre de se tenir éloigné de l'alcool et, à l'avenir, de ne boire du vin qu'au dîner.

Après avoir appris le triste sort de Mme Martha à l'hôpital et avoir entendu qu'elle m'appelait, sous le nom d'Isabelle, je me sentais forcée de lui rendre visite. J'étais de plus en plus convaincue que, si elle me voyait, elle se remettrait. Quelques semaines après l'alitement de Marshall, je suggérai à Meg de mener nos excursions de botanique du côté de l'hôpital public. L'endroit était très connu. Communément appelé « la maison des fous », il se trouvait isolé sur un terrain de deux hectares dans une partie de Williamsburg relativement peu urbanisée. On pouvait s'y rendre à pied, et je mis effrontément en avant les bois sauvages qui longeaient ledit terrain pour tenter Meg d'aller y découvrir de nouvelles espèces. Même si nous étions très libres, je savais qu'il s'agissait là d'un territoire défendu, car il était convenu que nos promenades devaient se limiter au parc de la ville et aux jardins avoisinants. Cependant, Meg ne faisait pas grand cas des contraintes et, comme je l'avais espéré, elle vit cette excursion comme une aventure.

Cette visite eut lieu vers la fin du mois d'octobre de ma première année à Williamsburg, alors que Meg et moi commentions les teintes rouges et jaunes des feuilles d'automne. Nous restâmes en périphérie des bois près de l'hôpital et, tandis que Meg furetait, je trouvai un espace où regarder entre les hautes planches de la palissade entourant la cour des fous. De temps à autre, un hurlement retentissait de cet endroit découvert où les patients prenaient l'air et, bien que craintive, j'étais avide de voir autant de choses que possible.

Il faisait frais, mais le soleil tapait sur ce lieu clos. Tout à coup, mes yeux s'arrêtèrent sur une silhouette menue assise sur un banc à l'opposé de ma fenêtre de fortune. Pendant que je l'observais, elle dégagea ses frêles épaules d'une lourde couverture. Je ne la reconnus d'abord pas, mais il y avait quelque chose dans sa façon de pencher la tête quand elle repoussa la couverture grise qui m'aida à l'identifier. Ne voyant aucun infirmier aux alentours, je l'appelai.

— Madame Martha !

Ma voix tremblait, mais je l'appelai à nouveau :

— Madame Martha !

Elle m'entendit et leva les yeux, comme un oiseau étonné. Je sortis mon mouchoir de ma poche et l'agitai à travers les lattes disjointes, puis appelai une nouvelle fois. Elle aperçut l'éclair blanc du tissu et fit tomber sa couverture en se levant. Puis elle se dirigea vers moi comme un somnambule, faisant glisser un pied devant l'autre.

Je constatai qu'on s'occupait d'elle, bien que ses vêtements fussent sommaires et grossièrement coupés dans une toile marron cousue à la main. Ses superbes cheveux longs et soyeux avaient été coupés court et, n'étant retenus ni par des peignes ni par des épingles, ils formaient une touffe mal définie. Des demi-lunes bleu foncé renforçaient ses yeux creusés et, de chaque côté de son front, d'horribles cercles rouges marquaient sa peau pâle. J'appris plus tard que c'était là que le médecin plaçait des tasses chaudes et sèches lors de ses traitements pour tenter d'extirper la folie du cerveau. Effrayée par ce que j'avais déclenché, j'observai son approche lente et résistai tant bien que mal à la tentation de partir en courant. Lorsqu'elle regarda par le trou de la palissade, son regard croisa le mien. Je pouvais à peine respirer.

— Madame Martha, dis-je, c'est moi, Isabelle.

Elle agrippa la palissade d'une main pour ne pas perdre l'équilibre, puis ferma lentement les yeux avant de les rouvrir. Quand elle passa les doigts à travers les planches, elle me caressa la joue.

— Isabelle ? murmura-t-elle.

— Oui.

Elle retira sa main fragile, puis la tendit à nouveau et plaça doucement sa paume sur le côté de mon cou. Je ne savais que faire, jusqu'à ce que je me mette spontanément à réciter un de mes passages préférés d'une des histoires qu'écoutait Sukey avant de dormir. Alors que je finissais la récitation par « et déclara qu'elle rentrerait dans sa propre calèche », la main de Mme Martha se mit à trembler.

— Bébé ? demanda-t-elle.

— Bébé est à la maison, dis-je. Elle vous attend.

Mme Martha m'examina, puis poussa un cri perçant, fendant l'air et déclenchant les hurlements des autres patients dans la cour. Je m'enfuis alors, récupérant Meg sur le chemin avant de repartir vers la maison.

Bien que très perturbée après avoir vu Mme Martha ce jour-là, je continuai naïvement de croire à la possibilité d'une guérison.

Seule, désormais, je retournai à la cour des fous chaque fois que je rassemblais assez de courage, mais ne revis pas Mme Martha avant le printemps suivant. Je l'appelai à nouveau, mais, cette fois, elle ne m'entendit pas.

Bouleversée, j'allai voir Mme Sarah et, sans lui en expliquer la raison, je lui demandai de me permettre de me rendre à l'hôpital. Cependant, ma requête la perturba à tel point que je n'insistai pas. Néanmoins, les années qui suivirent, je continuai d'observer Mme Martha dans la cour dès que l'occasion s'en présentait.

30

Belle

La première fois que je reçois une lettre de Lavinia, je vois que c'est difficile pour elle d'être là-bas. Pas à cause de ce qu'elle dit, mais à cause de ce qu'elle ne dit pas. Elle ne demande pas de nouvelles de Sukey, ni de mama et papa, ni des jumelles. Dans sa lettre, elle explique qu'elle a une tutrice et habite dans une grande maison. Je me rends compte que ses leçons se passent bien, parce qu'elle écrit déjà aussi bien que le capitaine. D'abord, je me dis que je ne répondrai pas. J'ai peur de ne pas être à la hauteur, mais mama me dit :

— Tu dois lui écrire, tout ce qui l'intéresse, c'est de savoir qu'elle nous manque à tous.

Alors, je sors mon dictionnaire et je lui écris. Je lui dis que Jamie est le bébé le plus merveilleux du monde et qu'il pousse comme une plante de mon jardin. Je ne lui dis pas en revanche qu'il est le portrait du Blanc et que je suis inquiète de la tache qui se développe sur son œil.

J'écris à Lavinia que mama et les jumelles lui passent le bonjour, mais je ne lui dis pas que mama va mal parce qu'elle vient de perdre un autre bébé. Mama dit qu'à son âge, elle est trop vieille pour en porter un, et je crois qu'elle a raison. Si mes calculs sont bons, elle a presque la cinquantaine.

J'explique aussi à Lavinia combien la propriété est bien gérée – que Will Stephens est parfait pour cette fonction. Selon Ida, tout le monde est heureux au quartier des esclaves. Mais on sait tous que ça ne durera pas avec le retour de Marshall.

Bien sûr, je ne dis pas à Lavinia que Ben et moi on se voit dès qu'on en a l'occasion. Et, évidemment, je ne lui parle pas du moment où mama me fait les gros yeux en disant :

— Je suppose que tu sais que Lucy est enceinte d'un autre bébé ?

— Non. Tu en es sûre ?

— Il suffit de la regarder.

La fois suivante où je vois Ben, je le repousse.

— Depuis tout ce temps que tu es avec moi, tu continues de coucher avec Lucy ?

— Belle, tu sais que c'est toi que j'aime. Mais Lucy aussi est avec moi. Tu le sais.

— Renvoie-la aux cases, là où est sa place !

Mais alors Ben s'énerve.

— Cette fille est au courant pour toi, mais elle dit rien. Elle a déjà la vie dure, avec le travail dans les champs. Et c'est une bonne mama pour mon garçon. Je vais pas la renvoyer comme une malpropre. Elle reste, un point c'est tout.

Il me tourne le dos, prêt à partir.

Je suis toujours en colère à cause du bébé de Lucy, mais je sais que je dois accepter Ben comme il est.

— Viens là, lui dis-je, et je l'embrasse fougueusement pour qu'il ait envie de moi comme un affamé.

31

Lavinia

Comme Meg et moi grandissions, Mme Sarah utilisa notre grande amitié pour nous enseigner à toutes les deux les bonnes manières que de jeunes demoiselles de Williamsburg devaient avoir en société. Elle comptait sur mon influence, car Meg s'opposait souvent à ces leçons, clamant qu'elles lui faisaient perdre un temps précieux et qu'elle préférait étudier la nature ou être en compagnie de son oiseau adoré. Moi, au contraire, je savais qu'il était dans mon intérêt de faire plaisir à Mme Sarah, alors j'y prêtais une attention toute particulière. Il s'agissait des « talents de politesse », comme elle les appelait, et elle était déterminée à nous les faire assimiler. Initialement, l'enseignement de Mme Sarah se limitait à des choses aussi élémentaires que faire la révérence ou entrer et sortir d'une pièce de façon appropriée. Petit à petit, néanmoins, ces leçons devinrent plus sophistiquées et nous apprîmes alors comment nous comporter en bonnes hôtesses lors d'un repas.

Bien que le thé ne fût pas encore le rituel qu'il deviendrait quelques années plus tard, il existait déjà un certain nombre de règles pour le servir et, selon

Mme Sarah, c'était une compétence importante que devait posséder toute jeune femme qui se respecte. Meg trouvait tout cela d'un ennui mortel, mais, pour ma part, j'étais réellement intriguée et l'encourageais à participer. Comme le thé était très onéreux, Mme Sarah avait sa propre boîte à thé en bois de rose où elle enfermait la précieuse substance. Son superbe service importé de Chine, en porcelaine rouge et blanche, était composé de tasses dépourvues d'anse et d'une théière basse, très différente de la grande cafetière habituelle. Pour la cérémonie du thé, Mme Sarah nous guidait lors de chaque étape. Je me montrais si désireuse d'apprendre cette nouvelle tâche que Mme Sarah me prenait souvent comme exemple : « Tu dois faire plus attention, Meg. Observe Lavinia, regarde comment elle verse le thé. »

Désespérée du manque d'intérêt de Meg, Mme Sarah tenta une autre approche. Utilisant mon quinzième anniversaire comme prétexte, elle invoqua l'affection de Meg pour son cousin et informa Marshall que Meg recevrait pour un thé en mon honneur le samedi après-midi suivant. Elle lui demanda s'il pouvait venir et amener un ami.

Dès le début, Meg se montra irritable. La réception n'avait pas commencé depuis quinze minutes que le jeune homme qui accompagnait Marshall perdit les faveurs de son hôtesse quand, avec une désinvolture dédaigneuse, il annonça sa désapprobation envers les femmes qui étudiaient le latin. Meg répliqua rapidement que les hommes immatures aux opinions prononcées étaient, selon elle, tout à fait insipides. Il y eut un long silence pendant lequel Mme Sarah fixa Meg pour la faire revenir à la raison. Me rappelant mon devoir, je luttai sans succès pour trouver un sujet de conversation positif afin de distraire nos invités abasourdis. Puis – et je crois que ce fut un réel accident –, en passant une tasse pleine, Meg renversa un peu du liquide brûlant sur les genoux de son hôte.

Cela se finit mal lorsque le jeune homme fit une remarque désagréable et, tandis qu'il partait d'un pas précipité, Meg s'enfuit de la pièce en larmes. Mme Sarah, rouge comme une écrevisse, se confondit en excuses avant de quitter à son tour la pièce pour aller s'expliquer avec Meg. M. Madden, qui n'était pas encore rentré de son travail, n'assista pas aux éclats de rire de Marshall et moi devant cette débâcle.

En tant que seule hôtesse, je décidai qu'il ne restait qu'une chose à faire : je versai la fin du thé à Marshall et lui offris les derniers biscuits. Quand il y eut un blanc dans la conversation, je me souvins de mon devoir de politesse et interrogeai mon invité sur lui-même. J'écoutai un certain temps un Marshall intarissable, remarquant avec un sourire intérieur que Mme Sarah avait bien raison quand elle disait qu'aucun homme ne pouvait résister au plaisir de parler de sa personne. Marshall conclut en disant que, bien que ses études de droit l'intéressent, il comptait les jours.

— Pourquoi ? demandai-je.

Il sembla surpris de ma question.

— Pour retourner chez moi.

— Bien sûr.

Son annonce m'avait tellement prise de court que j'en oubliai de formuler une autre question. Je baissai les yeux et me mis à caresser la broderie rose de la manche de ma nouvelle robe d'anniversaire.

— Et toi ? s'enquit-il alors. Que souhaites-tu pour l'avenir ?

Quand je levai la tête, ses yeux bleus m'observaient avec une telle intensité et son sourire était si authentique que je baissai vite les yeux à nouveau, cette fois pour lisser ma jupe.

— Je ne sais pas très bien, marmonnai-je, intimidée.

Je fus sauvée quand sonna la grande horloge. Je m'empressai de faire remarquer l'heure. Comprenant mon signal, en parfait gentilhomme, Marshall se leva et annonça qu'il était temps pour lui de se retirer. Tandis qu'il se préparait à partir, il me demanda si Meg avait l'intention d'organiser d'autres rencontres mondaines.

— Je n'en sais rien, avouai-je.

— Eh bien, dit-il d'un ton plus sérieux, pourrais-tu me faire savoir, avant que je m'engage à participer, si l'événement implique ou non un liquide bouillant ?

Nous rîmes à nouveau. Avant de se retirer, Marshall me prit la main, s'inclina de façon formelle et, les yeux brillants, déclara qu'il avait beaucoup apprécié ma compagnie.

— Et moi la vôtre, répondis-je en faisant la révérence.

Je restai assise un long moment après son départ et méditai sur la confusion de mes sentiments. Depuis son malheureux accès dû à l'alcool, Marshall se comportait le mieux du monde. Cet épisode semblait en quelque sorte l'avoir libéré et, à nouveau, il faisait tous les efforts possibles pour s'attirer les bonnes grâces des Madden. Ce garçon m'intriguait. Il était plus âgé que moi et, à mes yeux, expérimenté et sophistiqué. Bien qu'il se montrât toujours réservé avec les autres, il était très différent quand il se retrouvait seul avec Meg et moi. Il me faisait toujours me sentir son égale. Cependant – bien que personne n'abordât la question –, je me demandais si je n'étais pas encore considérée comme la domestique de sa famille.

J'écartai ces pensées lorsque M. Madden apparut. Il s'assit en face de moi et me demanda comment s'était déroulé l'après-midi. Avant que j'aie le temps de répondre, Meg, les yeux rouges, nous rejoignit et prit place sur un tabouret devant son père. Lui prenant la main, elle le supplia d'intercéder pour elle auprès de Mme Sarah. Elle dit qu'elle ne supporterait pas de devoir faire cela toute sa vie, puis elle se mit à gémir. Quand Mme Sarah entra, après avoir entendu les mots de Meg, je décidai qu'il était temps pour moi de regagner ma chambre.

Meg continua de s'opposer aux cours de Mme Sarah. Quel en était l'intérêt ? interrogeait-elle.

Elle horrifia sa mère encore davantage en déclarant qu'elle n'avait nulle intention de se marier, ni d'avoir une vie sociale, car cela ne faisait qu'empiéter sur le temps qu'elle pouvait consacrer à ses études. Puisque j'étais sensible à la fois au point de vue de Mme Sarah et à celui de Meg, j'arrivais la plupart du temps à la tempérer. Meg aimait s'amuser et, tant que j'approchais ces leçons avec légèreté, elle tentait véritablement d'apprendre les bases. D'autre part, quand Mme Sarah se lassait de la rébellion perpétuelle de Meg, j'attirais son attention sur moi. Je lui posais des questions et j'étais fière de montrer ce que j'avais appris. Mme Sarah était consciente de mes efforts et louait souvent mon influence positive. L'attention qu'elle me portait ne perturbait pas Meg le moins du monde. Au contraire, celle-ci m'exprimait sa gratitude.

Bien sûr, il y avait des jours où, moi aussi, je me lassais de l'examen continuel de Mme Sarah, mais je me rappelais vite à l'ordre en me souvenant de la chance que j'avais de me voir offrir cette opportunité. J'étais de plus en plus inquiète quant à mon avenir. La question n'était jamais abordée, mais je savais que le temps chez les Madden m'était compté. Mme Sarah avait laissé entendre que j'allais peut-être me marier, mais où trouver un mari, je n'en savais rien. Meg et moi sortions peu, étant donné qu'elle déclinait la plupart des invitations et, en grandissant, ses convictions ne firent que se renforcer.

Je ne savais pas vers qui me tourner pour parler de mes craintes. J'avais cessé de communiquer régulièrement avec Belle ; avec douleur, je commençais à réaliser que je ne retournerais pas à Tall Oaks. En rendant visite à Mme Martha de façon sporadique, je voyais que son état ne faisait qu'empirer, et je doutais fort qu'elle rentrât un jour chez elle.

Au cours de ma seizième année, je me mis à penser sérieusement à rechercher mon frère. J'avais toujours rêvé de le retrouver.

À présent, en plus de mon désir de nous voir réunis, je me disais qu'il avait atteint un âge auquel il pourrait être en mesure de m'aider. Étant donné ma bonne fortune avec les Madden et leur extrême générosité à mon égard, j'étais réticente à l'idée de leur demander leur assistance dans ma quête.

Je ne voulais pas qu'ils me trouvent ingrate, et je ne souhaitais pas non plus quitter leur maison. Je gardai donc le silence au sujet de Cardigan, jusqu'à ce qu'une opportunité inattendue se présente.

Le dimanche matin, nous assistions toujours au service religieux avant de nous prêter à nos obligations sociales, soit en acceptant des invitations, soit en recevant pour le déjeuner. M. Madden préférait la compagnie d'amis réguliers, alors, depuis peu, nous avions souvent M. Assomane et sa fille à la table du déjeuner dominical. M. A., comme l'appelait Meg, était un partenaire en affaires de son père. L'année précédente, le pauvre homme avait perdu son épouse – la mère de sa fille de six ans – en couches, ainsi que son enfant, mort-né. Ces derniers mois, Mme Sarah avait entrepris de lui trouver une seconde femme. Jusqu'à présent, elle n'avait pas rempli sa mission, ayant vite épuisé sa liste de prétendantes potentielles. Et je comprenais très bien pourquoi.

Pour commencer, M. A. présentait très mal, même s'il ressemblait de façon troublante à M. Madden. D'un âge semblable, environ quarante-cinq ans, M. A. était lui aussi petit et dodu, avec des lunettes et le crâne dégarni. Mais la ressemblance s'arrêtait là. M. Madden était bien habillé, propre et bien mis, et était autant au fait des convenances sociales que son épouse. En toutes circonstances, il maîtrisait l'étiquette et, bien qu'il fût un homme réservé préférant les activités solitaires, il était toujours parfaitement à la hauteur quand se présentait une occasion de briller en société.

M. A., au contraire, était débraillé et peu soigné. Mais son véritable point faible était une timidité telle qu'il était incapable de converser sans bégayer ou buter sur les mots. Il était douloureux de le voir tenter de s'exprimer, et je me retrouvais maintes fois à lui porter secours. Apparemment, il m'était reconnaissant pour mon aide et, après le troisième ou quatrième repas dominical que nous partageâmes, il vint me voir pour me le dire.

Je vouais une véritable affection à l'adorable fille de M. A., Molly. La petite fille avait à peu près l'âge que j'avais quand je m'étais retrouvée orpheline et, pour cette raison, je me sentais proche d'elle. Elle était très polie et de nature curieuse et, à la suite de nos repas du dimanche, je passais en général du temps près d'elle sur le canapé. Là, nous jouions ensemble pendant qu'elle m'assaillait de questions sur mon enfance.

Il neigeait l'après-midi d'hiver où M. A. s'est approché de moi. Molly et moi faisions une partie de dominos et, en attendant qu'elle joue, je levai les yeux. Ce jour-là, particulièrement, une impression d'intimité flottait dans la pièce, probablement favorisée par le feu crépitant. En balayant la salle des yeux, j'aperçus M. Assomane se diriger vers nous. Sa gêne était si évidente que je l'invitai immédiatement à s'asseoir. C'étaient ses difficultés qui me donnaient du courage, car c'était un gentilhomme d'un âge qui, en temps normal, m'aurait intimidée. Mme Sarah, qui ne manquait jamais d'observer mes manières, hocha la tête en signe d'approbation, mais, tandis que l'homme prenait place, je remarquai le regard de reproche de Meg. Je lui souris avant de tourner mon attention vers M. Assomane. Tandis que Molly et moi bavardions, il se joignit à la conversation.

Il semblait aussi avide que sa fille d'en apprendre davantage sur mon passé. Molly lui avait déjà dit que j'étais orpheline, m'informa-t-il. N'avais-je pas d'autre famille ? Je répondis que je n'avais qu'un frère, que j'avais perdu de vue. Comment cela se faisait-il ? demandèrent en chœur le père et la fille.

Je jetai un œil aux Madden. M. et Mme Madden étaient en pleine conversation et Meg était plongée dans un livre. Je décidai alors de raconter mon histoire. Une fois que j'eus terminé de parler, après un bref silence, je fus stupéfaite quand M. A. suggéra qu'il pourrait peut-être m'aider à retrouver mon frère. J'hésitai quelques secondes, mais il en devina la raison et m'assura qu'il demanderait d'abord l'autorisation des Madden. Profondément reconnaissante, je le lui dis instantanément. Il rougit, tandis que Molly prenait ma main dans les siennes et posait la tête sur mon épaule.

Après le souper, les Madden me demandèrent de rester avec eux, et Meg se retira dans sa chambre plus tôt qu'à l'accoutumée. Ils m'informèrent que M. A. leur avait demandé la permission de chercher mon frère. Ils exprimèrent leur déception. Pourquoi n'avais-je pas fait appel à eux ? Il m'aurait suffi de leur en parler, et ils auraient mené les recherches eux-mêmes.

Une fois que je me fus expliquée, ils m'offrirent leur soutien total, mais m'avertirent que cette entreprise pourrait prendre de nombreux mois. Ils ajoutèrent que, souvent, une telle quête ne donnait rien et qu'on ne retrouverait peut-être jamais mon frère. Leur souci pour moi, mêlé à mon excitation, menaçait de m'émouvoir aux larmes, mais comme

Mme Sarah sermonnait souvent Meg sur les débordements de sentiments, je me contins.

Mme Sarah conclut en disant que M. Assomane était quelqu'un de bien et qu'elle était très contente de la façon dont j'avais mis le pauvre homme à l'aise. Je quittai la pièce prête à éclater de joie, mais j'attendis d'atteindre l'escalier avant de laisser libre cours à mon enthousiasme. Alors, je montai les marches deux à deux et poussai un cri perçant en faisant irruption dans la chambre de Meg.

Mais celle-ci ne partagea pas ma joie. Au lieu de cela, elle me mit en garde.

— Il utilise cela comme une opportunité, décréta-t-elle.

Je m'affalai dans un fauteuil.

— Une opportunité pour quoi ?

— Sais-tu que M. Assommant cherche une femme ? demanda-t-elle, s'asseyant en face de moi sur le bord de son lit.

— C'est M. Assomane, Meg.

— C'est M. Assommant ! s'écria-t-elle, puis elle se laissa tomber sur le dos en poussant un grand soupir et se cacha les yeux de ses bras.

Je me mis à rire.

— Ce n'est pas drôle, Vinny, reprit-elle en jetant un coup d'œil de sous son coude. La prochaine étape c'est la demande en mariage.

— Je t'en prie, Meg !

J'étais stupéfaite qu'elle pût même y penser.

— Je n'ai que quinze ans. Il est aussi âgé que ton père !

— Ce n'est pas cela qui le dissuaderait ; ni mère, d'ailleurs, si elle y voyait une opportunité pour toi, répondit Meg.

En allant me coucher ce soir-là, je repensai aux paroles de Meg, mais j'écartai vite ses soupçons. Certaine de retrouver mon frère, je ne voulais rien laisser assombrir mon bonheur. Cette même nuit, je m'assis à mon bureau et, pour la première fois depuis très longtemps, j'écrivis à Belle. Je lui parlai de la recherche de Cardigan, je lui dis que je savais qu'il détenait la clé de mon avenir. Ensuite, je lui exposai mon plan. Une fois que je serais installée avec lui, je la ferais venir avec Jamie.

J'attendais toujours avec impatience la venue de Marshall le samedi. Au fur et à mesure que nous grandissions, notre amitié croissait de même et, parfois, penchait vers la séduction. Je le trouvais de plus en plus beau et remarquais souvent qu'il me regardait. À l'occasion, il me taquinait et j'étais assez fière de moi quand il riait aux traits d'esprit par lesquels je lui répondais. Lorsque, de temps à autre, il traversait une de ses périodes d'« humeur noire », comme les qualifiait Meg, j'étais flattée de voir que j'étais celle qui pouvait le mieux l'en sortir.

Puis quelque chose de plus grave arriva, quelque chose qui aurait pu me faire réfléchir, mais n'en fit rien. Lors d'un cours, Marshall et moi commençâmes à plaisanter et Meg, tentant de décourager notre jeu, nous observa en silence par-dessus ses lunettes, d'un air navré. Son attitude sérieuse ne fit que nous encourager et nous nous mîmes tous deux à la taquiner pour qu'elle se joigne à nous. Pour rire, Marshall attrapa ses lunettes et les percha sur le bout de son nez. Ne réussissant pas à les récupérer, Meg quitta la pièce en colère. Puis je la vis revenir, mais Marshall, dos à elle, ne s'aperçut de rien. Je gardai le silence, et elle s'approcha de lui sur la pointe des pieds avant de lui immobiliser les bras en me disant de venir prendre ses lunettes. Meg était petite, mais costaude et déterminée. Elle avait l'avantage de la surprise et, un bref instant, Marshall dut se sentir menacé. Son visage blêmit tandis qu'il tentait de se dégager. Le tabouret sur lequel il était assis fut projeté sur le côté et, quand il fit volte-face vers Meg, j'eus terriblement peur qu'il la frappe. Bien plus grand qu'elle à présent, il hurla :

— Ne fais pas ça ! Ne fais plus jamais ça !

Il rassembla ses affaires en silence et sortit prestement de la pièce. Ce jour-là, il ne resta pas pour le dîner.

On ne reparla jamais de cet accès de violence. Et il y en eut un deuxième.

Un samedi, au dîner, nous fêtions les dix-neuf ans de Marshall. Comme nous avions des invités, M. Madden avait ouvert plus de bouteilles de vin qu'à l'accoutumée. Ce jour-là, Marshall se servit généreusement et, quand il commença à manger ses mots, je vis les Madden échanger un regard. Mme Sarah déclara alors qu'il était temps de passer au salon, et M. Madden regagna son bureau.

Nos deux invités, que les Madden connaissaient de longue date, nous accompagnèrent au salon. La jeune fille, Mlle Carrie Crater, et son frère jumeau, M. Henry Crater, s'étaient joints à nous pour ce dîner de fête. Nous étions ensuite censés avoir un cours de danse, sous les instructions de M. Degat et le chaperonnage de Mme Sarah. Il était évident que Mlle Crater, qui avait dix-sept ans, trouvait Marshall à son goût. Lors du repas, pour attirer son attention, elle s'était émerveillée tout haut de la chance extraordinaire que j'avais d'être à cette table. Ce commentaire semblait avoir agacé Marshall, qui avait alors serré les dents. Comme Mlle Crater était maligne, elle remarqua à quel point sa réflexion avait affecté Marshall et, à l'heure de danser, elle avait changé son fusil d'épaule.

M. Crater – Henry, comme il souhaitait que nous l'appelions – était un personnage aimable et sympathique. M. Degat, qui devait nous donner cours ce jour-là, avait aussi été désigné comme mon partenaire. À la dernière minute, il dut se décommander, bien que M. Alessi fût là, prêt à donner de l'archet. Me retrouvant sans cavalier, j'encourageai les autres à prendre place sur la piste. Henry – sans doute désireux d'impressionner Mme Sarah – insista pour que je lui accorde la première danse, tandis que sa sœur attendrait. Mlle Crater, tentant de se faire bien voir de Marshall, accepta sans sourciller. Je contestai cette idée, mais Henry ne voulut rien entendre. Il s'approcha pour me convaincre, me prenant la main et la baisant malicieusement, m'implorant de participer avec une emphase théâtrale. Bien que sachant qu'il plaisantait, j'étais gênée et sentis le rouge me monter aux joues.

À la surprise générale, Marshall bondit sur Henry, le prit par le col et le plaqua contre un mur. Il agit avec une telle force que le pauvre Henry en eut le souffle coupé. Mais, le pire, c'est que Marshall ne s'arrêta pas là. Il se pencha au-dessus de Henry, à présent vautré sur le parquet, et cria :

— Laisse-la tranquille ! Tu m'entends ? Je t'interdis de la toucher !

Le temps que Mme Sarah arrive jusqu'à Henry, Marshall avait déjà quitté le salon. M. Alessi, habitué aux drames, commença à jouer. Par-dessus la musique, courageux, Henry essaya de faire de l'humour.

— Madame Madden, demanda-t-il, toujours cloué au sol, pourriez-vous m'orienter quant au protocole à suivre ?

Peut-être pour la première fois de sa vie, Mme Sarah n'avait pas de réponse prête. Bien qu'elle s'efforçât de relativiser la situation, je voyais bien malgré son sourire apparent qu'elle était bouleversée par l'accès de violence de son neveu.

Je ne savais pas quoi penser de cet événement et, les rares fois où le sujet fut abordé, j'évitai de prendre part à la conversation. Et puis, très vite, ma vie connut un revirement soudain et cet incident fut vite oublié.

Un mardi soir du printemps 1800, deux semaines avant mon seizième anniversaire, M. A. vint pour le souper. Je me demandais s'il était possible qu'il apporte des nouvelles de Cardigan. Il n'était pas courant que nous eussions des invités pendant la semaine, le soir qui plus est, et le fait que la petite Molly n'accompagnât pas son père était d'autant plus curieux. M. et Mme Madden étaient tous deux étrangement silencieux pendant le repas et moi, inquiète, je ne parlais pas non plus. On ne pouvait pas juger l'attitude de M. A. car, même au meilleur de sa forme, il ne disait jamais grand-chose.

Quant à Meg, elle avait enfin reçu un livre qu'elle attendait depuis longtemps, et son unique but était de finir aussi vite que possible le souper constitué de jambon braisé et de petits pains afin de pouvoir filer dans sa chambre. Au fur et à mesure que le repas se prolongeait, je sentais mon estomac se nouer et j'eus peur d'être malade. J'étais sur le point de demander à être excusée quand Mme Sarah me suggéra d'accompagner M. A. au petit salon. Elle dit qu'elle allait faire apporter du café. Je refoulai ma nausée en ouvrant la voie. Une fois arrivée, je m'assis sur le canapé vert et, nerveux, M. A. prit place dans le grand fauteuil en face de moi. Il tripotait ses basques en silence, jusqu'à ce que je n'en puisse plus.

— S'il vous plaît..., commençai-je, mais il m'interrompit.

— Je l'ai retrouvé, dit-il, mais il n'est plus en vie.

Une épée plongée dans ma poitrine ne m'aurait pas causé une telle douleur. Je ne peux pas décrire la profondeur de l'entaille que ces mots ouvrirent dans mon cœur. Je fermai les yeux et me forçai à respirer pendant que j'écoutais M. Assomane me donner les détails de ses recherches. Cardigan avait été lié par contrat à un maréchal-ferrant, à moins de dix kilomètres de Williamsburg. Trois ans après le début de ses fonctions, alors qu'il ferrait un cheval, il avait été blessé à la tête et était décédé peu après.

Je transpirais en luttant pour conserver mon souper dans mon estomac. Mon avenir tout entier avait reposé sur nos retrouvailles. Cardigan était le dernier membre de ma vraie famille ; il avait représenté mon seul espoir. À présent, j'étais complètement seule. Au cours de mon séjour à Williamsburg, j'avais compris peu à peu l'impossibilité pour moi de retourner à Tall Oaks. J'avais été forcée d'accepter que je ne retrouverais pas ma famille d'adoption. Et maintenant, mon profond désir que nous fussions enfin réunis avec mon frère se voyait également anéanti.

J'ignore comment, mais je me retrouvai dans les bras de M. A. Celui-ci m'enlaça tandis que je cédais au désespoir. Lorsque mes larmes se calmèrent, je laissai tomber ma tête en arrière et cet homme, avec douceur, dégagea mon visage des mèches de cheveux trempées.

— Que vais-je faire ? murmurai-je.

M. A. fut à genoux avant que j'aie pu comprendre son intention.

— Épousez-moi, implora-t-il.

32

Belle

Au cours de l'hiver, je reçois une lettre de Lavinia me disant qu'elle est à la recherche de son frère, Cardigan. Il va la rejoindre, et ensuite elle nous fera venir, Jamie et moi. La lettre en main, je cours voir Ben qui est en train de nettoyer les boxes à l'écurie.

— Salut, chérie ! lance-t-il en m'apercevant.

Il regarde autour de lui, mais il sait qu'on est seuls parce que papa est parti travailler à la grande maison avec Oncle Jacob. Il pose son râteau, s'approche d'un pas lent, m'observe de haut en bas, me prend le bras et m'attire contre lui. Il a encore autant envie de moi que la première fois et il sait que je ressens la même chose.

Mais cette fois-ci, je l'arrête.

— Non, Ben. Attends.

Je lui agite la lettre devant le nez.

— Lavinia dit qu'elle a un frère, et ils vont me faire venir à Williamsburg.

Le sourire de Ben s'efface et il s'assoit. Je vois bien que c'est dur à entendre pour lui.

— Mais je vais lui écrire et lui dire que tu dois venir avec moi.

Il détourne les yeux.

— Ben ?

— Belle, comment est-ce que tu vas t'arranger ? Elle va m'acheter ? Et t'as pensé à Lucy et aux bébés ?

— Tu veux rester ici ? Tu choisis Lucy plutôt que moi ?

— Chérie, on sait tous les deux que ce jour va arriver. On sait que tu dois partir avant le retour de Marshall.

Je n'en crois pas mes oreilles. Je fonds en larmes et n'arrive plus à m'arrêter.

— Chérie…, commence Ben.

Mais quand il s'approche de moi, je crie :

— M'appelle pas chérie ! Tu restes ici ? Tu choisis Lucy ? Voyez-vous ça ! J'imagine que tu es content que je m'en aille enfin ! Je vois maintenant que tout ce temps, c'est ce que tu attendais !

Ses grands yeux se sont remplis de larmes et il se met à pleurer fortement. Tant pis pour lui. Je retourne à la dépendance en courant. Quand il me rejoint, je ne le laisse pas entrer. Je lui dis de s'en aller, de me laisser tranquille. Puis mama arrive.

— Tu sais que tu dois partir, Belle, me dit-elle.

Je commence à lui répondre, mais elle me coupe la parole :

— Belle, tu as peur, je sais, mais te fâche pas contre moi. Tu sais que tu dois partir d'ici. C'est bien pour toi et pour Jamie d'aller avec Lavinia.

— Mais je veux que Ben vienne avec moi !

— Je sais, Belle, mais Ben doit rester. Il a pas le choix. Où est-ce qu'il va trouver ses papiers pour être libre ? Ça va déjà être assez difficile pour Lavinia de vous acheter, Jamie et toi. Et t'as pensé à Lucy et à ses garçons ?

Après le départ de mama, je me suis assise pour pleurer. Je sais qu'il faut que je nous éloigne d'ici, Jamie et moi. C'est une bénédiction que Lavinia me veuille, je le sais, alors je finis par lui écrire pour lui dire qu'on veut venir, Jamie et moi. Mais je n'envoie pas la lettre tout de suite. Je la mets dans mon coffret d'écriture, sous mon lit. J'ai encore le temps.

Avant le souper, Will Stephens vient pour discuter. Il reste à la porte. Comme toujours, quand je suis seule, il n'entre pas dans la maison.

— De quoi avez-vous besoin, Will?

Il me demande de venir m'asseoir sur le banc devant la dépendance, pour me parler.

— J'ai cru comprendre que tu avais reçu une proposition de Lavinia?

Je hoche juste la tête parce que, si j'ouvre la bouche, j'ai peur d'éclater en sanglots.

— Tu souhaites y aller?

Je sais qu'il voit mes yeux rouges et bouffis. Je secoue la tête.

— Bon, reprend-il, je pense à cela depuis un moment maintenant. J'ai peut-être une autre proposition pour toi.

Je le regarde, me demandant de quoi il veut parler.

Il m'explique alors qu'au printemps, il doit aller à Williamsburg pour poser quelques questions à M. Madden et à Marshall et pour signer des documents. Ce qu'il dit ensuite a failli me faire tomber du banc. Il veut savoir si j'accepte qu'il me prenne pour sa propre ferme. Il a un contrat stipulant qu'il peut choisir des gens d'ici. Il aime la façon dont je travaille et veut que je vienne travailler pour lui.

— Évidemment, ajoute-t-il, je prendrai aussi Jamie.

Will sait que je n'irai nulle part sans mon Jamie. Mama dit toujours que je le couve trop, que ce n'est pas bon pour lui. Mais c'est un enfant amusant. Il préfère rester avec moi qu'aller jouer avec les autres. C'est un petit garçon très mignon, mais un de ses yeux est recouvert d'une tache, le rendant aveugle de cet œil. Mama dit que ça va peut-être s'arranger avec l'âge, mais ça semble empirer, c'est de plus en plus blanc. Heureusement, il voit bien de l'autre œil.

Je fixe Will Stephens sans savoir quoi dire.

— J'ai également l'intention de négocier pour Ben et Lucy et leurs deux garçons.

Il ne me regarde pas en disant ça, parce que depuis le temps, il est au courant pour Ben et moi. Tout le monde le sait, en fait, c'est sûr. Plus personne ne fait d'histoires à ce sujet. Même Lucy et moi, on ne se bat plus.

— Et ce serait quand ? est tout ce que j'ai pu dire à Will Stephens.

— Je ne sais pas exactement, mais Marshall aura vingt-deux ans l'année prochaine. C'est alors lui qui aura le contrôle de la propriété. Je ne sais pas s'il a l'intention de revenir. Si c'est le cas, j'imagine qu'il voudra instaurer des changements et, même si je suis sûr que Marshall a mûri, j'aimerais mettre en ordre vos papiers avant que cela se produise. Et je suppose qu'il sera plus facile de discuter avec M. Madden.

J'ai le cœur battant et ne sais pas quoi répondre, alors je me décide pour un simple « Merci, monsieur Stephens ».

Il rit.

— Depuis quand m'appelles-tu « monsieur Stephens » ?

Je baisse les yeux parce que je ne peux pas effacer le sourire de mes lèvres.

— Je te connais sous le nom de Belle, et toi tu me connais sous celui de Will. Cela n'a pas de raison de changer – à moins que tu souhaites que je t'appelle mademoiselle Pyke ?

C'est la première fois que quelqu'un m'appelle comme ça. Je me redresse, fière.

— Non, monsieur. Belle me va très bien.

— Bon, adjugé pour Belle et Will alors.

Nous rions de bon cœur.

— J'ai encore une question.

— Oui ?

Il retire son chapeau, repousse ses cheveux en arrière et s'apprête à le remettre. Je sais qu'il se trame quelque chose en le voyant passer autant de temps à ajuster son couvre-chef.

— Eh bien, je pense à Lavinia… crois-tu qu'elle est adulte, maintenant ?

— Elle l'était déjà enfant, ai-je dit en riant au souvenir de son petit visage solennel.

Il sourit.

— C'est vrai. Elle doit avoir seize ans à présent, non ?

— Elle les aura en mai.

— Alors, tu crois qu'elle est en âge d'être courtisée ?

— Allons bon, monsieur Will Stephens ! lancé-je, mais ensuite j'essaie de ne pas rire.

J'ai l'impression que son visage est en feu, alors j'ajoute :

— Elle écrit toujours dans ses lettres qu'elle veut revenir ici.

— Si c'est toi qui le dis…

Après son départ, je me précipite pour déchirer ma lettre à Lavinia et lui en écrire une nouvelle. Je lui dis que Jamie et moi resterons ici et que Will Stephens a de bonnes nouvelles. Je vais donner cette lettre à Will pour qu'il la lui apporte quand il ira à Williamsburg. Quand elle la lira, peut-être qu'elle aura déjà dit oui et qu'elle se préparera à revenir avec lui.

Ben va devoir faire un beau discours pour passer à nouveau le pas de ma porte. Le problème, c'est qu'on sait tous les deux que cette dispute ne durera pas longtemps.

33

Lavinia

Mes fiançailles avec M. Assomane furent annoncées le jour de mes seize ans. Stupéfaite par sa demande soudaine, je ne pouvais répondre le soir même et le lui expliquai.

— Je peux attendre, dit-il, et il me proposa de prendre le temps d'y réfléchir.

Je n'avais aucune intention d'épouser cet homme, mais, quand je demandai l'avis de Mme Sarah, son soulagement manifeste me fit reconsidérer la question.

— Oh ! s'exclama-t-elle, joignant les mains sur sa poitrine. C'est ce que j'espérais.

Elle se reprit quand elle lut sur mon visage ce que je ressentais.

— Bien sûr, tu es la seule à pouvoir prendre cette décision, ma chère, ajouta-t-elle.

— Je ne l'avais pas vraiment envisagé, commençai-je.

J'attendis quelques secondes sa réponse avant de reprendre :

— Je veux dire... il est si vieux. Enfin je veux dire... pour moi...

— Oui, je comprends que tu puisses le voir comme cela, mais il faut penser aussi que, du fait de son âge, il est bien établi. Et tu t'entends si bien avec Molly.

Comme je restais silencieuse, elle continua :

— Et réfléchis, ma chère : tu ne manquerais de rien. Il était connu pour être très généreux envers la pauvre Mme Assomane. Et pense aux changements que tu pourrais apporter dans sa vie ! Ses vêtements, ses… Je peux à peine imaginer l'amélioration. Ensuite, l'avantage c'est que tu resterais ici, à Williamsburg. Tu n'aurais pas à dire au revoir à Meg, ni à nous. Penses-y ! Ta propre maison, une place dans cette société – tu serais rapidement acceptée. Je trouve que c'est très excitant et que tu as beaucoup de chance. Mais c'est à toi de prendre cette décision.

Quand je parlai à Meg de la demande en mariage, elle fut atterrée.

— Comment peux-tu ne serait-ce qu'y penser ? demanda-t-elle. C'est un vieil homme assommant !

— Je ne sais pas, Meg. C'est peut-être ma seule chance.

— Qu'est-ce que tu entends par là ?

— Que puis-je faire d'autre ?

— Pour l'amour du ciel, Vinny ! Je suis sûre que tu peux espérer mieux !

La peur renforça le ton agacé de ma réponse.

— C'est facile pour toi, Meg. Tu as cette maison, tu as une famille. Chaque jour tu fais les choix qui te conviennent. Je n'ai pas ce luxe !

Meg interpréta ma colère de travers.

— Es-tu en train de dire que mes parents ne t'ont pas offert toutes les chances ?

— Je dis simplement que j'envisage d'épouser M. Assomane, et j'espérais avoir ton soutien !

— Cela, tu ne l'auras jamais !

Je sortis brusquement de la chambre de Meg et courus rejoindre la mienne. Une fois là, je fermai la porte et, trop énervée pour pleurer, décidai d'écrire une lettre à Belle. Je m'assis à mon bureau et l'imaginai près de moi. Je lui parlerais de mon dilemme, de la mort de Cardigan et de la demande en mariage de M. Assomane.

Puis je pensai à Mama Mae et à ce qu'elle en dirait. Je pensai à papa et aux jumelles, à quel point tous me manquaient. Avant que je puisse l'en empêcher, mon souvenir le plus pénible me revint à l'esprit. C'était Sukey courant pour suivre ma calèche. Sa perte demeurait si douloureuse que je me permettais rarement d'y penser. À présent, sachant que je les avais perdus pour toujours, je me retrouvai incapable d'écrire un mot. Je me penchai au-dessus de ma feuille de papier, plaçai la tête entre mes mains et cédai à l'appel des larmes.

Le lendemain, je retournai voir Mme Sarah pour lui dire que j'avais décidé d'accepter la demande de M. Assomane. Enchantée, elle proposa que nous annoncions les fiançailles le jour de mon seizième anniversaire. Quand M. Madden l'apprit, bien que moins enthousiaste que sa femme, il donna son accord à condition que je ne me marie pas avant mes dix-sept ans. Je fus soulagée d'entendre cette modalité.

Un mois plus tard, le matin du 5 juin, je fus appelée au petit salon. J'étais curieuse, car cela n'était pas fréquent. M'étant déjà habillée et préparée comme tous les matins, je ne me serais normalement pas donné la peine de m'arrêter pour me regarder dans le grand miroir, mais je soupçonnais Mme Sarah de recevoir la visite d'un ami et de souhaiter que je fusse présentable. Ma robe, en mousseline délicate, était assez simple et d'un vert pâle qui, selon Meg, mettait mes yeux en valeur. Elle tombait de façon droite mais souple, et était cintrée par un large ruban vert foncé censé accentuer la coupe Empire à la mode. Je me tournai sur le côté et souris, contente de voir que ma silhouette fine s'était embellie de courbes féminines. Je me penchai pour me voir de plus près et me demandai à nouveau si j'avais hérité mes yeux de cette étrange couleur ambre de ma mère ou de mon père.

Je ne me plaignais plus de l'ovale de mon visage, ni de mes pommettes hautes, et je fronçai le nez devant la glace, heureuse de m'y être habituée. Mes taches de rousseur continuaient de me contrarier et je trouvais mes lèvres trop pleines, mais j'étais contente d'avoir les dents blanches et bien rangées. Mes cheveux tombaient sur mes épaules à la façon d'une écolière et je les fis bouffer, notant avec une certaine fierté l'auburn profond qui capturait les rayons du soleil. Le style du moment était de porter ses cheveux en chignon avec quelques boucles libres pour adoucir toute sévérité, mais Meg et moi préférions les garder lâches, n'utilisant que des peignes pour les retenir en arrière. Mme Sarah l'acceptait, à condition que nous lui promettions de les coiffer si la convention l'exigeait.

Prête à descendre au petit salon, je tournai la tête et fus surprise de voir la porte de Meg encore fermée. Ne voulant pas faire attendre Mme Sarah, je m'y rendis sans elle.

Je reconnus sa voix avant d'atteindre le salon, et mon cœur se mit à battre la chamade. Lorsque je vis Will Stephens, lorsque nos regards se croisèrent, j'oubliai toutes mes bonnes manières.

— Will ! criai-je, me précipitant vers lui. Will !

Je m'arrêtai net en voyant l'air sévère de Mme Sarah. Je me souvins alors que j'étais censée rester immobile et attendre que Will s'approche. Quand il arriva près de moi, je lui présentai ma main.

— Et vous êtes ? demanda-t-il, mais je voyais bien qu'il plaisantait.

— Will ! était tout ce que je pouvais dire. Will !

— Lavinia, me rappela Mme Sarah, pourquoi n'invites-tu pas notre hôte à s'asseoir ?

— Oh ! je vous en prie ! dis-je.

Will fit un large sourire et je le menai vers le canapé. Une fois que nous fûmes assis, Mme Sarah se retira, disant que Nancy avait besoin de son aide.

Une centaine de questions se bousculaient dans mon esprit et je ne pus les retenir plus longtemps :

— Will ! Que faites-vous ici ? Quand êtes-vous arrivé ? Comment vont-ils tous ? Combien de temps restez-vous ? Quelqu'un d'autre est-il venu avec vous ?

Will se mit à rire et mon cœur à battre encore plus fort. Ma toquade d'enfance avait immédiatement refait surface et les quelques années que j'avais gagnées lui donnèrent encore plus de consistance. Qu'il était beau ! Son sourire, son visage bronzé, ses yeux noirs rieurs… Je le fixai intensément tandis qu'il parlait, me délectant de chaque mot qui sortait de sa bouche.

Tout allait bien. Il était là pour affaires, expliqua-t-il, afin de renégocier son contrat de gérant d'exploitation. Il souhaitait mettre en place certains changements pour lesquels il avait besoin de l'approbation à la fois de Marshall et de M. Madden. Il était fier de dire que la plantation prospérait et, tandis qu'il me donnait des nouvelles de chacun, il se souvint d'une lettre de la part de Belle. Je la pris mais ne l'ouvris pas, trop occupée à interroger Will sur Tall Oaks.

Ben et Lucy avaient eu un autre bébé. Oncle Jacob, mama et papa tenaient la propriété prête pour le retour de Marshall et de Mme Martha.

Je le regardai droit dans les yeux.

— Comment va Belle ?

— Elle travaille toujours aussi dur, répondit-il. Vous lui manquez.

— Et Jamie ?

Je continuais de le fixer.

Will remarqua que je l'observais, mais il ne semblait pas du tout embarrassé et répondit sans hésiter :

— Il va bien. Quel âge avait-il quand vous êtes partie ?

— Neuf mois. Il a au moins trois ans à présent.

— Ah, oui, maintenant vous verriez que c'est un petit homme sérieux, comme vous étiez une petite femme sérieuse.

Je rougis de cette tendre familiarité.

— Et les jumelles ? demandai-je. Comment vont-elles ?

Il rit. Il dit que Fanny leur donnait du fil à retordre. Mama la surveillait de près depuis qu'elle et Eddy, un des fils d'Ida, s'intéressaient l'un à l'autre. Fanny, dit-il, était déjà difficile à contrôler, mais Fanny amoureuse était une force conséquente. Beattie, m'assura-t-il, était toujours la douce jeune fille que j'avais connue, et c'était elle qui s'occupait à présent de Sukey.

— Et Sukey…

Je fus interrompue par l'apparition soudaine de M. Madden. Celui-ci s'avança pour saluer Will, puis m'informa que Meg et le tuteur m'attendaient.

— M. Stephens est là pour deux jours, dit-il avec douceur quand il vit ma réticence à me retirer. Cela laisse le temps pour d'autres visites, ma chère.

Je sus que je devais prendre congé quand je vis que M. Madden attendait pour s'asseoir.

C'était un jeudi, alors je fus étonnée quand Marshall nous rejoignit pour le dîner cet après-midi-là. Il n'avait pas mieux réagi que Meg à l'annonce de mes fiançailles, bien que Meg acceptât encore de me parler tant qu'il ne s'agissait pas de M. Assomane. Je me dirigeais vers sa chambre le soir où j'avais surpris une terrible dispute entre Marshall et M. Madden. Ils parlaient si fort dans la bibliothèque que je perçus distinctement leur conversation du haut de l'escalier.

— J'ai dit que je refusais de la laisser partir ! Vous savez très bien que j'ai encore des droits sur elle.

— C'est vrai, Marshall, le domaine en a. Mais son contrat n'était pas bien défini, et je suis sûr que tu comprends pourquoi nous devrions lui donner cette opportunité.

— Opportunité ? Il n'a pas grand-chose à offrir ! Ce n'est rien qu'un vieux lubrique !

— Attention, Marshall. Cet homme est un de mes collègues.

— Mais, mon oncle ! Vous ne pouvez pas croire qu'elle sera heureuse !

— Ta tante en semble convaincue pourtant. Elle pense que ce sera bien pour Lavinia. Et Lavinia elle-même n'y est pas opposée.

— Lavinia ? Opposée ? Je la connais depuis toujours. C'est la créature la plus gentille que j'aie jamais rencontrée. S'est-elle jamais opposée à quoi que ce soit ?

— Je suis désolé, Marshall, mais ce mariage est le souhait de Mme Madden. J'ai peur de devoir agir contre ta volonté pour cette affaire.

— Je refuse d'y consentir ! Vous ne pouvez pas…

— Tu sais que je le peux, Marshall, et je le ferai.

La porte de la bibliothèque claqua et, après être discrètement retournée dans ma chambre, je m'assis à mon petit bureau, trop abattue pour aller rendre visite à Meg de l'autre côté du couloir. Je ne voulais pas de ce mariage, mais ne voyais pas comment m'en sortir. Quelle alternative avais-je ? Par ailleurs, je m'étais engagée.

Peu de choses avaient changé depuis l'annonce de nos fiançailles. Les repas du dimanche avaient lieu comme avant, bien que Meg refusât de participer au rassemblement qui suivait toujours, quand Molly ne me quittait pas d'une semelle et que M. Assomane ne me lâchait pas des yeux. Nous ne nous étions vus qu'une fois en privé, le soir de l'annonce officielle. Il m'avait alors offert une broche en émeraude, tout en m'expliquant en bégayant que les émeraudes ne pouvaient pas rehausser ma beauté mais que, extrêmement précieuses, elles pourraient être à la hauteur de mon charme. Je le remerciai, épinglai son présent à ma robe mais me retrouvai dans l'impossibilité de faire la conversation. Avant que j'aie pu l'arrêter, il était à genoux. Il attrapa ma main nue et se mit à la couvrir de baisers si ardents et humides que je ne pus observer sa passion croissante qu'avec angoisse.

Imaginant la réaction de Meg si elle voyait M. Assommant à l'œuvre, j'eus une brève envie de rire, mais, quand ses lèvres atteignirent mon poignet, je retirai ma main, me levai sans attendre et lui proposai de rejoindre les autres. Les yeux de M. Assomane étaient vitreux de désir, et j'eus envie de le frapper quand il bondit sur ses pieds à mon commandement. Cependant, tandis que j'essuyais les restes de ses baisers enflammés sur ma main, pour la toute première fois, je ressentis l'incroyable pouvoir de ma féminité. Un horrible pressentiment me fit voir la probabilité que cet homme devienne à l'avenir une victime de mon propre malheur. Consternée à cette idée, je me montrai encore plus gentille que d'habitude envers ce M. A., tout épris, le reste de la soirée, tandis que Mme Sarah s'extasiait sur mon nouveau bijou.

Marshall s'était éloigné de moi après sa dispute avec M. Madden. Lors de notre cours du samedi, je le surprenais souvent en train de m'observer et, quand je croisais son regard, il détournait les yeux l'air en colère. Les semaines suivantes, sans excuse, il abrégea plus d'une fois notre leçon et demanda à Meg d'informer Mme Sarah qu'il ne pourrait pas rester dîner.

Ce jour-là au dîner, avec Will comme invité, Marshall était assez aimable au début du repas, bien qu'au fil de ses verres de vin, il lançât à Will des piques de plus en plus acérées.

J'arrivais à peine à contenir mon excitation en la présence de Will. J'observais avec fierté son élégance et ses bonnes manières, même s'il était vrai que, s'il n'avait pas croisé mon regard, il aurait sans doute utilisé sa cuillère à dessert pour manger sa soupe. Quand il avait compris mon avertissement, il m'avait remerciée des yeux et avait suivi mon exemple.

Mme Sarah s'assurait qu'il n'y eût pas de blancs dans la conversation. Quant à Meg, elle encourageait Will à parler de la plantation et de mes années là-bas. Il raconta quelques anecdotes de mon enfance qui, selon lui, soulignaient ma précocité. Après une de ces histoires, alors que tout le monde riait, il finit par dire que je manquais beaucoup à tous, à Tall Oaks. Je ne pus m'empêcher de faire un large sourire quand il posa les yeux sur moi.

Nous fûmes tous très surpris lorsque Marshall se leva avec son verre de vin. Le visage empourpré, il parla plus fort que nécessaire.

— Portons un toast à Lavinia, dit-il. J'ai de grands espoirs qu'elle retourne bientôt à Tall Oaks avec moi. Mais, cette fois, ce sera dans de bien meilleures circonstances.

Il y eut un silence. Meg me donna un coup de pied sous la table. Will s'étouffa et se mit à tousser. Enfin, M. Madden prit la parole :

— Oui… bon… on ne sait jamais, Marshall, euh… ce que l'avenir nous réserve. Mais, continua-t-il, il serait peut-être plus approprié de porter un toast au mariage imminent de Lavinia avec M. Assomane.

Bien que j'eusse la tête baissée, je sentis le regard stupéfait de Will sur moi. Je fus soulagée quand Mme Sarah sonna la cloche pour le dessert.

Ce premier soir du séjour de Will, après un souper léger, il demanda la permission de m'escorter pour une promenade. Mme Sarah accepta, mais suggéra à Meg de nous accompagner. Très vite, celle-ci commença à ralentir volontairement. Will et moi marchions alors seuls devant, et il brisa le silence.

— Belle avait raison, vous savez.

— À quel sujet ?

— Il y a des années, alors que nous nous rendions à l'office, vous m'avez dit que Belle pensait que vous deviendriez une beauté.

Je rougis en me remémorant la scène.

— Merci, Will.

— Est-ce vrai, Lavinia ? Êtes-vous fiancée ? demanda-t-il.

— C'était soudain…

— Est-ce ce que vous souhaitez ?

— Je ne…, commençai-je d'une voix lente.

Il m'interrompit à nouveau.

— Et qu'entendait Marshall, au dîner, lorsqu'il a dit que vous repartiriez avec lui ?

— Je ne sais pas, répondis-je.

J'accélérai le pas ; sans raison, je sentais les larmes me venir.

Will me prit le bras pour m'arrêter. Il me tourna face à lui.

— Lavinia, je suis peut-être idiot, mais je vous ai toujours considérée comme ma promise.

Je ressentis une grande douleur dans la poitrine. Il avait l'air sincère, mais avant que je puisse répondre, avant que je puisse mentionner Belle et l'interroger sur leur relation, Meg nous rattrapa.

— Mère dit que je dois rester avec vous, déclara-t-elle en levant les yeux au ciel.

Avec grâce, Will offrit son autre bras à Meg. Puis il se pencha vers moi pour me parler à l'oreille, et je me sentis faiblir, tout émue par une telle proximité.

— Nous parlerons plus tard, me souffla-t-il, mais, à ma grande frustration et à mon grand regret, nous n'eûmes plus l'occasion de nous retrouver en privé ce soir-là.

De retour dans ma chambre, j'ouvris la lettre de Belle. Ses phrases étaient courtes et me déconcertèrent.

Pour Lavinia

Tout le monde ici va bien. Je n'écris pas pour dire que je vais venir avec toi et M. Cardigan parce que les choses changent ici. Will va t'en parler. Je ne t'en dis pas plus. J'espère que tu te souviens que Will Stephens est un homme bien. C'est tout ce que j'ai à dire. Tout le monde ici pense à toi chaque jour.

Belle

Au bas de la lettre se trouvait mon premier petit mot de Sukey, une grande fille de sept ans à présent : *Binny. Je me souviens de toi. Tu te souviens de moi ? Sukey*

La missive de Belle me laissa perplexe, et je me rendis compte alors qu'elle ne savait rien ni de la mort de Cardigan, ni de mes fiançailles. Je pensai à la lettre que j'aurais dû lui écrire. J'avais eu un blocage, ne voulant pas coucher sur le papier la perte de mon frère et le fait que je devais par conséquent retirer l'offre que je lui avais faite de me rejoindre. De même, je n'avais pas eu envie de lui faire part de mes fiançailles avec M. Assomane. Je fus profondément touchée par le mot de Sukey, et j'en aurais sans doute souffert si je n'avais pas su que Will Stephens dormait sous le même toit que moi et que je le reverrais le lendemain.

Marshall revint le matin suivant. Les trois hommes partagèrent un repas dans la bibliothèque et, malgré mon impatience croissante, leur réunion se poursuivit une bonne partie de la journée. En fin d'après-midi, je me coiffai avec soin et enfilai ma plus belle robe, en douce mousseline jaune. Je pris un livre et sortis dans le jardin pour m'asseoir sous une tonnelle recouverte de vigne.

Le jardin était entouré d'une palissade, joliment bordé de thym vert et parfumé par des roses. J'espérais que Will m'y retrouverait à la fin de la réunion. À sa place, ce fut Marshall qui apparut. Il ouvrit la porte à la volée, la claqua derrière lui, puis se mit à faire les cent pas sur le chemin de briques.

Je l'appelai et, comme il ne m'entendait pas, j'appelai à nouveau. Il s'approcha à grandes enjambées.

— Quoi ? demanda-t-il, les yeux noirs de fureur.

Quand je sentis que je pourrais devenir une victime de sa colère, je ne sus plus quoi dire.

— Quoi ? répéta-t-il.

— Marshall.

Je m'efforçai de garder une voix douce et calme.

— Venez, asseyez-vous près de moi. Que se passe-t-il ?

— C'est ce bâtard ! explosa-t-il en s'asseyant et en tournant la tête vers la maison.

Je lui effleurai la main.

— Marshall, s'il vous plaît. Dites-moi. Que se passe-t-il ?

Il se leva.

— Nous venons de perdre une bonne partie de la journée, et tout ça à cause de cette pute !

Me voyant sursauter en entendant ce mot, il se rassit.

— Excusez-moi, Lavinia, mais c'est vous qui avez demandé.

Il se pencha en avant et se frotta les yeux avec force.

— C'est cette femme, Belle ! Elle n'a causé que des ennuis toute ma vie, et ça continue encore !

Je me forçai à garder le silence.

— C'était la putain de mon père, toute mon enfance. Ma mère a essayé toute sa vie de s'en débarrasser, mais père refusait même d'aborder le sujet. Mon Dieu ! Quand cela va-t-il finir !

Je ne pouvais pas me retenir plus longtemps.

— Mais elle n'est pas…

— Je refuse d'entendre un seul mot pour sa défense ! cria-t-il, furieux. C'est elle qui a rendu folle ma mère. Et maintenant ! Maintenant, c'est la pute de Stephens. Il la veut pour lui. Le seul but de sa visite était de l'acheter pour pouvoir s'installer avec elle. Il ne continuera de gérer la plantation en mon absence que si j'accepte de les lui vendre à mon retour, elle et leur bâtard.

J'étais si choquée que j'en avais le souffle coupé.

— Allez-vous accepter ?

— Je n'ai pas le choix. C'est le seul moyen pour qu'il reste et, de plus, mon oncle peut le lui accorder sans mon approbation, ce qu'il m'a dit qu'il ferait.

— Et c'est tout ce qu'il demande ?

Marshall ricana.

— Il veut aussi Ben, sa femme et leurs deux morveux.

— Mais où les emmènera-t-il ? demandai-je.

— Mon père lui a donné des hectares de terres à côté de Tall Oaks. Il va lancer sa propre exploitation.

Je savais que j'allais me sentir mal et ne pouvais en entendre davantage. Sans m'excuser, je partis brusquement rejoindre ma chambre, laissant Marshall seul sur le banc du jardin.

Ce soir-là, quand j'invoquai une migraine, Meg m'apporta mon souper. Elle ne posa pas de questions. Le lendemain matin, Mme Sarah vint me dire de me dépêcher, que Will attendait pour me voir avant de partir. Je refusai. J'avais toujours soupçonné la relation de Will avec Belle, mais en avoir la confirmation était presque plus que je n'en pouvais supporter. Je ne versai pas de larmes lorsque Mme Sarah referma ma porte et descendit lui dire que j'avais toujours la migraine, mais que je lui souhaitais un bon retour.

Après le départ de Will, une mélancolie s'empara de moi, m'affectant à tel point que Mme Sarah exprima son inquiétude.

Je ne lui parlai pas de mes sentiments pour Will, ni de ma tristesse en apprenant qu'il voulait prendre Belle dans sa propre maison. Je n'osai pas dire à Mme Sarah que l'idée même d'épouser M. Assomane me dégoûtait, mais que je ne voyais pas d'issue possible. Au lieu de cela, je lui expliquai ma mélancolie en lui révélant une mince partie de la vérité, ma terrible envie de revoir Tall Oaks et tous ses occupants. Mme Sarah me demanda si je voudrais l'accompagner voir Mme Martha à l'hôpital. Elle avait récemment entendu dire que son état s'était quelque peu amélioré.

— Revoir Mme Martha t'aiderait-il à vaincre cet abattement ? s'enquit-elle.

— Oui, répondis-je. Je pense que oui.

— Tu es plus âgée, maintenant, dit-elle pour justifier sa décision. Et puis, l'année prochaine, tu seras mariée.

Je n'étais pas retournée à l'hôpital depuis le printemps. À présent, impatiente de voir Mme Martha, je demandai si nous pouvions y aller dès le lendemain. Mme Sarah accepta, mais seulement après m'avoir fait promettre de retrouver ma gaieté.

Nous partîmes pour l'hôpital en fin d'après-midi. Nous étions toutes deux tendues en franchissant la porte d'entrée. Des cris et des bruits métalliques nous accueillirent de l'intérieur, et je fus soulagée que nous soyons emmenées à la cellule de Mme Martha sans devoir attendre. Elle dormait au milieu de ce vacarme. Le soleil doré de l'après-midi brillait à travers la haute fenêtre, mais les barreaux en fer projetaient des ombres grises sur les murs de brique blanchis à la chaux, ainsi que sur Mme Martha, recroquevillée sur son grabat de paille.

L'infirmier nous informa qu'on venait de lui donner une forte dose de laudanum et qu'elle ne se réveillerait sans doute pas avant la fin de notre visite. En partant, il verrouilla la porte derrière lui. Mme Sarah, aussi pâle que les murs, alla s'asseoir dans un coin, sur un petit tabouret enchaîné au sol.

Je me dirigeai sans attendre vers Mme Martha, m'accroupis près d'elle et l'appelai avec douceur. Elle se réveilla tout comme un enfant, se frottant les yeux et murmurant des choses incompréhensibles.

— C'est moi, madame Martha, chuchotai-je, Isabelle.

Derrière moi, Mme Sarah sursauta.

— Isabelle ?

Mme Martha retira ses mains de son visage et ouvrit ses paupières lourdes pour me regarder.

— Bébé ? demanda-t-elle.

— Sukey ? dis-je. Vous voulez Sukey ?

Elle hocha la tête.

— Qui est Sukey ? questionna Mme Sarah, mais je ne répondis pas.

Mme Martha m'avait attrapé la main et commença à réciter un passage du livre de Sukey :

— Offrez-lui une belle montre en or. Offrez-lui une belle montre en or.

— Oui, oui, l'apaisai-je, avant de joindre ma voix à la sienne pour répéter la même phrase encore et encore jusqu'à ce que ses yeux, alourdis par la drogue, se referment.

Quand je me retournai vers Mme Sarah, elle avait les larmes aux yeux.

— Je ne savais rien de… si seulement j'avais su à quel point ta présence la réconforte, déclara-t-elle.

Une fois installées dans la calèche, je révélai à Mme Sarah l'affection que j'avais pour sa sœur et lui parlai de Sukey, de son livre, et de leur rôle pour calmer Mme Martha.

— Si seulement j'avais su, si seulement j'avais su, répétait Mme Sarah.

Finalement, dans un effort pour l'apaiser, je lui confessai mes autres visites. Je m'attendais à devoir faire face à son courroux mais, au contraire, Mme Sarah me bénit pour ces actes.

Je demandai la permission de me rendre régulièrement à l'hôpital et, à partir de ce jour, une calèche était prête pour moi dès que je le souhaitais. Mme Martha me reconnaissait presque toujours, et les infirmiers comprirent vite que mes visites apaisaient leur patiente. Le premier objet qu'on me permit d'apporter fut la brosse de Belle, et je l'utilisai comme me l'avait appris mama. Tandis que je la coiffais avec douceur, Mme Martha se détendait sous mes gestes familiers. Quelques semaines plus tard, reconnaissante, l'infirmière en chef me donna la permission d'apporter des livres et de faire la lecture à Mme Martha. Bien que tout le monde me louât pour la consolation que j'offrais, personne ne savait que je recevais autant de ces visites que Mme Martha elle-même.

34

Belle

Mama travaille avec moi à la cuisine, à faire des conserves de haricots, quand Will Stephens revient de Williamsburg. Je sais que quelque chose ne va pas en le voyant arriver à la dépendance les épaules voûtées.

— Entrez, Will, asseyez-vous, lui dis-je, puis mama lui demande s'il veut boire quelque chose.

— Avec plaisir, Mae. J'aimerais bien un peu d'eau.

— Comment ça s'est passé ? demandé-je aussitôt, pendant qu'il boit son eau.

Mama me jette un regard pour que j'arrête de le presser, mais je n'en peux plus d'attendre.

Il sourit à mama, lui rend la tasse et dit :

— Merci, Mae.

Puis il inspire profondément avant de reprendre la parole :

— Tout est en ordre, Belle. Toi, Jamie, Ben, Lucy et leurs garçons viendrez avec moi à la fin de mon contrat ici.

Je me suis assise et mama aussi. Comme personne ne dit rien, je demande :

— Comment va Lavinia ?

Will regarde ses pieds.

— Elle était déjà fiancée.

— Quoi ? lancé-je.

— Qui est-ce qu'elle va épouser ? interroge mama.

Will tripote son chapeau, essayant de donner l'impression de ne pas être affecté.

— J'ai cru comprendre qu'il s'agissait d'un collègue de M. Madden. Je ne l'ai pas rencontré.

— Qu'est-ce qui est arrivé à son frère ? demande mama.

— Il est mort il y a plusieurs années.

— Est-ce qu'elle nous a envoyé une lettre ?

— Non, répond-il simplement.

Je sens bien qu'il nous tait beaucoup de choses.

— À quoi ressemble notre petite ? C'est une femme, maintenant ?

— Oh oui !

Will Stephens ne peut pas s'empêcher de sourire en prononçant ces mots.

— Elle est terriblement jolie. Ses cheveux sont plus foncés à présent, mais ses yeux… eh bien, elle regarde droit dans les vôtres, tout comme avant.

— Elle est plutôt comme Beattie, ou grande comme Fanny ? demandé-je.

— Elle est grande comme Fanny, mais elle n'est pas maigre.

Il rougit en s'entendant parler.

— Elle est heureuse d'épouser ce m'sieur ?

Il hausse les épaules et secoue la tête.

— Ah, Mae, je n'y connais pas grand-chose aux femmes.

Mama nous fait rire en décrétant :

— Will Stephens, vous, les hommes, vous êtes tous pareils. Aucun de vous connaît rien aux femmes.

Will semblait prêt à partir quand mama lui a posé cette question :

— Vous avez vu Marshall ?

— Oui. Lui aussi a bien grandi.

À la manière dont on le regarde, il comprend qu'on veut en savoir plus, alors il ajoute :

— Je crains de ne rien avoir de positif à dire sur lui.

À entendre Will, je frissonne.

— Et Mme Martha ? demande encore mama.

— Elle est toujours à l'hôpital. M. Madden doute qu'elle revienne un jour chez elle.

Après le départ de Will, je discute avec mama. On sent toutes les deux que quelque chose ne va pas. On se demande pourquoi on ne reçoit aucune lettre de Lavinia. Pourquoi est-ce qu'elle n'écrit pas sur l'homme qu'elle va épouser ?

Mama est inquiète. Qu'est-ce qui se passera quand Marshall reviendra gérer la propriété ? Elle aimerait éloigner ses filles, mais Will Stephens lui a déjà dit qu'il n'avait pas assez d'argent. Je sais ce qui inquiète le plus mama. Leur arrivera-t-il la même chose qu'à moi ?

Mama dit que c'est bien que Ben et moi allions à la ferme de Will. Elle a peur que Ben se fasse tuer si Marshall essaye encore de m'avoir. Mais moi, je me dis que, si Marshall essaye à nouveau, je n'ai pas besoin de Ben pour le tuer.

35

Lavinia

M. Assomane aurait souhaité se marier sans attendre, mais M. Madden tint bon quant à la date de la cérémonie, prévue en juin suivant, un mois après mon dix-septième anniversaire. Plus le temps passait, et plus M. Assomane m'inquiétait. Avec les autres, il demeurait un individu doux aux bonnes manières, mais, en leur absence, c'était un autre homme. Quand nous étions seuls tous les deux, il devenait vite ardent et adoptait un comportement selon moi effrayant. Il ne se contentait plus de me baiser, innocemment bien que passionnément, la main ; il avait commencé à me toucher d'une façon inappropriée, d'une façon que je pensais réservée à un mari pour sa femme. Cependant, je me demandais si, étant sa promise, j'étais censée tolérer cela.

Je ne savais pas vers qui me tourner pour demander de l'aide. Meg était aussi inexpérimentée que moi mais, surtout, elle m'avait clairement fait comprendre dès le début qu'elle ne souhaitait aborder aucun aspect de ma relation avec M. Assomane. Je tentai une conversation avec Mme Sarah, mais elle se méprit et crut que je cherchais à obtenir des informations sur la nuit de noces ; gênée, elle changea vite de sujet. Le lendemain, elle vint me trouver dans ma chambre pour me donner une petite brochure à lire. Celle-ci insinuait que c'était l'homme qui accomplissait l'union des couples mariés, tandis que la femme la subissait.

Au fil du temps, M. Assomane devenait de plus en plus doué pour trouver des moyens de se retrouver seul avec moi. Ses excuses étaient variées : une lettre qu'il souhaitait me faire entendre en privé, un petit cadeau qu'il voulait me faire. Les Madden acceptaient toujours ses requêtes et, souvent, le soir, prenaient congé de bonne heure pour nous laisser un peu d'intimité. Je décourageais ses avances du mieux que je pouvais et essayais de relancer la conversation, mais il se faisait de plus en plus audacieux et exigeant. Face à ses avances lubriques, je luttais pour contrôler mon dégoût total et, ensuite, seule dans ma chambre, je me promettais de trouver une échappatoire à ce mariage. Une nuit, dans un moment d'inspiration, je pensai à notre tutrice, Mme Ames. Je résolus de lui demander conseil. Pouvais-je travailler comme gouvernante ? Avais-je assez d'éducation pour enseigner ?

Mais quand je lui parlai, sa réponse fut immédiate.

— Ma chère ! Pourquoi voudriez-vous faire une telle chose ?

Au cours de la conversation unilatérale qui suivit, elle m'expliqua que l'enseignement n'était un destin acceptable que s'il n'y avait aucune alternative. Elle m'exposa une liste de raisons. D'abord, il y avait la difficulté à trouver un poste convenable. Ensuite, il y avait toujours la peur de perdre ce poste.

— Cela arrive sans arrêt, et que deviendriez-vous alors ? Vous vous retrouveriez à la rue ? Non, non, non ! Une fille comme vous doit se marier.

Découragée, je renonçai à cette issue.

Puis vint un bal donné à la Raleigh Tavern. M. Assomane nous y invita, Meg et moi. Depuis le temps, M. Assomane s'était rendu compte de l'opposition de Meg à nos fiançailles, et je crois que cette invitation était un effort pour s'attirer ses bonnes grâces. Au départ, je ne compris pas pourquoi elle avait accepté aussi volontiers, elle qui refusait habituellement les excursions sociales de ce genre. Elle me surprit encore davantage quand elle amadoua sa mère pour nous obtenir à chacune une nouvelle robe pour l'occasion. Ravie de l'intérêt de sa fille pour une sortie, Mme Sarah fit venir la couturière dès le lendemain.

Meg avait grandi cette dernière année, bien que pour ses quinze ans, elle restât petite avec une silhouette enfantine. Elle avait développé peu de courbes féminines, mais était vraiment très jolie lorsqu'elle retirait ses lunettes, ce qui accentuait son nez mutin et ses grands yeux bruns. Ses cheveux demeuraient difficiles à contrôler, car ils frisaient plutôt qu'ils ne bouclaient, et seuls des nattes ou des peignes très serrés arrivaient à les maintenir en place. Les épingles lui donnaient la migraine, disait-elle, alors, le plus souvent, ses cheveux étaient désordonnés.

Meg était toujours aussi passionnée par les plantes et ses recherches mais, depuis quelque temps, elle semblait avoir développé de l'intérêt pour un jeune homme. Il s'agissait de Henry Crater, que Marshall avait roué de coups quelques années plus tôt. Meg soutenait que son intérêt pour le jeune homme se rapportait uniquement à l'amour de la nature, car Henry, à présent à l'université, étudiait aussi la botanique. Mais, depuis peu, quand il venait échanger des livres sur le sujet, je remarquai que Meg retenait ses cheveux avec des peignes.

Le soir du bal, avant de nous habiller, je soulevai mes cheveux et les attachai joliment avec des rubans blancs. Voyant le résultat, Meg me tendit quelques rubans jaunes et me demanda de faire la même chose pour elle. Elle ne cessait de parler tandis que je m'occupais de sa coiffure et je souris quand elle laissa échapper qu'elle espérait voir Henry à l'événement.

Après nous être habillées, Meg et moi nous observâmes mutuellement. Nous avions chacune choisi une robe à la mode en linon blanc, avec une taille Empire, un décolleté carré et des manches courtes bouffantes. Pour les finitions, j'avais opté pour des rubans bleus, et Meg pour des broderies jaunes. Sous nos jupes, nous portions des culottes couleur chair, coupées pour s'adapter à la forme de la robe. Nous échangeâmes des éloges sur notre apparence et, quand je vis Meg sourire à son image dans le miroir, je la soupçonnai de voir, pour la première fois, ce que c'était que de se sentir belle.

C'était ma première sortie officielle avec M. Assomane et je dois avouer que, bien qu'excitée par une nouvelle expérience, j'aurais de beaucoup préféré être à la place de Meg. Dès l'instant où M. Assomane apparut dans sa calèche, je sus que la soirée serait délicate. Le long du trajet, il ne me quitta pas des yeux et, pour ma plus grande gêne, fixait tout spécialement le décolleté de ma robe. Il ne cessait de faire des commentaires sur ma beauté jusqu'à ce que Meg le prie de trouver un autre sujet de conversation. Il se tut alors, et je fus soulagée lorsque nous arrivâmes à destination. Les Madden étaient déjà là et vinrent nous accueillir.

Sans perdre une seconde, M. Assomane m'entraîna sur la piste de danse. Il se mouvait avec dextérité mais je n'étais pas à l'aise car, à chaque passe, ses yeux me couvaient d'une façon qui me faisait craindre la fin de la soirée. De toute évidence, il me considérait comme son trésor et, comme il s'agissait de notre première sortie publique, je ne doutais pas que les rumeurs allaient bon train dans la salle. M. Assomane ne voulait plus quitter la piste, mais quand j'aperçus Meg sur le côté, en pleine discussion avec Henry, j'insistai pour faire une pause. Cependant, pour mon plus grand malheur, M. Assomane continua de me suivre comme mon ombre. Je voulais parler à Meg en privé, pour m'assurer qu'elle rentrerait à la maison avec nous, et j'eus alors l'idée de demander un rafraîchissement à M. Assomane, qui me quitta à contrecœur. Bien sûr, ce fut le moment où Meg accepta d'aller danser avec Henry et, sachant que c'était une victoire pour lui, je ne les retins pas.

Depuis la piste de danse, Mme Sarah nous adressa un grand sourire pour manifester son approbation, d'abord en direction de Meg, puis de la mienne. Je fus soulagée en voyant Marshall s'avancer vers moi. Ma première pensée fut que j'allais être en sécurité, et je guettai impatiemment son approche. Il était superbe dans une veste de velours vert bouteille, sur un gilet assorti et un foulard en mousseline blanche. Il me regarda rapidement, s'inclina poliment, puis se plaça à mes côtés pour observer les danseurs.

— Vous n'avez jamais été aussi belle, dit-il.

— Marshall…, commençai-je, mais je ne savais pas comment poursuivre.

— Qu'y a-t-il, Lavinia ?

Il se pencha pour mieux m'entendre.

— J'ai peur.

— Peur ? De quoi ?

Il me regarda dans les yeux, et je vis tout de suite son inquiétude.

— Marshall ! Merci de veiller sur Lavinia, fit M. Assomane en nous rejoignant avec une confiance en lui fraîchement acquise. Je vais m'occuper d'elle à présent, ajouta-t-il, m'offrant à boire.

Marshall ne dit mot et mon cœur se serra lorsqu'il s'inclina brusquement et s'éloigna.

— Ma chère, fit M. Assomane, j'ai une faveur à vous demander.

— Oui ?

— J'ai promis à Molly que je vous amènerais à la maison ce soir pour qu'elle vous voie dans votre belle robe.

— Mais qu'en est-il de…

— J'en ai déjà parlé aux Madden. Je leur ai dit que nous reviendrions une fois Molly satisfaite.

Je scrutai la piste et aperçus les Madden en train de rire avec un autre couple tandis que Meg dansait avec Henry.

— Laissez-moi aller leur dire au revoir, dis-je.

— Non.

Il m'attrapa par le coude.

— Nous allons revenir. Venez maintenant, la calèche est prête.

— Mais je ne veux pas y aller.

— Vous décevriez Molly ? demanda-t-il.

J'hésitai et regardai autour de moi, essayant de penser à une échappatoire.

— Eh bien, moi, en tout cas, je ne veux pas la décevoir, reprit-il et, enfonçant ses doigts dans mon bras, il me fit traverser la salle bondée pour me conduire à la sortie.

Je gardai le silence lors du trajet vers chez lui, et fus un peu soulagée lorsqu'il ordonna au cocher d'attendre devant la porte. Il m'emmena dans un salon mais, comme je le craignais, Molly n'était pas là. Quand je me rendis compte que sa bonne était absente elle aussi, j'eus vraiment peur.

— Monsieur Assomane…

Il ne perdit pas de temps.

— Vous serez mon épouse dans quelques mois, déclara-t-il, comme pour fournir une excuse à l'agression qu'il s'apprêtait à commettre.

Je me débattis comme si ma vie dépendait de ma vertu, et j'aurais pu perdre la bataille s'il ne s'était pas pris les pieds dans ses hauts-de-chausses au moment où je m'enfuyais. Je sortis de la maison en courant, laissant mon châle derrière moi, me moquant d'être à moitié déshabillée. Quand j'atteignis la calèche, j'agrippai la poignée et donnai une adresse au cocher entre deux sanglots. Je hurlai en sentant des mains m'étreindre par-derrière. Les chevaux partirent en tressautant, mais je refusai de lâcher la porte de la voiture et fus traînée en avant jusqu'à ce que je perde ma prise.

— Lavinia ! C'est moi ! C'est moi !

Ce ne fut que quand je tombai de la calèche que je vis que l'homme qui me retenait n'était autre que Marshall.

Il me couvrit les épaules de sa veste, puis me ramena à la maison. Une fois là, il avait l'intention de me laisser pour aller chercher les Madden mais, certaine que M. Assomane réapparaîtrait, je le suppliai de rester. À mon grand soulagement, Marshall attendit que je monte me changer et me promit de ne pas bouger jusqu'au retour des Madden. Quand je redescendis, j'étais secouée de tremblements jusqu'à ce qu'il me verse une forte dose de brandy et me la fasse boire jusqu'à la dernière goutte. Le liquide me brûla la gorge mais m'aida à me calmer et, au bout d'un moment, comme je n'avais pas l'habitude de l'alcool, celui-ci me délia la langue. Je racontai à Marshall les libertés qu'avait prises M. Assomane et lui parlai ouvertement de ma révulsion à l'idée de l'épouser. Soudain, j'eus une pensée terrible.

— Suis-je toujours obligée de l'épouser ? demandai-je.

— Non, Lavinia. Vous en avez fini avec lui, m'assura Marshall.

— Mais j'ai dit oui…

— Et je n'ai jamais compris pourquoi.

— Je pensais que c'était la seule solution. Les Madden sont si bons pour moi. Je ne peux pas leur demander de m'entretenir encore longtemps.

— Vinny ! Vinny !

Meg entra en trombe, suivie de près par ses parents. Elle se précipita vers moi, puis s'arrêta et recula pour me regarder :

— Tu as bu ! lança-t-elle. Tu sens l'alcool à plein nez.

— Je lui ai donné du brandy, expliqua Marshall.

— Marshall ! gronda Mme Sarah.

— Elle en avait besoin, dit-il.

Meg commença l'interrogatoire.

— Que s'est-il donc passé, Vinny ? M. Assomane est venu trouver père. Il était blanc comme un linge. Il a dit d'horribles choses sur toi.

Je me tournai vers Marshall pour qu'il m'aide, mais il menait déjà M. Madden dans une autre pièce. Mme Sarah s'assit dans un fauteuil en face de moi et exigea de connaître toute l'histoire. Après que j'eus tout raconté, Meg m'entoura les épaules de ses bras. Ce fut alors que je me mis à pleurer.

Les fiançailles furent rompues, mais je m'en voulais terriblement d'avoir humilié les Madden avec mon échec. Je me sentais particulièrement coupable sachant que M. Madden était un ami de M. Assomane ; je savais qu'ils travaillaient en étroite collaboration. Je ne pouvais que deviner les questions et les rumeurs dont Mme Sarah était l'objet, et je ne savais pas quoi lui dire pour m'excuser. Personne ne me rapporta la version que propageait cet homme abominable, mais le peu qui me revint aux oreilles était assez diabolique pour que la moitié de la ville remette en doute mon intégrité. J'étais effondrée d'avoir mis cette famille dans une telle situation. Je me rendais compte qu'il me fallait vite trouver un moyen de prendre mon indépendance.

Je décidai d'attendre mon dix-septième anniversaire pour faire à nouveau appel à Mme Ames. J'avais l'espoir qu'elle comprendrait à présent mieux mon besoin et serait disposée à m'aider dans mes recherches de poste de gouvernante. Dans cette optique, je me concentrai plus que jamais sur mes études. Marshall ne fit jamais référence à cette nuit-là, mais, embarrassée à l'idée de ce qu'il avait vu, notamment mon état très déshabillé, j'étais plus réservée avec lui. Il continuait de nous enseigner le latin le samedi et, à nouveau, se joignait à la famille pour le dîner qui suivait.

Meg me soutenait, comme toujours. Un jour, peu après le bal, M. Degat, avec sarcasme, me demanda pourquoi j'avais rompu mes fiançailles. Meg répliqua sèchement en lui demandant des précisions sur une rumeur particulièrement horrible qui le disait en couple avec M. Alessi.

Au cours de cet automne-là et de l'hiver qui suivit, j'appréciais d'autant plus mes deux visites hebdomadaires à Mme Martha. Sa détresse était telle que je relativisais la mienne en sa présence et, chaque fois que je voyais ses yeux s'éclairer quand j'entrais dans la pièce, j'étais heureuse d'avoir quelque chose à offrir.

Le traitement avait enfin de l'effet sur elle. Les médecins avaient découvert que, quand on lui donnait du laudanum quatre fois par jour et pas seulement à l'heure du coucher, presque tous ses accès de folie disparaissaient. Avec cette amélioration, tous ses autres traitements furent suspendus et, petit à petit, son comportement se stabilisa. Parfois, je lui parlais de mon quotidien et elle manifestait de l'intérêt, semblant comprendre mes paroles. Je ne mentionnais pas mes inquiétudes quant à mon avenir, mais lui racontais des histoires légères inspirées de commérages villageois. Elle écoutait avec attention et, tandis que je parlais, elle me prenait souvent la main et la caressait avec affection.

Un jour, quand elle tendit la main vers la mienne, je ressentis une telle tendresse envers elle que je me demandai si ce sentiment se rapprochait de ce que je pourrais ressentir envers une mère. Elle remarqua mon émotion et, quand mes yeux s'embuèrent de larmes, elle prit ma main et la posa sur sa joue, pour la toute première fois. Après cela, mon attachement pour elle se renforça, et je pris la résolution de continuer à la voir quel que soit l'endroit où mon avenir m'emmènerait.

Mai arriva et, avec l'apparition des fleurs, j'essayai de me convaincre que mon avenir n'était pas aussi sombre que je l'avais imaginé. Je n'avais toujours pas écrit à Belle, car j'étais profondément peinée qu'elle n'ait pas jugé utile de m'apprendre la raison de la visite de Will – à savoir qu'il la voulait pour lui. Mais, en vérité, ce n'était pas la seule raison pour laquelle je n'avais pas écrit. Je savais que je n'avais aucune chance de retrouver la famille que j'aimais, et la pensée de garder contact était devenue trop déchirante.

Je décidai d'avoir une discussion avec Mme Ames le lendemain de mes dix-sept ans. Je me disais que, si elle ne pouvait rien pour moi, je prierais une dernière fois les Madden de m'aider à trouver une famille à la recherche d'une gouvernante.

Meg avait seize ans, l'âge auquel les études d'une fille sont censées prendre fin. On s'attendait à ce qu'une jeune femme de cet âge remplisse son emploi du temps d'obligations sociales, mais personne ne fut surpris lorsque Meg annonça qu'elle poursuivrait son apprentissage comme avant. Et bien que nous n'en ayons pas discuté, Meg partait du principe que je continuerais avec elle. Cependant, j'avais déjà obtenu un an de grâce, il était temps pour moi de trouver un emploi.

Environ une semaine avant mon anniversaire, l'humeur du foyer changea. Pour une raison que j'ignorais, les Madden étaient plus gais quand ils s'adressaient à moi ; même Meg, qui en général ne prêtait pas grande attention à l'attitude de ses parents, remarqua la différence. Je supposais que cela avait à voir avec leur gratitude pour mes visites régulières à l'hôpital. En effet, Mme Sarah faisait souvent remarquer que sa sœur allait beaucoup mieux et disait qu'elle était certaine que c'était grâce à moi.

Pendant l'hiver, Marshall prit l'habitude de venir le mercredi soir pour jouer aux cartes avec Meg et moi. Je lui restais extrêmement reconnaissante de m'avoir sauvée et, à cause de cela, je me retrouvais souvent à rêvasser de lui de façon romantique. Cela m'embarrassait et, de peur de me trahir, j'étais souvent plus réservée avec lui que j'en avais l'intention.

Lorsque Henry demanda à rejoindre nos parties de cartes de milieu de semaine, je redevins plus naturelle. Henry engagea prudemment un badinage amoureux avec Meg, et je commençai à plaisanter joyeusement avec Marshall.

J'étais mélancolique en revenant de l'hôpital l'après-midi de mon anniversaire. La veille, Mme Sarah m'avait demandé si quelque chose me ferait plaisir pour l'occasion. Nostalgique de mes pique-niques avec les jumelles, je répondis que j'aimerais emporter un dîner simple à partager avec Mme Martha. Mme Sarah sembla ravie de ma requête et, après avoir obtenu la permission de l'hôpital, fit préparer un panier à Bess.

Quand j'arrivai, le personnel de l'hôpital avait installé une petite table près d'un banc à l'ombre, dans la cour des fous, et l'on m'informa que celle-ci nous était exclusivement réservée pendant une heure. Mme Martha était plus alerte que jamais, et elle me regarda avec attention tandis que je couvrais la table d'une nappe en coton blanc, avant de la garnir d'assiettes en porcelaine bleue et blanche et de couverts en argent. Je la fis asseoir à côté de moi sur le banc et nous couvris les genoux de grandes serviettes en lin avant d'entamer notre petit festin composé d'asperges marinées, de jambon rôti, de pain frais et de tartelettes aux pommes recouvertes d'une crème épaisse. Elle attendit que je commence à manger, puis souleva ses couverts avec délicatesse et se mit à picorer.

Pendant le repas, je lui parlai de mes pique-niques à Tall Oaks. Du coin de l'œil, je voyais qu'elle était attentive, alors je lui racontai mes souvenirs avec plaisir comme si elle m'écoutait vraiment. Je m'immergeai dans le passé et revécus ma joie quand les jumelles et moi, rassasiées après un repas champêtre, nous allongions sur un tapis moelleux d'aiguilles de sapin. Quand je revins au présent, j'informai ma compagne silencieuse que c'était mon anniversaire. J'avais dix-sept ans, j'étais adulte. Mme Martha m'observa un moment, se tamponna la bouche de sa serviette et, pour la première fois depuis son hospitalisation, prononça une phrase complète :

— Quand le capitaine arrivera, Isabelle, nous retournerons à la maison.

Je la fixai sans répondre. J'attendis la suite, mais l'effort pour formuler cette pensée paraissait l'avoir vidée. Elle regardait dans le vague comme si elle était perdue. Sa serviette tomba par terre quand elle se leva de table, et elle s'éloigna sans la ramasser. Plus tard, quand je lui dis au revoir, elle semblait encore très loin.

* * *

À mon retour, je voulais monter directement dans ma chambre pour finir ce que j'avais commencé. Je préparais une liste de mes compétences pour l'employeur potentiel que Mme Ames, l'espérais-je, m'aiderait à trouver. Quand je descendis de la calèche, je fus surprise d'être accueillie par Marshall. Il prit mon panier et le posa à terre.

— Voulez-vous venir vous promener avec moi ? dcmanda-t-il.

— Meg vient-elle avec nous ? m'enquis-je en la cherchant du regard.

— Non, pas aujourd'hui.

— Mais Mme Sarah…

— J'ai sa permission.

J'aurais peut-être été inquiète s'il n'avait pas eu l'air de si bonne humeur. Il me prit la main et la mit à son bras, puis nous emmena d'un pas confiant sur un sentier, en cet après-midi doré. En silence, nous nous dirigeâmes vers le parc, où Marshall me fit asseoir sur un banc sous un cornouiller en fleur. Hésitante, je levai les yeux vers lui.

— Lavinia, déclara-t-il en me regardant, j'ai cru comprendre que vous aviez une fois de plus prouvé votre gentillesse.

Je ne voyais pas ce qu'il voulait dire et lui en fis la remarque.

— Je n'ai eu vent que récemment de vos visites à l'hôpital.

— Oh !

— Quelle gentillesse, Lavinia ! Quelle loyauté extraordinaire !

— Cela n'a rien d'extraordinaire, Marshall. Mme Martha me réconforte. Elle me rappelle la maison – Tall Oaks, j'entends.

— Alors vous considérez Tall Oaks comme votre maison ?

— C'est la seule dont je me souvienne.

— Et aujourd'hui, c'est votre anniversaire ?

Je ris, me demandant quel était le but de cette conversation.

— Oui, j'ai dix-sept ans, admis-je.

— Vous êtes au courant, alors, qu'à partir d'aujourd'hui vous êtes une femme libre ?

Je le regardai, l'air étonné. Bien que me sachant liée par contrat à sa famille, je ne me considérais plus en état de servitude.

— Je vais préparer des papiers si vous voulez.

— Seront-ils nécessaires ? demandai-je.

— Non.

Il sourit.

— Pas si vous acceptez mon projet.

Je lui lançai un regard interrogateur.

Il prit une profonde inspiration.

— Lavinia, j'ai une proposition à vous faire.

Immédiatement, je fus transportée par l'enthousiasme ; je compris ce qu'il était sur le point de suggérer. Il voulait que je devienne la dame de compagnie de sa mère ! Il nous ramènerait toutes les deux avec lui ! Je luttai pour contrôler mon excitation croissante.

— Cet automne, j'hériterai de la propriété de père. D'ici là, j'aurai terminé mes études, mais je ne resterai pas exercer ici en tant que juriste. J'ai l'intention de retourner à Tall Oaks pour gérer moi-même la plantation.

Il s'assit à côté de moi pour poursuivre :

— Vous devez savoir que vous m'êtes chère. Je veux que vous veniez avec moi, Lavinia. Je veux vous épouser.

Stupéfaite, je restai sans voix.

Il me prit la main.

— J'en ai déjà parlé avec mon oncle et ma tante, et tous les deux pensent que nous irions bien ensemble.

J'étais toujours incapable de parler.

— Lavinia, vous devez savoir que j'ai beaucoup de tendresse pour vous.

Puis, interprétant mon silence abasourdi comme un refus, il continua :

— Je vous en prie, réfléchissez-y.

— Eh bien… oui. J'en serais honorée, parvins-je à dire.

Pour toute réponse, il embrassa ma main gantée et me sourit. Je levai le bras pour libérer délicatement une de ses boucles blond cendré, emprisonnée sous le col rigide de sa chemise blanche.

— Nous serons heureux, me promit-il, et il m'attira contre lui dans une étreinte chaleureuse.

De retour à la maison je demandai sans attendre l'avis de Mme Sarah. Que pensait-elle d'un mariage entre Marshall et moi ?

— Vous êtes jeunes tous les deux, dit-elle, cependant je vois ton influence sur lui. C'est un homme heureux en ta présence, Lavinia. Je crois sincèrement que tu fais ressortir le meilleur de sa personne.

J'étais flattée d'entendre une telle remarque.

— Je sais à quel point tu as envie de retourner à Tall Oaks, continua-t-elle, et je suis sûre que tu as conscience des avantages sociaux que t'apporterait cette union.

Elle marqua une pause, observa ses mains, puis me regarda à nouveau.

— Ressens-tu de l'affection pour Marshall ?

— Oui, répondis-je en toute honnêteté. Oui.

— Dans ce cas, M. Madden et moi-même sommes ravis de vous donner notre bénédiction.

Le soir même, je sortis de mon silence et écrivis à Belle pour lui faire part de ma chance. J'étais folle de joie ! J'allais rentrer à la maison ! J'écrivis à quel point j'étais heureuse et à quel point j'étais reconnaissante envers Marshall de me sauver d'un avenir incertain.

Je ne cessais d'imaginer mon retour à la maison ! Mariée à Marshall, j'aurais la possibilité d'accorder des faveurs à la famille qui m'attendait. Je passais des heures entières à rêver les yeux ouverts : je réfléchissais à comment améliorer leurs habitations, à comment réduire leur charge de travail. Mon enthousiasme était tel que je croyais même Marshall capable de leur rendre un jour leur liberté, comme il l'avait fait pour moi.

Certains aspects de sa personnalité m'inquiétaient cependant, mais je gardais cela pour moi. Il était évident qu'il me faisait confiance comme à personne d'autre et, de ce fait, je voyais sa vulnérabilité – ce qu'il parvenait bien à dissimuler aux autres. Il était plein d'égards envers moi, mais si j'exprimais une opposition, une opinion différente de la sienne, il le prenait comme une attaque personnelle et s'isolait dans une de ses humeurs sombres. Par conséquent, j'appris vite à le soutenir quel que soit le sujet. Heureusement, il ne m'était pas difficile de me montrer souple, car j'avais vécu la plus grande partie de ma vie de la sorte.

Une moindre raison de m'inquiéter, mais que j'avais remarquée, était le manque d'affection physique de la part de Marshall. Nous sortions peu, bien qu'il m'ait accompagnée deux fois au théâtre. De toute évidence, il était fier de m'avoir à son bras, mais nous ne nous attardions jamais pour échanger avec d'autres personnes. En fait, nous rentrions immédiatement après l'événement et, une fois que j'étais en sécurité chez les Madden, il trouvait vite une excuse pour partir. Tandis que ses études touchaient à leur fin, il devait y consacrer encore plus de temps, alors il mit un terme à nos cours du samedi. Il continuait de venir pour les parties de cartes du mercredi soir, où Meg et Henry étaient toujours très complices, mais il ne restait jamais tard et ne demandait pas non plus à me voir en privé. En vérité, après mon expérience avec M. Assomane, j'étais soulagée ; toutefois, je me demandais pourquoi Marshall ne tentait pas au moins un baiser. À de nombreux égards, la façon dont il me traitait me rappelait mon attitude envers la poupée que Mama Mae m'avait donnée quand j'étais enfant. Je l'aimais tellement que je m'étais refusé la joie de jouer avec, n'osant l'adorer qu'avec les yeux. Mais en agissant ainsi, je m'étais privée de sa raison d'être.

Bien que Meg et moi restions de grandes amies, elle gardait un curieux silence quant à ma relation avec Marshall. Sentant sa réticence à en parler, je n'abordai avec elle aucune de mes inquiétudes.

La dernière semaine d'août, quand elle vint prendre mes mesures pour trois nouvelles robes – un présent des Madden pour mon mariage imminent –, la couturière nous surprit tous en nous annonçant la mort de M. Assomane. La ville bourdonnait de rumeurs. Le pauvre homme avait été retrouvé dans les bois, près d'une taverne en bord de route, à quelques kilomètres de Williamsburg. D'après les commérages, cette taverne abritait des femmes qui, selon les termes de Mme Sarah, « subvenaient aux besoins d'un certain type d'hommes ». Ce qui était étrange, c'est qu'il était bien connu que M. Assomane ne buvait pas. Cependant, il semblait qu'il avait absorbé une telle quantité d'alcool le soir de sa mort qu'il était tombé de son cheval et que sa tête avait violemment frappé un rocher.

Je me préoccupai tout de suite de sa fille, Molly, avant de me rappeler qu'elle avait une tante qui avait beaucoup d'affection pour elle. Je ne pouvais cependant pas dire que la nouvelle m'attristait, car cet homme m'inspirait encore une peur terrible. Bien que n'en ayant pas parlé aux Madden, j'avais confié à Marshall qu'à plus d'une reprise, j'étais certaine d'avoir aperçu M. Assomane la nuit, dans la rue, devant ma fenêtre.

Mme Sarah, Meg et moi émîmes entre nous toutes sortes de suppositions sur les circonstances du décès, mais, au dîner ce jour-là, nous gardâmes le silence. Nous n'oubliions pas que M. Assomane était un ami de M. Madden. Je lui exprimai ma compassion, mais malgré les remerciements qu'il m'adressa, je vis qu'il avait l'air soucieux.

Je voulais désespérément parler de cette nouvelle avec Marshall, alors je fus déçue lorsqu'il envoya ses condoléances sans venir en personne. Je ne le vis pas de la semaine et, quand il revint et que j'abordai le sujet, il fit une remarque dédaigneuse. Il était las de discuter de la mort de cet homme misérable, dit-il, et son attitude me fit comprendre qu'il valait mieux ne plus en parler.

* * *

Tout au long de cet été-là, je continuai de rendre visite à Mme Martha. Elle et moi n'avions pas de conversations à proprement parler, mais elle semblait toujours intéressée par ce que je lui racontais. Si un sujet attirait particulièrement son attention, elle avait tendance à répéter un ou deux de mes mots. Alors, j'embellissais l'histoire en question, je donnais plus de détails.

Je ne lui avais jamais parlé de Marshall, ni de notre relation mais, la date de notre mariage approchant, je savais que le moment était venu. Le jour où je choisis de l'en informer, nous étions assises à l'ombre, dans la cour des fous. C'était en fin d'après-midi, et le soleil d'août chauffait sans pitié, mais je préférais tout de même être dehors car c'était là que nous étions le plus tranquilles.

— Je vais épouser Marshall, lançai-je abruptement.

Elle ne répondit pas.

— Madame Martha, repris-je, ayant une étrange envie de pleurer, est-ce que vous comprenez ? Je vais épouser Marshall, votre fils.

Elle se mit à tapoter la manche de ma robe.

— Épouser Marshall, dit-elle d'une voix chantante, épouser Marshall.

Je l'interrompis comme j'avais appris à le faire.

— Oui. Nous allons nous marier en septembre et retourner à Tall Oaks.

— Tall Oaks, murmura-t-elle, Tall Oaks.

Elle leva la tête et regarda en direction du mur, comme si elle pouvait voir à travers.

— Qu'en pensez-vous ? demandai-je.

Elle se retourna vers moi et sourit, ce que je ne l'avais pas vue faire ces cinq dernières années. J'en fus si touchée que je me mis à pleurer.

Ce fut le sourire de Mme Martha qui me donna le courage de plaider sa cause auprès de Marshall. D'après ce que je savais, il ne l'avait pas vue depuis cette visite malheureuse des années plus tôt avec Mme Sarah. Je ne lui dis pas que j'étais au courant, mais lui demandai s'il accepterait de m'accompagner lors de ma prochaine visite à sa mère.

— Je ne peux pas ! lâcha-t-il.

J'entendis la douleur dans sa voix et n'insistai pas. Cependant, je lui demandai s'il serait envisageable de la ramener à la maison avec nous. Je promis de m'occuper d'elle.

Il commença par dire non, mais je remarquai une légère hésitation, et la fois suivante où je le vis de bonne humeur, je mis en avant les bienfaits pour Mme Martha si elle était chez elle : Mama Mae et les jumelles prendraient bien soin d'elle, et de bons repas stimuleraient sans doute son appétit. J'étais pleine d'optimisme et déclarai que je pensais possible qu'elle se remette totalement. J'utilisai à mon avantage son désir de me faire plaisir et, quelques semaines avant notre mariage, j'obtins gain de cause.

Notre mariage eut lieu en fin d'après-midi le 6 octobre 1801. Nous avions l'intention de célébrer la cérémonie au salon, mais il faisait un temps superbe, le jardin était encore si beau, et nous avions si peu d'invités que nous changeâmes d'avis au dernier moment. Meg et Henry se tenaient près de nous, et nous prêtâmes serment au milieu des chants d'oiseaux et du parfum des fleurs du chèvrefeuille tardif. Je portais une robe en satin ivoire, à taille haute, avec des manches arrivant aux coudes, et j'avais aux pieds les plus jolis escarpins pointus jamais fabriqués. Meg m'avait relevé les cheveux et les avait coiffés avec des barrettes ornées de perles et des petites rosettes de ruban en satin ivoire.

Environ un mois avant le mariage, au cours d'un de nos rares moments de solitude, Marshall m'avait informée qu'un compte avait été ouvert à mon nom. M. Madden en était responsable, mais je pouvais l'utiliser pour mes dépenses personnelles. Lorsque Marshall m'en révéla le montant, j'en fus stupéfaite et lui dis que je n'avais pas besoin d'une telle somme. Il éclata de rire.

— Vous aurez besoin de tout cela, et même davantage ! Je veux que vous ayez une nouvelle garde-robe.

— Mais je n'ai pas besoin…

— Ce n'est pas une question de besoin, Lavinia. Vous allez être ma femme, et je veux vous voir bien habillée. Souvenez-vous, si ce n'est pas suffisant, vous n'avez qu'à demander plus.

— Puis-je utiliser un peu de cet argent pour faire des cadeaux ?

Il rit à nouveau.

— Vous pouvez en user comme bon vous semblera, mais promettez-moi que je verrai une nouvelle garde-robe. Et n'oubliez pas votre robe de mariée.

Le jour de la cérémonie, tandis que M. Madden me conduisait vers mon promis sur le chemin de brique, je levai les yeux et fus remplie de gratitude en voyant le sourire approbateur de Marshall. Grâce à lui, mon avenir était garanti, et j'allais retourner chez moi. La courte cérémonie fut suivie par un vin d'honneur, et nos invités – notamment M. Degat, M. Alessi et Mme Ames – se réunirent pour porter un toast et nous souhaiter une vie d'époux longue et heureuse. Puis commença une tournée de discours et de levers de verres à la fin de laquelle tout le monde était très gai. Après le coucher du soleil, nous allâmes au salon qui avait été vidé de ses meubles. M. Alessi, accompagné d'un groupe de musiciens, se mit à jouer des airs auxquels personne ne pouvait résister, et bientôt nous dansions tous joyeusement. J'étais contente de voir que Marshall supportait l'alcool aussi bien que nous autres. À vrai dire, cela le détendit tout comme moi, et nous nous mîmes tous deux à rire et à nous taquiner comme des enfants.

Plus tard, Mme Sarah nous appela tous à la salle à manger, où nous nous délectâmes d'un festin que préparaient Nancy et Bess depuis plusieurs jours. À onze heures, tout le monde était parti. Marshall et moi restâmes chez les Madden ce soir-là, et nous montâmes bientôt nous coucher, chacun dans notre chambre. Marshall et moi dormîmes séparément ; il avait suggéré que nous nous reposions bien en prévision de notre voyage le lendemain.

Dans mon lit, cette nuit-là, je me remémorai la joie de la journée et ne pus trouver le sommeil. Et l'excitation de retrouver Tall Oaks n'aidait pas.

Nous partîmes tôt le lendemain matin, à bord d'une calèche bien chargée. Meg et moi restâmes agrippées l'une à l'autre jusqu'à ce que Marshall dise en plaisantant qu'il allait partir sans moi. Meg repartit en courant dans la maison quand je montai en voiture, et je ne me retournai pas pour faire signe aux Madden, de peur de déclencher mes propres larmes. Quand nous arrivâmes à l'hôpital, une autre calèche attendait avec, à son bord, Mme Martha déjà prête pour le départ. Deux infirmières de l'hôpital l'accompagneraient pour le voyage. Une fois que nous serions arrivés à Tall Oaks et que leur patiente serait bien installée, elles retourneraient à Williamsburg.

Les mots ne pouvaient exprimer ce que je ressentais ce matin-là. L'autre voiture ouvrit la voie et, quand elle partit, nos chevaux s'emballèrent. Distraite, je faillis tomber de mon siège. Si Marshall ne m'avait pas vite rattrapée dans ses bras, j'aurais été projetée hors de la calèche. Je me retournai et croisai son regard, puis nous surpris tous les deux en l'embrassant sur la bouche. Je m'enfonçai dans mon siège et rougis, pendant qu'il gloussait doucement. Nous étions en route ! Nous rentrions chez nous ! Un profond bonheur me submergea. Mes yeux se remplirent de larmes de joie, et je regardai par la fenêtre à travers des prismes colorés tandis que Williamsburg disparaissait peu à peu.

36

Belle

On n'a pas de nouvelles de Lavinia pendant longtemps, jusqu'à ce qu'elle écrive pour dire qu'elle va épouser Marshall. Je ne réponds pas. Pour dire quoi ? Qu'est-ce qui est arrivé à l'autre homme ? Comment est-ce que tu te retrouves avec Marshall ? Qu'est-ce qui te prend de l'épouser ?

Je dis à mama que ça ne va peut-être pas être si mal que ça, mais la nouvelle ne lui plaît pas du tout.

— Rien de bon va en sortir. Ce garçon attire toujours les ennuis, et j'aime pas penser que Lavinia sera au milieu de tout ça, dit-elle.

Je commence à avoir peur que Marshall s'en prenne encore à moi, mais Will Stephens dit que maintenant je lui appartiens, Marshall n'a plus aucun droit sur moi. Il dit aussi qu'il doit encore s'occuper de la propriété pendant un an, mais qu'ensuite on ira à sa ferme, à deux kilomètres d'ici, de l'autre côté du ruisseau. Je sais que sa ferme va bien marcher parce que, depuis qu'il est là, Ben et papa disent que la plantation ne s'est jamais aussi bien portée.

Un jour après la lettre de Lavinia, tout un chargement de caisses nous est arrivé de Williamsburg de la part des Madden. Will Stephens les emporte à la grande maison, et on est tous là quand il les ouvre. On recule, sans rien dire, quand il sort le papier peint blanc et rouge à mettre sur les murs. Papa l'aide à déballer deux nouveaux fauteuils rouges et des rouleaux de tissu couleur crème qui sont aussi doux que ma peau. Quand ils ont fini, Will nous lit la lettre des Madden nous disant que tout cela doit servir à décorer une chambre pour Lavinia.

Fanny se demande si c'est pour ça que Lavinia épouse Marshall, pour avoir toutes ces jolies choses.

— Si c'est pour ça qu'elle l'épouse, dis-je, elle a bien changé. La seule fois où je l'ai vue vouloir quelque chose pour elle, c'est quand elle a pris la poupée de Beattie. Et même là, elle était juste à la recherche de quelque chose à aimer.

Will a reçu des ordres pour nous : il faut déménager la chambre de Marshall dans le petit salon. On ne pose pas de questions, on se met tout de suite au travail pour tout faire selon les indications de la lettre. Maintenant, la grande maison est aussi belle qu'au moment du départ de Mme Martha, et on se demande tous si elle va revenir aussi. Sa chambre est prête au cas où.

Tout le monde sait qu'un grand changement arrive. Fanny, Beattie et Sukey guettent la calèche chaque jour. Moi aussi. Mais Ben dit que si Marshall ose encore mettre la main sur moi, c'est un homme mort.

Je n'ai jamais vu mama aussi silencieuse.

37

Lavinia

Ce fut un long périple pour revenir à la maison. Malgré la présence des infirmières expérimentées, je dus voyager plusieurs heures dans la voiture de Mme Martha. J'appris vite que Marshall était peu patient avec sa mère, mais j'ai apprécié qu'il ait prévu de subvenir à ses besoins. À chaque arrêt que nous faisions dans une taverne sur le chemin, elle était immédiatement emmenée dans une chambre qui lui était réservée où ses infirmières s'occupaient d'elle jusqu'au matin suivant. À grands frais, j'avais droit moi aussi à ma propre chambre. Je me demandais néanmoins pourquoi Marshall ne se joignait pas à moi ; il passait souvent la nuit dans une salle commune avec d'autres voyageurs.

Chaque journée de trajet devenait plus difficile pour Mme Martha. Le dernier jour, je savais que ce serait moins pénible pour elle si j'étais dans sa voiture, alors, ce matin-là, je priai Marshall de seller son propre cheval et de voyager en avant. Je vis que ma suggestion le soulageait, et il s'exécuta sans attendre.

En fin d'après-midi, alors que Mme Martha s'était endormie, nous parcourûmes le long chemin menant à Tall Oaks. Le buis vert de chaque côté de la route sinueuse avait beaucoup poussé et, quand j'aperçus enfin la magnifique maison, elle brillait d'une couche de chaux toute fraîche. Tandis que nous approchions, je vis de la fumée s'échapper de la cheminée de la dépendance et j'eus du mal à me retenir de bondir hors de la calèche. J'étais certaine que tout le monde serait à la grande maison pour m'accueillir et je fus déçue de ne voir que Papa George sur le perron. Lorsqu'il ouvrit la porte de la voiture pour m'aider à sortir, je voulus l'étreindre, mais il recula adroitement. Il dut voir ma peine, car il serra ma main gantée dans la sienne et s'inclina légèrement. Il fit semblant de regarder à l'intérieur de la calèche avant de demander :

— Vous avez vu m'ame Abinia ? On dit qu'elle doit revenir à la maison.

— Oh ! papa ! dis-je en riant. Tu sais bien que c'est moi.

— Mon Dieu !

Il me regarda et secoua la tête.

— M'ame Abinia est revenue, et maintenant c'est une dame.

— Je n'ai pas changé, papa.

Je regardai autour de moi.

— Où sont-ils tous ?

Avant qu'il ait le temps de répondre, Mama Mae apparut sur le seuil de la porte principale. J'oubliai tout du décorum de Mme Sarah et appelai Mama Mae en courant pour aller la saluer. Je me jetai à son cou et, bien qu'elle ne repoussât pas mon étreinte, elle ne fit rien pour la prolonger. Je m'en serais inquiétée si je n'avais pas aperçu d'autres yeux pétillants par-dessus l'épaule de mama.

Je n'aurais sans doute pas reconnu Fanny si je n'avais pas vu ses yeux. À dix-sept ans, avec un front large et des dents proéminentes, elle n'était pas plus qu'avant une beauté.

Elle était à présent grande et très mince, mais c'était son fichu qui modifiait le plus son apparence. J'avais l'habitude de voir ses cheveux noirs, en général tressés, lui encadrant le visage. Le morceau de tissu bleu marine ne flattait en rien sa peau foncée.

— Fanny ! appelai-je en franchissant la porte pour la rejoindre.

Du coin de l'œil, je vis que mama lui faisait un signe de tête.

Fanny recula pour faire une étrange tentative de révérence.

— M'ame Abinia, ça fait vraiment plaisir de vous avoir à nouveau à la maison.

Je pensais que cette formalité était une plaisanterie et j'aurais ri si les infirmières éreintées n'étaient pas alors apparues avec Mme Martha. Leur patiente était énervée et désorientée et, à ma grande déception, ne reconnaissait pas sa maison. Je l'emmenai dans sa chambre avec mama et Fanny. Je mesurai sa dose de laudanum et, tandis que le médicament faisait effet, mama et Fanny la préparèrent pour la coucher. Entre-temps, je regardai autour de moi et remarquai comme tout étincelait. Je fis compliment à mama et à Fanny de s'être si bien occupées de la maison.

Mama sourit.

— Vous allez être une parfaite jeune maîtresse, dit-elle.

— Oh ! mama, lançai-je, ne m'appelle pas comme cela !

— C'est ce que vous êtes maintenant. Quand il est arrivé ce matin, m'sieur Marshall nous a dit clairement qu'on devait vous appeler « la maîtresse ».

Embarrassée, je ne savais pas quoi répondre. J'avais le visage en feu.

— Abinia, reprit mama avec douceur, ce nom veut rien dire. Tout le monde ici sait qui vous êtes pour eux, vous inquiétez pas pour ça.

Fanny hocha la tête en signe d'approbation.

Une fois Mme Martha endormie, mama me dit de descendre à la salle à manger, où m'attendait Marshall. Je n'avais pas très faim, bien qu'il fût l'heure du souper. Quand j'entrai dans la pièce, Marshall était déjà attablé. Je vis Oncle Jacob qui attendait près de la table.

— Oncle Jacob !

J'allai me précipiter vers lui quand je vis le regard de Marshall. Son air contrarié me refroidit et je marchai normalement jusqu'à ma chaise. Une fois assise, je me tournai vers le vieil homme.

— Comment vas-tu, Oncle Jacob ? demandai-je.

— Très bien, m'ame Abinia, répondit-il.

Il ne me regardait pas dans les yeux, et cela me rappela la froideur des serviteurs chez Mme Sarah. Avant que je puisse lui poser d'autres questions, Marshall se lança dans une tirade sur la plantation et ses idées pour l'avenir. À la fin du repas, Beattie vint débarrasser la table. Bien qu'elle portât elle aussi un fichu, le sien était d'un joli jaune, et je l'aurais reconnue n'importe où. Elle était plus petite que Fanny, mais aussi plus pulpeuse. Ses yeux bruns brillaient et, quand elle souriait, elle était aussi belle que dans mon souvenir. Je me levai pour aller vers elle, mais Marshall m'attrapa la main et fronça les sourcils. À contrecœur, je me rassis.

— Beattie ! Comment vas-tu ?

— Très bien, Abinia.

Elle jeta un coup d'œil vers Marshall puis se corrigea :

— M'ame Abinia.

Marshall demanda plus de vin à Oncle Jacob, et Beattie profita de ce moment de distraction pour me lancer un autre sourire. Je la suivis des yeux tandis qu'elle quittait la salle à manger et, alors que la porte s'entrouvrait, j'aperçus une autre petite fille qui me regardait subrepticement. Cette fois, je ne pus me retenir. J'écartai ma chaise de la table, courus vers la porte et l'ouvris en grand. L'enfant avait les cheveux tressés et ne portait pas de fichu. Elle avait une grande bouche rose, un visage tout rond et de grands yeux solennels. Elle tripotait le col rose brodé qui agrémentait sa robe toute simple, sans doute l'œuvre de Beattie. Je franchis la porte et la laissai se refermer derrière moi.

— Sukey ? demandai-je, en m'agenouillant devant elle, me moquant d'être dans ma plus belle robe de voyage. C'est Sukey ?

Elle acquiesça timidement.

— Tu te souviens de moi ?

— Tu es ma Binny, dit-elle, et j'eus l'impression que la Terre s'arrêtait de tourner quand elle vint dans mes bras.

Marshall ouvrit la porte avec une telle violence que, surprises, nous nous séparâmes. Il me regarda d'un air étrange, puis fit un signe de tête en direction de Sukey.

— Qui est-ce ? demanda-t-il.

— C'est Sukey.

Je me relevai et passai un bras autour des épaules de l'enfant.

— Je la connais depuis qu'elle est bébé.

— Lavinia, dit Marshall, ça commence à bien faire. Le voyage a été long. Pourrait-on arrêter ces comédies et finir de souper ?

Je lâchai Sukey sans discuter, mais lui chuchotai à l'oreille : « À plus tard », avant de suivre Marshall dans la salle à manger. Une fois assis, mon nouveau mari et moi terminâmes notre premier repas chez nous dans un silence gênant.

Je n'eus pas besoin des encouragements de Marshall pour me retirer tôt. Il m'informa que je m'installerais dans la chambre face à la nursery, celle qu'avait occupée le tuteur. Je m'en souvenais comme d'une pièce sombre et inquiétante et, bien que mama connût mon appréhension, elle m'y conduisit tout de même. Quand elle ouvrit la porte, le changement était tel que j'en eus le souffle coupé.

Les murs étaient recouverts de tissu rouge et ivoire, tandis que les deux hautes fenêtres et le lit à baldaquin arboraient des rideaux damassés ivoire. Deux petits fauteuils tapissés de soie rouge invitaient à s'asseoir près de la cheminée où un feu crépitait et, de l'autre côté de la pièce, sur un bureau, la flamme d'une lampe à pétrole vacillait, illuminant deux empreintes botaniques de Meg.

Mama me regarda, pleine d'espoir.

— C'est magnifique, mama, murmurai-je.

J'étais déterminée à montrer mon appréciation, mais tout allait de travers. Depuis mon arrivée, je me sentais mal à l'aise et, d'une certaine façon, cette pièce était la parfaite incarnation de mon trouble. Je n'avais pas l'impression d'être chez moi. La décoration de la chambre qui m'était réservée était certes très jolie, mais je ne retrouvais pas la maison que je connaissais, celle dont j'avais rêvé. Mon retour ne ressemblait en rien à ce que j'avais espéré.

Mama me sourit comme pour atténuer la dureté de sa phrase suivante :

— M'appelez plus mama. Vous devez m'appeler Mae. M'sieur Marshall dit que c'est ce qu'il veut.

Je fronçai les sourcils. Mama ajouta avec douceur :

— Tout ça va prendre du temps pour s'habituer, mais vous savez qu'on est tous avec vous.

Fanny arriva à la porte pour demander à mama de l'aider avec Mme Martha. Je voulus les accompagner, mais mama refusa.

— Ce soir, on s'occupe d'elle. Vous, vous restez là.

Fanny passa la tête dans l'embrasure de la porte avant de partir.

— Abinia, la chambre vous plaît ? On s'est tous donné du mal pour qu'elle soit belle pour vous.

— Oh ! elle est superbe, Fanny ! répondis-je avec toute la sincérité dont j'étais capable.

Après qu'elle eut fermé la porte, j'errai dans la chambre, puis m'assis sur le bord du lit. Je restai là un long moment jusqu'à ce que, submergée par la solitude, je m'approche de la fenêtre. Ma chambre jouxtait les appartements de Mme Martha et, quand je regardai le jardin familier, la nuit était assez claire pour voir la dépendance et le sentier qui menait à la cabane de papa et mama. Je pouvais distinguer la grange et crus apercevoir de la fumée s'échapper d'une cheminée du quartier des esclaves. J'inspirai profondément.

— Je suis à la maison, murmurai-je. Je suis à la maison.

Plus tard, cette nuit-là, j'étais déjà couchée quand Marshall entra dans ma chambre. Il buvait depuis le souper, et il était facile de voir qu'il avait un peu trop forcé sur l'alcool. Il arriva avec un verre à moitié rempli de brandy et, tandis qu'il s'approchait de moi, il trébucha et en renversa une bonne partie sur l'un des fauteuils en soie. En temps normal, je me serais précipitée pour nettoyer, mais quelque chose me disait qu'il valait mieux ne pas s'en occuper.

J'étais tendue, car nous n'avions pas encore été intimes. Je me demandais s'il était vierge tout comme moi, mais, lorsqu'il se débarrassa de ses vêtements et m'attira contre lui, je cessai de m'interroger. L'acte fut rapide et brutal et Marshall ne montra aucune tendresse, mais ensuite, quand je rabaissai ma chemise de nuit, il posa la tête sur mon ventre et, d'une voix ivre, implora mon pardon. Je passai mes doigts entre ses boucles et lui caressai la tête pour l'apaiser, jusqu'à ce qu'il s'endorme. Moi aussi, je voulais désespérément trouver le réconfort, courir voir Belle à la dépendance ; cependant, je restai dans ma chambre. J'avais peur de réveiller mon mari, mais il y avait également une autre raison, quelque chose qui me hantait depuis un an. Je ne supporterais pas de voir Will Stephens partager la maison de Belle.

Assise sur le lit, je regardai la lumière du feu mourir peu à peu. Engloutie par l'obscurité, je reconnus que, peut-être, en pensant que ce mariage me permettrait de retrouver ma famille, j'avais commis une terrible erreur.

Je me réveillai tard le lendemain matin et vis que Marshall m'avait laissé un mot me disant qu'il était parti inspecter la plantation avec Will Stephens. Il me rejoindrait pour déjeuner à deux heures de l'après-midi.

Je m'habillai hâtivement et allai directement dans la chambre de Mme Martha. Quand mama me trouva dans la chambre bleue, elle s'inquiéta pour moi et m'incita à descendre déjeuner, ou peut-être voulais-je qu'elle m'apporte un plateau dans ma chambre ?

— S'il te plaît, mama, arrête. Arrête de te faire du souci pour moi, s'il te plaît. Tu sais que je peux me débrouiller toute seule.

— Vous devez m'appeler Mae, dit-elle d'un ton ferme.

Je ne répondis pas.

— Comment va Mme Martha ? demandai-je.

— Venez voir par vous-même, répliqua mama.

Mme Martha était déjà assise dans un fauteuil où Sukey lui peignait les cheveux. Un plateau de petit déjeuner était rangé sur le côté et, d'après ce que je vis, Mme Martha avait mangé de bon appétit.

— Isabelle ! lança-t-elle en m'apercevant, et je fus ravie de voir à quel point elle avait l'air alerte et heureuse.

Je m'approchai d'elle pour l'étreindre. Puis je passai le bras autour des épaules de Sukey.

— Bonjour, bébé, dis-je, et nous nous prîmes dans les bras en riant. Mama, demandai-je, peux-tu te passer de nous si nous descendons un moment à la dépendance ?

Mama ne répondit pas.

— Mama ? fis-je à nouveau.

— M'ame Abinia, vous devez m'appeler Mae.

Je ne cédai pas.

— Non, mama. Non.

Je ne l'avais encore jamais défiée, et nous nous regardâmes, aussi surprises l'une que l'autre.

Elle me tourna le dos et sortit vers la chambre bleue ; je la suivis, laissant Sukey et Mme Martha.

— Appelez-moi Mae, dit-elle à nouveau.

— Non.

— Petite, c'est moi qui vous ai élevée, et je dis que vous allez m'appeler Mae !

— Non, mama, l'implorai-je.

Mama s'assit sur une chaise en bois et attendit un moment avant de lever les yeux vers moi.

— Pourquoi vous me faites ça, p'tite ?

— Parce que tu es mama.

Je fondis en larmes, l'angoisse de la journée et de la nuit précédentes alimentant mes sanglots. Mama se leva, et j'allai me blottir entre ses bras ouverts.

— Rien n'est comme avant, mama ! dis-je en pleurant. Rien n'est comme avant !

Elle sortit un grand mouchoir de sa poche et m'essuya les yeux.

— Tout va bien se passer, assura-t-elle. Il faut du temps, c'est tout. Allez-y maintenant. Emmenez Sukey à la dépendance, et moi je reste ici. Il y a quelqu'un qui vous attend.

Belle revenait du verger, un grand panier de pommes dans les bras. Un petit garçon de quatre ou cinq ans courait près d'elle, lançant une pomme en l'air. J'hésitai, puis accélérai mon allure. Quand Belle m'aperçut, elle posa son panier, m'appela, et courut vers moi. Nous nous étreignîmes jusqu'à ce que Belle s'écarte pour voir combien j'avais grandi. Sukey m'amena le petit garçon.

— Vous connaissez Jamie ? demanda-t-elle en le poussant en avant.

— Bien sûr que oui !

Je le connaissais depuis sa naissance, mais, quand je m'accroupis, j'eus du mal à en croire mes yeux. Il avait des cheveux blond cendré tout bouclés, et son regard bleu éclairait un visage qui aurait pu être celui de Campbell au même âge. Toutefois, je remarquai immédiatement que son œil gauche était recouvert d'une sorte de pellicule blanche et, à la façon dont il penchait la tête pour m'observer, il était évident qu'il ne voyait pas bien.

— Bonjour, Jamie.

Je lui pris la main.

— La dernière fois que je t'ai vu, tu étais haut comme ça.

Il recula et courut rejoindre Belle. Elle lui tapota la tête.

— C'est la première fois qu'il voit une dame.

Elle l'envoya en avant avec Sukey, puis me saisit le bras et nous prîmes le chemin de la cuisine. Beattie était en train de préparer le dîner. Elle continua de travailler quand nous entrâmes, mais, quand je lui proposai de l'aider, elle m'invita à m'asseoir.

Fanny arriva bientôt de la grande maison, mama l'avait libérée de ses tâches pour qu'elle puisse nous rejoindre. Sukey s'assit à côté de moi, et je mis mon bras autour de ses épaules tandis qu'elle plaçait le sien autour de ma taille. Je ressentais pour elle une tendresse que j'aurais pu avoir pour mon propre enfant.

Il ne nous fallut pas plus de quelques minutes pour nous mettre à parler toutes en même temps, et bientôt la cuisine résonna de nos éclats de rire. C'est ainsi que, à la dépendance, je retrouvai enfin un peu de ce que j'avais tant espéré. Mais cette joie fut de courte durée.

Mama était à bout de souffle quand elle apparut à la porte. Elle nous fit signe, regardant en direction de la grange.

— Venez. Ils sont de retour, et m'sieur Marshall sera là bientôt.

En percevant l'anxiété dans sa voix, nous réagîmes toutes sans attendre. Beattie et Belle reprirent leur travail dans la cuisine, tandis que Fanny, Sukey et moi suivîmes rapidement mama jusqu'à la grande maison.

38

Belle

Quand Lavinia était enfant, elle vomissait dès qu'on avait le dos tourné. Si quelqu'un la regardait de travers, son repas remontait immédiatement. Bien souvent, mama et moi on se disait qu'elle ne vivrait pas longtemps. Comment cette petite a fait pour devenir belle comme elle est, je ne sais pas. Maintenant elle est plus grande que moi. Elle se tient très droite et, quand elle marche, elle se déplace si élégamment qu'on a l'impression que ses pieds ne touchent pas terre. On a toujours le sentiment que ses os pourraient se casser facilement, cependant elle est assez ronde pour ressembler à une femme. Ses cheveux ont foncé, mais ils restent bien roux. Elle parle comme avant, d'une voix douce et posée, mais à présent, elle a une façon de dire les choses qui vous fait savoir que c'est une dame. Mama dit que c'est dur à croire, mais si on la voit à côté de Mme Martha, à part les yeux, elle lui ressemble énormément.

La première fois que je vois Marshall, il va à la grange, et je fais un bond en arrière pour qu'il ne me voie pas. Sukey et Jamie jouent dehors, et Marshall se dirige droit vers eux. Il ne dit rien, il fixe juste Jamie comme s'il n'en croyait pas ses yeux. Je sais qu'il a l'impression de se revoir enfant. Je sors et j'appelle Jamie pour qu'il rentre. Marshall lève les yeux et regarde Jamie courir vers moi. Mes mains tremblent tellement que j'ai du mal à refermer la porte. Puis je me suis assise. Voilà à quel point cet homme me fait peur.

Je sais que je vais aller à la ferme de Will, mais, d'ici là, je ne dors que d'un œil, avec le couteau de cuisine sous mon lit. Mama et papa aimeraient que Ben et moi on parte d'ici avant qu'il arrive quelque chose. Ben ne voit pas les choses comme papa. Papa dit que Ben doit rester à sa place, mais Ben rétorque qu'il la connaît bien, sa place, et qu'elle ne se trouve sûrement pas au-dessous d'un Blanc aussi méchant.

Marshall n'est rentré que depuis quelques jours, mais tout le monde est déjà sur ses gardes. Comme quand on sait que l'orage arrive, et que la foudre va frapper.

39

Lavinia

Ce deuxième jour, au déjeuner, j'étais inquiète du mauvais caractère de mon mari. Tandis qu'Oncle Jacob servait le délicieux plat qu'avaient préparé Belle et Beattie, j'essayai de manger. Finalement, l'estomac noué, je posai mes couverts et, nerveuse, commençai à lisser la lourde serviette en lin qui me couvrait les genoux, tout en écoutant les plaintes de Marshall avec une appréhension croissante. Will Stephens, disait-il, avait massacré la plantation. Oh, Stephens était beau parleur, et il avait berné son oncle Madden à Williamsburg, mais il suffisait d'ouvrir les yeux pour voir à quel point l'exploitation avait été mal gérée. Marshall ne s'interrompit qu'une seule fois, pour ordonner à Oncle Jacob d'apporter une autre bouteille de vin.

Oncle Jacob eut un instant l'air surpris. Je pris la main de Marshall.

— Cela ne pourrait-il pas attendre le souper de ce soir ? demandai-je, mais quand mon mari se dégagea à la hâte, je me rendis compte de mon erreur.

Lorsque Oncle Jacob partit pour la cave, Marshall se tourna vers moi, le visage sévère.

— N'essayez plus jamais de me contredire, Lavinia.

— Marshall, je ne voulais pas…

— Je me fiche de savoir ce que vous vouliez ou non, m'interrompit-il. Vous êtes ma femme, vous ne devez pas me remettre en cause !

Je scrutai son visage furieux, si fermé que je compris qu'il ne servait à rien de discuter. Quand Oncle Jacob revint et commença à servir le vin, Marshall insista pour qu'il remplisse aussi mon verre. Il but deux verres à intervalles très rapprochés, puis s'appuya au dossier de sa chaise et m'observa après qu'Oncle Jacob eut rempli son verre une troisième fois. Trop angoissée pour lancer un nouveau sujet de conversation, je fis un effort pour me remettre à manger. Quand, par accident, j'égratignai la porcelaine avec mes couverts, je levai les yeux pour présenter mes excuses et fus étonnée de voir que l'humeur de mon mari avait changé. Il me fit un gentil sourire, leva son verre, et hocha la tête pour que je fasse de même.

— Portons un toast, Lavinia, déclara-t-il.

Je m'efforçai de sourire en approchant mon verre du sien.

— À nous, Lavinia. Puissions-nous toujours être aussi heureux.

Marshall ne vint pas dans ma chambre cette nuit-là, mais il se présenta la nuit suivante, à nouveau en état d'ébriété. Il n'était pas doux, et l'acte ne fut pas agréable pour moi. Néanmoins, je connaissais ma responsabilité et l'idée de me refuser à lui ne me traversa même pas l'esprit.

En vérité, j'avais espéré que ces rencontres nocturnes seraient un moyen de nous rapprocher. Très vite, cependant, je me rendis compte que, pour Marshall, il ne s'agissait pas d'un acte d'intimité, plutôt d'une activité à réaliser ivre. Les semaines suivantes, quand il venait, il ne restait pas la nuit entière et partait peu après avoir fini. Me retrouvant alors seule, allongée sur mon lit, je me demandais ce qu'il était advenu du Marshall que j'avais connu à Williamsburg.

C'était le matin que Marshall était dans les meilleures dispositions. Il se levait tôt, plein d'ambition et désireux d'entamer la journée, mais il commençait à boire dès le repas du midi, et en général son humeur se dégradait. Il était rarement énervé à cause de moi, car j'anticipais ses besoins et acquiesçais toujours si nécessaire. Toutefois, au fil des jours, sa colère envers Will Stephens s'intensifiait.

Je commençai à redouter nos déjeuners, quand débutaient ses tirades contre Will. J'étais rassurée par la présence constante d'Oncle Jacob dans la salle à manger, ainsi que par celle de Beattie, qui faisait le service. Souvent, quand elle posait ou reprenait une assiette, elle me frôlait la main ou croisait mon regard, me rappelant que je n'étais pas seule.

Quelques semaines après notre retour, Beattie portait le médaillon en or que je lui avais rapporté comme cadeau de Williamsburg. Marshall le remarqua et, après quelques verres de vin, lui demanda d'un ton amical qui le lui avait offert.

— M'ame Lavinia, répondit-elle, toute fière.

— Mme Lavinia ? dit-il en se tournant vers moi. Et où votre maîtresse a-t-elle trouvé l'argent pour un si beau présent ?

— Auprès de vous, Marshall, répondis-je en lui souriant. C'est grâce à l'argent que vous m'avez donné à Williamsburg. Vous m'aviez dit que je pouvais acheter des cadeaux si je le souhaitais.

Ses traits se durcirent.

— Naturellement, je pensais que vous parliez de mon oncle, de ma tante ou de Meg.

— Mais vous avez dit…

— Et qui d'autre dans ce foyer a bénéficié de ma générosité ?

— Marshall, je vous en prie, vous me gênez.

— Qui d'autre ? hurla-t-il.

Je secouai la tête, refusant de répondre.

— Donne-moi ça, ordonna-t-il à Beattie, qui retira le pendentif d'une main tremblante.

Il le glissa dans son gousset et se leva pour me faire entendre un précepte sans appel :

— Vous ne devez jamais acheter de présents aux domestiques sans mon accord. Ce sont vos serviteurs ! Pour l'amour du ciel, Lavinia. Essayez de vous élever à votre nouveau rang !

Après qu'il eut quitté la pièce, Beattie et moi nous regardâmes, bouleversées.

— Je suis désolée, dis-je à Beattie.

— C'est pas grave, m'ame Abinia, répondit-elle tandis qu'elle débarrassait la table avant de pouvoir se retirer.

Restée seule dans la salle à manger, je me rappelai le jour où Mme Martha avait joué de la harpe pour la première fois en ma présence. Elle m'avait alors parlé de solitude et, ce jour-là, je compris mieux que jamais ce qu'elle avait voulu dire. Cependant, forte de ce souvenir, je devins déterminée à construire une meilleure relation avec Marshall et à retrouver l'amitié qui nous liait à Williamsburg. Alors seulement pourrais-je faire appel à lui pour les besoins de ma famille.

Mama Mae essayait de me guider dans mon rôle de maîtresse. Ce fut elle qui eut l'idée de réserver du temps à l'inventaire de la maison, de nous rendre dans chacune des pièces pour en vider armoires et commodes, tiroirs et placards à linge, et d'établir une liste complète des affaires du foyer. Mama me suggéra d'informer Marshall de cette initiative, afin qu'il sache comment j'occupais mon temps. J'allai donc lui en parler et, quand je vis son approbation, je me rendis compte que mama comprenait mon nouveau rôle, et peut-être même mon mari, mieux que moi-même. Bientôt, une bonne partie de mes journées fut donc consacrée à faire du tri et du rangement dans la grande maison.

J'aidais à prendre soin de Mme Martha et, l'après-midi, j'avais plaisir à lui faire la lecture. Parfois, le matin, après m'être assurée que Marshall avait quitté la cour, je descendais en courant pour une courte visite à la dépendance. Je savais que cela mettait mama mal à l'aise, mais j'y allais quand même, espérant toujours y trouver Belle seule. C'était elle qui, pensais-je, pourrait répondre aux questions intimes que je me posais à propos de mon mariage, mais les rares fois où je la voyais, nous étions toujours entourées d'autres personnes qui m'assaillaient de questions sur ma vie à Williamsburg.

Nous n'étions rentrés que depuis un mois, et Marshall avait déjà pris l'habitude de boire beaucoup d'alcool au déjeuner. À mon insu, il m'avait vue me rendre un matin à la dépendance. Ce jour-là, au cours du déjeuner, mon mari fit signe à Oncle Jacob de le resservir en vin, puis me prit la main.

— Alors, Lavinia, commença-t-il sans animosité, qu'avez-vous fait ce matin ?

— Mama et moi sommes en train de dresser l'inventaire de la nursery, répondis-je rapidement.

Marshall serra ma main, et je me rendis compte trop tard que j'étais prise au piège.

— Mais vous étiez à la dépendance. Je ne veux pas que vous y alliez. Est-ce que c'est clair ?

J'essayai de dégager ma main, mais il continuait de la presser avec force. Ses yeux brillaient face à ma gêne.

— Mais mama et…, murmurai-je, jetant un coup d'œil en direction d'Oncle Jacob.

— Mama !

Il cracha ce mot.

— Vous êtes ma femme. Vous devez l'appeler Mae !

— Marshall ! Vous me faites mal…

Il serrait de plus en plus fort et je suffoquais de douleur tout en essayant de me libérer.

— J'ai dit que vous deviez l'appeler Mae ! Vous m'entendez ?

— Oui, gémis-je.

Oncle Jacob s'éclipsa de la pièce, je voulus l'appeler pour lui dire de rester, mais je n'osai pas. Heureusement, Marshall m'avait lâchée quand Oncle

Jacob réapparut. Abasourdie, la main endolorie, je regardai mon mari se remettre à manger.

Soudain, mama jaillit dans la pièce.

— Excusez-moi, m'sieur Marshall ! M'ame Abinia, j'ai besoin de votre aide avec m'ame Martha !

Elle repartit en courant et je me levai, inquiète.

— Il faut que j'y aille, dis-je, avant de la suivre rapidement.

Je me précipitai dans l'escalier derrière mama et, quand nous atteignîmes la chambre bleue, elle referma la porte à la hâte, puis m'envoya dans la pièce à côté tandis qu'elle restait en arrière. Mme Martha, assise dans son fauteuil, me sourit d'un air heureux. Debout à côté d'elle, Fanny m'observait avec anxiété. Nous sursautâmes toutes les trois en entendant de grands coups dans la chambre bleue. Fanny et moi nous précipitâmes et trouvâmes mama en train de frapper une chaise en bois contre le sol.

— Mama !

Je n'avais aucune idée de ce qu'elle faisait.

Elle porta un doigt à ses lèvres, puis nous dit tout bas de vite retourner dans l'autre chambre.

— Comme ça, dit-elle en martelant le plancher des pieds. Allez, allez.

Elle nous fit signe de nous éloigner.

Fanny se mit à courir d'un pas lourd, et je me demandai si toutes deux n'étaient pas devenues folles. Oncle Jacob frappa à la porte.

— M'sieur Marshall veut savoir s'il doit faire venir le docteur.

— Non, répliqua mama. Dis-lui qu'on a juste besoin d'un peu de temps, c'est tout.

Puis elle s'approcha de moi, souleva mon bras pour inspecter ma main enflée, et je compris enfin.

— Il va falloir qu'on fasse tremper ça, dit-elle.

— Comment as-tu su ? murmurai-je.

— Il a sonné ça, répondit mama.

Elle désigna la sonnette qui se trouvait au niveau de la tapisserie, à côté du lit de Mme Martha. Je savais qu'il existait un système reliant entre elles toutes les pièces de la maison, mais, dans mon souvenir, il n'avait jamais servi.

— Si ça sonne plus d'une fois, expliqua mama, on sait qu'Oncle Jacob nous appelle. On est toujours là pour aider.

Mama me regarda droit dans les yeux.

— Vous comprenez ? demanda-t-elle.

J'acquiesçai.

Elle me caressa la main.

— Pourquoi il a fait ça ?

— Je ne dois pas descendre à la dépendance, dis-je en réprimant des larmes. Et je dois t'appeler Mae.

Mama m'observa longuement tandis que je retenais mes larmes avec douleur.

— C'est juste un nom, dit-elle, mais quand vous m'appelez mama, ça en dit trop. Vous m'appelez Mae, et j'arrive aussi vite que si vous m'appelez mama. Pareil pour papa – vous devez l'appeler George. Il est papa pour vous, ça on le sait, mais m'sieur Marshall voit pas les choses comme ça.

Quand je pus parler, je promis à mama que je me conformerais à ce qu'elle demandait.

La vie devint de plus en plus difficile avec l'approche de l'hiver. Marshall continuait ses excès d'alcool aux repas, et je n'osais plus aller voir Belle à la dépendance.

Presque toujours, quand il était ivre, Marshall s'en prenait à Will Stephens. La rupture fut consommée entre les deux hommes le jour de l'abattage des porcs, début décembre. Will avait, semble-t-il, promis à tous un festin de porc frais et de brandy quand ils auraient fini. Marshall s'y opposa avec vigueur, voyant cela comme une dépense excessive, même si Will arguait que les travailleurs, non seulement s'en faisaient une joie, mais le méritaient bien. Marshall cita cet épisode comme un exemple de la prodigalité de Will et de sa mauvaise gestion de l'exploitation. Quand il rentra dîner ce jour-là, il but trop et mangea peu. J'essayai de le calmer, mais mes paroles ne firent que nourrir son agitation. Pourquoi prenais-je le parti de Will Stephens contre mon propre mari ? Me préoccupais-je davantage du bien de Will Stephens ?

Je rougis à cette question, ce qui donna de nouvelles armes à Marshall.

— Alors comme ça, vous vous intéressez à Will Stephens ? cria-t-il.

Je gardai le silence mais ne pouvais contrôler mon visage en feu. Je n'avais revu Will que deux fois, quand il travaillait encore pour Marshall. La première fois, c'était un matin tôt, à peine une semaine après mon retour. Je brossais les cheveux de Mme Martha tandis que Fanny changeait les draps de son lit. Je m'étais tournée pour ouvrir les voilages d'une fenêtre, afin de laisser pleinement entrer la lumière du jour, quand j'aperçus Will qui sortait de la grange. Il était en compagnie de Ben, et tous deux riaient. Une fureur telle que j'en avais rarement ressentie me submergea et, quand je me retournai vers Mme Martha, je pus difficilement contrôler ma colère. Comment osait-il être aussi heureux ! Fanny remarqua mon trouble et s'approcha à son tour de la fenêtre.

— C'est Will Stephens avec Ben, remarqua-t-elle simplement, comme si elle se demandait ce qui m'avait tant affectée.

— Pour l'amour du ciel, Fanny ! Je ne suis pas idiote.

— Vous vous rappelez ce que vous disiez quand vous étiez petite ?

Je gardai le silence, m'en souvenant trop bien.

— Vous disiez toujours que vous épouseriez Will.

Fanny se mit à rire.

— J'étais stupide !

Fanny cessa de rire.

— Peut-être pas si stupide que ça. Will Stephens est un homme bien.

— Oh ! bon sang ! Sommes-nous obligées de parler de cet homme toute la journée ?

Fanny, qui n'avait pourtant pas l'habitude de contenir ses paroles, me regarda d'un drôle d'air mais ne prononça pas un mot de plus.

La seconde fois que je vis Will Stephens, ce fut quelques semaines plus tard, au crépuscule. Cette fois encore, j'étais à la fenêtre, à observer les teintes violettes, roses et bleues du ciel, quand Will apparut dans mon champ de vision. Je me sentis faiblir à sa vue. Ses fortes épaules en arrière, de la démarche d'un homme sûr de lui, il se dirigeait à grands pas vers la dépendance, où je supposai que l'attendaient Belle et leur fils. Je passai la nuit à les haïr, mais me consolai après avoir concocté un plan de vengeance. Je me jurai que, quand je me retrouverais enfin face à Will, je garderais la tête haute et regarderais à travers lui comme s'il n'existait pas.

Cependant, une telle occasion ne se présenta pas car, ce jour-là, Marshall et lui eurent une altercation qui se solda par le départ de Will pour sa propre ferme.

Je savais que les ennuis n'étaient pas loin lorsque Marshall partit passer sa colère sur Will, qui travaillait dans la cour de la dépendance aux côtés des gens des cases. La dispute dégénéra et atteignit son apogée quand Marshall frappa Will, le faisant tomber à terre.

Papa George intervint et réussit à convaincre Marshall que le travail de la journée pouvait se terminer sans lui. Et ce fut aussi papa qui le ramena à la maison et l'installa près du feu dans la bibliothèque, avec une bouteille de brandy pour lui tenir compagnie.

* * *

Tôt le lendemain matin, Papa George arriva à la grande maison avec une nouvelle surprenante. Pendant la nuit, Will Stephens avait fait ses valises et était parti pour sa ferme voisine, emmenant avec lui Belle et Jamie, ainsi que Ben, Lucy et leurs deux enfants.

Furieux, Marshall prit son cheval et partit en ville. Mama et moi nous tenions devant la fenêtre de la chambre quand il revint plus tard dans la journée. Le shérif était avec lui, mais je fus inquiète de voir aussi un troisième cavalier. Ce n'était autre que son vieil ami Rankin. J'étais sur le point de détourner le regard quand mama sursauta. Je les observai alors plus attentivement et aperçus cette fois un petit garçon assis sur un cheval devant le shérif. Il s'agissait de Jamie, le fils de Belle. Je suivis le conseil de mama et restai avec Mme Martha, tandis qu'elle descendait en courant pour aller chercher l'enfant terrorisé.

On m'imposa de partager mon déjeuner avec ces hommes. Tandis que Beattie et Oncle Jacob nous servaient, nous écoutâmes tous trois les hommes raconter la façon dont ils avaient arraché le petit garçon à sa mère désespérée. Marshall soutenait que Will avait cassé son contrat et que Jamie, au moins, lui appartenait toujours. Voyant combien Marshall se délectait, je me demandais si c'était ce qu'il planifiait depuis le début.

Quand je ne pus en supporter davantage, j'invoquai une migraine et pris congé. Une fois hors de la salle à manger, je sortis discrètement par la porte de service et courus à la dépendance. Mama fronça les sourcils quand j'apparus. Sukey était assise sur un banc avec Jamie sur les genoux. Le petit garçon dormait en suçant son pouce, si épuisé par cette épreuve que ses propres hoquets ne le dérangeaient même pas.

— Que puis-je faire ? demandai-je à mama.

— Vous feriez mieux de rentrer.

— Je suis sûre qu'il y a quelque chose que je pourrais faire.

Mama ne savait pas quoi répondre, mais je fus soulagée en entendant qu'elle avait fait savoir à

Belle que Jamie était en sécurité. Je partageai avec elle mes soupçons, comme quoi Marshall avait tout manigancé, qu'il connaissait le droit.

— Will va forcément faire quelque chose, dis-je pour nous rassurer toutes les deux. Il ne laissera pas son fils entre les mains de Marshall.

Mama se tourna brusquement vers moi.

— Qu'est-ce que vous dites ?

— Will Stephens. S'il est l'homme que je crois, il se battra pour son enfant.

Mama plissa les yeux.

— Comment ça ?

Elle fronça à nouveau les sourcils et me regarda incrédule.

— Vous… vous pensez que…

Elle s'interrompit net quand Marshall apparut à la porte. Sans perdre de temps, il fondit sur moi et m'empoigna par le bras.

— Eh bien, grogna-t-il, je vois que vous êtes rétablie.

Il jeta un coup d'œil à Sukey et à Jamie, toujours endormi, puis lança un regard noir à mama.

— Quelles bêtises disais-tu à ma femme ?

Mama baissa la tête, mais j'eus le temps de voir la peur dans ses yeux.

— M'sieur Marshall, dit-elle, je vois pas de quoi vous parlez.

Marshall me tordit le bras en m'entraînant hors de la cuisine. Il se retourna vers mama.

— Je vendrai quiconque fera remonter de telles bêtises à la grande maison.

Mon bras me brûlait.

— Marshall ! Vous me faites mal, gémis-je en essayant de me dégager.

Je regardai mama pour qu'elle me vienne en aide, mais elle gardait les yeux baissés et, pour la première fois, je compris réellement son impuissance.

Nous n'étions mariés que depuis quelques mois, mais je voyais déjà à quel point nous étions mal engagés. Prête à tout pour arranger la situation, je redoublai d'efforts pour m'attirer les bonnes grâces de Marshall. En sa présence, je donnais l'impression de ne me préoccuper de personne à part lui. Je ne parlais plus ouvertement à qui que ce soit, attendant des moments volés pour me tenir au courant des dernières nouvelles ou voir comment je pourrais améliorer leur quotidien. C'était de Beattie que je me sentais le plus proche ; elle était la mieux placée pour comprendre mon dilemme, y assistant au quotidien dans la salle à manger. Fanny s'occupait principalement de Mme Martha et, même si je savais qu'elle avait de l'affection pour moi, elle gardait ses distances.

Jamie logeait à la dépendance, et ma Sukey chérie y allait souvent pour prendre soin de lui. Je n'osais pas descendre voir par moi-même, mais j'appris bientôt l'inquiétude générale. Beattie me confia que Jamie avait toujours été attaché à Belle plus que de raison. À présent, sans elle, il se renfermait de plus en plus.

Je feignis le désintérêt lorsque j'appris par mon mari que Will Stephens avait entamé une procédure judiciaire pour tenter de récupérer l'enfant. Secrètement, je craignais que sa connaissance du droit ne permît à Marshall de remporter la bataille. Je ne pouvais qu'imaginer le désespoir de Belle. J'aurais souhaité de tout mon cœur pouvoir l'apaiser, lui envoyer des mots de réconfort, mais je savais à quel point la situation était précaire, et il m'était impossible de lui promettre la libération de son fils.

Je ne fus pas surprise quand Rankin fut rappelé comme contremaître. En présence de Marshall, il adoptait envers moi une attitude minaudière, mais, en son absence, je sentais bien qu'il ne faisait pas grand cas de ma personne.

J'encourageais Marshall à me parler de la plantation, à m'exposer ses projets pour l'avenir. Un jour, il m'informa que Rankin et lui avaient décidé de mettre un terme à la diversification des cultures, une méthode adoptée par Will Stephens, et de revenir au seul tabac. Dans mon désir de montrer de l'intérêt, je commis une erreur et lui demandai s'il n'était pas inquiet que la culture continue d'une seule plante n'appauvrisse le sol. Marshall s'offensa instantanément et m'accusa de défendre Will Stephens et sa façon de travailler. Ce n'était pas la première fois que je remarquais la jalousie de Marshall et je commençai à me demander si, quand nous étions à Williamsburg, il avait deviné mes sentiments pour Will. Je le rassurai quant à ma loyauté envers lui, mais il mit fin à la conversation, m'enjoignant de m'occuper de la maison et de le laisser gérer le reste. Sachant que j'avais atteint une impasse, j'acceptai. Dès lors, je m'assurai de n'avoir avec Marshall que des conversations légères et sans conséquences.

Avec les doses régulières de laudanum, une routine s'était instaurée dans les journées de Mme Martha. Ce que je trouvais ennuyeux lui procurait une structure et un équilibre. Mama l'encourageait à marcher et, même si elle se fatiguait vite, elle finit par devenir plus stable sur ses jambes.

Mama, Fanny et Sukey s'occupaient d'elle à tour de rôle, et je pris l'habitude de lui rendre visite dès mon réveil, puis à nouveau en fin d'après-midi. Soit je lui faisais la lecture, soit je m'asseyais près d'elle et avançais ma broderie en cours. Elle parlait à présent, formant même parfois des phrases complètes, bien que son esprit ne fît que survoler la réalité. Je restais Isabelle pour elle, et c'était moi qui arrivais le mieux à la calmer quand elle s'énervait.

Nous étions à Tall Oaks depuis quelques mois quand le médecin rendit une visite de contrôle à Mme Martha. Je me rappelais très bien le Dr Mense que j'avais vu étant enfant ; c'était déjà lui qui avait suivi le capitaine pendant sa maladie et Mme Martha avant son départ pour Williamsburg. Depuis la dernière fois que je l'avais vu, ses cheveux étaient devenus blancs comme neige. S'il se souvenait de moi, ou s'il fut surpris de ma nouvelle situation, il ne le laissa pas paraître. À la fin de l'examen, il s'adressa à moi seule, alors que Mama Mae et Fanny étaient présentes, elles aussi, pour me dire de continuer ce que je faisais.

Comme le dîner était sur le point d'être servi, j'invitai le Dr Mense à rester, et il accepta volontiers. Lorsque Marshall nous rejoignit, il eut l'air surpris de voir notre invité, mais pas mécontent. Au cours du repas, le médecin fit part à Marshall de ses observations. Bien que ce dernier n'ait pas rendu visite à sa mère depuis notre arrivée, il donnait l'impression d'être impliqué et au courant de l'état de santé de Mme Martha. Il remercia le Dr Mense et lui dit clairement que j'étais la seule responsable de l'amélioration constatée. Tandis qu'il exprimait sa reconnaissance, il posa les yeux sur moi, mais je n'étais désormais plus certaine de sa sincérité.

40

Belle

Marshall sait ce qu'il fait en me prenant mon petit garçon. Enlever son bébé à une mère est le pire qu'on puisse lui faire.

Will Stephens promet qu'il fera tout ce qui est en son pouvoir pour récupérer Jamie. Il me dit :

— Quoi que tu fasses, Belle, ne va pas là-bas. Il t'attend. Si tu te trouves sur la propriété de Marshall, je ne peux pas te protéger comme je le peux ici.

Mon esprit est comme gelé. Je ne pense plus à rien. Tout ce que je vois, c'est mon Jamie en train de hurler. Depuis deux jours et deux nuits, je n'ai pas pleuré, je n'ai pas parlé.

Quand Ben vient, il me dit :

— Belle, t'inquiète pas. Tu sais que mama prend bien soin de Jamie.

Je le regarde juste. Je ne réponds rien, parce que les seuls mots qui me viennent seraient : « Qu'est-ce que t'en sais ? Toi, t'as encore tes deux garçons ! Tu peux peut-être en donner un à Marshall en échange de mon Jamie ? » Mais je ne dis rien. Je lui demande juste de me laisser.

Puis Lucy vient à son tour. C'est la première fois qu'elle me rend visite.

— Belle, je sais que toi et moi, on a chacune un côté de Ben, et qu'on essaye de l'avoir plus que l'autre. Mais ici, chez Will Stephens, il faut qu'on fasse des efforts pour s'entendre. Je sais ce que représente Jamie pour toi. Me prendre mes enfants, ce serait comme me tuer. Je suis venue te dire que je suis de ton côté maintenant.

Lucy a la même stature imposante que mama et, quand elle me prend dans ses bras, je ne peux pas retenir mes larmes. Des larmes pour Jamie, mais aussi pour mama et papa. Et puis je pleure pour la maison que j'ai dû quitter, et même pour le capitaine.

— J'ai tout perdu. J'ai tout perdu, répétais-je.

— Non, répond Lucy. Jamie est encore là. Mama et papa aussi. Ils habitent juste de l'autre côté des arbres. Tu dois te reprendre, Belle. C'est sûr que ton petit garçon va revenir et, à ce moment-là, il aura besoin d'une mama forte.

À la tombée de la nuit, Ben repasse me voir. Il me dit que c'est Lucy qui l'envoie. Elle lui a dit que j'ai besoin de lui. Peut-être que, tout ce temps, je me suis trompée sur cette fille.

Ce même soir, papa vient en suivant le ruisseau. Il arrive en marchant très vite et, tout essoufflé, doit s'asseoir avant de parler.

— Papa, la prochaine fois qu'il y a des nouvelles, tu ferais peut-être mieux d'envoyer le fils d'Ida, Eddy. Il connaît le chemin et, s'il se fait prendre, il sait tenir sa langue, lui dit Ben.

Mon fils, t'es en train de dire que je suis trop vieux pour venir ici ?

— Papa, je dis juste que… enfin, ouais, je dis que tu vieillis.

Ils se sont tous les deux mis à rire comme de vieux amis. Ensuite papa se tourne vers moi.

— Belle, Jamie va bien. Tout le monde prend soin de lui. Marshall le laisse tranquille. Maintenant Beattie habite à la dépendance, avec Sukey et Jamie. Tout le monde protège Jamie.

Papa baisse les yeux et se tord les mains avant d'ajouter :

— Mais Rankin est revenu. Aux cases, ils essayent tous de garder une longueur d'avance sur ce diab'. Et Abinia a ses propres problèmes à la grande maison. Marshall boit comme un trou.

Quand papa me dit que Jamie va bien, je me suis un peu calmée. Je vais attendre de voir comment les choses évoluent. Mais ce qui est sûr, c'est que si Jamie ne revient pas, j'irai le chercher moi-même, et ensuite on s'enfuira tous les deux.

Le lendemain, je me remets à travailler pour installer ma nouvelle dépendance. Ben et Lucy ont leur propre cabane, et tous les deux vont travailler dans les champs. Will Stephens fait construire une grande maison. Peut-être que, quand elle sera finie, je demanderai à Will si Lucy peut venir y travailler avec moi.

Je mets beaucoup de cœur à l'ouvrage mais, au bout d'une semaine, je n'en peux plus et je vais voir mon petit garçon. Je suis le cours d'eau qui me fait remonter la colline, dépasser le quartier des esclaves, puis traverser les bois. Mon enfant de quatre ans est assis dans la cour de la dépendance, tournant la tête dans tous les sens comme s'il cherchait sa mama. Je me suis mordu la main pour m'empêcher de crier : « Jamie, Jamie, je suis là ! », mais juste à ce moment-là

Sukey vient lui donner quelque chose à boire. Elle joue avec lui quand j'aperçois Marshall à l'écurie. Sukey le voit aussi et, sans perdre de temps, elle ramène Jamie à l'intérieur et ferme la porte.

En rentrant chez moi, je pleure tellement que j'ai du mal à marcher. Mais je me souviens alors de quelque chose. Je sais où papa cache le pistolet dans la grange, et je sais où il garde la clé. Cette pensée me rassure. Si Marshall fait quoi que ce soit à mon petit, c'est un homme mort.

41

Lavinia

J'assume l'entière responsabilité de la relation qui se développa entre Mme Martha et le fils de Belle, Jamie. Le jour où Sukey me demanda si elle pouvait amener Jamie avec elle à la grande maison, je lui donnai ma permission. Elle suggéra de le laisser jouer dans la chambre bleue pendant qu'elle m'aidait à m'occuper de la maîtresse.

C'était le mois d'août 1802. J'étais mariée depuis moins d'un an, mais mama et moi soupçonnions déjà toutes les deux que j'étais enceinte. Cet automne-là, pendant que les autres récoltaient les fruits dans le jardin, je restai dans la grande maison et m'impliquai davantage auprès de Mme Martha. J'avais demandé à avoir Sukey pour m'aider. Depuis mon arrivée, c'était sur elle que je comptais. C'était la seule qui m'aimait comme avant. Malgré tous mes efforts, je n'arrivais pas à retrouver l'amitié qui me liait autrefois à Fanny et Beattie. Je continuais d'être chaleureuse avec elles, mais les jumelles gardaient leurs distances. J'essayais de multiples façons de leur montrer que je n'avais pas changé, que je les considérais comme mes égales, mais il était évident que, depuis mon retour, elles me voyaient sous un jour nouveau. Je me sentais terriblement seule et j'étais si reconnaissante envers Sukey que je faisais tout mon possible pour l'obliger. Elle me récompensait par une loyauté sans faille.

— M'ame Abinia, il est si triste, me dit-elle un jour à propos de Jamie.

Ses grands yeux noirs étaient affligés.

— Quand je suis ici avec vous, il reste assis là-bas à rien faire.

— Amène-le avec toi, alors, lui répondis-je. Nous irons chercher quelques jouets dans la nursery pour qu'il s'occupe dans la chambre bleue.

Cela faisait presque neuf mois qu'il avait été enlevé, et Beattie et mama m'avaient toutes deux fait part de leur inquiétude à voir Jamie se renfermer de plus en plus sur lui-même. L'enfant parlait peu, mais ce qui les désolait le plus, c'est qu'il refusait tout réconfort de la famille.

— Il nous accuse, il pense que c'est nous qui le gardons loin de sa mama, disait Beattie.

Will Stephens avait échoué dans sa lutte judiciaire pour réunir Belle et son fils, Marshall jubilait le jour où il remporta l'affaire. Je fis une tentative pour évoquer avec lui la remise en liberté du petit garçon. La colère véhémente qu'il déchaîna contre ma requête me fit clairement comprendre que non seulement toute intercession de ma part était vaine, mais aussi que si je poursuivais mes efforts, je risquais d'attirer l'attention sur Jamie dont, au final, Marshall se fichait.

J'avais à présent bien saisi quelle était ma position en tant qu'épouse de Marshall. J'avais découvert ce que ma famille savait depuis le début : feindre l'ignorance était la meilleure attitude à adopter. J'appris à ne pas réagir, à ne pas donner mon opinion mais, à l'aide d'un sourire ou d'un signe de tête, à suggérer mon accord avec tous les projets de mon mari. Je devins prudente et cessai d'exprimer mes véritables sentiments.

Quand je permis à Jamie de venir à la grande maison, je ne me préoccupai pas vraiment de Marshall. Il ne rendait jamais visite à sa mère et, les seules fois où il s'aventurait à l'étage, c'était les nuits où il venait dans ma chambre, ce qui était de plus en plus rare.

Le tout premier jour, Mme Martha sentit la présence de Jamie dans la pièce d'à côté. Les semaines précédentes, mama et moi avions décidé de réduire ses doses de laudanum. Par conséquent, bien que notre patiente fût à présent plus lucide et plus forte physiquement, elle était aussi plus agitée et s'énervait facilement. Ce matin-là, avant qu'aucune d'entre nous ait pu anticiper son geste, Mme Martha se leva de son fauteuil et se dirigea vers la chambre bleue. Elle s'arrêta en voyant Jamie, puis s'approcha de lui tout doucement. Elle observa l'enfant, qui ressemblait à l'un de ceux qu'elle aurait pu avoir, puis se pencha à sa hauteur.

— Je veux ma mama, implora-t-il.

— Oui, dit-elle, et il alla se blottir dans ses bras.

Les jours qui suivirent, Mme Martha passa des heures à distraire le petit garçon et cela la calma de façon remarquable. Nous descendîmes du grenier de nombreux jouets de l'ancienne nursery et, quand elle se reposait sur son lit, ma belle-mère encourageait Jamie à apporter les soldats de plomb et à jouer près d'elle. Comme elle l'avait fait avec Sukey, Mme Martha lui lisait des histoires, et cela ne semblait pas gêner l'enfant qu'elle répète souvent plusieurs fois les mêmes phrases. De toute évidence, il se sentait en sécurité auprès d'elle et, du fait d'un besoin mutuel, ils s'accrochaient l'un à l'autre. À la fin de l'automne, ils étaient devenus si proches que Mme Martha fit apporter un petit lit de la nursery pour que Jamie puisse dormir dans la chambre bleue.

Cette relation mettait mama mal à l'aise, mais elle était soulagée que Jamie ait recommencé à manger et à dormir. Il n'implorait plus de voir sa mère et semblait accepter Mme Martha comme substitut ; peut-être calmait-elle l'angoisse de ce qu'il percevait comme un abandon de la part de Belle. Par ailleurs, Mme Martha était plus souriante et ses propos étaient plus cohérents que jamais.

Sukey et moi comprenions leur attachement mieux que les autres. J'aimais Sukey comme ma propre fille, et je savais que ses sentiments étaient réciproques.

Je me reposais sur mon lit le jour où Marshall rendit une visite inattendue à Mme Martha. Je ne sais toujours pas pourquoi il vint ce matin-là. Peut-être était-il en chemin vers ma chambre et avait-il vu quelque chose qui l'attira vers celle de sa mère. J'entendis sa voix et gagnai sans attendre la chambre de Mme Martha. Je croisai une Sukey effrayée et l'envoyai chercher mama à la dépendance.

— Quelle est cette nouvelle folie ?

Marshall fixait Jamie qui s'était assoupi sur le lit, à côté de sa mère.

— Chhhut, souffla Mme Martha.

Marshall s'avança comme pour lui prendre l'enfant, mais à cet instant, Jamie se réveilla et s'agrippa à Mme Martha.

— Monsieur ! dit-elle. Allez-vous-en !

— Mère, cria Marshall, c'est un fils de Nègre !

— C'est le mien ! répondit-elle.

Je me précipitai vers Marshall et lui touchai le bras.

— Laisse-la, Marshall, ne l'énerve pas, je t'en prie.

Il se tourna brusquement vers moi, le bras levé, et je reculai de peur. Il se figea et regarda autour de lui comme s'il n'en croyait pas ses yeux. Quand il sortit de la pièce à la hâte, je le suivis et l'appelai, mais il refusa de me répondre. Ce soir-là, il ne revint pas à la maison pour le souper.

J'en étais à quelques mois de grossesse et le doute n'était plus permis. Marshall était encore énervé le lendemain au dîner, mais, avant qu'il ait le temps de se lancer dans une tirade, je l'informai de mon état. Sa réaction fut immédiate. Il devint tout de suite plus tendre. Avais-je besoin de quelque chose ? Devait-il me faire envoyer quoi que ce soit de Williamsburg ? Je n'avais pas prévu cela et, pour mon plus grand soulagement, la fin du repas fut paisible et nous fîmes même des projets pour l'enfant. Comme j'étais contente que cette nouvelle semble faire oublier à Marshall sa fureur de la veille !

À la suite de cette annonce – et, je dois l'avouer, sans regret de ma part –, Marshall cessa de venir chercher l'intimité maritale.

Puis l'ambiance changea au sein du foyer. Même l'air était lourd. Quelque chose s'était produit, mais je ne savais pas quoi. Toute ma famille était devenue plus réservée, plus renfermée. Mama Mae paraissait la plus affectée. Elle était distraite et s'énervait facilement. Elle ne disait plus ce qu'elle pensait aussi ouvertement qu'auparavant, bien qu'elle déclarât tout de même qu'à son avis, il fallait immédiatement éloigner Jamie de Mme Martha. Bêtement, je ne l'écoutai pas et insistai pour que nous leur permettions de se réconforter mutuellement. Mama céda, et je m'efforçai de lui faire plaisir d'autres façons.

Beattie cessa de venir à la grande maison. Quand je demandais à la voir, mama invoquait sans cesse l'excuse qu'elle était trop occupée. Seule Sukey n'avait pas changé, et je me raccrochai à elle. J'utilisai ma grossesse comme prétexte pour qu'elle reste avec moi, et fis bientôt installer pour elle le deuxième lit de la nursery dans un coin de ma chambre. Fanny était plus distante que jamais, alors quand j'appris qu'elle demandait la permission de sauter le balai avec Eddy, le fils d'Ida, je fis de mon mieux pour l'aider. Pour me faire plaisir, Marshall accepta le mariage ainsi qu'une célébration. La cérémonie fut fixée au jour de Noël, et je me fis une joie d'organiser l'événement.

En fait, plus mon tour de taille augmentait, plus Marshall se montrait tendre à mon égard. J'étais soulagée car il ne me parla plus de Jamie et ne rendit plus visite à sa mère. Bien qu'il continuât à boire à l'excès, il se comportait mieux en ma présence et nos repas avaient pris une tournure plus paisible. Je nourrissais l'espoir que tout n'était peut-être pas perdu et commençais à me demander si notre bébé pourrait soigner notre union souffrante.

Mais je me trompais. Isolée comme je l'étais, je fus préservée d'une situation à laquelle je n'aurais de toute façon pas pu remédier.

J'avais bien remarqué que l'air ambiant était pesant, mais je ne comprenais pas pourquoi.

La veille de Noël, seule et désireuse de voir Beattie, je décidai que je pouvais me permettre une visite à la cuisine. Si Marshall m'en demandait la raison, je lui dirais la vérité : je voulais savoir si elle avait besoin d'aide pour préparer le banquet du mariage de Fanny.

Papa se trouvait derrière la dépendance, en train de couper du bois, et j'étais si contente de le voir que j'osai m'arrêter une minute pour plaisanter avec lui. La pile de bois était si haute que je lui demandai ce qu'il avait l'intention de faire de tout ce combustible. Il abaissa sa hache et fracassa une bûche, puis passa le revers de la main sur ses yeux avant de me fixer. Il était évident qu'il avait pleuré.

— Papa, dis-je, que se passe-t-il ?

— Rien ma p'tite.

Il installa une autre bûche et dit :

— Je travaille dur et la sueur me monte aux yeux.

Ne sachant pas très bien quoi dire, je lui touchai le bras.

— Papa ?

— Abinia, fit-il en regardant autour de lui, vous feriez mieux de retourner à la grande maison.

Peinée mais déterminée, je poursuivis mon chemin jusqu'à la dépendance. La bonne odeur d'épices et de tarte chaude contrastait avec l'atmosphère pesante de la cuisine. J'entrai et surpris Beattie en conversation avec mama.

— Pleure pas, mama.

Beattie était debout, un bras autour des épaules de sa mère.

— Je me débats plus, alors il me frappe plus. C'est pas si terrible. Allez, mama, arrête de pleurer.

— Qui est-ce qui te frappe ?

Ma voix était sortie plus forte que j'en avais eu l'intention, surprenant les deux femmes. Mama sécha ses larmes et Beattie se tourna vivement vers la cheminée.

— Personne, répondit Beattie, dos à moi, personne me frappe.

— Mais je t'ai entendue dire…

Mama m'interrompit.

— M'ame Abinia, comme dit Beattie, tout va bien. Et puis, qu'est-ce que vous faites ici ?

— Je suis venue proposer mon aide, répliquai-je, sur la défensive.

— Vous savez bien que m'sieur Marshall veut pas de vous ici, dit mama. Allez, vous feriez mieux de retourner là-haut.

Ses mots me blessèrent tant que je repartis pour la grande maison, repassant devant papa qui continuait de fendre le bois à grands coups.

J'allai directement dans la chambre de Mme Martha, où Oncle Jacob avait fait un grand feu et où Sukey et Jamie m'invitèrent à me joindre à leur partie de cartes. Je les remerciai, déclinai leur offre et m'assis pour les regarder. Mais mes pensées étaient ailleurs. Était-il possible que Rankin fasse du mal à Beattie ? Pire, si c'était le cas, que pouvais-je faire pour y remédier ? Je pensai faire appel à Marshall, mais quelque chose m'avertit de ne pas m'aventurer dans cette direction.

Le mariage de Fanny était un grand événement. En début de soirée, un immense feu fut allumé dans la cour de la dépendance, et le banquet fut installé sur de longues tables en bois. Étant arrivée proche de mon terme, il n'était pas jugé approprié que je me montre, alors je n'assistai pas à la courte cérémonie menée par Marshall. Cependant, je décidai plus tard que j'avais été assez confinée, et pris sur moi de descendre admirer les festivités depuis un poste reculé sous les arbres.

Je ne m'attendais pas à ce que Ben et Lucy quittent la ferme de Will pour l'occasion. Quand ils m'aperçurent, ils vinrent me voir.

— Quand vous allez avoir ce bébé ? demanda Lucy d'une voix timide.

— Encore un mois, répondis-je.

— Petit oiseau qui va être mama.

Ben secouait la tête comme s'il n'en revenait pas.

Je fus touchée qu'il m'appelle par mon surnom d'enfant.

— Pas si petit.

Je tapotai mon gros ventre et Ben eut l'air embarrassé.

— Comment va Belle ? demandai-je pour remettre Ben à l'aise.

— Son garçon lui manque, dit Ben, et je sais que toute la famille lui manque, mais m'sieur Will est bon pour elle.

— Belle a sa propre maison tout comme celle-ci, ajouta Lucy en désignant la dépendance.

En nous tournant vers cette dernière, nous vîmes Beattie qui s'agitait dans tous les sens et Lucy décida d'aller voir si elle pouvait l'aider. Ben resta à mes côtés.

— La grande maison de Will n'est-elle pas encore terminée ? questionnai-je.

— Assez pour qu'il y habite déjà, répondit Ben.

— Belle n'y habite-t-elle pas encore avec lui ? demandai-je d'une voix glaciale.

Ben ouvrit de grands yeux.

— Abinia. Qu'est-ce que vous dites ?

La colère montait en moi.

— Eh bien, ils pourraient tout aussi bien vivre dans la même maison. Tout le monde sait qu'ils ont un fils…

Ben regarda autour de lui, très mal à l'aise.

— Will Stephens est pas le père de ce garçon, Abinia, dit-il à voix basse. Je suis sûr que vous savez ça.

Je chancelai et Ben me fit asseoir sur un gros rocher.

— Je vais vous chercher mama, dit-il.

— Non, Ben, ne t'en va pas, protestai-je, mais il partit en courant, et bientôt je vis mama se précipiter vers moi.

— Venez, m'ame Abinia, vous feriez mieux de rentrer à la grande maison avec moi. M'sieur Marshall pense que vous êtes là-haut.

Mais je m'entêtai.

— Personne ne peut me voir, assurai-je à mama, avant de lui dire que je remonterais vite me reposer.

D'abord, déclarai-je, je voulais regarder les gens danser ; j'avais besoin de voir un peu de gaieté.

— M'sieur Marshall aime pas ça.

— Il n'a pas besoin de le savoir.

Mama lança un regard fébrile en direction de la dépendance.

— Je dois aider Beattie avec les plats, mais je vais revenir vous chercher, déclara-t-elle avant de partir à la hâte.

Tandis que la musique retentissait et que je regardais tout le monde danser, mon esprit revenait sans cesse aux mots de Ben. Rien n'avait de sens. Était-il possible que Will ne soit pas le père de Jamie ? Dans ce cas, qui était-ce ?

Ida arriva dans l'ombre où j'étais assise, et je sus que c'était mama qui l'avait envoyée.

— Ida ! lançai-je, surprise et ravie.

Je ne l'avais pas vue depuis mon retour de Williamsburg.

Elle me fit un sourire chaleureux.

— On dit que c'est vous qui avez organisé ce mariage pour Fanny et mon garçon, Eddy.

Je me poussai un peu pour qu'elle puisse s'asseoir à côté de moi sur le gros rocher plat. J'étais choquée de voir à quel point elle avait vieilli depuis la dernière fois que je l'avais vue. Elle avait à présent les cheveux blancs et les épaules voûtées. Quand elle tendit le bras pour tapoter mon ventre proéminent, je pris sa main brune et tordue dans la mienne.

— Ida, murmurai-je, tu dois me dire quelque chose.

Elle me regarda, inquiète.

— Ida. Qui est le père de l'enfant de Belle ? Qui est le père de Jamie ?

Ida détourna les yeux pour vérifier que personne n'était à proximité, et je sus qu'elle me dirait la vérité. Elle parla à voix basse, près de mon oreille.

— C'est m'sieur Marshall. Je le sais parce qu'à l'époque Rankin se servait encore de moi pour faire des bébés, et il me l'a dit. Mais chut. On va me tuer si on apprend que j'ai dit quelque chose.

Ida se tut. Nous restâmes assises sans un mot pendant que j'essayais d'assimiler cette ignoble nouvelle. Marshall avec Belle ! Comment était-ce possible ? Je pensais qu'il la haïssait. Puis je fus frappée par la ressemblance physique entre Jamie et Marshall. Comment avais-je pu passer à côté d'une chose aussi évidente ?

Des cris et des applaudissements joyeux attirèrent à nouveau notre attention vers le feu, près duquel Mama Mae et Papa George s'étaient lancés dans une danse. À l'écart, Rankin était affalé contre un arbre, une bouteille de brandy à la main. Je parcourus mon entourage des yeux et, alors que je regardais vers la dépendance, je vis Beattie en sortir et s'essuyer le front de son tablier. En l'apercevant, je me souvins de notre amitié et de la confiance que j'avais en elle. J'avais besoin de parler de cette nouvelle amère à quelqu'un, et je savais que je pouvais me confier à Beattie. J'étais sur le point de me retourner vers Ida pour lui demander si elle pourrait me l'amener, quand je vis Marshall émerger de l'ombre de la dépendance. Il s'approcha de la porte et, stupéfaite, je le vis saluer Beattie. Elle eut un sourire hésitant, mais elle lui donna vite la main et ils entrèrent ensemble dans la cuisine. Marshall referma la porte derrière eux. C'était sans équivoque.

Ida vit la même chose que moi, mais nous n'échangeâmes pas un mot. Quand je me redressai avec difficulté, Ida se leva, elle aussi. Elle marcha à mes côtés tandis que je remontais la colline vers la grande maison ; elle m'accompagna à l'étage et m'aida à me changer, puis à me mettre au lit. Je lui étais reconnaissante de garder le silence. Ayant elle-même vécu ses propres tragédies indicibles, Ida savait que les mots n'étaient pas nécessaires.

42

Belle

Quand papa vient me dire que Jamie loge avec Mme Martha dans la grande maison, je me mets dans un tel état que Ben va chercher Lucy. Chaque jour, j'espère que je vais retrouver mon petit garçon. À présent, je suis sûre que je ne le reverrai plus jamais.

Papa me rassure :

— Belle, Jamie va très bien là-haut. Il mange à nouveau, et il a tous les beaux jouets pour s'amuser. M'ame Martha le traite vraiment bien.

— Non ! Non !

Je commence à avoir du mal à respirer, et puis ensuite je n'y arrive plus du tout. Tout ce à quoi je peux penser, c'est à Jamie, là-bas, dans la grande maison, et à Marshall qui va s'en prendre à lui.

Quand Lucy arrive, elle m'emmène dehors, loin de papa.

— Viens, me dit-elle, me forçant à marcher. Il faut que tu prennes l'air.

— Non ! Non ! Je ne veux pas que mon petit garçon soit dans la grande maison ! Mme Martha est folle, et elle va le rendre fou.

— Il faut que tu respires. Arrête de parler et respire.

— Lucy ! Ils l'ont emmené dans la grande maison !

— Continue de marcher.

— Je vais aller chercher le pistolet. Je vais aller récupérer mon enfant.

J'essaye de me dégager, mais Lucy tient bon.

— Belle ! Il faut que tu te calmes. Papa est à l'intérieur et il t'attend. Il doit retourner là-haut. Tu sais que si Rankin le trouve, papa va avoir de gros ennuis.

— Mais ils ont Jamie dans la grande maison !

— Belle ! Te mettre dans un tel état va pas aider. Papa va pas partir tant que t'es comme ça. Il faut que tu penses à papa… le risque qu'il prend pour venir ici te dire comment va ton petit.

Je sais que Lucy a raison, alors je m'efforce de me calmer. Je lève les yeux vers la lune. J'inspire, puis j'expire. Je respire comme ça lentement jusqu'à me sentir un peu mieux.

— Ça va maintenant ? demande Lucy.

Je hoche la tête. Quand on retourne à l'intérieur, papa est assis là mais il ne me regarde pas en face.

— Ça va maintenant, papa. J'ai été prise de panique pour mon petit.

— Ton Jamie va bien, Belle.

— Je ne veux pas qu'il soit dans la grande maison, papa. Et si Mme Martha ne le laisse jamais repartir ? Et si Marshall… ?

Je vois le visage de papa se tordre.

— Qu'est-ce qu'il y a, papa ? demandé-je. Qu'est-ce que tu es venu nous dire d'autre ?

— C'est Beattie, répond-il.

— Qu'est-ce qu'elle a ?

— Marshall se sert de Beattie.

D'un coup, papa baisse la tête et fond en larmes. Je n'ai jamais, jamais vu papa pleurer. Ben, moi, Lucy, on s'est tous regardés, attendant que quelqu'un dise quelque chose. Finalement, Ben se lève et se met à faire les cent pas. Je vais vers papa pour lui passer un bras autour des épaules. Il sort le bout de tissu que mama lui fait toujours prendre avec lui, et il se mouche.

— Je peux rien faire pour ma propre fille.

— Bien sûr que si, papa, dis-je.

— Quand ça a commencé ? interroge Ben, qui n'a pas l'air dans son état normal.

— Y a un moment maintenant, répond papa. À peu près quand Abinia lui a annoncé qu'elle attendait un bébé. Au début, c'était vraiment dur pour Beattie, mais elle dit que maintenant, c'est moins violent. Vous connaissez cette petite, elle se plaint jamais de rien. Elle nous dit même à mama et moi qu'elle va essayer que ça marche pour tout le monde. Marshall va la voir presque tous les soirs, et il lui parle. Beattie dit qu'au moins, comme ça, elle sait ce qui se passe sur la propriété.

— Peut-être qu'il la laissera tranquille une fois que Lavinia aura son bébé ? ai-je dit.

Personne ne répond rien à ça.

Le lendemain, je parle à Will Stephens, je lui dis que Jamie est à la grande maison. Will me promet de retourner au tribunal pour réessayer de me rendre mon Jamie.

— Tiens bon, Belle.

— Will…

— Oui ?

— Il y a autre chose que vous devez savoir.

— Quoi donc ?

— Ben a discuté avec Lavinia au mariage de Fanny. Il a découvert qu'elle croit depuis le début que vous êtes le père de Jamie.

— Quoi ?

— Lavinia n'a jamais su que c'était Marshall. Je ne lui ai jamais parlé de ce soir où Marshall est venu me voir. Et quand elle était à Williamsburg, Marshall lui a dit que c'était vous, le père.

— Dieu tout-puissant !

— Mama dit que, par certains côtés, Lavinia raisonne encore comme une enfant. Elle ne comprend pas toujours ce qui se passe. En revenant ici, elle espérait que tout serait comme avant. C'est comme si elle ne savait pas qu'en épousant Marshall, elle entrerait dans son monde. Mama l'aide à regarder les choses en face mais, comme elle dit, parfois il faut le voir pour le croire.

Je parle sans m'arrêter mais, lorsque je regarde Will Stephens, il semble ne pas entendre un mot de ce que je dis. Quand il part, je reste à la porte. Je le suis des yeux tandis qu'il remonte très lentement vers sa nouvelle maison, en pensant à quel point elle est grande pour un homme seul.

43

Lavinia

Je restai deux jours alitée, fiévreuse et sans appétit. Marshall vint me voir, inquiet et, quand il voulut prendre ma main, je la retirai, dégoûtée. Mama me soignait en silence ; toutefois, le troisième matin, après que j'eus encore refusé le déjeuner qu'elle m'apportait, elle ferma la porte de ma chambre avant d'approcher une chaise de mon lit.

— Ida dit que vous savez des choses, commença-t-elle en s'installant face à moi.

Je détournai la tête.

— Ida dit que…, poursuivit-elle à voix basse, … Ida dit que vous avez vu Marshall aller avec Beattie.

Je perçus la douleur dans sa voix, mais restai face au mur.

— Ida dit que vous êtes au courant pour Jamie ? murmura-t-elle.

Je tournai brusquement la tête pour la regarder.

— Ida parle beaucoup, dis-je d'un ton sec.

Mama baissa la tête.

— Je suis désolée, mama.

— Des fois, cette vie est pas facile, Abinia.

— Mais comment… Quand est-ce qu'il… était avec Belle ?

Mama me fit signe de me taire et jeta un œil vers la porte.

— On parle plus de ça. C'est arrivé, maintenant il faut oublier. S'il découvre que vous savez, il va tout faire pour trouver qui vous l'a dit, et alors, Dieu sait ce qu'il fera.

— Mais Beattie, mama ! Comment Beattie a-t-elle pu aller avec…

— Vous croyez que c'est ce qu'elle veut ? chuchota mama. Vous pensez qu'elle a envie d'être avec lui ?

— Je les ai vus à la dépendance ! Elle n'a même pas essayé de le repousser.

— Abinia ! Vous regardez à travers vos yeux, vous essayez même pas de vous mettre à la place de Beattie. Vous savez bien que cette petite a pas le droit de dire non ! Quand m'sieur Marshall sera parti pour la journée, je vous amènerai Beattie. Et vous verrez par vous-même ce qui se passe quand cette petite dit non.

Le menton de mama tremblait tandis qu'elle faisait des efforts pour ne pas pleurer. Elle se leva et alla regarder par la haute fenêtre.

Je gardai le silence un long moment avant d'oser parler à nouveau.

— Je suis désolée, mama, tu n'as pas besoin de l'amener. Je sais que tu dis la vérité.

— C'est dur, dit mama en essuyant des larmes sur ses joues. C'est très dur.

Je regardai par la fenêtre derrière mama et vis qu'il s'était mis à neiger. Puis mon regard se posa sur le feu qui crépitait dans la cheminée et je repensai à Papa George en train de couper du bois derrière la dépendance. Je comprenais à présent ce qui lui avait fait prendre sa hache ce jour-là.

— Mama, murmurai-je, y a-t-il quelque chose que je puisse faire ?

Elle revint s'asseoir près de moi. Elle se moucha avant de me prendre la main.

— Il y a des fois où tout ce qu'on peut faire, c'est prier le Seigneur. On dit : « Seigneur, on sait pas très bien quoi, mais en tout cas on a besoin d'aide. »

Elle posa la main sur mon gros ventre.

— Et on oublie pas de dire : « Merci pour les bonnes choses, Seigneur. »

Mama adopta à nouveau une voix tendre :

— Allez, mon enfant, il est temps que vous mangiez pour pouvoir vous lever et bouger. Toutes ces histoires font pas de bien au bébé.

Un mois plus tard, fin janvier, mama vint avec Fanny pour m'aider à mettre au monde ma fille, Eleanor.

Nous l'appelâmes Elly dès le début, et tout le monde l'adorait. Marshall exprima son ravissement d'être père d'une jolie petite fille et moi, enivrée par la joie de la maternité, j'essayai désespérément de mettre de côté mes griefs envers lui.

Sukey ne quittait pas Elly ; pendant la nuit, elle gardait le berceau près de son lit. Quand je la nourrissais, Sukey s'asseyait à côté pour s'assurer que je plaçais correctement la tête du bébé. Mama venait souvent prendre Elly dans ses bras et lui chanter des berceuses pour l'endormir. Et puis Fanny ! On aurait pu croire qu'Elly était sa propre fille. Dès qu'elle avait un moment de liberté, elle passait la tête dans la chambre, demandant à porter Elly. Oncle Jacob, lui aussi, venait souvent sous prétexte de s'occuper du feu. Même Papa George monta voir le bébé un jour en fin d'après-midi, après que Marshall fut sorti. Papa la prit dans ses bras, et mon cœur explosa de joie lorsqu'il déclara :

— C'est le portrait de notre p'tite Abinia.

Enfin, Beattie n'étant toujours pas venue, je demandai à la voir.

J'allaitais le bébé quand mama la fit monter.

— Entre, Beattie, dis-je, la voyant hésiter devant la porte. Viens la voir.

Beattie refusa de croiser mon regard quand je lui montrai mon bébé.

— N'est-elle pas parfaite ? demandai-je, remplie d'une nouvelle fierté de mère.

— Qu'est-ce qu'elle vous ressemble, fit Beattie en souriant timidement.

Elle avait raison. Ma fille avait les mêmes petites oreilles que moi, le même visage ovale et les mêmes cheveux roux. Tout le monde remarquait la ressemblance. Et tout le monde semblait la voir comme un triomphe.

Au début du premier automne d'Elly, nous passions beaucoup de temps à l'ombre du grand chêne. Le cadre était idyllique. Souvent, en fin d'après-midi, Oncle Jacob installait le cadre à matelasser les patchworks et nous sortions des chaises. Fanny et moi cousions tandis que Sukey jouait avec Elly sur une couverture. Si mama avait le temps, elle se joignait à nous, mais Beattie déclinait toujours l'invitation, disant qu'elle avait à faire dans la cuisine.

Mme Martha était contente de se reposer dans sa chambre avec Jamie qui jouait tranquillement à côté d'elle. Ses doses de laudanum étaient à leur niveau minimal et son état s'était remarquablement amélioré. Bien qu'elle eût des limites, elle semblait souvent assez lucide, et nous acceptions qu'elle parle de Jamie en l'appelant « mon fils ». Ce dernier ne mentionnait plus jamais Belle, et il était si attaché à Mme Martha qu'on aurait pu se demander s'il se rappelait sa vie d'antan. Cette situation me satisfaisait, mais contrariait Mama Mae. Elle n'exprimait pas clairement sa désapprobation, mais souvent je la voyais les regarder ensemble, et son froncement de sourcils était plus évocateur que tous les mots du monde.

La réaction de Mme Martha envers mon bébé fut curieuse. Quelques jours après la naissance, j'amenai Elly à sa grand-mère. Pour la première fois, je vis ma belle-mère accepter un enfant dans ses bras, puis le rendre, consciente que ce n'était pas le sien. Quand je lui dis le nom du bébé, elle le répéta plusieurs fois et ne l'oublia pas, bien qu'elle continuât de m'appeler Isabelle.

Dans l'ensemble, le plus clair de mon temps était consacré aux soins de mon nouveau-né. Marshall, de son côté, buvait moins et semblait plus heureux qu'il ne l'avait jamais été depuis notre arrivée. Il restait attentionné et me demandait sans cesse si j'avais besoin ou envie de quelque chose. Je supposais que c'était la naissance d'Elly qui l'avait apaisé et, pour le bien de notre enfant, j'essayais de ne pas penser à l'horrible vérité que je connaissais à présent. Mais mes espoirs furent de courte durée.

Dans les mois qui suivirent la naissance d'Elly, bien que Marshall n'eût pas recommencé à me rendre visite la nuit, j'avais espéré qu'il mettrait un terme à sa relation extraconjugale. Cependant, à la fin de l'automne, je fus horrifiée quand il devint évident que Beattie était enceinte. Elle continuait malgré tout de servir dans la salle à manger avec l'aide d'Oncle Jacob. Jour après jour, la situation devenait de plus en plus délicate. Marshall ne savait pas que j'étais au courant de leur relation ; il ne savait pas non plus que je le regardais la suivre des yeux.

Chaque jour qui passait augmentait ma rancœur. Je ne souhaitais pas que mon mari reprît ses droits conjugaux, mais j'étais horrifiée de penser qu'il continuait d'aller trouver Beattie. Dans la salle à manger, je ressentais des moments de pression intense, quand je surprenais un regard approbateur ou un sourire de Marshall en direction de Beattie, et j'avais l'impression d'être insultée. Je n'avais pas le courage d'orienter ma colère contre Marshall, alors, dans un effort pour m'en débarrasser, je la dirigeais contre Beattie, qui constituait une cible plus sûre.

Je ne parlais de cela à personne, et ma rancœur s'envenimait. Mon raisonnement devint irrationnel et, au fur et à mesure que croissait ma colère, mon ressentiment augmentait de même. Je commençai à me demander pourquoi Marshall choisissait d'aller voir Beattie. Je ne voulais pas qu'il m'approche – pour être honnête, l'idée même de notre intimité me répugnait –, néanmoins, pourquoi la préférait-il à moi ? Que me manquait-il en tant que femme ? En quoi l'avais-je déçu ? Malgré moi, même en sachant comment avait débuté leur relation, je me mis à blâmer Beattie. Je ne parvenais pas à me délivrer de l'idée qu'elle avait encouragé Marshall dans cette voie répréhensible.

Puisque je n'osais pas me confronter à Marshall, je m'attaquais à Beattie. Je m'adressais souvent à elle avec sévérité et n'essayais pas de faciliter sa vie comme je le faisais pour les autres membres de ma famille. Je lançais de méchantes remarques sur son apparence tout en regardant Marshall essayer de feindre le désintérêt. Néanmoins, il n'y parvenait pas, et c'est cela qui me fit envisager une autre possibilité, plus grave encore : serait-il attaché à elle ? Était-il amoureux d'elle ?

Finalement, n'en pouvant plus, j'allai voir mama. J'invoquai la transformation de la silhouette de Beattie et ses efforts patauds pour nous servir comme raisons pour me plaindre. À mon grand soulagement, mama accepta que Fanny la remplace à la salle à manger. Toutefois, ce changement eut ses propres répercussions.

Pendant qu'elle servait à table, Fanny entendait inévitablement les conversations. Sa nature étant ce qu'elle était, il lui était impossible de garder le détachement approprié et, lorsqu'elle saisissait quelque chose qui ne lui plaisait pas, elle était prompte à pincer les lèvres ou à lever les yeux au ciel. Marshall la reprenait fréquemment à cause de cela. « Tu as quelque chose à dire ? » demandait-il souvent, et j'étais toujours surprise de la franchise des réponses de Fanny. Parfois, son opinion énervait mon mari et il la renvoyait de la pièce mais, en général, il riait de bon cœur. J'accueillais ces moments avec un mélange de soulagement et de jalousie. Pourquoi donc, me demandais-je, ne pouvais-je pas être plus comme Fanny – plus téméraire ?

Au cours de cette période, j'entamai une correspondance avec Meg à Williamsburg. Je cherchais à renouveler mon intérêt pour la botanique et exposai cela à Meg, lui demandant de pardonner mon manque de communication jusque-là. Elle ne m'en voulait pas et disait qu'elle savait que je devais être très occupée avec ma fille. Elle n'était pas encore mariée et, d'après ses lettres, je compris que ce n'était pas sa priorité principale. Meg accompagnait ses missives de livres et, en retour, je lui envoyais ceux qui, selon moi, lui plairaient. Je m'accrochais à cette amitié avec Meg, bien que je ne lui révélasse rien des problèmes au sein de mon couple.

Environ un mois après que Fanny eut commencé à faire le service, Marshall et moi reçûmes une lettre de Will Stephens. Il y offrait une grosse somme d'argent pour Jamie. Il disait que Belle était tombée malade à force de pleurer son fils. Will craignait pour sa vie et demandait à Marshall de montrer de la compassion.

— De la compassion pour une pute !

Marshall déchira la lettre.

Encore trop effrayée pour prendre la défense de Belle, mais me sentant coupable de mon silence, je décidai d'agir différemment. Ce soir-là, je pris ma plume pour écrire à Belle. Désireuse de soulager son chagrin, je lui dis que je veillais sur Jamie comme sur mon propre fils et qu'il était en sécurité avec moi. Je lui fis également part de mon inquiétude pour elle et son état de santé. Je lui demandai d'être patiente et conclus en promettant qu'un jour prochain, elle retrouverait son fils.

J'ignore comment Rankin mit la main sur ce courrier. Je l'avais confié à Fanny, qui l'avait transmis à son mari, Eddy. Marshall était furieux lorsque Rankin lui apporta la lettre et le lendemain, au dîner, il m'informa qu'Eddy serait puni pour mon inconscience. Fanny se tenait près du buffet, rendue muette par le choc.

— Non, Marshall, dis-je. Non, je vous en prie ! Je suis seule responsable.

— Vous agissez contre moi, vous sapez mon autorité, quelqu'un doit payer pour votre désobéissance.

— Soyez en colère contre moi, Marshall, dis-je. Cela partait d'une bonne intention.

— Vous correspondez avec une pute ? Vous écrivez que vous considérez son enfant comme le vôtre ? Vous m'avez l'air aussi folle que ma mère !

Sachant à présent qui était le père de Jamie et forte de cette information, je me mis à mon tour en colère.

— J'ai assisté à sa naissance, évidemment que j'ai de la tendresse pour lui. Et Belle était comme une mère pour moi.

— Belle !

Il tapa du poing sur la table.

— La putain de mon père !

Je me levai rapidement, ne laissant pas le temps à Oncle Jacob de m'aider à repousser ma chaise. Je m'appuyai des deux mains sur la table pour être plus stable.

— Comme Beattie est votre putain ? demandai-je, d'une voix lente et bien pesée, et je vis sur son visage le choc qu'il ressentit en entendant que j'étais au courant de son union pécheresse.

Derrière moi, Fanny sursauta. Quand Marshall attrapa son verre de vin, je remarquai que sa main tremblait et, profitant de ce moment de faiblesse, je mis fin à la discussion.

— Je crois que je peux compter sur vous pour ne pas punir Eddy pour mon imprudence.

Tandis que je quittais la pièce, Marshall m'appela, mais je ne me retournai pas.

À la mi-janvier, Beattie perdit son enfant. Je n'étais pas là pour la naissance, mais Fanny me raconta les difficultés de l'accouchement. Elle me dit qu'Ida et mama avaient craint pour la vie de Beattie. En mon for intérieur, j'étais soulagée de la mort du bébé.

Une semaine plus tard, nous fêtâmes le premier anniversaire de mon Elly adorée. Ce jour-là, en serrant dans mes bras mon enfant chérie, je ressentis une vague de compassion pour Beattie et fus prise de remords de ne pas lui avoir présenté mes condoléances. Je décidai de me rendre à la dépendance pour m'excuser et voir si elle avait besoin de quoi que ce soit.

Nous étions en fin d'après-midi quand je m'éclipsai par la porte de service. Fanny s'occupait de Mme Martha et mama faisait le ménage dans la bibliothèque, alors je laissai Elly sous la garde de Sukey. Je savais que Beattie devait commencer à préparer le souper, je n'avais donc pas l'intention de la déranger longtemps. En marchant vers la dépendance, je repensai à mon affection pour elle et me convainquis que nous pourrions renouer des liens d'amitié. J'étais certaine que Marshall avait cessé d'aller la voir. Je serais entrée directement par la porte de la cuisine si je n'avais pas entendu Beattie parler à quelqu'un.

— C'est très joli, dit-elle. J'ai jamais rien eu d'aussi beau.

Je m'arrêtai net en entendant la voix de Marshall.

— Je pensais que ça te plairait.

Je m'apprêtai à partir discrètement. En me retournant, j'aperçus papa près du poulailler. Il me fit un signe de la main. Mon grand désir de courir vers lui pour qu'il me console fut supplanté par mon sentiment de choc, puis de honte. Savait-il que mon mari était de retour à la dépendance avec Beattie ? La famille m'en voulait-elle de ne pas réussir à le retenir près de moi, loin d'elle ? Je tournai le dos à papa et remontai vers la grande maison.

Je ne sais pas quelle aurait été la profondeur de mon désespoir ce jour-là si une lettre de Meg ne m'avait pas attendue.

44

Belle

Will Stephens fait venir deux hommes de plus et n'a plus besoin de Lucy aux champs. On travaille bien ensemble, à nettoyer la grande maison et à mettre des provisions de côté, mais Lucy est à nouveau enceinte, et la voir comme ça me rappelle mon petit garçon à moi. Will fait tout ce qu'il peut pour récupérer mon Jamie, mais rien ne marche. À l'arrivée de l'hiver, il n'est toujours pas revenu, et la vie commence à me quitter. Sans mon Jamie, plus rien n'a d'importance.

Une nuit, quand je suis dans les bras de Ben, il me dit :

— Tu es très silencieuse et tu maigris à vue d'œil.

Je ne réponds rien, parce qu'il n'y a rien à dire.

— Belle, qu'est-ce qui se passe ?

— Rien.

Le lendemain, Lucy me demande à son tour :

— Belle, tu sais que t'es plus que l'ombre de toi-même. Qu'est-ce qui va pas ? T'as eu d'autres nouvelles de Jamie ?

— Non, rien du tout.

Elle me regarde d'un air sévère, mais n'insiste pas.

Quelques semaines plus tard, je continue à travailler, mais je suis très fatiguée. Je n'ai qu'une envie, c'est de dormir. Papa est venu m'annoncer que le bébé de Lavinia se porte bien, qu'il a des cheveux couleur de feu, tout comme sa mama. Il me dit aussi que Jamie va très bien, mais que Marshall refuse toujours de le laisser partir.

Ce soir-là, toute l'énergie qui me restait me quitte.

Ben et Lucy disent à Will Stephens que je ne mange plus, alors il me rend visite pour savoir si je suis malade.

— Je vais bien, je me sens fatiguée, c'est tout.

Il veut appeler le docteur, mais je refuse, lui assurant que ça irait mieux bientôt.

Un soir glacial, Lucy perd les eaux. Ben vient me chercher en courant et tambourine à la porte, hurlant que Lucy me réclame. Il crie si fort que je comprends qu'il a peur. Je sors en courant et le suis. Lucy est en effet dans une sale situation. Ben obtient un laissez-passer pour aller chercher le docteur, me laissant seule avec elle.

J'essaie de me rappeler ce que mama m'a dit.

— Lucy, ça va faire mal, puis je me suis mise au travail.

La tête de ce bébé a besoin d'aide pour sortir, alors Lucy pousse et je tire. Quand on l'a enfin dégagée, je ne sais pas qui est la plus fatiguée, de Lucy ou de moi. Mais lorsqu'on voit le bébé, on éclate de rire. C'est le portrait craché de Ben. Comment un petit bébé dodu peut autant ressembler à un homme baraqué, on ne sait pas, mais c'est bien le cas.

— Tu l'as fait sortir, c'est toi qui vas t'en occuper, décrète Lucy. Comment tu vas l'appeler ?

— Qu'est-ce que tu penses de George ? Comme papa.

— George ? C'est un nom pour un homme adulte.

— Eh bien, regarde ce garçon. Il est presque aussi grand que papa.

On s'est remises à rire, jusqu'à ce que ses dernières contractions fassent sortir ce qui restait.

Quand Ben arrive avec le docteur, Lucy dort et je suis assise près du feu avec George dans les bras. Je ne sais pas comment c'est arrivé, mais, bizarrement, j'ai l'impression que c'est mon propre enfant.

Je reprends goût à la nourriture et je me remets à manger. Maintenant, il faut que je sois en forme, que je m'assure que quelqu'un s'occupe de cet adorable petit garçon.

45

Lavinia

— Venez les ouvrir ! Venez les ouvrir !

Sukey m'accueillit à la porte et m'attira à l'intérieur, dansant d'excitation. Pendant que j'étais à la dépendance, à surprendre la conversation entre Marshall et Beattie, une lettre et des colis étaient arrivés de la part de Meg.

Sukey m'entraîna dans ma chambre, me fit asseoir dans un fauteuil et me mit les paquets sur les genoux. Elle me supplia de les ouvrir avant de lire la lettre. Pour lui faire plaisir, je déballai le premier. Il s'agissait d'un grand livre illustré sur les arbres.

— Y a écrit quoi ? demanda la petite fille émerveillée.

Avec précaution, elle passa le doigt sur l'illustration gravée sur cuivre et, désireuse d'apprendre, répéta après moi :

— *Quercus*, *Quercus*.

Ensuite Sukey ouvrit le plus gros paquet et, au milieu d'exclamations, en sortit un herbier. La boîte en étain était peinte en vert et ornée de mes initiales inscrites à la feuille d'or. Je me souvenais du jour où Meg, toute fière, m'avait montré le sien.

Les présents de Meg étaient toujours généreux, mais sa missive ce jour-là fut mon salut. Elle commençait par faire référence à mes lettres de l'automne précédent dans lesquelles j'avais décrit les séances de patchwork sous notre chêne. Elle disait que sa mère et elle avaient beaucoup discuté de cette image douillette pendant l'hiver. À présent, elles se demandaient si elles pourraient me rendre visite cet automne pour participer à une telle activité ; mon cœur fit un bond dans ma poitrine en lisant cette requête. Meg se consacrait plus que jamais à ses études et se passionnait tout particulièrement pour les chênes. En avions-nous une espèce spécifique dans notre région ? Pourrais-je en ramasser quelques feuilles ainsi que quelques morceaux d'écorce, faire l'inventaire de mes trouvailles, et les conserver jusqu'à sa venue ? Puis elle terminait la lettre avec une autre question : Étais-je aussi heureuse qu'elle se l'imaginait ?

Je mis sa missive de côté. Je regardai Sukey plongée dans le livre, puis Elly qui dormait dans son berceau. Mais mes pensées voguaient ailleurs. Je n'arrivais pas à effacer l'image de Marshall en train de regarder Beattie ouvrir son trésor, et ses mots de plaisir à elle tournaient en boucle dans mon esprit. J'avais besoin de parler à quelqu'un de mon outrage, de ma peine, de ma confusion. Oserais-je écrire à Meg ? Pourrais-je me confier à elle ? Mais tout en me posant ces questions, je savais déjà que je ne le ferais pas. Comment pourrais-je lui révéler ce tournant diabolique de mon mariage ?

Quand Jamie apparut à la porte, Sukey leva les yeux. Elle posa un doigt sur ses lèvres avant de montrer Elly, profondément endormie. Jamie hocha la tête pour signifier qu'il comprenait et s'approcha de Sukey sur la pointe des pieds pour regarder le livre qu'elle tenait. Il avait peu grandi cette dernière année et était petit pour un garçon de sept ans. Mme Martha insistait pour qu'on laisse pousser ses boucles cendrées jusqu'aux épaules et, à part son œil malade, c'était un bel enfant. Il était exceptionnellement précoce et, peut-être à cause de cela, ce garçon me déconcertait. Il avait appris à utiliser son handicap à son avantage. Quand il était particulièrement déterminé, il vous fixait sans sourciller. Il était impossible d'ignorer la cécité de son œil blanc, tandis que l'intensité du bleu de l'autre vous transperçait.

Ce jour-là, il me regarda par-dessus la tête de Sukey, puis vint glisser sa petite main dans la mienne.

— Êtes-vous triste, m'ame Abby ? demanda-t-il en utilisant le nom que m'avaient donné les enfants.

Je pris son petit visage sérieux entre mes mains et l'embrassai sur les deux joues. Sa présence me rappelait Belle à nouveau, et à cet instant je décidai d'une nouvelle stratégie. Pourquoi n'y avais-je pas pensé plus tôt ?

Tout à fait consciente que Marshall ne me donnerait jamais la permission d'aller voir Belle, je commençai à comploter pour lui rendre visite.

— Je souhaite apprendre à monter à cheval, déclarai-je à Marshall le lendemain au dîner. Et cela me ferait très plaisir que Sukey soit ma compagne.

Je ne laissai rien voir de ma contrariété, agissant au contraire avec gaieté et légèreté. Je lui parlai de la lettre de Meg, lui montrai ses derniers cadeaux, l'informai de sa requête que je récolte certaines sortes de feuilles. J'avais besoin d'un cheval, expliquai-je, pour m'éloigner un peu de la maison. Ne pensait-il pas que ce serait un bon passe-temps pour moi ?

Oui, convint Marshall, ce serait une excellente distraction – à condition, bien sûr, que je sois prudente. George, dit-il, avait appris à Mme Martha à monter à cheval, et il lui demanderait de m'apprendre à moi aussi. À l'écurie, il y avait une belle selle d'amazone que son père avait offerte à sa mère, cela me conviendrait-il ? Il choisirait lui-même le cheval, un animal âgé, calme, qui ne s'emballerait pas. Par bonheur, il accepta aussi que Sukey m'accompagne.

Je le remerciai pour sa générosité, puis lui lus la lettre de Meg. Bien que Marshall ne s'exprimât pas à ce sujet, je remarquai son air contrarié quand j'arrivai au passage concernant la visite prochaine de Meg et de ses parents.

Sukey n'eut pas besoin de leçons. Sûre d'elle, elle s'approcha de son poney, prit ses rênes, lui tapota le nez et le mena vers le montoir. Là, elle se hissa facilement sur son dos. Elle claqua sa langue et fit avancer son petit cheval dans ma direction, tout en riant avec papa face à ma mine abasourdie. Elle m'expliqua que celui-ci lui avait appris à monter quand elle était « une toute petite fille ».

— Oh, dis-je à Sukey en faisant un clin d'œil à papa, parce que, maintenant, du haut de tes onze ans, tu te considères comme une femme ?

— Eh bien, répondit-elle d'un ton grave, je suis pas non plus aussi vieille que vous !

Cette remarque fit rire papa et je lui tapai gentiment le bras en signe de réprimande.

— M'ame Abby, vous avez quel âge ? demanda Sukey.

Papa montra du doigt les collines au loin.

— Tu vois ces collines, ma p'tite Sukey ?

— Oui, papa.

— Eh ben, notre m'ame Abinia, elle est aussi vieille que ces collines.

Il se mit à rire. Je fis une grimace à papa.

— J'aurai vingt ans au mois de mai, fis-je à Sukey.

— Oooh !

Elle parut si impressionnée que papa et moi éclatâmes tous deux de rire.

— Je me demande si m'ame Abinia est pas trop vieille pour apprendre à monter à cheval, plaisanta encore papa en m'amenant un petit cheval de l'écurie. Voici Barney, me dit-il.

Barney était un hongre bai, dont la taille semblait parfaite pour moi. Je reculai quand il me poussa de son doux nez, mais me détendis lorsque Papa George m'expliqua que la bête ne faisait que chercher une friandise. D'une main hésitante, je caressai la tête de Barney et fis une remarque à propos de sa large liste blanche presque entièrement recouverte par son long toupet sombre. Lorsque le cheval se mit à piétiner et à agiter son épaisse crinière, papa me dit qu'il était avide de commencer la leçon. Quand ce fut chose faite, Barney se révéla être un cheval patient, et je m'épris de lui avant même la fin de mon premier cours.

Marshall était content de mon enthousiasme et insista pour que je me commande la dernière tenue d'équitation à la mode. J'acceptai, lui demandant que Sukey soit équipée elle aussi.

Nos mesures furent envoyées au fabricant de vêtements et, quand le colis arriva de Williamsburg, Sukey était submergée par l'excitation. Elle avait choisi un joli jupon bleu et une veste assortie bordée d'un col en velours noir. La veste présentait une double rangée de boutons dorés et Mama Mae, Fanny et moi les regardâmes étinceler quand elle tourbillonna pour nous montrer sa tenue. Elle portait aussi un chapeau noir avec une chaîne dorée tout autour ainsi que, rehaussant l'ensemble, une plume bleue plantée à l'avant. Sa toilette fut complète lorsqu'elle attacha ses demi-bottes noires et enfila ses gants de cuir.

Mes nouveaux vêtements étaient d'un style similaire, mais je les avais choisis verts. J'avais fait ajouter une seconde plume à mon chapeau et, autour de mon cou, je nouai un foulard en soie blanc. Je dois dire que nous étions drôlement élégantes, à la mi-mai, quand papa nous donna la permission de partir seules toutes les deux pour la première fois.

À partir de ce jour, avec Elly sous la surveillance de Fanny, nous sortîmes à cheval presque quotidiennement. Nous arborions chacune notre herbier ; j'en avais commandé un pour Sukey, arguant qu'il s'agissait d'un accessoire indispensable pour nos excursions de botanique. À l'intérieur du sien, Sukey glissait fièrement un carnet de croquis relié en cuir. Elle se révélait une artiste accomplie, capable de faire des portraits ressemblants, et j'espérais qu'elle serait aussi douée pour dessiner des arbres et en capturer les propriétés spécifiques, à l'intention de Meg. À notre retour, nous emportions notre butin à la bibliothèque, faisions des recherches afin d'identifier et de classer les spécimens, puis les ajoutions à notre collection grandissante.

Au cours de ce printemps, je commençai à éprouver un regain d'intérêt pour la vie. Rien ne me plaisait plus que de me promener à cheval, mais je ne perdais jamais de vue mon véritable objectif. J'attendis patiemment que se présente l'opportunité d'aller voir Belle en toute sécurité. Enfin, à la fin du mois de mai, Marshall quitta le domaine pour une journée. Il se rendait dans une ville à deux heures de route et, quand j'appris qu'il avait l'intention de prendre le chariot, je sus qu'il ne serait pas de retour avant la tombée de la nuit.

Seul papa était au courant de mon projet. Sukey était enrhumée et je pris cette excuse pour qu'elle ne m'accompagne pas ce jour-là. mama me retrouva dans la chambre bleue. Il était tôt, et Jamie dormait encore. Il ne se réveilla pas quand je coupai une boucle de ses cheveux. Du couloir, mama m'observa la rouler dans un médaillon avant de glisser celui-ci dans la poche de ma veste. Elle me scruta.

— Où est-ce que vous allez comme ça, Abinia ?

Je ne voulais pas lui mentir, cependant je ne voulais pas non plus l'impliquer. Je la serrai dans mes bras.

— Je vais faire un tour à cheval, mama.

— M'sieur Marshall dit que vous devez pas partir toute seule avec ce cheval, me gronda-t-elle.

— Mama, dis-je, j'y vais.

— Faites attention à vous, ma p'tite, chuchota mama, restez dans ces arbres.

Papa m'attendait. Je fus frustrée en voyant qu'il avait sellé Barney.

— Oh ! papa, il me faut un cheval plus rapide !

— Celui-ci vous connaît. Il va vous emmener là-bas, et il vous ramènera en un seul morceau, dit papa, et je savais que cela ne servait à rien d'argumenter. Vous suivez ce ruisseau, comme j'ai indiqué, continua papa. Restez dans les arbres et allez lentement. Ben va garder un œil sur vous.

Il me tendit une cravache.

— Utilisez ça si besoin, et que le Seigneur vous accompagne.

Je partis au trot, enivrée par cette liberté nouvelle. Mon petit cheval avançait rapidement, et son assurance me permettait de regarder autour de moi le long du chemin. La nature était à l'apogée de sa beauté et, pour la première fois depuis longtemps, j'entrevis une lueur d'espoir.

Je chevauchais depuis peu, me semblait-il, quand, devant moi, j'entendis le bruit d'un cheval et d'un cavalier. Mon cœur s'emballa jusqu'à ce que j'entende : « C'est que moi, Abinia », et que je reconnaisse la voix de Ben.

— Ben ! lançai-je, et nous rîmes à gorge déployée en allant l'un vers l'autre.

Nos chevaux dansaient pendant que nous nous saluions, et nous quittâmes bientôt les bois pour une vaste clairière. Face à moi, je remarquai à peine la grande maison encore en travaux. Je ne prêtai pas non plus attention à l'immense grange qui se tenait en contrebas. Tout ce qui m'intéressait, c'était la petite dépendance en bardeaux et la silhouette familière que j'apercevais à côté.

Tandis que Ben ouvrait la voie, Belle courut à notre rencontre. Nos retrouvailles furent douces-amères, car je ne lui ramenais pas son fils. Tout ce que j'avais, c'était un portrait assez ressemblant de Jamie que Sukey avait récemment dessiné. Puis je donnai à Belle mon médaillon en or qui abritait la mèche de cheveux de son fils, en lui disant que je l'avais coupée à peine une heure plus tôt. Je l'entourai de mes bras tandis qu'elle caressait ce trésor et, alors qu'elle pleurait, je ressentis toute sa souffrance. Ce ne fut que plus tard, une fois que je lui eus donné autant de détails sur Jamie que possible, que je lui demandai comment elle allait.

Nous lui manquions tous, m'avoua-t-elle. Lucy, la femme de Ben, n'était-elle pas d'une compagnie agréable ? demandai-je.

Belle répondit que si, mais que, bien qu'elles fussent proches, Lucy ne pouvait pas remplacer mama.

— Et Ben ? questionnai-je. Tu le vois souvent ?

Bizarrement, elle éluda la question.

— Will Stephens est-il aidé par d'autres que Ben ? demandai-je alors, essayant de me rappeler si j'avais vu des cases pour les esclaves, comme à Tall Oaks.

— Oui, répondit-elle, il a fait venir quatre autres hommes. Il veut une grande ferme et, à voir comment il travaille, il va l'avoir.

— Est-il bon pour toi ?

— C'est un homme bon, oui, mais je lui appartiens.

Je ne savais pas quoi répondre, parfaitement consciente que, par mon mari, je possédais moi aussi des gens. Belle poursuivit :

— Will m'a amenée ici pour me protéger, mais je ne suis pas une femme libre.

J'inspirai profondément.

— Belle, je croyais que tu aimais Will. Je... je croyais qu'il était le père de Jamie.

— Ben m'a dit ce que vous pensiez.

Gênée, je baissai les yeux.

— Will m'a toujours aidée, Lavinia, rien de plus. Il n'est jamais venu vers moi de cette façon.

Alors, je lui demandai la vérité sur Jamie. Belle hésita.

— C'est Marshall, son père. C'est tout ce que j'ai à dire. Vous êtes mariée à cet homme à présent, alors il faut que vous arrêtiez d'y penser.

— Mais maintenant, il s'en prend à Beattie !

Voilà, les mots étaient lâchés. Ce que j'étais venue confier. J'éclatai en sanglots. Belle me prit dans ses bras et me laissa pleurer mais, une fois libérées, mes larmes ne pouvaient plus s'arrêter. Quand je pus à nouveau parler, j'évoquai mon malheur depuis mon mariage, l'alcoolisme de Marshall et ses duperies, ainsi que ma rancœur envers Beattie. Quand Belle prit sa défense, je me mis en colère.

— Alors, comme ça, tu crois qu'elle ne l'encourage pas, qu'elle n'apprécie pas ses cadeaux ?

Belle me répondit avec fermeté. Avais-je oublié que Beattie n'avait pas le choix ? Elle était l'esclave de Marshall.

— Mais moi aussi je lui appartiens ! lançai-je.

— Oui, mais ça, c'est vous qui l'avez choisi. Beattie ne peut rien choisir du tout à part la façon dont gérer ça au mieux.

Je regardais dans le vide, évitant le regard de Belle, luttant contre la vérité. Elle reprit avec douceur :

— Vous savez ce que je pense, Lavinia ? Je pense que vous êtes en colère contre Beattie parce que vous ne pouvez pas l'être contre Marshall.

Elle marqua une pause et prit une profonde inspiration.

— Je le sais parce qu'ici, je vis presque la même chose.

Je la regardai.

— Quand vous étiez à Williamsburg, Ben et moi on s'est mis ensemble, expliqua-t-elle. Je ne dis pas que c'est bien ou mal, c'est arrivé, c'est tout. Pendant longtemps, j'ai détesté Lucy. Elle était ceci ou cela, et j'essayais de m'en convaincre pour ne pas avoir à me rendre compte qu'elle souffrait, elle aussi. Puis j'ai réalisé que c'était une meilleure femme que moi. Quand ils m'ont pris mon Jamie, elle a mis de côté ses mauvais sentiments pour moi.

J'étais sous le choc. J'avais toujours senti que Ben et Belle étaient attachés l'un à l'autre, mais je pensais qu'ils s'étaient fait une raison…

— Est-ce que vous continuez…

Je m'interrompis, stupéfaite de me surprendre à poser une question si intime.

— Oui, répondit Belle avec franchise. Lucy et moi, on vit avec. Elle aime Ben, tout comme moi. Elle lui a donné trois garçons. Et ce sont de gentils enfants.

— Mais qu'en est-il de…

À nouveau, j'hésitai, et à nouveau Belle devina ce à quoi je faisais référence.

— Au départ, Ida m'a donné quelque chose pour m'empêcher d'avoir des bébés. Ensuite, ils ont emmené Jamie et j'avais envie d'avoir un enfant de Ben, mais je ne suis pas tombée enceinte. Maintenant, le petit George de Lucy, c'est comme si c'était le mien. Il dort même ici la plupart du temps.

Elle fit un signe de tête en direction d'un berceau en bois dans un coin, où j'aperçus un petit dessus-de-lit en patchwork, constitué de carrés rouges et bleus. Nous continuâmes à discuter pendant que Belle déposait quelques plats sur la table.

— Venez, Lavinia, me dit-elle, venez manger un morceau.

Je fus surprise de mon énorme appétit, jusqu'à ce que je me rende compte qu'un poids m'avait été retiré : l'étrange situation de Belle me faisait en quelque sorte me sentir moins seule dans la mienne. Nous finissions de manger quand Ben arriva pour nous rappeler qu'il était bientôt l'heure pour moi de partir. Les chevaux étaient prêts et il m'accompagnerait sur une partie du trajet. Il ressortit pour nous accorder quelques minutes de plus en tête à tête et, bientôt, nous entendîmes d'autres petits coups à la porte. Pensant qu'il s'agissait de Ben, Belle lui dit d'entrer. Mais quand la porte s'ouvrit, ce fut Will Stephens qui apparut en contre-jour. Je ne lui avais pas parlé depuis sa visite à Williamsburg, et les battements de mon cœur me montrèrent que mes sentiments pour lui étaient loin d'être morts. Belle l'invita à entrer, et il retira son chapeau en avançant vers moi. Troublée par son sourire, je me forçai à croiser son regard.

— Madame Lavinia, dit-il en me faisant un signe de tête, nous nous retrouvons.

— Monsieur Stephens, répondis-je, hochant la tête en retour.

— Vous allez bien ? s'enquit-il.

J'attrapai la main de Belle.

— Oui, tout à fait.

— Je vois que vous vous apprêtez à repartir. Devez-vous y aller si vite ? demanda-t-il.

Pour ma plus grande gêne, je fondis en larmes et me détournai de lui à la hâte.

— Je l'amènerai dès qu'elle sera prête, dit Belle à Will.

Après qu'il fut sorti, elle prit un mouchoir pour m'essuyer les yeux.

— Je ne peux pas y retourner ! lançai-je en pleurant, m'agrippant à elle. Je ne supporte pas l'idée de me retrouver à nouveau avec lui !

— Vous savez qu'il le faut. Elly a besoin de vous. Et vous devez veiller sur Jamie.

Ses propos me calmèrent et je repris mes esprits. Dehors, je fus surprise de voir Will Stephens à califourchon sur le cheval de Ben.

— Je me suis dit que je pourrais vous raccompagner, déclara-t-il.

Je dis au revoir à Belle en l'embrassant. Ben sourit en m'aidant à monter sur le dos de Barney.

— Vous êtes une très bonne cavalière. Et papa dit que vous êtes bonne pour ce cheval.

— J'adore monter, répondis-je, en tapotant l'encolure de Barney, avant de l'orienter en direction de Tall Oaks.

Je fis un dernier signe de la main mais, tandis que nous nous éloignions, à ma grande surprise, je me remis à pleurer. J'avais l'impression qu'un mur s'était écroulé ; exposée et vulnérable, je ne voulais plus quitter ce havre de sécurité. Will me prit les rênes des mains et nous emmena en avant.

— Je suis désolée, mais j'ai l'impression qu'il m'est impossible d'arrêter de pleurer, soufflai-je quand je pus à nouveau parler.

— Alors ne vous retenez pas et pleurez, dit Will.

Cela mit un terme à mes larmes. S'il m'avait demandé de ne pas pleurer, j'aurais été incapable de m'arrêter, mais sa permission fit cesser le flot qui me semblait incontrôlable. Bientôt, je demandai à récupérer mes rênes.

Will prit la parole le premier.

— Vous n'êtes pas heureuse, alors ?

Je secouai la tête.

Il se plaça devant moi et arrêta son cheval.

— Lavinia…, commença-t-il, mais il s'interrompit.

Incapable de parler, je savourais des yeux chacun de ses traits.

— Belle m'a dit que vous pensiez qu'elle et moi… que Jamie…, reprit-il.

— Oui, le coupai-je, c'est exact.

— Lavinia, demanda-t-il, comment avez-vous pu croire une chose pareille ?

— J'étais jeune, invoquai-je comme explication.

Il me surprit en riant de bon cœur.

— Et aujourd'hui, à dix-neuf ans, vous vous considérez comme une vieille dame ?

— J'ai déjà vingt ans, l'informai-je.

— Eh bien, dit-il en riant à nouveau, voilà qui fait toute la différence.

— Will Stephens ! Insinuez-vous que vous me considérez toujours comme une enfant ?

Il me désarma par la gentillesse de ses paroles.

— Je vous vois comme une belle jeune femme qui a gardé un cœur d'enfant.

Que pouvais-je répondre à cela ? Je restai muette, mais sa tendresse relança mes sanglots. Will descendit de sa monture, puis leva les mains vers moi pour m'inviter à descendre. Je me laissai glisser dans ses bras, et alors il m'embrassa. Nous échangeâmes des baisers qui m'éveillèrent aussitôt à une passion que je n'avais encore jamais connue. Je ne voulais pas m'arrêter, je voulais m'abandonner ; alors, quand il s'écarta, je le suppliai de m'étreindre encore. Mais il me garda à distance.

— Non, Lavinia.

Il recula.

— C'est trop dangereux, et cela ne peut mener nulle part.

Mes larmes reprirent de plus belle. Il me regarda avec un sentiment d'impuissance.

— Vous êtes mariée, Lavinia !

Je me détournai de lui. Ce n'était qu'un lâche ! S'il m'aimait, il se déclarerait et trouverait une solution pour me sortir de la folie de mon mariage. Furieuse et désespérée, je parvins à remonter sur mon cheval et, avant que Will puisse émettre une objection, je fouettai la croupe de Barney jusqu'à ce qu'il s'élance en avant.

Will ne me suivit pas.

46

Belle

Ce petit George est le soleil de ma vie. Il a le visage de mon Ben et les fossettes de Beattie. Lucy et moi, on ne l'entend jamais pleurer. Oh, parfois, bien sûr, il s'énerve un peu quand il a faim, mais il se fiche de savoir qui le prend, de Lucy ou de moi. Il me guette de la même façon qu'il guette Lucy. Elle, ça lui est égal, elle est trop heureuse de pouvoir le confier à quelqu'un. Par certains côtés, je dois avouer que j'aime cet enfant autant que mon Jamie. Je ne sais pas comment c'est arrivé, mais pile au moment où j'avais besoin de quelque chose, ce petit bébé dodu est apparu. Je ne me lasse pas de le porter et de l'embrasser. Lucy et Ben rient et me disent : « Qu'est-ce qui t'arrive ? Tu t'es jamais occupée des autres garçons ! » Ils ont raison. Je suis tombée amoureuse que de celui-là, c'est tout.

Lavinia m'apporte un portrait de Jamie et un médaillon avec une boucle de ses cheveux, et depuis je porte le bijou en permanence, même la nuit pour dormir. Lavinia me dit que Jamie va très bien, qu'il apprend à lire et à écrire. Ce qui me rassure, c'est que Marshall ne le voit jamais. Lavinia me dit que Marshall passe peu de temps à la grande maison, qu'il ne vient que parfois pour les repas. La nuit, elle ne sait pas où il va, mais elle est certaine qu'il ne monte jamais à l'étage.

Lavinia m'assure qu'elle veille sur Jamie, mais j'ai des craintes. Elle n'a pas l'air d'aller si bien. Elle est trop nerveuse… elle pleure trop facilement.

Je vois bien, aussi, qu'elle éprouve des sentiments pour Will Stephens. Le jour où elle est venue, quand je les ai vus tous les deux, j'ai tout de suite su qu'ils étaient comme Ben et moi – ils ont la même flamme. Quand Will Stephens monte sur le cheval pour la raccompagner, je me dis « Mon Dieu ! ». Après leur départ, on les suit tous des yeux. Ben déclare :

— Will Stephens est un bon chrétien, il va rien faire avec une femme mariée.

Lucy réplique :

— Eh bien, Ben, toi aussi tu es chrétien. Qu'est-ce qui t'est arrivé ?

Pour la toute première fois, je vois Ben sans voix devant Lucy. La façon dont il la regarde la fait rire, et je me mets à rire aussi. Ben s'échappe vite de là. Mais d'abord, il se retourne vers Lucy et moi, encore en train de rire. Il secoue la tête, mais on sait toutes les deux qu'il est content qu'on s'entende, Lucy et moi.

Ben pense qu'il ne s'est rien passé dans les bois entre Will et Lavinia, mais Lucy et moi n'en sommes pas si sûres.

47

Lavinia

La nuit, je ne pouvais empêcher mon esprit de s'emballer. Je me moquais que mes pensées soient irrationnelles ; il fallait que je revoie Will. Sans Sukey, j'aurais été perdue. Comme elle partageait ma chambre, elle était souvent réveillée par mon sommeil agité. Alors, elle venait se blottir contre moi et, grâce à elle, je trouvais un peu de réconfort.

Pendant la journée, nous nous affairions à préparer la visite de Meg, mais étions confrontées à un problème croissant avec Mme Martha. Bien qu'elle apparût lucide à bien des égards, son inquiétude pour Jamie était devenue si maladive qu'elle ne lui permettait plus de quitter son champ de vision. Fanny nous rappela que c'était ainsi qu'elle se comportait avec Sally avant de desserrer enfin son emprise, pour voir la petite fille mourir peu après.

Il n'y avait aucun doute que Mme Martha considérait Jamie comme son propre fils. Elle faisait descendre des vêtements d'enfant du grenier et en habillait Jamie. Ils prenaient leurs repas ensemble, dans la chambre bleue, où Mme Martha le faisait asseoir à table près d'elle tandis que Fanny les servait. Même moi, je commençais à m'inquiéter de leur profond attachement et finis par être d'accord avec Mama Mae, comme quoi il était temps de les éloigner un peu l'un de l'autre.

Le problème était que Jamie ne pouvait pas retourner à la dépendance, étant donné que Marshall s'y rendait régulièrement. Mama annonça alors qu'Oncle Jacob était prêt à accueillir Jamie dans sa petite cabane. Elle suggéra aussi qu'une fois cette transition effectuée, papa commence à former Jamie aux travaux de la grange. C'était une bonne idée, mais nous savions le bouleversement que cela créerait, alors nous décidâmes d'attendre la fin du séjour des Madden pour entamer le processus de séparation.

Depuis que Belle m'avait confirmé l'identité du père de Jamie, j'avais peine à rester polie avec mon mari. Cependant, je savais que je ne pouvais pas en parler, n'osant pas penser aux conséquences. La visite des Madden approchait, et Marshall buvait de plus en plus.

Un jour de septembre, au petit matin, quelques semaines avant l'arrivée présumée des Madden, je décidai soudain de retourner à la ferme de Will. Mon excuse était que je voulais prévenir Belle du prochain déménagement de Jamie dans la cabane d'Oncle Jacob, mais en vérité, au fond de mon jeune cœur stupide, je croyais que Will détenait la clé de mon bonheur. J'avais trop longtemps espéré qu'il me contacterait, qu'il me ferait savoir qu'il pensait à moi. Mais rien de tel ne s'était produit. Je n'en pouvais plus d'attendre.

Le matin où je partis à cheval, Marshall était déjà aux champs avec Rankin. Je savais que je disposais d'au moins quatre heures avant le déjeuner, où j'étais censée retrouver mon mari. Je n'informai personne de mon projet. À l'écurie, je ne trouvai pas papa et me hâtai de seller Barney. Je m'éloignai plus vite que ce que j'aurais cru possible et, tandis que je chevauchais parmi les arbres, je fus gagnée par un sentiment d'euphorie et me mis à chanter.

J'étais presque arrivée à la clairière quand j'entendis un cri derrière moi. Je reconnus immédiatement la voix de Rankin. Je me rendis compte qu'il avait dû me suivre. Terrifiée, mais furieuse, je fis ralentir Barney mais continuai d'avancer. Rankin ne mit pas longtemps à me rattraper.

— Madame Pyke ! lança-t-il, comme s'il était surpris de me voir. Je ne sais pas, mais je crois que votre mari va vouloir être mis au courant de cela.

— Au courant de quoi ? demandai-je.

— Eh bien, que vous êtes là à vous promener toute seule, en direction de la ferme de Will Stephens.

Mon visage était rouge de rage. Prise au piège, je me moquais à présent de ce que je pouvais dire.

— Vous n'êtes qu'un horrible individu ! criai-je avant de faire demi-tour pour regagner la maison.

Rankin éclata de rire et me tourna autour avant de placer son cheval derrière le mien.

— Bien sûr, une petite chose fougueuse comme vous a peut-être un moyen de me convaincre de tenir ma langue.

À ces mots, je donnai un coup de cravache à Barney. Je me mordis la langue pour ne pas pleurer et, le temps que j'arrive à la maison, j'avalai mon propre sang. Papa était à l'écurie et, après être descendue de ma monture, je lui en remis les rênes. Nous sentions tous deux le regard de Rankin qui, du haut de son cheval, scrutait chacun de nos gestes. Je gardai ma voix aussi posée que possible.

— Bonjour, George. Je ne voulais pas vous déranger tout à l'heure alors, comme vous le voyez, j'ai moi-même sellé mon cheval.

Papa hocha la tête.

— Je vois, m'ame Abinia, mais la prochaine fois, dites-moi quand vous voulez partir pour que je le selle pour vous.

— Merci, George, répondis-je, avant de filer à la maison sans plus attendre.

Je savais que Marshall aurait bientôt vent de mon escapade, ce qui me laissait peu de temps pour préparer ma défense.

Au déjeuner, je me présentai aussi tard que j'osai. Par chance, Fanny était malade ce jour-là et c'était donc Beattie qui servait à table. Quand j'entrai dans la salle à manger, Marshall était déjà attablé. Je lui avais rarement vu une mine aussi sombre. Je sus alors que Rankin lui avait déjà tout raconté. Mon mari ne se leva pas lorsque Oncle Jacob m'aida à m'asseoir. Quand je croisai le regard du vieil homme, je lus dans ses yeux une profonde inquiétude et la peur me glaça le sang. Je me forçai à lever ma cuillère et à manger ma soupe. J'avalais en silence tandis que Marshall buvait du vin. Mon estomac se rebellait, mais je continuais à y faire descendre le liquide de force, tout en m'armant de courage pour la diatribe à venir. Quand Beattie quitta la pièce, je m'aperçus, choquée, qu'elle était à nouveau enceinte. Sans crier gare, toute ma peur se transforma en fureur. Comment osait-il ? Qui était-il pour contrôler ainsi ma vie ? Chaque jour, j'étais obligée de supporter le comportement intolérable de mon époux et, avec Beattie, j'étais forcée d'en voir les résultats, une fois de plus. J'étais aussi asservie que tous les autres. Je ne pouvais lutter plus longtemps contre la colère qui bouillonnait en moi.

— Il faut que cela cesse ! lançai-je en frappant des deux poings sur la table.

— Quoi donc ? demanda Marshall, pris au dépourvu.

— Ça ! Ça ! Avec Beattie !

Marshall devint tout rouge et m'adressa un petit sourire suffisant. Je vis Oncle Jacob se diriger vers la porte. Je ne voulais pas qu'il aille chercher de l'aide. J'avais décidé de mettre moi-même fin à tout cela.

— Reste là, Oncle Jacob ! criai-je. Tu sais ce qui se passe. Tout le monde le sait !

Je repoussai la table et me précipitai vers le vieil homme. Je ne sais pas pourquoi je m'adressais à lui ; j'imagine que je n'avais pas le courage d'affronter Marshall. Oncle Jacob ne répondit pas, mais me lança un regard d'avertissement dont je ne tins aucun compte.

— Tu sais ce qu'il fait avec Beattie – comment il la prend de force ! Et maintenant, poursuivis-je avec dégoût, elle va avoir un autre enfant !

J'entendis Marshall se lever et venir vers moi mais, au point où j'en étais, je ne m'en souciais plus.

— Il se sert d'elle, Oncle Jacob ! criai-je. Tu imagines ? Il la prend comme un animal !

Je me tus quand je sentis la poigne de Marshall dans mes cheveux. Ses doigts s'y entortillèrent tandis qu'il me tirait hors de la pièce. Je criai de douleur tandis qu'Oncle Jacob essayait de s'interposer. Fou de rage, Marshall le repoussa contre le buffet ; le choc envoya un plat de viande s'écraser sur le sol. Je fus entraînée devant Beattie qui franchissait la porte. Elle tendit timidement la main vers moi, lâchant les tasses en porcelaine qu'elle portait, mais Marshall continua de me pousser en avant. Beattie ouvrit de grands yeux terrifiés en voyant Marshall me traîner jusqu'à sa chambre. J'avais si peur que je fus incapable de faire un geste quand il claqua la porte derrière nous.

Il ne cria pas mais se mit à me battre. Son visage était encore rouge et je ne le reconnaissais plus. Il avait bu, mais je ne pouvais pas accuser le vin, tout comme je ne pouvais faire porter la culpabilité sur les mots que j'avais prononcés plus tôt. L'acte de violence qui suivit fut si odieux que je ne le raconterai pas.

Quand Marshall eut fini, après qu'il eut quitté sa chambre à la hâte, j'allai me laver à son lavabo, ne me souciant guère de laisser mon sang sur ses serviettes. Puis je fus prise de vomissements et n'arrivai plus à m'arrêter. Épuisée, je m'appuyai sur le bord du lit jusqu'à décider que tout cela n'était qu'un cauchemar.

Lorsque mama vint me chercher, je lui souris.

— Mama, Beattie va avoir un bébé.

Elle hocha la tête.

— Venez, p'tite Abinia, venez avec mama.

Elle m'accompagna dans ma chambre, me mit au lit et me caressa les cheveux un long moment. Souvent, elle regardait par la fenêtre. Aucune de nous, semblait-il, n'avait de mots pour l'occasion.

Trois semaines plus tard, début octobre 1804, au milieu de la splendeur des feuilles d'automne, la famille Madden arriva, chargée de présents pour Elly. Les tout premiers jours, j'étais si déterminée à faire en sorte que Meg et ses parents passent un bon séjour, que j'en tombai malade. Marshall buvait énormément et, à la grande surprise de nos hôtes, s'absentait le plus clair du temps. Le soir du quatrième jour, Meg vint dans ma chambre et me demanda si elle pouvait me parler en privé.

Elle ferma la porte et je la priai de s'asseoir dans l'un des fauteuils rouges devant le feu. Meg avait à présent dix-neuf ans et, bien qu'elle eût mûri ces deux dernières années, elle restait fidèle à la jeune fille dont je me souvenais. L'étude de la botanique demeurait sa passion première, et elle me confia que sa relation avec Henry se poursuivait, mais sans précipitation, ce qui leur convenait à tous les deux.

Meg mit du temps à trouver une position confortable et, bien qu'elle ne se plaignît pas, je voyais que sa hanche souffrante la gênait. Je me rappelais qu'elle ne voulait pas que j'y fasse référence, alors je choisis un autre sujet. Que pensait-elle de la collection de feuilles que Sukey et moi lui avions constituée ?

C'était magnifique, répondit-elle, mais ce n'était pas la raison de sa visite tardive.

— Lavinia, commença-t-elle, es-tu malade ?

— Je vais bien, la rassurai-je.

— As-tu du mal à dormir ?

— Non, Meg, mentis-je. Pourquoi ?

— Tu n'es pas toi-même, dit-elle, et tu es si… nerveuse. Et mère et moi pensons toutes les deux que tu es trop mince. Beaucoup trop mince.

— Oh ! Oui, sans doute. C'est l'excitation. Tu n'as pas idée de la joie que je me faisais de votre venue.

— Lavinia, qu'arrive-t-il à Marshall ? Nous avons du mal à le reconnaître. J'ai peine à croire à quel point il s'est éloigné de mes parents.

— Oh ! Meg, je suis sûre qu'il souhaite leur approbation et craint de les décevoir !

— Et toi, tu es certaine que ça va ? redemanda-t-elle.

— Oui, mentis-je à nouveau.

Qu'aurais-je pu dire d'autre ? J'avais peur de parler de quoi que ce soit, peur de ne plus pouvoir m'arrêter si je commençais. Et je ne pouvais pas me le permettre. Comment pouvais-je lui révéler mes sentiments pour Will ? Comment pouvais-je parler à Meg de la grossesse de Beattie, de sa relation avec Marshall ? Quant au terrible événement qui s'était récemment produit entre lui et moi, je pouvais à peine l'admettre moi-même, alors comment lui en parler ?

Sentant mon malaise, Meg parcourut la pièce des yeux et changea délibérément de sujet.

— Comme il fait bon, dans cette chambre, dit-elle, comme elle est joliment arrangée !

— Oh, oui.

Soulagée qu'elle ait abandonné l'idée d'évoquer mes problèmes, j'ajoutai :

— Je ne sais comment vous remercier, ta mère et toi, d'avoir fait tout cela pour moi.

Nous discutâmes de ma chambre, de la maison et de ses nombreux trésors. Après qu'elle se fut retirée ce soir-là, je me recroquevillai dans mon lit, me demandant comment j'allais faire pour tenir jusqu'à la fin du séjour de nos hôtes. Quelques semaines plus tôt, j'avais hâte qu'ils arrivent. À présent, craignant qu'ils ne découvrent nos secrets honteux, j'étais impatiente qu'ils repartent.

Mme Sarah se réjouissait du rétablissement de sa sœur, mais voyait d'un œil inquiet l'attachement de Mme Martha à Jamie. Quand nous fûmes seules, elle m'interrogea. Qui était ce garçon ? D'où sortait-il ?

— Je sais qu'il vient de la dépendance, dit-elle, mais, à voir sa couleur de peau, on pourrait se poser des questions.

— C'est le fils de Belle, répondis-je.

— L'enfant de Belle ! Mais n'était-elle pas…

Elle s'interrompit, mais pas assez tôt pour masquer le dégoût dans sa voix. Je compris alors qu'elle aussi avait été mal informée quant à la relation unissant Belle au capitaine, mais je ne savais pas par où commencer ni où m'arrêter pour rétablir la vérité, alors je gardai le silence.

À la suite de notre conversation, elle entreprit de séparer Jamie et Mme Martha et, ce faisant, ne fit que détruire les lents progrès de sa sœur. Après que Mme Sarah eut insisté pour que Jamie quitte la maison, ma belle-mère devint si agitée que même de fortes doses de laudanum ne suffisaient plus à la calmer. Au bout de deux jours, témoin de l'extrême détresse de sa sœur, Mme Sarah céda et fit ramener Jamie. Mais, entre-temps, Mme Martha s'était remise à prendre du laudanum en grande quantité, et l'expérience ne fit que confirmer la forte dépendance entre elle et Jamie.

La visite des Madden s'écoula plus lentement que je ne l'aurais cru possible. Malgré tout le temps que nous passâmes ensemble, Meg, sa mère et moi, nous n'eûmes pas, à mon sens, une seule conversation intéressante. Je ne savais tout simplement pas quoi faire ou dire pour expliquer la triste situation. Chaque nuit, je luttais pour trouver le sommeil, mais il m'échappait tandis que je m'inquiétais pour les jours à venir. Je présidais des repas embarrassants où je mangeais peu et où Marshall était soit absent, soit ivre. C'était presque trop pénible à supporter.

La veille du départ de nos hôtes, je fus alarmée par des cris venant de la bibliothèque. Je descendis l'escalier en courant, mais mama m'empêcha d'entrer dans la pièce.

— C'est m'sieur Madden, il parle avec m'sieur Marshall. Vous feriez mieux de pas vous en mêler.

Mama à mon côté, je restai devant la porte pour écouter.

— Mais tu es plus malin que ça ! Tu savais à quel point le tabac appauvrissait la terre ! dit M. Madden.

— Rankin dit que..., commença Marshall.

— Ce Rankin n'est qu'un ivrogne ! Il ne connaît rien à la diversification !

Il y eut un silence, puis M. Madden poursuivit :

— Marshall, tes gens ont l'air à moitié morts de faim. Comment veux-tu qu'ils travaillent s'ils sont malades et affamés ?

Il marqua une autre pause, puis il reprit d'une voix plus calme :

— Que s'est-il passé ici, mon garçon ? Il faut que tu saches que tu vas mener cette propriété à sa perte si tu continues de cette façon.

Marshall explosa.

— Tout cela ne vous regarde plus ! Laissez-moi tranquille !

Mama et moi fîmes un bond en arrière lorsqu'il ouvrit la porte dans un grand fracas, mais il ne sembla pas nous voir quand il sortit de la maison à la hâte. M. Madden m'aperçut et me fit signe d'entrer, excluant mama en refermant la porte derrière nous.

— Puis-je vous parler franchement, ma chère ?

J'acquiesçai, pétrifiée.

— Je crains que Mme Sarah et moi-même ne soyons profondément inquiets, dit-il.

Comme je ne répondais pas, il poursuivit :

— Depuis notre arrivée, nous avons pu observer le triste état de ce foyer.

Je m'écroulai sur le canapé.

— Cela ne nous donne pas une mauvaise image de vous, Lavinia, s'empressa-t-il de me rassurer comme s'il avait lu dans mes pensées. Non, votre mari nous semble en être l'unique responsable.

Entendant la gentillesse dans sa voix, j'entrevis soudain une lueur d'espoir.

— Monsieur Madden…

— Je vous en prie, appelez-moi oncle, m'interrompit-il.

— Oui. Oui. Mon oncle. Merci. Puis-je vous demander quelque chose ?

— Tout ce que vous voudrez, ma chère.

— Est-ce que… Serait-il possible qu'Elly et moi nous retournions avec vous à Williamsburg ?

Je retins ma respiration dans l'attente de sa réponse.

— En quelle qualité espériez-vous revenir avec nous ? Pour une visite, j'imagine ?

— Non.

Ma voix me semblait à moi-même à peine audible.

— Je pensais que nous pourrions aller habiter…

M. Madden s'assit près de moi et me parla avec douceur.

— Je ne crois pas que Marshall vous permettrait de partir pour une durée indéterminée. Et si jamais il l'acceptait pour vous, je suis certain qu'il n'autoriserait pas sa fille à vous accompagner. Pensez-vous qu'il puisse en être autrement ?

— Non. Non. Bien sûr que non.

— Viendriez-vous sans votre fille ? demanda-t-il.

Laisser Elly était inenvisageable pour moi et je le dis. Il comprenait ma situation, m'assura-t-il, et souhaitait me faire savoir que, si jamais j'avais besoin d'aide, je n'avais qu'à lui écrire. Il ferait tout son possible pour venir à mon secours. Je le remerciai pour sa générosité, attentive à ne pas faire sentir le désespoir dans ma voix.

Ce ne fut qu'une fois que la calèche se fut ébranlée et que je me retrouvai seule le lendemain matin à faire des signes de la main en guise d'au revoir aux Madden que je laissai l'affliction s'emparer de moi. Bien après la disparition de la voiture, quand toute la poussière soulevée par les roues eut disparu, Oncle Jacob vint me voir avec un châle. Il m'en couvrit les épaules et me pria de rentrer dans la maison. Je scrutai son vieux visage ridé de gentillesse à la recherche d'une réponse.

— Oncle Jacob ? demandai-je.

— Venez, ma p'tite, dit-il, et il m'offrit son bras pour m'aider à monter les marches.

Je passai le plus clair de ce jour-là assise, immobile ; j'avais perdu tout espoir. Quand Sukey entra, je la renvoyai. Alors que la nuit tombait et que je recommençais à voir l'ampleur de mon malheur, l'angoisse me gagna : je savais que je ne pourrais endurer la torture de mes pensées une nuit de plus. Je faisais les cent pas quand j'eus une idée.

Je traversai le couloir pour rejoindre la chambre où mama préparait Mme Martha pour la nuit. Je me dirigeai directement vers le flacon de laudanum et en versai une dose dans un verre d'eau. Mama me regarda mélanger le tout et, avant qu'elle ait le temps de protester, je bus la mixture d'une traite. Quelques minutes plus tard, transportée par l'effet grisant de la drogue, je sus que j'avais enfin trouvé une échappatoire.

48

Belle

Lavinia essaie de me rendre à nouveau visite, mais Rankin la surprend. Après ça, papa ne vient pas pendant deux semaines. Ben va voir ce qui se passe, mais papa le renvoie, lui disant de rester éloigné, parce que Rankin surveille tout le monde de très près.

Fanny et Eddy passent au milieu de la nuit pour nous donner les dernières nouvelles, à Ben, Lucy et moi.

C'est bizarre de voir Fanny et Eddy marcher côte à côte. Il est très petit, et elle est très grande, mais maigre comme son mari.

Eddy est le fils d'Ida et c'est un homme bien, même si c'est Rankin son père. Ida ne peut rien dire et Rankin lui fait des bébés encore et encore. De tous les enfants d'Ida, un seul n'est pas de Rankin. C'était le mari de Dory, Jimmy, mais Rankin lui a réglé son compte, l'a battu à mort. Eddy n'était qu'un enfant quand il a vu Jimmy mourir. Ce n'est un secret pour personne dans les cases qu'Eddy, depuis qu'il est tout petit, veut tuer son propre père.

Il est très silencieux et Fanny, elle, parle tout le temps, mais dès qu'elle dit quelque chose, il approuve: « Ouaip, c'est ça. Fanny a raison. Ouaip, elle a raison. »

Comme s'il devait donner sa bénédiction à chacune de ses paroles.

Fanny nous raconte ce que Marshall a fait à Lavinia quand Rankin l'a surprise sur le chemin de notre ferme.

— Et elle a toujours pas retrouvé son état normal, conclut-elle.

— Ouaip, lance Eddy.

— Il faut que quelqu'un s'occupe de cet homme ! déclare Ben.

— Sois pas stupide ! rétorque Fanny. Tout ce que t'y gagneras, c'est de te faire tuer.

— Elle a raison, appuie Eddy.

Ben se tait. Fanny voit bien qu'elle l'a vexé.

— Ben, rappelle-toi que t'as toujours appelé Abinia petit oiseau. C'est à ça qu'elle ressemble maintenant. À un oiseau effrayé tombé du nid. Il va falloir plus que du vent pour la refaire voler. Évidemment, elle se comporte comme une Blanche, elle se laisse aller, elle reste dans sa chambre à rien faire. Beattie a les mêmes problèmes, mais elle a trouvé un moyen de pas se laisser abattre. Je sais pas pourquoi Abinia fait pas pareil. Ça me rend folle !

— Ouaip, c'est sûr qu'elle fait pas…

— Arrête, Fanny ! m'écrié-je en coupant la parole à Eddy. Moi, j'ai l'impression qu'elle essaye de lutter, mais elle ne fait pas le poids face à Marshall. N'oublie pas, Fanny, je sais comment est Marshall. Je ne t'en ai jamais parlé parce que tu étais trop petite à l'époque, mais quand il s'énerve, il n'y a rien à faire.

— Je voulais pas parler de toi, Belle…

— Souviens-toi que Lavinia est comme ma fille, Fanny.

— Belle, tu sais que des fois je parle trop. En ce moment, là-haut, on a tous peur. Mama et papa savent pas quoi faire. Et maintenant, mama dit qu'Abinia commence à prendre des gouttes comme m'ame Martha.

Eddy ne dit rien, mais je vois bien qu'il n'aime pas qu'on se dispute, Fanny et moi.

— Je sais qu'elle est blanche, Fanny, je ne dis pas le contraire mais, pour moi, elle fait partie de la famille. Et elle est coincée, tout comme nous.

— Mais pourquoi elle s'en va pas ? demande Lucy. Elle est libre, pas comme nous.

— Mama dit qu'Abinia a demandé à m'sieur Madden si elle pouvait retourner à Williamsburg, dit Fanny, mais il a répondu qu'elle devrait laisser Elly avec Marshall. On sait tous qu'elle fera jamais ça.

On s'arrête de parler un moment pour y réfléchir.

— Comment va mon Jamie ? demandé-je, même si j'ai peur d'entendre la réponse.

Fanny détourne les yeux.

— Il va très bien, mais on va le sortir de la grande maison dès qu'on pourra.

— Pourquoi ?

— Oncle Jacob veut qu'il vienne chez lui, et papa pense qu'il doit apprendre le travail de la grange.

Je vois que Fanny ne me dit pas tout, mais, avant que j'aie le temps de demander plus de précisions, ils se lèvent en disant qu'ils doivent y aller. Parfois, je suis malade d'angoisse pour Jamie, me demandant comment je peux le récupérer. Si je n'avais pas mon bébé George, je ne sais pas ce que je ferais.

À présent, Lucy et moi nous entendons vraiment bien, mais quand je vois qu'elle est encore enceinte, je m'énerve contre Ben.

— Quand est-ce que tu fais tout ça avec Lucy ?

— De quoi tu parles ?

— Tu crois que je suis aveugle ?

Ce soir-là, quand il vient frapper à ma porte, je lui dis : « Non, va voir Lucy. » Mais, au bout d'un moment, je commence à me rendre compte que s'il n'était pas aussi avec Lucy, mon petit George n'existerait pas. Je dois dire que Lucy compte sur moi pour m'occuper de ce bébé. Tout ce qu'elle fait c'est le nourrir, et ensuite elle me le donne en disant : « Va voir ta mama Belle. » Pour moi, ces mots sont aussi doux que du miel.

Je ne mets pas longtemps à rouvrir ma porte à Ben.

49

Lavinia

Je découvris les six flacons pleins de laudanum en même temps que les papiers égarés de Belle. Après le séjour de Meg, je n'avais plus d'objectif et, souvent, je me retrouvais à errer dans la maison. L'hiver gagnait du terrain, mais ce n'était pas la raison pour laquelle j'avais cessé de monter à cheval. Redoutant les conséquences, je n'osais plus rendre visite à Belle et, sans cela, je n'avais pas de but de promenade. Mon esprit irrationnel ne comprenait pas pourquoi Will n'avait pas essayé de me voir. J'avais perdu le goût de la lecture et, dans un effort pour me calmer, je cherchais d'autres façons de m'occuper. Mama et moi avions dressé l'inventaire de la maison l'année précédente, mais, pour diverses raisons à l'époque, nous n'avions pas inclus la suite de Mme Martha dans notre périmètre de travail.

Depuis le départ de Mme Sarah, l'état de ma belle-mère nécessitait à nouveau une vigilance de tous les instants. Nous nous relayions, mama, Fanny et moi, et ce fut pendant mon tour de veille, alors que Mme Martha et les enfants dormaient, que je remarquai la grande armoire à linge dans la chambre bleue. Je me souvins que nous n'avions pas fait l'inventaire de son contenu. C'était une tâche qui ne me plaisait guère, mais je ne supportais plus de rester oisive de longues heures durant et décidai donc de m'en charger.

Je montai sur une chaise en bois pour atteindre les étagères du haut. Il était si épuisant d'en descendre les piles de linge et les cartons à chapeaux que je fus soulagée quand j'attrapai la dernière caisse. Intriguée par un cliquetis de verre, je l'ouvris pour y découvrir six flacons de laudanum. Mme Martha les avait-elle camouflés là des années plus tôt ? Sans doute ; il n'y avait pas d'autre explication. Était-ce donc une cachette pour elle ? Conservait-elle d'autres secrets là-haut ? Même debout sur la chaise, je ne parvenais pas à voir jusqu'au fond de l'étagère, alors je tendis le bras pour vérifier qu'il n'y avait rien d'autre. Mes doigts faillirent rater le petit paquet mais, une fois que je le sentis, je parvins à le saisir. Il s'agissait d'une enveloppe adressée à Belle. Je la reconnus immédiatement : c'était celle que Mme Martha avait interceptée un Noël, des années auparavant. Je savais qu'elle contenait les papiers d'affranchissement de Belle. Cette enveloppe me fit frémir. Que signifieraient ces documents pour elle, à présent ? Marshall pouvait-il les utiliser contre elle ?

Avant que Fanny arrive pour me relayer, j'emportai dans ma chambre l'enveloppe cachetée et les flacons de laudanum. Je ne parlai à personne de mes trouvailles. J'avais la ferme intention de faire parvenir ces papiers à Belle à la première occasion.

Ce soir-là, je pris du laudanum pour me calmer avant d'aller me coucher. Cela fonctionna si bien que, le lendemain, je décidai d'en mélanger quelques gouttes à un verre de xérès une demi-heure avant le déjeuner. Le résultat de ce breuvage fut magique. Il m'apaisa en présence de Marshall et diminua mon angoisse, me permettant de manger sans ressentir de nausée. Au cours du repas, je remarquai avec soulagement que même Beattie, tout enceinte qu'elle fût, ne me dérangeait pas comme à l'accoutumée. Mon mari semblait content de me voir détendue et, pensant que le mérite revenait au vin, il m'encouragea à boire davantage. Je ne m'y opposai pas.

Je continuai d'utiliser ce médicament et, voyant la constance des résultats les semaines suivantes, je ne mis pas longtemps à en dépendre au quotidien pour me remonter le moral.

J'écrivis à Meg et l'informai de l'aide que je m'étais trouvée, mais lorsqu'elle me répondit pour m'avertir des dangers de l'opium, je fus tellement en colère qu'elle veuille me priver de ce léger réconfort que je cessai toute correspondance avec elle.

La nuit de Noël de cette année-là, Fanny vint me tirer d'un profond sommeil.

— Mama a besoin de vous, Beattie va accoucher.

— Où est Ida ? demandai-je, essayant de me réveiller.

— Elle est malade, répondit Fanny.

— Vas-y, toi, je vais rester avec Mme Martha.

— Mama dit que c'est vous qu'elle veut, elle dit que c'est un accouchement difficile.

Je m'habillai à contrecœur. Papa George me retrouva à la porte de service et me prit le bras avant de nous guider à la lumière d'une lanterne. J'entendis

Beattie hurler à la dépendance. Encore animée par la rancœur et furieuse de me voir imposer cette tâche, je ne me serais pas pressée si papa ne m'avait pas tirée tout le long du trajet.

Toutefois, je perdis vite mon attitude bougonne. Mama avait fait lever Beattie pour qu'elle marche un peu et, quand je vis sa détresse, j'enlevai mon châle et me précipitai pour l'aider.

— Maintenez-la debout et aidez-la à faire quelques pas, me dit mama.

— Appuie-toi sur moi, Beattie.

Je lui pris le bras avec assurance et elle me regarda, le visage grimaçant de douleur.

— Je suis vraiment désolée pour ça, m'ame Abinia.

— Chut, Beattie, lui répondis-je, mais une autre contraction la relança dans une telle souffrance que je ne suis pas certaine qu'elle m'ait entendue.

Au petit matin, quand le bébé arriva, nous étions toutes les trois éreintées mais débordantes de joie d'avoir réussi. Je ne ressentis rien d'autre qu'un profond soulagement lorsque mama tendit le petit garçon métis à Beattie.

La jeune mère s'endormit et j'aidai mama à préparer le déjeuner. Quand elle l'emporta à la grande maison, je restai à la dépendance, le bébé dans les bras, caressant son doux visage jusqu'au réveil de Beattie. Je plaçai alors le nouveau-né tout contre elle et nous éclatâmes de rire quand il fronça son petit nez. Elle parla tout en le regardant.

— Je suis vraiment désolée de vous causer tous ces problèmes.

Je lui dis de se taire. Elle m'attrapa la main et l'embrassa. En retour, je déposai un baiser sur la sienne. Je ne révélai pas à cette amie d'enfance que, pendant qu'elle enfantait, j'avais pu voir de mes propres yeux les marques sur son corps. J'avais là la preuve qu'elle était bien la malheureuse victime de mon mari et ressentais une grande peine de l'avoir tourmentée.

Je demeurai près d'elle tandis qu'elle allaitait son bébé, puis m'assis à côté d'eux pour les regarder dormir. Là, dans la chaleur de la maison de mon enfance, je pris la ferme résolution d'arranger les choses.

J'avais le cœur battant, mais je parvins à garder une voix calme et posée quand je parlai à Marshall au dîner qui suivit.

— Cela a été très pénible pour Beattie.

Il rougit mais ne me regarda pas.

— Elle a besoin de temps pour se remettre, ajoutai-je.

Il se leva et je me raidis, m'attendant à une crise de colère, mais il quitta la pièce sans faire de commentaire.

Quand le temps se radoucit à la mi-janvier, Marshall partit à l'improviste pour la journée régler des affaires. Pleine du courage que me donnait l'opium et poussée par le désir de voir Will, je décidai de profiter de l'occasion pour aller porter ses papiers à Belle. Je mis Sukey dans la confidence, sachant qu'elle ne me laisserait pas partir sans explication.

— Je te demande de rester ici, mais je dois aller voir Belle.

— Pourquoi ? Pourquoi vous devez aller voir Belle ?

— J'ai trouvé des documents, murmurai-je.

— Quels documents ? murmura-t-elle à son tour.

— Je te le dirai à mon retour, répondis-je, mais tu dois me promettre de garder le secret.

— Je le promets.

Elle hocha la tête en faisant ce serment. J'avais confiance en elle plus qu'en quiconque.

Je me disputai avec papa pour qu'il selle Barney. Il devina immédiatement où j'avais l'intention d'aller. Le temps n'était pas stable, dit-il, et nous ne savions pas du tout quand Marshall rentrerait. Par ailleurs, ajouta-t-il, Rankin était plus susceptible de descendre à la grange pendant la période hivernale. Je n'osai pas parler à papa des papiers de Belle, ni de mon besoin de voir Will. Je m'entêtai dans mon idée. Malgré son air sinistre, j'insistai pour qu'il fasse ce que je lui demandais, puis partis au galop. Je ne me retournai pas pour lui faire signe ; au lieu de cela, je plaçai la main sur le paquet que Sukey et moi avions attaché contre mon cœur.

Je n'osai pas ralentir ma course avant d'être presque à mi-chemin. C'est alors que j'entendis un autre cheval hennir derrière moi. Je tirai sur les rênes de Barney pour me tourner face au cavalier qui me suivait. Comme par hasard, il s'agissait de Rankin.

— Eh bien, madame Pyke, dit-il, j'espérais pouvoir vous rejoindre. Je me demandais où vous pouviez bien aller à une telle allure, mais maintenant que nous sommes près de sa maison, la réponse m'apparaît clairement.

Il sourit avant de poursuivre :

— Will Stephens est un bon ami à vous, n'est-ce pas ?

Je ne répondis pas, et il attrapa les rênes de mon cheval pour l'orienter vers Tall Oaks.

— Vous savez bien que votre mari ne veut pas que vous alliez par là.

Avec adresse, je fis claquer ma cravache derrière son poignet. Réactif, Barney fit un bond en avant, et je me libérai de Rankin pour repartir à la maison.

J'étais prête à affronter mon mari quand il vint dans ma chambre ce soir-là. À ma demande, Fanny avait emmené Elly à la nursery pour la nuit. Sukey avait refusé de me quitter, alors nous jouions toutes les deux aux cartes. Lorsque j'entendis les pas de Marshall dans l'escalier, mes mains se mirent à trembler. Sukey me chuchota :

— Vous inquiétez pas, m'ame Abby, je reste avec vous.

— Va retrouver mama, je t'en prie, répondis-je, mais elle secoua la tête.

Quand Marshall entra, Sukey se leva, comme l'exigeait le protocole. Marshall s'avança vers moi à grands pas et me gifla. Sukey poussa un cri.

— Où alliez-vous comme ça ? demanda-t-il.

Je gardai les yeux baissés.

— Je me promenais.

Cette fois-ci, la violence du coup me fit tomber de mon fauteuil. Il s'apprêtait à recommencer quand, avant que je puisse l'en empêcher, Sukey fonça sur lui. Elle lui mordit le bras de toutes ses forces, et Marshall hurla des obscénités en la repoussant. Je fus extrêmement surprise et soulagée quand il quitta la pièce à la hâte. Sukey et moi nous consolions mutuellement quand mon mari revint avec Papa George.

— Emmène-la, ordonna Marshall en désignant Sukey de la main. Débarrasse-toi d'elle !

— Non, implorai-je en serrant la petite fille contre moi. Je vous en prie, Marshall, elle n'a rien fait de mal.

— Vous laissez votre Négresse me mordre et vous dites qu'elle n'a rien fait de mal ! cria-t-il.

— Elle essayait simplement de vous arrêter.

— M'arrêter ? M'arrêter !

Il se tourna vers papa qui était resté près de la porte.

— George, je t'ai dit de venir la prendre !

Sukey était agrippée à moi, mais Marshall la saisit de force et la lança à Papa George.

— Fais-la sortir d'ici !

Papa avait des flammes dans les yeux et tremblait de tous ses membres. L'espace d'un terrible instant, je crus qu'il allait refuser d'obéir. Néanmoins, il se contint et, avec une rare douceur, convainquit Sukey de le suivre.

Après leur départ, je tombai à genoux.

— Marshall ! Je vous en prie ! Je vous en supplie ! Ne lui faites pas de mal. Où allez-vous l'envoyer ?

— Elle ira aux cases, là où est sa place.

— Avez-vous pensé à Elly ? demandai-je, tentant une autre approche. Elle est très attachée à elle.

— Elly en a d'autres pour s'occuper d'elle.

— Mais Sukey n'a jamais vécu là-bas, cela va être trop dur pour elle !

— C'est entièrement votre faute, Lavinia. Vous osez me faire honte ! Vous allez retrouver un autre homme !

Toujours à genoux, je le suppliai.

— Pour l'amour du ciel, Marshall. Punissez-moi, pas Sukey. Ne l'arrachez pas à moi. Elle est comme ma propre fille.

Il me donna un coup de pied.

— Debout ! Vous me dégoûtez ! Ces noms que vous donnez à ces Nègres. Vous dites qu'elle est comme votre fille. Vous les appelez papa et mama comme si vous étiez parents ! Si vous continuez, je me débarrasserai de chacun jusqu'au dernier.

Une fois qu'il eut quitté la pièce, je me précipitai à la fenêtre. L'obscurité m'empêchait de voir quoi que ce soit. La maison était silencieuse ; personne n'osait plus bouger. Je fermai ma porte à clé avant de me diriger vers ma grande armoire à linge. Tremblante, je sortis les papiers de Belle de mon corsage. Je les cachai sur la plus haute étagère, derrière la boîte à chapeaux qui contenait les flacons de laudanum. Après une courte hésitation, je versai une bonne dose du liquide noir dans mon verre de xérès, bus le mélange et attendis que cela me calme.

Le lendemain matin, mama me murmura que Sukey avait été emmenée chez Ida et qu'on lui avait interdit d'emporter quoi que ce soit qui lui appartienne. Tous avaient été mis en garde : s'ils m'aidaient à la contacter, ils seraient immédiatement vendus. Je me souvenais bien de l'avertissement de Marshall. S'il était assez cruel pour m'enlever la petite fille, je ne doutais pas qu'il exécuterait ses menaces. Après cela, je n'osai plus demander de nouvelles de Sukey à personne.

Désespérée, j'écrivis à M. Madden, puis je me rappelai que Marshall intercepterait forcément toute correspondance de ma part, alors je me résignai à brûler la lettre.

Au cours des semaines suivantes, j'allai voir Marshall à deux reprises pour plaider ma cause. La première fois, mon mari me dit sèchement de ne plus aborder le sujet. La seconde, alors que je l'implorais à nouveau de revenir sur sa décision, il rit amèrement de mon attachement à Sukey, l'appelant mon « enfant perdue ». Qui était son père ? demanda-t-il. Rendue téméraire par mon désespoir, je le giflai. J'exigeai qu'il me permette de la voir. Il me regarda avec des yeux que je ne reconnaissais pas. Le lendemain, il envoya mama me dire que Sukey avait été vendue. Elle avait les yeux gonflés et le visage crispé en m'annonçant la nouvelle.

— Je suis censée vous dire que Sukey est partie.

— Partie où ? gémis-je.

— Elle a été vendue.

— Non, mama ! Non ! Pas Sukey, mama ! Pas Sukey ! m'écriai-je en pleurant.

Mais mama était aussi effondrée que moi et me regardait, impuissante, les joues ruisselantes de larmes. Je courus à la fenêtre. Il n'était pas trop tard, j'en étais sûre.

— Ils l'ont emmenée pendant la nuit. Elle est partie, dit mama.

Je la fixai sans rien dire, refusant de la croire.

Elle s'approcha pour me chuchoter à l'oreille :

— M'ame Abinia, je dois redescendre. M'sieur Marshall m'attend.

— Pour quoi faire, mama ?

— Il dit qu'il veut plus que je vous materne. Il dit que si je continue, je serai la prochaine à être vendue.

Son visage effrayé me fit comprendre qu'elle ne prenait pas cela comme une menace en l'air. Je la regardai sortir de ma chambre. Une chaise en bois adossée contre le mur me parut légère comme une plume quand je la soulevai. Je la fracassai contre le lit avec une telle force que la colonne de lit et la chaise volèrent toutes deux en éclats. Je continuai à défoncer tout ce qui m'entourait. Quand je n'eus plus rien à ma portée, je m'effondrai sur le sol et laissai éclater mon chagrin.

* * *

Après la vente de Sukey, je refusai de descendre prendre mes repas à la salle à manger, et Marshall ne vint pas me chercher. Nous ne nous voyions plus, car je restais à l'étage quand je le savais dans les parages.

Marshall s'était bien fait comprendre. Tout le monde vivait dans la crainte. Avec le départ de Sukey, plus personne ne se sentait en sécurité. J'avais l'impression que tous les membres de ma famille m'accusaient de son exil forcé, et c'était leur droit ! J'étais seule responsable. Par ailleurs, terrifiée à l'idée que Marshall interprétât de travers tout échange que j'aurais avec eux, je ne leur parlais plus que brièvement. Je pleurais Sukey plus que tout autre auparavant et, honteuse de mon rôle dans son malheur, je me privais de toute consolation que ma famille aurait pu m'offrir.

Mortifiée, je devenais de plus en plus dépendante du laudanum et, bientôt, je ne pus plus m'en passer. J'avais déjà découvert qu'il n'était pas difficile de s'en procurer; je pouvais aisément commander des flacons par correspondance. Chaque matin, dissoutes dans un verre d'eau, quelques gouttes de ce vin d'opium m'éloignaient de la triste réalité de ma vie. Quelques heures plus tard, quand l'épuisement me submergeait, une autre dose mélangée à du vin me donnait le coup de fouet nécessaire pour finir la journée. Le soir, seule dans ma chambre, je complotais. Je partirais, trouverais Sukey et l'aiderais à s'échapper. Tard dans la nuit, je dessinais des cartes des bois tels que je me les rappelais, planifiant notre trajet, pour ensuite les jeter au feu de peur que Marshall ne les découvrît. Quand je n'arrivais pas à m'endormir, une plus forte dose d'opium me plongeait dans le sommeil. Je poursuivis ainsi, convaincue que l'opiacé était mon ami, alors que ses bras m'enveloppaient, de plus en plus serrés.

Pendant cette période, Marshall allait toujours voir Beattie, bien qu'il eût aussi trouvé d'autres divertissements : il avait commencé à parier sur les chevaux et développé une passion pour les jeux de cartes.

Fanny m'informa qu'il vendait des gens des cases pour payer des dettes. Meg continuait à m'écrire, mais je ne répondais plus à ses lettres. Tandis que mon besoin de laudanum prenait le pouvoir, je me sentais plus malheureuse que jamais, et chaque année qui passait m'enfouissait plus profondément dans l'oubli. Je ne pleurai presque pas lorsque mama m'apprit le mariage de Will Stephens.

50

1810

Belle

Cela fait cinq ans que Sukey est partie.

Entre-temps, Beattie a deux autres garçons de Marshall. Elle sait comment agir avec lui, et maintenant il passe plus de temps à la dépendance qu'à la grande maison. Mama dit que si Marshall a de l'affection pour quelqu'un, c'est bien pour Beattie. D'après elle, il ne la tourmente presque plus. Il vient juste pour dormir. Parfois, dit-elle, il joue même avec les bébés. Mais, la plupart du temps, il est trop saoul pour savoir où il est.

Will Stephens nous dit que Marshall est en train de perdre toute la propriété à force de jouer aux cartes et de parier sur les chevaux. Il se débarrasse de plus en plus de terres, et il commence même à vendre des gens des cases. Je suis inquiète qu'il vende mon Jamie, mais Will m'assure que ça n'arrivera jamais. Marshall sait que Will surveille pour acheter Jamie si ce jour venait à arriver.

Il paraît que mon Jamie est très intelligent. Il lit tout le temps. Mama dit qu'il parle très bien et donne l'impression de venir de la grande maison. Apparemment, il n'aurait aucun problème à passer pour un Blanc. Quand il me manque, je me dis que c'est peut-être grâce à ça qu'il sera libre. Peut-être qu'un jour, il partira et vivra comme un Blanc.

Il paraît aussi que Lavinia prend des gouttes comme Mme Martha. Elle est encore debout et se déplace, mais mama dit que ses yeux sont éteints. La seule chose qui lui importe encore, c'est son Elly.

D'après mama, cette petite fille, c'est quelque chose. Elle ressemble à Lavinia, mais elle est plus vive que sa mère ne l'a jamais été et elle a un sacré toupet. En général, elle est dehors à courir et à jouer avec Moses, l'aîné de Beattie, mais elle s'entend aussi très bien avec mon Jamie.

Deux ou trois fois, je me suis cachée dans les arbres, espérant apercevoir Jamie sur le chemin de la grange, mais la dernière fois papa m'a sermonnée :

— Arrête de venir ici. Rankin a du flair, il sait quand il se passe quelque chose de bizarre.

Ben dit que, depuis le départ de Sukey, papa a peur de tout. Ça ne lui plaît pas du tout quand il entend que Ben aide des gens à s'enfuir. Ben a arrangé un endroit pour les cacher dans sa maison, mais on n'en parle à personne. On pense que Will Stephens est peut-être au courant, mais il ne dit rien. Lucy est contre cette idée. Elle a peur pour ses petits.

Ici, les choses évoluent. Will s'est enfin marié. On sait tous qu'il attendait de voir ce qui arriverait avec Lavinia. Une fois, Will s'est rendu là-bas pour prendre de ses nouvelles. Il a sonné à la porte principale, en parfait gentilhomme, et a demandé à voir Lavinia. Marshall est venu l'accueillir, lui a mis un pistolet sur la tempe et lui a assuré qu'il tirerait la prochaine fois qu'il le verrait.

Will se rend compte par lui-même qu'il ne peut rien faire et n'y retourne plus. L'année dernière, il a épousé une fille au temple, et on l'aime tous bien. C'est sûr, elle n'est pas jolie. Elle est vraiment très blanche, avec des cheveux jaunes, et on a l'impression qu'elle n'a pas de cils. Elle ne rit pas beaucoup et parle du bon Dieu encore plus que Mama Mae. Allez savoir. Elle s'appelle Martha, alors je me retrouve à appeler une autre femme m'ame Martha.

Lucy travaille à la grande maison. Quant à moi, je reste ici à faire la cuisine et à m'occuper des bébés. Lucy est heureuse. Elle dit que jamais de sa vie, elle n'aurait imaginé travailler un jour dans une grande maison. Je lui réponds que, de mon côté, je n'aurais jamais pensé travailler dans une cuisine et m'occuper de bébés qu'une femme a eus avec mon homme. Et on rit, parce que c'est la triste vérité.

Ben est tout pour Lucy et moi, mais il y a des jours où Lucy vient me dire : « Belle, emmène cet homme, je veux plus jamais le revoir ! » Et, parfois, c'est moi qui lui dis : « Lucy, je te le laisse ! Garde-le loin de moi. » Alors voilà comment ça marche pour nous deux, avec le même homme. Bien sûr, parfois, je pense que Ben voudrait un endroit à lui pour échapper à deux femmes aussi pénibles l'une que l'autre.

Mon petit George aura six ans à Noël. Il sait déjà écrire son nom, et le mien aussi. Il m'appelle Mama Belle ; je ne me lasse pas de l'entendre prononcer ces deux mots. Il habite avec moi depuis qu'il marche, ou un peu avant ; et Lucy n'a jamais dit que ça la gênait que je traite son enfant comme le mien.

Un jour, Ben me demande :

— Qu'est-ce que tu vas faire quand il sera temps pour lui d'aller travailler aux champs ?

— Je prépare George pour la grande maison. Pas question qu'il aille dans ces champs.

Ben et Lucy pensent que George a pris la place de mon Jamie, mais ils n'ont pas compris. Chacun des deux possède une moitié de mon cœur.

51

1810

Lavinia

Au printemps 1810, la plupart des terres avaient été vendues. Ma dépendance au laudanum perdurait tandis que tout s'écroulait autour de moi. Marshall était rarement présent sur la propriété et, les rares fois où je le voyais, nos entrevues étaient froides et brèves. Je m'assurais qu'Elly fût amenée à son père quand il demandait à la voir, mais cela était rare. Fanny, qui accompagnait Elly lors de ces visites, me disait que Marshall semblait mal à l'aise avec sa fille.

— Il sait pas quoi dire, parce que plus cette petite grandit, plus elle vous ressemble, expliquait Fanny.

Ma fille illuminait la vie de Fanny. Pour sa plus grande peine, Eddy et elle n'avaient pas d'enfants, alors elle traitait Elly comme sa propre fille. Tous les matins, après que Fanny eut habillé Elly et lui eut donné son déjeuner, elles avaient leur petit rituel. « Et qui est Fanny pour sa petite chérie ? » demandait-elle à la petite fille. Elly lui passait alors les bras autour du cou pour leur câlin matinal, et ses mots faisaient toujours rire Fanny à gorge déployée. Puis Elly la faisait parler et l'imitait à merveille : « Fanny, tu sais que tu es un petit cœur ! »

Fanny faisait toujours office d'infirmière pour Mme Martha. Dans l'ensemble, la santé mentale de ma belle-mère s'était stabilisée. Toutefois, il arrivait que le cri soudain d'un animal au-dehors lui cause une profonde angoisse. Alors elle m'appelait : « Isabelle ! Isabelle ! » et, si je n'arrivais pas en courant, Jamie était la seule autre personne capable de l'apaiser. Son obsession pour Jamie était plus grande que jamais et, bien que j'en reconnusse l'excentricité, cela ne semblait plus si étrange dans ce foyer particulier.

Jamie eut treize ans cet été-là. Au printemps, il avait beaucoup grandi ; il était mince et élancé et, mis à part son œil, il avait un beau visage aux traits fins et délicats. C'était Fanny qui l'avait le mieux décrit, un jour, à mama : « Il est trop joli pour un garçon. »

Jamie était anormalement pointilleux. Il insistait pour que ses vêtements fussent parfaitement à sa taille et portait toujours ses cheveux bouclés tirés en arrière, soigneusement retenus par un ruban en satin noir. J'essayais de l'aimer comme j'aimais Elly, mais quelque chose en lui me maintenait à distance. Il n'était jamais désagréable envers Mme Martha, ni envers moi, mais si quelqu'un d'autre le contrariait, il adoptait un air supérieur qui poussait régulièrement mama à faire remarquer qu'il ne « se prenait pas pour n'importe qui ».

Au fil des ans, papa essaya d'insuffler à Jamie un intérêt pour les activités de plein air. Il lui apprit à monter à cheval et, quand Marshall était en déplacement, il lui enseignait même à chasser avec le fusil qu'il gardait sous clé dans la grange. Mais le temps que Jamie passait en compagnie de papa était limité et, en général, il restait à l'intérieur. Il avait la passion des livres et passait des heures à un bureau dans la chambre bleue, à lire, à écrire et à étudier la poésie. Il était également fasciné par les oiseaux ; en cela, il me rappelait souvent Meg. Le plus grand trésor de Jamie était un livre sur les oiseaux nord-américains que je lui avais offert. Après avoir passé des heures entières à lire attentivement l'ouvrage, il avait annoncé qu'un jour, il irait à Philadelphie pour rencontrer l'ornithologue qui l'avait publié. Il semblait si déterminé que je ne doutais pas qu'il réaliserait ce projet.

La chambre bleue renfermait des piles d'autres livres, et nous prîmes l'habitude de nous retrouver le soir dans la chambre de Mme Martha pour écouter Jamie nous lire des histoires. Ma belle-mère lui avait fait la leçon et son élocution était remarquable. À bien des égards, ces soirées me sauvèrent. Oncle Jacob venait toujours me chercher dans ma chambre. Si j'invoquais une grande fatigue, ou si je lui disais que je me sentais souffrante, un regard de ses vieux yeux bruns suffisait à me rappeler mon devoir envers ce foyer. Je me trouvais souvent dans un état de stupeur quand je lui prenais le bras pour me rendre dans la chambre de Mme Martha. Après m'avoir fait asseoir, il prenait une chaise en bois dans la chambre bleue et venait s'installer à côté de moi, en silence. Presque toujours, en fin de soirée, Elly s'était endormie sur ses genoux.

* * *

L'aîné des enfants de Beattie et Marshall, Moses, avait six ans cet été-là, un an de moins qu'Elly. Ils jouaient sans cesse ensemble.

Les premières années, Beattie avait essayé de maintenir Moses loin de la grande maison, mais j'imagine qu'au bout d'un moment, Mama Mae lui avait dit que cela ne me posait pas de problème qu'il vienne jouer avec Elly. En vérité, avec ses fossettes et son heureux caractère, Moses me rappelait tellement Beattie enfant que j'appréciais sa présence joyeuse.

Je ne m'inquiétais plus pour Beattie. Je savais qu'elle avait trouvé sa propre façon de gérer la situation. Je fus heureuse d'apprendre qu'elle invitait Elly à la dépendance et la traitait avec gentillesse. Beattie et moi nous voyions peu, car je ne me rendais plus du tout à la cuisine, ne sachant jamais quand Marshall y était.

À la fin de l'été 1810, mon mari était rarement à la maison. Il jouait et buvait de plus en plus et je voyais la catastrophe se rapprocher à grands pas. Beaucoup de nos ouvriers avaient déjà été vendus, et les quelques personnes qui restaient aux cases étaient si épuisées que je me demandais comment elles arrivaient à survivre.

Je ne voyais pas d'issue. Tourmentée par mon incapacité à agir, la nuit, je faisais les cent pas dans une brume d'opium pendant que tout le monde dormait. Où se trouvait la solution ? Marshall était au courant de toutes mes dépenses, alors comment pouvais-je financer une fuite ? Et, surtout, qui emmènerais-je avec moi ?

Il y avait Elly et, bien sûr, sa chère Fanny. Mais Mme Martha ? J'avais un devoir de protection envers elle. Et Mama Mae ! Comment pouvais-je l'abandonner ? Elle représentait le socle de mon existence et je n'envisageais pas la vie sans elle. Ces dernières années, nous ne nous étions disputées que deux fois. La première, c'était au sujet de Jamie. La deuxième concernait ma consommation de laudanum.

Pendant tout ce temps, je savais que mama s'opposait à la présence de Jamie dans la maison, ainsi qu'au lien de dépendance qui le liait à Mme Martha. Mais chaque fois qu'elle suggérait que nous les séparions, je lui réclamais toujours plus de temps. Je n'arrivais pas à oublier la visite de Mme Sarah et les résultats désastreux qu'avait causés l'éloignement de Jamie pendant ces quelques jours. Par ailleurs, Jamie était lui aussi très attaché à Mme Martha. Tous deux passaient de longues heures ensemble, bien que ma belle-mère dormît souvent pendant que Jamie écrivait ou étudiait. Le jeune garçon ne me manquait jamais de respect, mais parfois – depuis son treizième anniversaire notamment –, il se montrait particulièrement insolent envers Fanny. J'avais beau le reprendre, il continuait jusqu'à ce que Fanny finisse par se plaindre à Mama Mae.

Un matin de mai, à la demande de mama, je descendis l'aider à ouvrir la maison pour y laisser pénétrer l'air du printemps. Nous ouvrîmes en grand les fenêtres de la salle à manger; la pièce ne servait plus beaucoup alors et, en la parcourant des yeux, je remarquai que sa splendeur commençait à se faner. Mama resta silencieuse tandis que j'observais la pièce; au moment où je m'apprêtai à partir, elle me demanda si nous pouvions discuter. Je lui approchai une chaise, puis m'assis à mon tour.

— Qu'y a-t-il, Mae?

— On doit faire sortir Jamie de cette maison, dit-elle en appuyant sur chacun de ses mots.

Je changeai de position, mal à l'aise. À maintes reprises, j'étais parvenue à éviter cette conversation, mais, à entendre le ton de mama, je doutais pouvoir m'en sortir cette fois-ci. Je caressai du doigt la table polie jusqu'à ce que mama me rappelle à l'ordre.

— M'ame Abinia ?

— Mais pourquoi maintenant ? demandai-je sans pouvoir masquer le gémissement dans ma voix.

— Parce que cette situation va créer que des ennuis. Je le sens.

— Bon, que pouvons-nous faire ? Où irait-il ? Nous ne pouvons pas le renvoyer à la dépendance. Marshall y va sans arrêt.

— Jacob dit qu'il veut bien le prendre chez lui, et George le fera travailler dans la grange. Il dit que Jamie se débrouille bien avec les chevaux.

— Mais tu sais pertinemment que Jamie ne voudra pas travailler à la grange.

— C'est pour ça qu'il doit partir. Il grandit vite. Il doit connaître sa place.

— Mais quelle est-elle ? Je doute même qu'il se souvienne de Belle.

— La dernière fois que Jamie était à la grange, papa lui a dit que Belle était sa vraie mama. Jamie s'est mis en colère, il a dit à papa qu'il racontait des bêtises. Il lui a dit qu'il était blanc. Papa a répondu : « Non, t'es un Noir, tout comme moi. » Jamie est parti en courant, et maintenant il va plus à la grange. Il devient trop grand pour ça, Abinia. Et il commence trop à faire le malin. Il est temps qu'il sache qu'il est noir et il doit apprendre à travailler comme un Noir.

— Je sais que tu as raison, Mae. Je l'ai entendu avec Fanny. Mais tu sais que Mme Martha le considère comme son fils. Ce n'est pas étonnant qu'il ait l'impression d'avoir sa place ici, à la grande maison.

— Ça doit s'arrêter. Il devient trop prétentieux. Ce garçon va tomber de très haut.

— Peut-être pourrions-nous l'envoyer ailleurs. Il a l'air d'un Blanc. Personne ne pourrait penser que…

— C'est Belle, sa mama. Ça fait de lui un Noir ! Et de toute façon, il a pas de papiers pour être libre.

— Crois-tu qu'il sache qui est son père ?

— Tout ce qu'il a à faire, c'est se regarder dans une glace. Si lui ressemble pas à m'sieur Marshall… C'est pour ça que m'ame Martha le prend pour un des siens.

— Je sais que nous devons les séparer, mais j'ai si peur de la réaction de Mme…

— Jamie pourra toujours venir la voir, me rassura mama.

— Pouvons-nous attendre quelques semaines encore ? L'été sera là dans un mois et, quand il fait chaud, elle dort l'essentiel de la journée. Il lui manquera peut-être moins alors.

Mama ne répondit pas.

— Je te promets que, si tu acceptes d'attendre le mois de juin, je parlerai moi-même à Jamie.

— Je compte sur vous.

Je lui donnai ma parole.

Nous ignorions que Jamie, en chemin vers le jardin, avait écouté notre conversation.

À la suite de cela, il devint morose et renfrogné. Il quittait souvent la maison tôt le matin pour ne revenir que le soir. À son retour, il refusait obstinément de dire à quiconque où il était allé. Je me demandais s'il avait appris de quelque manière que ce soit le changement imminent; je me demandais aussi ce qu'il savait exactement de ses origines.

Le 1er juin, je me dis que je devais tenir ma promesse à mama. Ce matin-là, Jamie était seul avec Mme Martha. Sachant que les autres se trouvaient à la dépendance, je m'armai de courage à l'aide d'une dose de laudanum, puis allai le voir. Son absence des dernières semaines avait contrarié Mme Martha, et elle avait l'air enchantée de l'avoir de nouveau à ses côtés. Lorsque je demandai à Jamie si, au retour de Fanny, je pourrais lui dire un mot, il pâlit et je sentis ma détermination faiblir.

Je regagnai ma chambre en attendant Fanny et décidai de me donner encore un peu plus de courage. Je vis que le flacon marron sur ma table de nuit était vide. Vite, je tirai une chaise pour en descendre un autre du haut de l'armoire, où je gardais mes provisions. J'étais déjà instable sur mes jambes, et la chaise elle-même était bancale tandis que je tendais la main pour attraper l'une des petites bouteilles. Mes doigts sentirent l'enveloppe qui contenait les papiers de Belle. Prise d'une inspiration soudaine, je la sortis, pensant que ces documents pourraient peut-être aider Jamie à comprendre la situation de sa vraie mère.

Jamie me surprit en ouvrant la porte sans avoir frappé. Je me retournai, brassant l'air tandis que la chaise oscillait, puis tombai à la renverse. Avant que j'atterrisse, l'enveloppe de Belle m'échappa des mains. Lorsque ma tête frappa le sol, je perdis connaissance.

Comme Marshall était absent, mama prit sur elle de faire venir le médecin. Après qu'il m'eut examinée, il dit à mama de veiller sur moi de près et de ne pas me donner de laudanum, sous aucun prétexte.

Le lendemain, je me réveillai avec une terrible migraine. Mon corps tremblait au moindre bruit et chacun de mes os me faisait souffrir. Je suppliai mama de me donner du laudanum. Elle refusa avec fermeté et, la semaine qui suivit, je fus trop malade pour insister.

Quand Marshall rentra à la fin de la semaine, il fut informé de mon accident mais ne ressentit pas le besoin de venir me voir. Je me mis à implorer constamment mama de me donner le précieux médicament. Lasse de mes supplications, elle s'approcha de mon lit et décréta :

— Je vous donnerai plus de gouttes, un point c'est tout !

Je n'avais d'autre choix que de me résigner et, chaque jour qui suivit, je me sentais un peu mieux que le précédent. Un jour, je reçus une visite de Fanny et, après une de ses observations ingénues, j'éclatai de rire. Après son départ, je l'entendis dire à mama :

— Peut-être que ce coup sur la tête lui a fait du bien. Elle ressemble à nouveau à la fille avec qui j'ai grandi.

— Tu as raison, répondit mama. Malheureusement, un jour, ce docteur va venir dire qu'elle peut reprendre ces fichues gouttes.

Il fallut plusieurs semaines pour que mes vertiges se calment assez pour me permettre de tenir assise. Les premières minutes, tout tourbillonnait autour de moi pour finalement se stabiliser. Ce jour-là, après avoir insisté auprès de mama, Elly eut l'autorisation de venir me voir. J'entendis mama faire quelques recommandations à ma fille avant de la laisser entrer :

— Bon, faites attention à pas l'énerver, sinon elle va encore vouloir les gouttes.

Ces mots me frappèrent de plein fouet. Je n'avais aucune idée qu'Elly était au courant de ma consommation d'opium. Tandis qu'elle s'approchait de moi d'un pas prudent, mon cœur se serra à la vue de son inquiétude, et je souris pour la rassurer.

— Vous avez fini d'être malade ? demanda-t-elle.

— Je vais bien mieux, ma chérie.

Je pris sa petite main dans la mienne.

— Mae dit que demain j'irai faire une petite promenade.

— Vous serez guérie alors ?

— Je crois que oui.

— Vous allez reprendre des gouttes ? interrogea-t-elle d'une voix tremblante.

— Des gouttes ? Pourquoi me demandes-tu cela, mon trésor ?

— Je n'aime pas quand vous prenez des gouttes.

Je me forçai à poser la question :

— Pourquoi est-ce que tu n'aimes pas cela, Elly ?

Je vis qu'elle rassemblait tout son courage pour me répondre.

— Parce qu'alors, vous dormez toute la journée, ou bien vous pleurez et vous me dites de vous laisser tranquille.

Ses yeux se remplirent de larmes et son menton se mit à trembler.

— Viens là.

Je lui ouvris grands les bras. Tandis que je la serrais contre mon cœur, elle sanglota sans retenue. Ses larmes me révélèrent une douloureuse vérité. Dans ma fuite égoïste, j'avais abandonné mon propre enfant.

— Tu sais, chérie, Mae et moi parlions justement de ces gouttes aujourd'hui. Je crois que je n'en prendrai plus. Vraiment, je me sens beaucoup mieux.

Je lui caressai la joue et souris.

— Tu imagines ? Ta mère avait besoin d'un bon coup sur la tête pour se sentir mieux.

Je lui répétai qu'elle n'avait pas à s'inquiéter, que Mama Mae prenait bien soin de moi et que je serais bientôt sur pied.

J'étais épuisée après le passage d'Elly, mais, tandis que mama m'aidait à me recoucher, je lui fis jurer de me tenir éloignée des gouttes. Mama n'avait pas l'air très convaincue. Je lui demandai de m'amener Fanny et, quand je les eus toutes deux en face de moi, je les priai de me promettre de refuser de me donner du laudanum si j'en voulais. Elles échangèrent un regard sceptique mais me le promirent. En signe de ma bonne foi, je révélai à Fanny l'endroit où je rangeais ma réserve et lui demandai de la faire disparaître. Au moment où elle était sur la chaise, le bras tendu pour attraper les flacons, je me souvins soudain des papiers de Belle. Je décidai immédiatement de les montrer à mama quand Fanny les attraperait ; j'avais oublié qu'ils m'avaient échappé des mains pendant ma chute et j'ignorais qu'ils étaient déjà en possession de Jamie. Lorsque Fanny descendit de l'armoire, avec seulement le laudanum, j'étais si impatiente de me débarrasser de la drogue que je pris le parti de parler plus tard à mama des papiers de Belle.

Je l'aurais fait si le sevrage n'avait pas été si difficile. Bien que déterminée à tenir la promesse que j'avais faite à Elly, je n'avais pas imaginé que le retour de mes forces marquerait aussi le retour de ma dépendance. Les semaines suivantes, lors de mes heures les plus noires, je suppliais mama d'enfreindre sa promesse. Mais elle ne se laissa pas intimider. La nuit, elle dormait dans le petit lit de Sukey et, la journée, elle ne me quittait jamais. Au bout d'un moment, mama insista pour que je l'accompagne dehors. J'étais réticente à cette idée, craignant de voir Marshall, mais elle m'assura qu'il était rarement là.

Lorsque je cédai et m'aventurai sous le soleil guérisseur, je me rendis compte que j'étais vraiment devenue une recluse. Puis vint le jour où nous marchâmes jusqu'à la grange pour voir Papa George. Il me salua si chaleureusement que je me demandai pourquoi je n'étais pas allée le voir plus tôt. Je fus surprise de lui découvrir des mèches de cheveux blancs et lui en fis la remarque.

— Eh oui, fit-il en souriant et en passant sa main abîmée sur le haut de son crâne, le temps passe.

Il me regarda dans les yeux, puis hocha la tête d'un air satisfait.

— Ça fait drôlement plaisir de revoir notre p'tite Abinia, déclara-t-il, et je savais qu'il m'avait appelée ainsi sciemment.

J'avais envie de l'embrasser, mais j'étais consciente qu'un tel geste pourrait nous mettre tous deux en danger. Alors, je parlai de la chaleur de l'été, déclarant que l'herbe brune et sèche avait tellement besoin de pluie qu'elle craquait sous nos pas. Je leur confiai que ce bruit me rappelait celui des feuilles mortes. Mama et papa en convinrent, et j'évoquai le premier bal auquel j'avais assisté avec eux au quartier des esclaves. Je gardais un souvenir ému du moment où ils avaient dansé tous les deux. Cela nous amena à nous remémorer d'autres bons moments et, ce faisant, je me rappelai toutes ces années où ils s'étaient occupés de moi.

— Mama, papa, lâchai-je tout à coup, je suis tellement désolée pour Sukey.

Ils se regardèrent, puis papa prit la parole :

— On est tous désolés pour Sukey, mais on sait que vous vouliez pas lui faire de mal. On sait que vous avez toujours fait de votre mieux avec Sukey. Maintenant, on demande au Seigneur de vous rendre forte à nouveau. On a tous besoin de ça.

— Merci, papa.

Ce jour-là, grâce au pardon de papa, mon obsession pour le laudanum commença à diminuer.

52

Belle

Un petit matin, début août, je travaille dans le jardin. Il fait si chaud cette année-là que j'ai l'impression de ne faire que transporter de l'eau. Je regarde derrière moi et je souris en voyant George faire l'imbécile avec les bébés, les éclaboussant pour les faire rire. Tout ce temps, cela dit, j'ai l'impression d'être observée. Je m'arrête pour regarder tout autour de moi. Je ne vois personne, mais continue à ressentir une présence.

À l'heure du déjeuner, je sors à manger et on s'assoit tous dehors près de la dépendance. Ce jour-là, je n'ai pas besoin de faire la cuisine pour la grande maison, je dois juste envoyer de la soupe de la veille et des biscuits du matin. Lucy descend de la grande maison pour manger avec nous et nourrir son dernier-né. Je lui prépare une grosse tartine de beurre et de jambon et la lui tends pendant qu'elle allaite. Je sais qu'elle a faim, parce que personne n'aime la nourriture comme Lucy.

— On a pas droit aux concombres au vinaigre aujourd'hui ? me demande-t-elle.

— Si, bien sûr, je vais les chercher.

Je retourne à l'intérieur, je descends un bocal de l'étagère et je prends une poignée de concombres. En ressortant, j'ai la certitude que quelqu'un nous observe. Je regarde tout autour de moi mais, encore une fois, je ne vois personne d'autre que Lucy qui lorgne vers les cornichons. Alors je me mets à rire.

— Oh non ! lancé-je en la fixant. T'es encore enceinte, Lucy ? La dernière fois, tu réclamais ces cornichons matin, midi et soir !

Lucy lève les yeux au ciel :

— À la grande maison, m'ame Martha appelle ça une bénédiction. Pour moi c'est juste plus de travail.

Je ris à nouveau, mais, en vérité, je suis désolée pour elle. Son dernier tète encore.

— Tu sais que tu peux compter sur moi pour t'aider.

— Si t'étais pas là, Belle, je sais pas ce que je ferais. T'es comme une sœur pour moi.

Les yeux de Lucy se remplissent de larmes. Ça arrive souvent quand elle est enceinte. Elle est plus mordante aussi. Parfois, Ben vient me voir pour me dire qu'il ne sait pas ce qui lui arrive. « Essaye de te déplacer en étant rond comme un tonneau sous le soleil de Virginie, et tu verras si c'est facile », lui réponds-je alors.

Puis je demande à Lucy :

— Comment va la Mme Martha de Will ?

— Elle va mieux, mais plus son ventre s'arrondit, plus ses jambes gonflent. Elle a mal à la tête aussi. Cette chose que lui donne le docteur lui fait pas de bien. C'est même le contraire.

— La prochaine fois que Fanny viendra, je lui demanderai si Ida a quelque chose pour ça. Peut-être qu'elle essayerait ?

— Peut-être ben que oui. Je sais qu'elle a peur. Sa propre mama est morte comme ça, en ayant son dernier bébé.

— J'espère vraiment que ce bébé va naître facilement. Nous allons devoir l'aider.

— Peut-être qu'on peut faire venir Mama Mae ?

Je secoue la tête.

— C'est trop compliqué pour elle de venir ici. La dernière fois qu'Eddy était là, il a dit qu'il y a tellement d'ennuis là-bas que tout le monde a peur de s'éloigner. Marshall a déjà vendu presque tous les travailleurs des champs.

Lucy me demande, à voix très basse :

— Tu es inquiète pour ton Jamie ?

Je hoche la tête, parce que, parfois, le simple fait de prononcer son nom me fait trop mal.

— Il y a des nuits où je n'arrive pas à dormir tellement je me fais du souci pour lui. Mais Will m'a promis que si Marshall vend Jamie, il le trouvera et me le ramènera.

Lucy me passe le bébé.

— Il faut que j'y retourne.

Je me dirige vers la dépendance, puis me retourne pour dire à George de surveiller les petits et, du coin de l'œil, l'espace d'un instant, j'aperçois un jeune garçon caché dans les arbres. Il voit que je le regarde et il disparaît. Je dois m'asseoir tellement mon cœur bat la chamade. C'est mon Jamie ! Je sais que c'est mon Jamie !

Le lendemain, je sors dans le jardin et je demande à George de rester à la maison avec les petits.

— Fais ce que je te dis et, tout à l'heure, je te ferai ces petits gâteaux au sucre que tu aimes, lui ai-je promis, voyant que ça ne lui plaisait pas.

Il boude encore, mais je sais qu'il ferait presque n'importe quoi pour mes gâteaux au sucre. Pour ça, c'est le portrait de Lucy.

Je saisis ma binette et, me plaçant face aux arbres, je me mets à désherber d'un bras énergique. Je sens qu'il est là. Je ne lève pas la tête, je continue à regarder la terre, mais je lance d'une voix forte :

— Si c'est Jamie Pyke qui se cache dans ces arbres, il n'a pas à avoir peur. Je vais continuer à biner mon jardin, mais c'est sûr que j'aimerais beaucoup voir le grand garçon qu'est devenu Jamie.

Je ne lève pas les yeux, je continue d'arracher les mauvaises herbes, mais je l'entends sortir des bois et marcher vers moi. Je ne sais pas pourquoi il a peur de moi, mais, quand il s'approche, moi aussi je me mets à avoir peur de lui. Qu'est-ce qu'il fait là au juste ? Qu'est-ce qu'il veut ?

— C'est toi Belle ? demande-t-il.

Je relève la tête très lentement, craignant qu'il parte en courant. Je m'accroche à ma binette, j'ai la tête qui tourne et la bouche toute sèche. Devant moi se tient un jeune Blanc. Mon Jamie. Treize ans. Pas un garçon, pas un homme.

— Oui, c'est moi.

Vite, il me tend des papiers.

— Alors ceci est à toi. Je crois que ce sont tes papiers d'affranchissement.

Je reste immobile, à regarder le visage de mon fils. Je n'entends pas ce qu'il dit. Il faut que je capture son image.

— Tiens, prends-les. Tu es libre.

Je prends les documents. J'ai la main tremblante.

— Jamie ?

— Oui ?

— Est-ce que tu sais qui je suis pour toi ?

— Oui. Tu es ma mère.

J'acquiesce.

— Mais je ne me souviens pas de toi.

— C'est normal. Tu avais à peine quatre ans quand il t'a enlevé.

— Toutes ces années… Papa George m'a dit… Je croyais que j'étais le fils de Mme Martha.

Je l'observe attentivement. Il est aussi blanc que Marshall, mais il a le même visage que la mama du capitaine. D'une certaine façon, c'est comme si je revoyais ma grand-mère blanche, là, devant moi. Je ne peux pas m'empêcher de le dévisager, mais je sais qu'il faut que je dise quelque chose.

— C'est ce qu'elle croit aussi, Jamie, mais Mme Martha est ta grand-mère. Mama Mae dit qu'elle est très gentille pour toi et…

— Alors c'est vrai que Marshall est mon père ?

— Oui. Il s'est servi de moi.

À cet instant, Lucy arrive à l'angle de la dépendance, appelant George, disant qu'elle a besoin de lui pour l'aider à la grande maison. Jamie a immédiatement tourné les talons et, avant que j'aie le temps de lui dire de ne pas s'inquiéter, il a disparu.

Je me mets à trembler de la tête aux pieds. Lucy a vu Jamie s'enfuir.

— Qui c'est? Qui c'est? demande-t-elle en approchant tout essoufflée.

— Lucy! Chut!

— Qui c'est? murmure-t-elle très fort en arrivant à ma hauteur.

Je lui tends les papiers. Elle ouvre l'enveloppe, regarde de très près, puis me les rend.

— Tu sais bien que je sais pas lire. Qu'est-ce qu'un Blanc fait ici, qu'est-ce qu'il voulait?

— Il m'a donné mes papiers d'émancipation.

Je regarde au loin, pensant que Jamie est encore dans les bois, mais mon cœur me dit qu'il est parti.

— C'est mon Jamie.

Je m'assois là, dans la terre, et je fonds en larmes.

Ce soir-là, je vais voir Will Stephens. Il regarde les documents et déclare:

— Eh bien, Belle, cela signifie que tu es une femme libre.

— Mais vous avez donné beaucoup d'argent pour moi, ai-je dit, un peu embarrassée.

— Et chaque penny en valait la peine.

— Si je reste et que je travaille très dur pour vous, vous pouvez me donner de l'argent pour racheter Jamie?

— Je ne pense pas que Marshall ait l'intention de le vendre, mais, au tribunal, ces papiers pourraient peut-être suffire à le libérer.

— Il tuerait mon fils plutôt que de lui donner des papiers! Marshall a vraiment besoin d'argent et je me dis que, si je le paye assez pour deux personnes, il laissera Jamie partir.

Will secoue la tête.

— Cela te prendrait toute une vie pour rembourser ce genre de dette.

— Je n'ai nulle part où aller. Si vous acceptez, je voudrais rester ici dans tous les cas.

Will Stephens se passe la main dans les cheveux, comme il le fait quand il réfléchit.

— Bon, voilà ce que nous allons faire. Lucy a dû te dire que le médecin m'a recommandé d'emmener Martha à la montagne pendant quelques semaines. Il pense que l'air frais la soulagera. Je vais nommer Ben responsable de la ferme et je compte sur toi pour l'aider. Dès mon retour, nous nous occuperons de cela. Ensuite, si tu choisis de ne pas te rendre au tribunal, je te trouverai l'argent. Quand tu auras décidé ce que tu souhaites faire, nous enverrons un avocat défendre ta proposition.

Je me retiens d'argumenter. Je sais que Will Stephens est un homme de parole. S'il dit qu'il me trouvera l'argent, alors il me trouvera l'argent. Mais ce que je sais aussi, c'est que son homme de loi ne servira à rien. On a essayé encore et encore. Non. Je sais que Marshall veut me voir en personne. Il veut me voir à genoux.

Le matin du départ de Will et de Mme Martha, il fait si chaud et sec que le bruit du chariot donne l'impression qu'il roule sur de la couenne rôtie. On sait tous que Will ne veut pas quitter cet endroit, mais c'est le genre d'homme à tout faire pour sa femme.

Presque deux semaines se sont écoulées. Je sais que Will va revenir d'un jour à l'autre. Tous les matins, je guette Jamie, mais il ne réapparaît pas. Après avoir vu mon fils, je suis incapable de penser à quoi que ce soit d'autre. Je sais que je dois l'aider, le faire partir d'ici, loin de Marshall. Je continue d'espérer que Jamie se montre afin de pouvoir lui parler de l'argent que Will va me donner pour que je le libère.

Comme Jamie ne revient pas, je me dis qu'il faut que j'aille là-bas avant le retour de Will. Je me suis convaincue que, peut-être, si je parle à Marshall, il comprendra mon point de vue. Je lui montrerai mes papiers, peut-être même que je lui dirai que le capitaine était mon père.

J'attends l'heure du souper, quand Ben et Lucy sont à table, pour envoyer George leur dire que j'ai mal à la tête et que je vais me reposer. Puis je pars. Je marche vite sans penser à rien, pour me donner le courage de continuer à avancer. Quand j'arrive, je me dirige directement vers la dépendance. Je compte mes pas pour m'empêcher de faire demi-tour. Une, deux, trois. Une, deux, trois. Je ne regarde pas autour de moi, je fixe mes pieds qui rejoignent mon ancienne cuisine. Une, deux, trois. Une, deux, trois.

Je suis presque sûre qu'il est là avec Beattie.

Il ne dit rien, il me regarde juste. Effrayée, je le dévisage en retour. Cela fait cinq ans, peut-être, que je n'ai pas vu Marshall. Je sais qu'il n'a pas plus de trente ans, mais il a l'air presque aussi vieux que le capitaine avant sa mort. Il a le haut du crâne presque dégarni et la peau plus jaune que blanche. Je sais qu'il a bu car il sent l'alcool de loin. Je m'approche et lui tends mes papiers ouverts. Je lui dis :

— Je suis une femme libre, Marshall. Votre père m'a donné ces papiers d'affranchissement il y a longtemps. Maintenant, je souhaite vous racheter mon Jamie. Je vous donnerai assez d'argent pour deux hommes forts.

Marshall se lève avec difficulté mais, une fois debout, il devient tout rouge.

— Tu as perdu l'esprit ? me lance-t-il. Qu'est-ce qu'elle fait là ?

Il lance un regard autour de la pièce comme s'il cherche quelqu'un susceptible de lui répondre.

Je continue sur ma lancée :

— J'espère que cela ne vous posera pas de problème si j'envoie Jamie à Philadelphie. Il pourra y vivre comme un Blanc.

— Vivre comme un… C'est un Nègre, idiote ! C'est un Nègre !

— Mais il est aussi blanc que vous. Vous êtes son père. Il est temps que vous l'assumiez.

— Sors d'ici tout de suite !

— Marshall, Jamie est votre fils…

Debout derrière Marshall, Beattie secoue la tête pour me faire signe de me taire, mais il est trop tard. Je suis prête à dire ce que j'ai si longtemps retenu.

— C'est votre fils, Marshall ! Qu'est-ce que vous allez faire ? Vous allez le vendre comme vous vendez tous les autres ?

Marshall bouge si vite que je ne vois pas venir son poing. Il me frappe avec une telle force que tout tourne autour de moi.

— Où est mon pistolet ? hurle-t-il.

Beattie le retient.

— Va-t'en, Belle, dépêche-toi, me lance-t-elle en pleurant.

Alors je pars en courant.

53

Lavinia

L'air était assommant de chaleur. Un après-midi particulièrement étouffant, vers la fin août, j'insistai pour qu'Elly reste à l'intérieur, à l'abri du soleil brûlant. Fanny s'assit avec elle et elles se mirent à habiller la poupée de ma fille. Mme Martha était agitée et j'essayais de la calmer en lui faisant la lecture. Jamie, qui avait été absent depuis tôt le matin, venait à peine de rentrer. Il était avachi dans un fauteuil à me regarder. Son attitude envers moi depuis que je n'étais plus sous l'emprise du laudanum était empreinte de méfiance. En retour, je gardais sur lui un œil vigilant. J'avais fouillé ma chambre à la recherche des papiers de Belle et ne les avais pas trouvés. J'avais deviné par élimination que Jamie les avait en sa possession et, tout en sachant que je devais l'interroger, je n'étais pas pressée de m'expliquer avec ce garçon renfrogné.

Le comportement déplaisant de Jamie déconcertait Mme Martha et, bien qu'il demeurât gentil avec elle, il n'adressait pas une seule parole aimable au reste d'entre nous. Quelques jours plus tôt, j'étais allée voir mama pour aborder la question de la présence de Jamie dans la maison. Je lui avais confié que je voyais moi-même qu'il était temps de procéder au changement et que j'étais prête à remplir ma promesse.

Encore soucieuse de mon état de santé, mama me suggéra d'attendre une semaine de plus avant de parler à Jamie. Elle pensait que je serais alors plus à même de gérer non seulement la réaction de Jamie, mais aussi celle de Mme Martha. J'étais soulagée, car je redoutais de plus en plus le résultat de cette séparation.

Ma belle-mère tendit la main pour interrompre ma lecture, puis demanda à Fanny de réajuster les stores afin de laisser entrer plus d'air. En s'exécutant, Fanny jeta un coup d'œil à travers les lattes de bois. Soudain, elle poussa un cri, et Jamie se leva d'un bond pour la rejoindre. Lui-même sursauta, stupéfait, et je posai mon livre pour aller voir ce qu'il se passait.

Rankin se tenait devant le grand bâtiment de la grange, au côté d'un étranger à l'air rustre. Eddy, le mari de Fanny, était attaché entre eux et, tandis que l'étranger tirait, Rankin poussait le prisonnier. Le store fit un bruit sec quand Fanny lâcha la corde pour se précipiter dehors et courir vers son mari. Elle se jeta au milieu des trois hommes et lança ses bras autour d'Eddy pour le retenir. Rankin la repoussa et la projeta à terre, tandis qu'ils continuaient de tirer Eddy vers le quartier des esclaves.

Quand Marshall sortit de la grange, il avait un fouet à la main. Fanny, qui était tombée à genoux, implora son aide, mais il l'ignora et descendit la colline à grandes enjambées, suivant ses compères vers les cases. Fanny resta à genoux sous le soleil ardent, à les suivre des yeux, jusqu'à ce que Beattie sorte à la hâte de la dépendance pour l'aider à se relever. Quelques minutes plus tard, elles nous avaient rejoints dans la chambre. Fanny était hors d'elle.

— Ils vont le vendre.

Elle me secoua le bras.

— Ils vont vendre mon Eddy. S'il vous plaît, m'ame Abinia, je vous en prie, empêchez ça ! C'est un homme bien, vous le savez, faites quelque chose, s'il vous plaît, faites quelque chose, Abinia !

Mme Martha parla d'une voix aiguë et fluette mais pleine d'autorité :

— Allez chercher le capitaine. Je suis sûre qu'il y a eu une erreur.

— Non ! Non ! dit Fanny en se ruant vers Mme Martha. Ils vont l'emmener, y a pas d'erreur, ils vont l'emmener. Beattie dit que le marchand de Noirs est là, il va prendre Eddy.

Mama Mae et Oncle Jacob, qui dressaient l'inventaire des réserves de la cave, avaient entendu le vacarme et nous rejoignirent. Mama était essoufflée et se laissa tomber dans le fauteuil le plus proche. Fanny se précipita vers elle tandis qu'Elly, effrayée à la vue de son désarroi, se réfugiait auprès d'Oncle Jacob.

— Ils ont Eddy, sanglota Fanny, ce marchand de Noirs est là pour Eddy. Je crois qu'ils vont aussi en emmener d'autres des cases.

Beattie parla pour la première fois. Elle chuchota :

— Ils ont pris presque tout le monde au quartier des esclaves. Ils sont tous attachés. Ils vont partir demain.

Incapable de nous regarder, elle se couvrit le visage des mains et continua à travers celles-ci :

— Je les ai entendus parler. Ils parlent aussi d'emmener mama et Jamie.

Ses mots, bien qu'étouffés, étaient sans équivoque. Je me tournai vers Mama Mae.

— C'est impossible ! criai-je.

Mama Mae me regarda mais ne répondit pas.

— Il faut que quelqu'un fasse quelque chose ! Ils emmènent mon Eddy ! cria à nouveau Fanny à travers ses larmes.

— Pour l'amour du ciel ! lançai-je impuissante, avant de me tourner vers Beattie. Sais-tu quelque chose d'autre ? Quoi d'autre, Beattie ?

— Tout ce que je sais, c'est qu'ils préparent tous les gens des cases à partir demain matin. Et ils parlent aussi de vendre mama et Jamie.

— C'est impossible ! Tu dois te tromper ! m'écriai-je en tapant du pied.

Beattie secoua la tête. Elle murmura :

— Non, Abinia, je le sais. M'sieur Marshall dit que si je parle de mama et Jamie, il va vendre mes petits.

— Et les autres ? Papa George ? Marshall a-t-il l'intention de le vendre lui aussi ? demandai-je.

— Non, répondit Beattie, il dit qu'il a besoin de lui.

— Il ne peut pas faire une chose pareille !

Je lui agrippai le bras et essayai de ne pas paniquer. Beattie poursuivit à toute vitesse :

— Il dit qu'il a besoin d'argent, qu'il doit vendre. Il dit que mama devient vieille, mais qu'il pourrait encore en tirer un bon prix. Fanny et Oncle Jacob s'occupent de la maison ici. M'sieur Marshall dit qu'il va vendre Jamie depuis que Belle est venue lui dire qu'elle a ses papiers d'affranchissement et qu'elle veut acheter son Jamie. M'sieur Marshall veut vendre son garçon pour être sûr qu'elle l'aura jamais.

Mama Mae avait blêmi et elle semblait sur le point de tomber de sa chaise. Je me précipitai vers elle.

— Ça va, mama ? demandai-je.

Comme elle ne répondait pas, j'attrapai le verre d'eau sur la table de nuit de Mme Martha pour le lui donner. Pendant qu'elle buvait, je courus regarder par la fenêtre.

— Beattie, retourne à la cuisine. Il ne faut pas qu'il sache que tu es venue ici. Vas-y maintenant, tant que la voie est libre. Dépêche-toi ! Et ne dis rien.

— Mais mama…, commença Beattie.

Mama Mae parla enfin.

— Vas-y ma petite. Allez, vite !

Je poussai Beattie vers la porte, puis la fermai derrière elle.

— Jamie, dis-je, tu dois aller retrouver Belle… ce soir.

Mme Martha se redressa et balança les jambes sur le côté du lit. Elle tendit les bras vers Jamie, et il alla auprès d'elle.

— Nous allons te cacher jusqu'à la tombée de la nuit, repris-je. Mama, il va falloir que tu partes avec lui.

— Ça va pas marcher.

Mama secoua la tête.

— C'est le premier endroit où m'sieur Marshall va me chercher. Je vais rester ici. Jamie va rejoindre Belle, et ils vont s'enfuir ensemble.

— Mama, je t'en prie, suppliai-je. Tu dois partir avec eux.

— Je reste ici, Abinia. Je vais parler à m'sieur Marshall. C'est le mieux pour moi. Je peux pas laisser George. M'sieur Marshall le sait bien.

— Mama, s'il te plaît !

— Non, Abinia, je bouge pas d'ici, un point c'est tout.

Elle s'enfonça résolument dans son fauteuil.

Jamie s'agenouilla près de Mme Martha mais se tourna vers moi.

— Dois-je partir maintenant ?

— Non. Nous allons te cacher jusqu'à ce soir.

Mon esprit cherchait frénétiquement une cachette : le grenier, la cave, le fumoir ? Soudain, nous entendîmes des bruits de voix, puis des pas dans l'escalier, et la porte de la chambre s'ouvrit dans un grand fracas avant que j'aie le temps de l'atteindre. Rankin se tenait à côté de Marshall et me regardait avec un petit sourire d'ivrogne.

— Marshall ! Que diable se passe-t-il ? demandai-je.

— Fais-la sortir d'ici, dit-il en désignant Elly de la tête.

Oncle Jacob, qui l'avait prise sur ses genoux, s'apprêta à se lever, mais je lui fis signe de rester assis.

— Non, Marshall, rétorquai-je, je veux qu'Elly reste ici avec moi.

— Très bien, comme vous voudrez. Qu'elle voie donc le foutoir que vous avez créé.

Il n'arrivait même plus à articuler et, même de loin, il empestait l'alcool. Il s'approcha de Jamie à grandes enjambées et le fit lever de force.

— Toi, tu viens avec nous.

Jamie était trop effrayé pour réagir. Mme Martha se redressa.

— Monsieur, lança-t-elle d'une voix redoutable, faites venir le capitaine. Il va régler cette affaire.

— Mère, en voilà assez !

Marshall se tourna vers elle.

— C'est un fils de Nègre ! Regardez-le ! C'est un Nègre !

Il attrapa Jamie par le col et lui tordit la tête vers Mme Martha, faisant crier de douleur le jeune garçon.

— Isabelle ! hurla Mme Martha pour que j'intervienne.

— Marshall, ne faites pas cela.

Je m'avançai et fis de grands efforts pour parler calmement.

— Jamie est tout pour elle.

Marshall repoussa Jamie sur le côté et vint vers moi.

— Vous ! C'est vous qui êtes à l'origine de cette folie. Mais c'est fini. Je vais vendre ce garçon.

Ma terreur me poussa à parler.

— Mais Marshall ! Vous êtes son père ! Vous vendriez votre propre fils ?

Il y eut un horrible silence jusqu'à ce que je sente claquer sa main sur mon visage. Mes oreilles bourdonnaient et je mis un moment à retrouver l'équilibre. Forte de la fureur que j'avais accumulée toutes ces années, je ripostai. Ma gifle retentissante le surprit, mais le gros rire saoul de Rankin ne fit qu'enrager Marshall davantage.

Avant qu'il ait pu resserrer ses mains sur mon cou, Mama Mae s'interposa.

— M'sieur Marshall, arrêtez ça.

Il s'exécuta, mais sa voix prit des accents meurtriers quand il s'adressa de nouveau à moi.

— Vous êtes aussi folle que ma mère. Préparez-vous. Vous partirez demain matin. Vous irez toutes les deux à l'hôpital de Williamsburg. Je veillerai personnellement à ce que vous n'en ressortiez jamais.

— Vous ne feriez pas une chose pareille ! m'écriai-je, sachant pertinemment qu'il en avait l'autorité. Vous avez pensé à Elly ?

— Fanny s'en occupera.

Avant que j'aie le temps de répondre, Marshall fit signe à Rankin de s'occuper de Jamie. Tandis qu'il l'arrachait à Mme Martha, celle-ci poussa un cri perçant. Jamie se dégagea et retourna vers elle. Il tomba à terre et prit ses mains dans les siennes. Tout le monde regardait la scène, incapable de détourner les yeux.

— *Chhh*, grand-mère. Ça va aller.

Elle se calma et il poursuivit :

— Je reviendrai vous chercher, grand-mère. Je reviendrai.

Puis il se leva de sa propre initiative et fixa son bon œil sur Marshall.

— Faites sortir ce Nègre d'ici ! cria mon mari à Rankin.

Après leur départ, Mama Mae fut la première à prendre la parole.

— Abinia, vous devez prendre Elly avec vous et filer chez Will Stephens avant qu'il soit trop tard.

Les gémissements de Mme Martha s'étaient amplifiés à un rythme régulier et je savais quoi faire. Je mélangeai une forte dose de gouttes dans de l'eau.

À elle seule, l'odeur m'offrit l'échappatoire dont je me languissais et, bien que mes mains tremblent du désir de le boire, je donnai le breuvage à celle qui en avait besoin et résistai à la tentation.

Il faisait nuit quand je réveillai Elly. Tout en l'habillant, je lui expliquai qu'elle devait faire le moins de bruit possible, qu'elle ne devait pas parler.

— Nous partons pour une aventure, lui dis-je.

— Est-ce que Fanny peut venir aussi ? interrogea-t-elle tandis que je lui attachais ses chaussures.

Je posai un doigt sur mes lèvres et hochai la tête. Mama et Fanny apparurent à la porte. Je lus la peur dans leurs yeux.

— Dépêchez-vous, dit mama. George dit de venir tout de suite.

— Tenez !

Fanny me déposa un petit sac dans les mains, impatiente de s'en débarrasser.

— Dormait-elle profondément ? demandai-je, me mordant la lèvre pour ne pas pleurer.

Fanny acquiesça.

— As-tu vidé toute la boîte ?

Fanny acquiesça à nouveau.

— Tu as pensé aux perles ?

Muette de frayeur, Fanny me fit signe qu'elles étaient dans le sac.

Mama Mae nous pressa ; Papa George nous attendait en bas. Il avait vu le signal de la dépendance, ce qui signifiait que Beattie avait fini son travail. Oncle Jacob était avec lui devant la porte principale.

— S'il te plaît, Oncle Jacob, ne veux-tu pas venir avec nous ? lui demandai-je.

— Non, je reste, je suis trop vieux pour courir. Et puis, il faut quelqu'un pour s'occuper de Beattie et de m'ame Martha.

Papa George nous donna des instructions de dernière minute avant que nous quittions la maison. Il nous mènerait dans les bois, puis devant le cimetière afin de contourner le quartier des esclaves. Si le plan fonctionnait comme prévu, si Beattie parvenait à couper les cordes d'Eddy et de Jamie, ils seraient libres et pourraient nous rejoindre dans les bois. Toutefois, nous avertit papa, nous devions partir sans eux et ne pas perdre de temps s'ils ne nous attendaient pas à notre arrivée. Il observait Fanny en prononçant ces mots et nous savions tous ce qui était en jeu pour elle. Elle ne pouvait pas vivre sans Eddy.

— Allez-y, maintenant, nous chuchota Oncle Jacob en ouvrant doucement la porte. Qu'Allah vous accompagne !

Je saisis une main d'Elly, et Fanny lui prit l'autre. Nous lui répétâmes de ne parler sous aucun prétexte et je priai le ciel de pouvoir compter sur son silence.

Une fois que nos yeux se furent habitués à l'obscurité de la nuit, nous eûmes plus de facilité à suivre papa. Lorsque nous aperçûmes Eddy au milieu des arbres, Fanny souffla de soulagement et lâcha la main d'Elly pour courir vers lui. Au loin, dans les champs, l'un des chevaux hennit et Elly, oubliant sa promesse, demanda à papa quel animal avait appelé. Comme un seul homme, tous les adultes lui firent signe de se taire.

Eddy parla à toute vitesse. Beattie était venue les délivrer après avoir utilisé les gouttes avec succès. Marshall dormait profondément à la dépendance, assommé par la drogue, et Rankin était ivre mort au quartier des esclaves.

— Où est Jamie ? demanda quelqu'un.

— Il a filé retrouver Belle, répondit Eddy. Je lui ai dit d'attendre, mais ce garçon est têtu comme une mule.

Notre plan consistait à nous rendre à la maison de Belle, où nous nous arrêterions, Elly et moi. J'avais l'intention de faire appel à Will Stephens pour nous abriter, puis pour nous aider à gagner Williamsburg. J'espérais qu'étant donné les circonstances, les parents de Meg accepteraient de nous secourir. Le reste du groupe continuerait à pied vers le nord. Ce voyage semblait être leur seul espoir.

— Allons-y, déclara papa, nous entraînant plus profondément dans les bois. Ben va nous guider.

Nous marchions vite et, bien qu'Elly fasse de son mieux pour tenir le rythme, elle commença à se plaindre, poussée par la fatigue. Après qu'Eddy l'eut prise dans ses bras, l'allure augmenta et il me devint difficile de suivre. Devant, j'entendais mama respirer bruyamment. Nous étions presque arrivés à la clairière quand elle tomba. Papa l'aida à se relever et elle s'appuya sur lui tandis qu'il l'emmenait s'asseoir sur un tronc d'arbre abattu. Elle s'en voulait et rabroua papa d'un ton sec quand il annonça une pause. Il lui passa un bras autour des épaules et, loin de son habitude, Mama Mae fondit en larmes.

— Tout va bien se passer, Mazzie.

Je n'avais encore jamais entendu ce petit nom affectueux que papa utilisa, et cette tendresse me noua le ventre.

— Mais qu'est-ce qui va arriver à Beattie et à ses garçons ?

— Mae, tu sais qu'on a pas le choix. Comment pourrait-elle s'enfuir avec ses petits ? Et tu sais bien qu'elle refuse de les laisser.

— Comment on va vivre ? Où on va aller, George ? On a rien, rien du tout.

Ces mots me rappelèrent le sac que Fanny avait rempli pour moi à la maison. Je l'ouvris pour en dévoiler tous les bijoux de ma belle-mère. Les pierres brillaient quand j'en sortis une poignée.

— Enlève ton fichu, mama, dis-je, et cache-les dessous.

Mama se moucha et secoua la tête.

— Non, c'est pour vous et Elly. Vous allez en avoir besoin.

— Prends-les, mama, insistai-je en les lui mettant de force dans les mains, ils sont autant à toi qu'à moi.

Je n'attendis pas sa réponse pour défaire le fichu rouge familier de mama, nicher les bijoux dans ses cheveux gris et rattacher le foulard. Lorsque papa annonça qu'il était l'heure de repartir, mama se leva avec une telle difficulté que je me demandai si je n'aurais pas mieux fait de confier les bijoux à Fanny. Mais le temps pressait.

— Allez, allez ! lança Eddy d'un ton angoissé, et nous nous remîmes en route.

Ben et Belle nous attendaient dans la clairière à la lisière des bois.

— Où est Jamie ? demanda Belle, inquiète.

— Il est pas là ? s'étonna Eddy. Il est parti en avant. Il disait qu'il allait te retrouver.

— Eddy, il n'est pas venu.

— Il a été libéré, en tout cas. Dès que ce marchand de Noirs s'est endormi, Beattie a coupé la corde.

Belle avait la voix tremblante.

— Bon, on n'a pas le temps de l'attendre, dit-elle, vous devez y aller.

Ben acquiesça.

— Elle a raison, papa.

Tout le monde se tut, dans l'incertitude. Belle les poussa en avant.

— Allez-y. Quand Jamie arrivera, je l'enverrai vous rejoindre. Partez vite !

Mama resta un moment en arrière. Elle étreignit Belle, puis m'attira vers elle.

— Abinia, me chuchota-t-elle, je serai toujours ta mama.

Je l'embrassai mais n'osai pas lui glisser de mot tendre.

— Mama, dis-je, ne t'inquiète pas pour Beattie et ses fils. Une fois que je serai installée, je les ferai venir auprès de moi.

Papa attrapa la main de Mama Mae. Ben menait la marche. Belle et moi les regardâmes disparaître dans le noir et, après un dernier coup d'œil en direction des bois à la recherche de Jamie, Belle nous emmena vite, Elly et moi, vers sa maison. Arrivée à la porte, j'hésitai.

— Je pense que nous ferions mieux d'aller directement chez Will Stephens.

Belle me poussa à l'intérieur.

— Lavinia, Will n'est pas encore rentré. Il est là-haut, avec Mme Martha.

— Quoi ! Comment cela ? Il n'est pas ici ?

— Ils devraient revenir d'un jour à l'autre, maintenant. Mme Martha est enceinte. Il fait trop chaud pour elle ici. Will l'a emmenée à la montagne, à Salt Springs.

Mon sang se glaça de peur.

— Belle ! Je ne serais jamais venue si j'avais su ! Nous ne pouvons pas loger ici. C'est trop dangereux.

— Ça va marcher, Lavinia. Vous allez vous cacher avec Ben et Lucy.

— Non, non ! Nous ne pouvons pas prendre un tel risque ! Il tuera Ben s'il me découvre chez lui.

— Ben dit qu'il vous cachera jusqu'au retour de Will.

— Dieu tout-puissant, il va tous nous tuer !

Prise de panique, je me mis à faire les cent pas.

— Je dois y retourner, Belle. Je dois y retourner !

Belle m'attrapa le bras et me força à la regarder.

— Lavinia. Vous voulez retourner où ? Il ne reste rien. Marshall a perdu la tête. Vous le savez bien.

— Que dois-je faire ? implorai-je.

Elly se mit à pleurer.

— Qu'est-ce qui se passe, maman ? Où est Fanny, maman ? Je veux Fanny !

Je me forçai à me calmer pour rassurer mon enfant. Je l'emmenai sur un grabat au coin de la pièce et la réconfortai jusqu'à ce qu'elle s'endorme. Puis je me remis à tourner en rond tandis que Belle et moi attendions Ben.

Quand il revint, tard dans la nuit, il était tout transpirant.

— Ils ont une bonne longueur d'avance, dit-il.

Sans perdre de temps, il se dirigea vers ma fille endormie et la souleva. Je regardai la ligne violette qui courait de sa mâchoire à son cou, ainsi que son oreille manquante. Qu'est-ce qui pouvait bien lui insuffler ce courage ? me demandai-je.

— Ben, es-tu certain de vouloir faire cela ? demandai-je.

Il me regarda comme il le faisait quand j'étais enfant.

— Venez, Abinia, fit-il simplement en ouvrant la voie.

Cette nuit-là, nous dormîmes par intermittence jusqu'à ce que la chaleur du jour tapant sur le toit de bardeaux rende notre cachette presque insupportable.

Je doute que nous aurions pu survivre dans ce lieu clos si la cabane n'avait pas été ombragée par quelques arbres. Lorsque Ben ouvrit la petite trappe, Elly et moi sortîmes vite la tête pour respirer l'air frais béni. Lucy nous tendit de l'eau fraîche, mais bientôt la porte fut refermée. L'étroit espace où nous étions allongées se trouvait directement sous le toit d'un petit appentis accolé à l'arrière de la cabane de Ben et Lucy. À notre arrivée, je pensais que nous allions nous cacher sous le plancher, dans la fosse où le couple conservait ses légumes. Mais Ben me dit que non, car c'était le premier endroit où quelqu'un irait vérifier.

Cet endroit secret rendait la cabane de Ben inhabituelle. Je ne savais pas à quoi il servait d'ordinaire, mais je le soupçonnais d'y avoir dissimulé d'autres personnes avant nous.

J'expliquai de mon mieux notre situation à Elly. Au départ, sa coopération me surprit, mais je me rendis vite compte qu'elle était depuis longtemps au courant de la terrible tension qui régnait chez nous. C'était pour Fanny qu'elle s'inquiétait. Je faisais de mon mieux pour la rassurer et j'essayais de passer le temps en lui chuchotant des anecdotes de mon enfance, des histoires avec Fanny et Beattie. Je tentais de maintenir Elly au frais en mouillant ses vêtements ; par chance, éreintée, elle sommeillait souvent.

Pour notre plus grand soulagement, Lucy ouvrit la trappe tard dans l'après-midi pour nous donner du pain de maïs et du lait. Je devinai à sa froideur qu'elle n'appréciait pas notre présence qui les mettait en danger, et je ne lui en voulais pas. Par ailleurs, bien que Lucy fût une femme robuste, il était facile de voir qu'elle portait un enfant. J'essayai de lui murmurer quelques mots de reconnaissance, mais elle se contenta de hocher la tête.

Nous avions sorti la tête pour inspirer à pleins poumons, quand Lucy nous siffla de rentrer. Elle claqua la trappe à la hâte, nous enfermant à nouveau Elly et moi dans l'étouffante obscurité. Peu après, nous entendîmes des chevaux puis, horrifiée, je reconnus la voix de Marshall. Je plaçai la main sur la bouche d'Elly pour lui rappeler sa promesse de ne pas répondre si jamais son père l'appelait. Mais il n'en fit rien. Au lieu de cela, je l'entendis dire à Lucy qu'il s'était rendu à la maison de Will Stephens et que, ne le trouvant pas chez lui, il avait parcouru toutes les pièces à ma recherche. Il était ensuite allé à la dépendance et, la trouvant vide elle aussi, l'avait fouillée. Marshall ne descendit pas de sa monture mais lança seulement :

— Je ne pense pas que tu serais assez stupide pour cacher quiconque ?

— Oh non, m'sieur Marshall, répondit Lucy, je sais qu'il faut cacher personne.

— Où est Ben ?

— Il travaille aux champs avec les autres.

— Et Belle ? Où est-elle ?

— Je vois pas beaucoup cette fille, m'sieur Marshall. Cette Belle est jamais là à faire son travail ! Elle se promène partout ! Ce pauvre m'sieur Will, il en tire jamais rien. Elle est vraiment bonne à…

Marshall partit dans un horrible éclat de rire.

— Ne t'inquiète pas. Je vais la chercher et, si je la trouve, je peux te promettre qu'elle ne lui causera plus d'ennuis.

Il commença à s'éloigner, puis revint sur ses pas.

— Lucy, reprit-il comme si une nouvelle pensée venait de s'imposer dans son esprit, dis à Ben que je ferai pendre toute sa famille si j'apprends qu'il a aidé l'un ou l'autre de mes fugitifs.

— Non, m'sieur Marshall, Ben ferait jamais ça.

Pendant longtemps après son départ, Lucy ne vint pas ouvrir la trappe pour nous donner de l'air. J'attendis jusqu'à suffoquer pour oser une petite tape sur les planches. Quand Lucy répondit, elle avait encore le visage marqué par la peur.

— Où est Ben ? demandai-je.

Elle haussa les épaules.

— Et Belle ?

Elle secoua la tête sans un mot.

Au cours de la longue nuit qui suivit, Lucy entrouvrit la trappe à deux reprises. Elly dormit de façon irrégulière, quant à moi je ne pus fermer l'œil. Je me jouais en boucle les différentes issues possibles à ce cauchemar. Aucune ne finissait bien et, au matin, convaincue que la seule solution était de me rendre, je voulais à tout prix agir. Cependant, je savais que je ne pouvais rien faire sans que Ben m'indique la marche à suivre.

L'attente semblait interminable.

54

Belle

Après que Ben a emmené Lavinia et Elly chez lui, je reste debout toute la nuit au cas où Jamie se montre. Je pense à Beattie et à quel point elle doit avoir peur, à attendre le matin. Je pense à Oncle Jacob, resté seul à la grande maison avec Mme Martha. Je me demande jusqu'où ils sont arrivés, si mama tient le coup. Et où est mon Jamie ?

Le premier matin où Lavinia se cache sous le toit, Ben dit qu'il doit aller travailler aux champs. Il sait que Marshall est susceptible de venir ici et il nous recommande à Lucy et moi de donner l'impression que c'est un jour comme les autres. Il nous dit de continuer à travailler et, quand Marshall viendra, de lui répondre « Oui, M'sieur ». Rien d'autre, juste « Oui, M'sieur ».

En fin d'après-midi, Marshall arrive en effet. Je transporte du lait à la laiterie, mais je l'entends chevaucher et me cache pour qu'il ne me voie pas.

J'attends toute la journée mais, quand il fait nuit à nouveau, je dis à Ben que je n'en peux plus. Il faut que je trouve Jamie. Il est peut-être blessé quelque part, ayant besoin de mon aide, ou peut-être qu'il se cache simplement dans les arbres. Pire encore, j'imagine qu'il est retourné voir Mme Martha. Je sais que Marshall et Rankin sont loin, à traquer tout le monde, alors je suis sûre qu'ils ne reviendront pas avant le matin.

D'abord Ben dit non, qu'on doit rester ici, qu'on doit attendre Will Stephens. Je lui rétorque que je vais partir quand même. Ben ne veut pas que j'y aille toute seule, alors il décide de m'accompagner.

Il y a une demi-lune dans le ciel quand on sort. On contourne le cimetière pour atteindre la cave de la grande maison. On marche en silence, comme quand on était petits et qu'on jouait à ne pas faire de bruit. Talon, orteils, talon, orteils. J'écoute attentivement avant d'ouvrir la porte, celle qui mène au grand hall. Tout est sombre, il n'y a personne, alors on est vite montés dans les appartements de Mme Martha où je sais qu'on trouvera Oncle Jacob. Il y a une lampe allumée et, de toute évidence, Oncle Jacob est assis à côté du lit de Mme Martha qui dort comme un bébé. Ben est resté à la porte. Je crois que c'est la première fois qu'il monte à l'étage.

— Oncle Jacob ! chuchoté-je tout doucement.

Il ne m'entend pas, alors je l'appelle à nouveau. Cette fois-ci, il me regarde, mais il ne fait pas le moindre mouvement, alors je m'approche. Puis je m'arrête. Quelque chose ne va pas. Je reste là à regarder autour de moi, jusqu'à ce que je me rende compte que Mme Martha n'est pas dans son état normal. Elle est trop calme et, quand je m'avance un peu plus, je vois qu'elle a les yeux ouverts, la bouche ouverte, mais qu'elle ne respire plus.

— Elle était dans un état pas possible, dit Oncle Jacob. Je lui ai donné des gouttes, mais elle criait encore pour son Jamie, alors je lui en ai donné plus. Je connais pas les doses, alors j'ai continué à mettre des gouttes dans l'eau et elle a arrêté de crier.

— Elle est partie, déclaré-je.

Oncle Jacob la fixe intensément comme si son regard pouvait la réveiller.

— Oncle Jacob ! lui lancé-je en lui secouant le bras.

Quand il se tourne enfin vers moi, je lui dis :

— Va chercher Beattie. Dis-lui de monter.

Oncle Jacob hoche la tête mais reste immobile.

— Il faut faire vite, Oncle Jacob.

Je pose un baiser sur le haut de sa vieille tête blanche, puis je l'aide à se lever avant de le faire sortir. Il passe devant Ben comme s'il ne le voit pas.

— Allez, insisté-je, descends chercher Beattie. Envoie-la ici.

Il ne répond rien, mais se dirige vers l'escalier. Je retourne vérifier l'état de Mme Martha.

— Elle est bien morte, dis-je à Ben.

Je jette un coup d'œil par la fenêtre et je vois qu'Oncle Jacob est presque arrivé à la dépendance.

— Allez, Belle ! Faut la faire sortir d'ici, dit Ben.

— Attends.

J'aperçois Beattie qui sort en courant de la dépendance pour se diriger vers la grande maison.

— Beattie arrive.

Nous descendons l'attendre à la porte de service. Elle arrive en pleurs, elle est si contente de nous voir.

— Tu as vu Jamie ? lui demandé-je.

Elle acquiesce.

— Je crois l'avoir vu de l'autre côté de la grange. Quand tout le monde est parti, je suis sortie le chercher, mais je l'ai pas revu.

— Si tu le trouves, dis-lui de venir à moi.

— Belle ! Il faut qu'on y aille ! lance Ben.

Beattie regarde vers le haut de l'escalier.

— Je vais monter voir m'ame Martha.

— Elle est partie.

— C'est ce qu'a dit Oncle Jacob. Je vais voir par moi-même.

Ben et moi repartons par le même chemin. On contourne le cimetière de la grande maison, puis on passe devant les pommiers et les pêchers, et enfin on dépasse le quartier des esclaves. Il fait complètement noir à présent, mais comme on connaît tous les deux cette terre par cœur, on sait très bien où aller. Ben entend les chevaux en premier, puis tous les deux nous percevons des bruits de voix. On se baisse au maximum.

— Ooohhh ! souffle Ben.

— Chhhut, murmuré-je, mais je me redresse pour voir ce qu'il voit.

Là, je les vois, tous attachés ensemble, Rankin et deux autres hommes à cheval les poussant pour les faire avancer. Ils sont tous là. Mama, papa… et puis Jamie ! Lui aussi est attaché. Ils les emmènent tous vers les cases.

— Tu vois Marshall ? demandé-je à Ben.

— Non. Il est sans doute encore en train de chercher Abinia.

— Qu'est-ce qu'on va faire ?

— On doit retourner à la grande maison, retrouver Beattie.

— Qu'est-ce qu'elle va faire ?

— Je sais pas, mais il faut qu'on trouve une idée, répond Ben en m'attrapant par le bras.

Quand on arrive dans la maison, Beattie redescend les marches, la lampe de la chambre de Mme Martha à la main. Elle a failli la lâcher en nous voyant.

— Qu'est-ce que vous fichez, tous les deux, à me faire peur comme ça ?

— Chhhut, souffle Ben, éteins cette flamme. Rankin est de retour, et ils ont tout le monde.

— Papa, mama…, commencé-je.

— Non ! lâche Beattie, puis elle s'assoit dans l'escalier et se met à pleurer. Marshall a dit que s'il les attrapait, il les vendrait tous, même papa.

— Beattie, fait Ben, on n'a pas le temps de pleurer.

— Mais ils vont tous être vendus !

Elle pleure à chaudes larmes.

— Mama, papa…

— Arrête de pleurer et éteins cette lampe ! reprend Ben. Il faut qu'on trouve une idée.

Beattie essaye d'éteindre la lampe, mais elle tremble tellement que Ben la lui prend des mains. À eux deux, ils la font tomber. Le feu gagne le napperon qui recouvre la commode jouxtant l'escalier et nous le piétinons tous les trois pour étouffer les flammes. C'est alors que Ben a une idée.

— Beattie, tu vas mettre le feu à la maison.

Beattie et moi regardons Ben comme s'il était devenu fou. Mais il poursuit :

— Quand tout le monde sera là pour éteindre les flammes, j'irai libérer les autres. Cette fois, ils traverseront la rivière près du fumoir et partiront dans cette direction-là. C'est pas facile, mais ils auront plus de chances comme ça et papa connaît le chemin.

— Comment est-ce que je suis censée mettre le feu à cette maison ? demande Beattie.

— Elle brûlera facilement, répond Ben. Belle et moi, on va tout préparer pour toi. Puis on ira de l'autre côté des cases pour regarder dans les arbres. Tout ce que t'as à faire, c'est d'attendre que tout soit tranquille, ensuite, s'il y a quelqu'un, tu dis que tu vas voir comment va m'ame Martha, t'arrives là-haut et t'allumes le feu. Attends que ça ait bien pris avant de ressortir. Quand ils vont voir les flammes, Rankin et les autres types vont venir ici l'éteindre. Pendant ce temps, on va libérer tout le monde. Tu prends tes garçons et tu t'enfuis avec eux.

— Oh ! Ben ! T'es sûr de toi ? questionne Beattie.

— Qu'est-ce qu'on peut faire d'autre ? réplique Ben.

— Belle ?

— Il faut bien essayer quelque chose.

J'ai l'impression d'attendre toute la nuit dans les arbres, à surveiller. Ben commence à respirer bruyamment quand on voit le feu s'élever de la grande maison. Beattie l'a très bien fait démarrer, mais Marshall est encore en train de chercher Lavinia et Rankin ne se rend compte de rien parce qu'il est parti s'enivrer. Le temps qu'il arrive, le feu sort par les fenêtres, et il est si saoul qu'il a du mal à réfléchir. D'abord, il court voir par lui-même, puis il se met à crier pour que ses hommes apportent de l'eau. Ben et moi on n'attend pas plus longtemps. Ben court au quartier des esclaves pour couper les cordes, et moi je vais aider Beattie avec ses petits. Mais je la trouve devant la porte de sa cuisine à pleurer. Elle dit qu'elle ne sait pas où est Oncle Jacob. Le feu s'intensifie et mugit, alors je secoue Beattie, je lui dis d'aller chercher ses garçons et de se dépêcher, qu'on n'a pas de temps à perdre. Mais elle continue à pleurer, inquiète si Oncle Jacob est resté dans la grande maison. Le feu rend tout aussi clair qu'en plein jour et tout ce à quoi je pense, c'est qu'il faut qu'on parte d'ici, alors je donne une claque à Beattie et je lui ordonne d'aller tout de suite chercher ses enfants !

Quand on est arrivé au quartier des esclaves, Ben a libéré tout le monde, et ils s'apprêtent à partir, mais mama fait des histoires. Elle dit qu'elle reste là, qu'ils se sont fait prendre la première fois parce qu'elle ne court pas assez vite, alors qu'elle veut rester là, un point c'est tout. Puis papa décrète que si mama reste, il reste aussi, mais elle s'énerve et lui dit qu'il doit partir.

Ben déclare :

— Papa, tu dois les emmener, leur montrer le chemin. Ils ont besoin de toi.

Alors papa dit qu'il va les mettre sur la bonne voie, puis qu'il reviendra chercher mama.

— George. Vas-y, reste avec eux, aide Beattie et ses garçons. Moi ça va aller, lance mama, mais on sait tous que papa reviendra de toute façon.

Le feu se propage à grande vitesse dans la grande maison et j'ai l'impression que mon Jamie s'apprête à y aller. Je m'approche vite de lui.

— Jamie. Mme Martha est partie.

— Comment ça, partie ? Comment tu le sais ?

— Je l'ai vue. Elle est morte. Elle a pris trop de gouttes. Elle était morte avant que le feu se déclare. Elle est partie, Jamie.

— C'est Marshall qui a fait ça ! Il l'a tuée ! Tout ça c'est de sa faute !

— Viens, lui dis-je en le poussant en avant. Va avec les autres. Une fois que tu seras en sécurité, écris-moi. Je t'enverrai de l'argent ; tu auras tes papiers d'affranchissement.

— Allez ! a lancé Ben. Il faut y aller !

Fanny pleure, Beattie pleure, papa pleure.

Ben s'énerve :

— Eh ! Arrêtez de pleurer ! Prenez les petits et en avant !

Fanny prend un des fils de Beattie, Eddy un autre. Jamie me regarde comme s'il me demandait que faire. Il est à présent aussi grand que moi, mais, à la façon dont il me regarde à ce moment-là, c'est encore mon bébé.

— Vas-y, lui dis-je. Vite, pars avec les autres. Écris-moi une lettre et je t'enverrai de l'argent.

Ben reprend :

— Allez !

Il tire papa par le bras et, une fois que celui-ci se décide à partir, tout le monde se met à courir.

Après leur départ, mama s'assoit sans rien faire. Le ciel est rouge et le rugissement venant de la grande maison vaut celui d'une tempête. Je dis à mama de revenir avec moi chez Will Stephens, mais elle me répond qu'elle va rentrer dans sa cabane pour y attendre Marshall. Elle a l'air trop fatiguée pour y arriver seule, alors je l'emmène, mais elle n'a même pas tenu debout jusqu'à la dépendance, elle a dû s'asseoir avant. Elle me dit que sa poitrine la serre, et je vois bien qu'elle a du mal à respirer. Elle me répète plusieurs fois de partir, que tout ira bien pour elle.

— On va rester assises, mama, ici dans l'herbe, jusqu'à ce que tu te sentes mieux.

Au bout d'un moment, je lui passe un bras autour de la taille pour l'aider à se relever tandis qu'elle ferme les yeux. Quand on se remet en chemin, on ne va pas plus loin que la dépendance. L'incendie de la grande maison lance des débris tout autour et le toit est en train de s'effondrer.

— Tu crois que le feu va descendre jusqu'ici et brûler cette dépendance ? demandé-je à mama.

— Non, ce bâtiment est construit assez loin pour qu'un feu qui prendrait dans la cuisine ne touche pas la grande maison.

Je fais asseoir mama dans la cuisine, et elle me redit que je dois partir. Je sais qu'elle a raison. Je l'embrasse en lui disant de tenir bon jusqu'à ce que je revienne la chercher avec Will Stephens. Je viens de passer la porte quand elle me rappelle. Elle a enlevé son fichu et sorti des perles de ses cheveux. Je les reconnais immédiatement. Elles appartenaient à Mme Martha ! Mama les enveloppe dans son fichu, fait un nœud bien serré et enfonce le tout dans ma poche.

— Donne ça aux autres.

Je suis sur le point de partir quand j'entends mama parler toute seule. « J'ai froid aux oreilles », dit-elle en se tapotant la tête, l'air aussi perdue qu'une toute petite fille.

Je retire mon propre fichu vert pour lui en envelopper la tête, puis je l'embrasse à nouveau en lui chuchotant :

— Reste ici, mama. Je vais revenir te chercher.

Je dois y aller. Le long de mon échine, je sens qu'il va se produire quelque chose de terrible. Je me tourne vers la porte de la dépendance restée ouverte, et c'est là que je le vois. Son visage est si noir de fumée que je ne sais pas très bien qui c'est au départ, mais, quand il prononce mon nom, tout en moi s'affaiblit et mon esprit cesse de fonctionner. Sans attendre, Rankin me tire jusqu'en haut de la colline où attend Marshall, une corde à la main, disant que je vais être pendue pour avoir mis le feu à la maison.

Ils sont sur le point de me lier les mains quand mama arrive. Elle crie à Marshall qu'il ferait mieux d'arrêter, immédiatement ! Elle s'adresse à lui comme à un enfant, et il s'arrête pour écouter ce qu'elle a à dire. Quand elle nous rejoint, elle est très essoufflée, mais elle sait ce que Marshall a en tête, alors elle rassemble ses forces pour m'écarter de lui.

— Marshall ! Qu'est-ce qui vous prend ? Vous croyez pas que vous avez fait assez de mal comme ça ?

Il s'approche de moi pour m'attraper. Je fais un bond derrière mama. Il a toujours la corde dans les mains, mais mama reste debout face à lui, à le regarder droit dans les yeux.

— M'sieur Marshall, vous allez faire du mal à la mama qui s'occupait de vous quand vous étiez petit ?

Marshall essaie encore de mettre la main sur moi, mais mama s'interpose.

— Marshall, ça suffit comme ça ! Qu'est-ce que vous faites ? Vous êtes possédé par le diab' ? Depuis que p'tite Sally est morte, je vois bien comment votre caractère fait du mal aux autres. Vous devez vous arrêter ! Tout ce temps, vous vous êtes servi de mes filles comme si c'était des animaux de la grange. Vous avez fait tous ces bébés, des blancs, des noirs, mais vous vous en fichez. Votre Elly, c'est la sœur de Jamie, de Moses, des autres fils de Beattie… C'est tous ses frères ! Oui ! Mais ils sont tous partis. Ils vous ont tous fui. Abinia est partie, la p'tite Elly est partie, même ma Beattie est partie avec ses bébés pour s'enfuir loin de vous. Qu'est-ce que vous allez faire, maintenant ?

Encore une fois, Marshall essaie de m'attraper, et encore une fois mama l'en empêche.

— Marshall ! J'ai dit ça suffit ! Maintenant, vous voulez tuer Belle ? C'est votre sœur ! Laissez-la tranquille ! Il est temps qu'on vous dise que c'est votre sœur. D'abord, vous lui faites un enfant, et après vous voulez la tuer ! Vous êtes le diab' en personne, vous voulez tuer votre propre sœur !

Marshall s'immobilise. Il me regarde d'un drôle d'air. Je comprends qu'il ne savait pas que j'étais sa sœur.

Mais mama ne s'arrête pas là.

— C'est vrai, Marshall ! Belle est votre sœur ! Votre père aimait cette fille, mais pas comme vous le pensez, vous et m'ame Martha. J'étais là quand elle est née, et je sais que Belle est la fille du cap'taine.

À présent Marshall fixe mama. Elle continue de parler :

— Voilà, Marshall ! Prenez-vous-en donc à moi ! C'est moi qui ai fait brûler cette maison. C'est moi qui cache Abinia. C'est moi qui ai dit à Beattie de partir, je sais même où ils sont tous allés, mais je vous dirai rien.

Marshall attrape mama en hurlant. J'essaie de la secourir quand il commence à lui nouer la corde autour du cou, mais Rankin me frappe par-derrière et je tombe.

55

Lavinia

Recroquevillées dans la cabane de Lucy, nous ne savions rien de ce qui s'était produit au cours de cette longue nuit. Peu avant l'aube, Ben entra en trombe. Le son bouleversé de sa voix filtrait à travers les planches du plafond. Il allait chercher Will Stephens, disait-il. Lucy le suppliait de rester, craignant le pire pour lui s'il quittait la propriété sans laissez-passer. Il devait y aller, insistait-il. Marshall et Rankin détenaient Belle. Ils étaient convaincus qu'elle savait où j'étais et menaçaient de la pendre si elle refusait de parler.

Entendant cela, je ne pus me retenir plus longtemps. Je savais que Belle préférerait mourir que de nous mettre en danger, et je savais aussi que Marshall n'hésiterait pas à la tuer. Désespérée, je me mis à tambouriner à la porte jusqu'à ce que Ben vienne l'ouvrir. Il essaya de me calmer, mais je n'étais plus en état d'entendre quoi que ce soit.

— Fais-moi descendre ! m'écriai-je. Fais-moi descendre !

J'aurais sauté si Ben ne m'avait pas aidée et, une fois sur mes pieds, je partis en courant.

Mais Elly ne voulut pas rester toute seule. Elle se laissa elle aussi glisser dans les bras de Ben, suivant mon exemple. Je lui criai de rebrousser chemin, de rester avec Ben, mais elle refusa. Je ne savais pas quoi faire, alors je lui pris la main et me remis à courir, le long du sentier qui longeait le large ruisseau. J'avais l'impression que nous courions depuis des heures quand je perçus un hennissement non loin devant nous. Je saisis Elly et l'entraînai avec moi dans les arbustes, où je lui fis signe de garder le silence. J'entendis des chevaux approcher, puis une voix d'homme.

Rankin. Je le reconnus immédiatement. Nous restâmes tapies dans les broussailles tandis que les hommes passaient à quelques mètres de nous, assez près pour que je les voie et que j'apprenne d'après leur conversation qu'ils étaient à nouveau à la recherche des fugitifs.

Où était Marshall ? Où était Belle ? Nous nous remîmes à courir dès que le danger me sembla s'être éloigné. Je traînais Elly, frustrée par sa lenteur. Finalement, n'en pouvant plus, elle commença à résister. Elle me tirait en arrière, et sa main glissa de la mienne. Je pensais m'arrêter pour la raisonner, mais, tandis que nous approchions de la maison, une forte odeur de fumée imprégna l'air, et je tirai mon énergie d'une peur nouvelle. Je me précipitai en avant, sans me préoccuper de ma fille qui essayait de me suivre. J'avais les jambes engourdies, à courir si vite sans reprendre haleine, et l'impression d'avoir les poumons en feu. Je m'interdisais de penser qu'il était trop tard et concentrais toute ma force à avancer vers la maison.

Bêtement, je me fourvoyai et, voulant prendre un raccourci vers le ruisseau, je m'écartai du chemin pour courir à travers les arbres. Saisie d'horreur, je vis que j'étais piégée.

Je tirai sur ma longue jupe bleue pour me dégager des ronces dont j'étais prisonnière. Tandis que je déchirais mes vêtements pour m'échapper, Elly me rattrapa. Elle s'agrippa à mon bras, sanglotant et essayant de me retenir. Bien qu'un enfant de sept ans ne puisse rien contre un adulte, elle se battait férocement, sa force décuplée par la terreur. Dans ma folie, je la poussai à terre. Elle me fixa avec de grands yeux incrédules.

— Reste ici, la suppliai-je avant de reprendre le chemin jusqu'au ruisseau.

J'avais l'intention de le traverser en marchant sur les rochers qui dépassaient dans l'eau peu profonde, mais je n'enlevai pas mes chaussures, ce qui était une erreur. À mi-parcours, je glissai sur une pierre et tombai au milieu des éclaboussures. Saisie par l'eau glacée, l'espace d'un instant, je restai abasourdie dans l'eau pleine de bulles, jusqu'à ce que je relève la tête et reconnaisse notre fumoir, de l'autre côté du ruisseau. Le bâtiment gris me rappela que j'étais près de chez moi. Je me redressai, mes jupes trempées et lourdes, et atteignis la rive tant bien que mal en m'accrochant aux rochers saillants.

Au bas de la colline, haletante, je me penchai en avant pour reprendre mon souffle. Elly avait trouvé le moyen de me rejoindre à nouveau et, cette fois-ci, elle se cramponna à mes jupes mouillées comme un chaton. J'étais terrifiée à l'idée de ce qu'elle verrait peut-être, mais il était trop tard pour la protéger, alors je lui pris la main et, ensemble, nous gravîmes la pente. Là, je me figeai. Elly vit la même chose que moi et se mit à gémir ; sa main glissa de la mienne tandis qu'elle se laissait tomber. Je m'avançai d'un pas lent, comme dans un rêve.

Notre chêne imposant se dressait en haut de la colline, ombrageant de son feuillage luxuriant la branche épaisse où pendait un corps inanimé. Je refusai de relever les yeux après avoir aperçu le fichu vert et les chaussures cousues à la main pointant vers le bas. J'avais du mal à respirer. Je me penchai en avant, laissant s'écouler ma salive. J'avais la nausée. Je dois atteindre la maison, pensais-je, avançant péniblement. Je trouverai un couteau, je couperai la corde. Elle respirera à nouveau ; elle se remettra.

Mais il n'y avait plus de maison. J'ouvris des yeux abasourdis. Notre demeure s'était dissoute ; seuls des décombres et de la fumée rappelaient son emplacement passé. Je luttai pour comprendre ce qui avait pu se passer.

J'entendis alors un cri. Les mots grésillaient sous le terrible soleil d'août. Je reconnus la voix de Jamie.

— Vous l'avez tuée ! Vous l'avez tuée !

J'osai me tourner à nouveau vers l'arbre. Marshall se tenait debout à côté. Jamie marchait vers lui à grandes enjambées, un jeune homme s'avançant avec la détermination d'un adulte. Il portait un fusil de chasse. Des mouches vrombissaient et un chien gémissait.

Marshall me regarda.

— Lavinia, m'appela-t-il en me faisant un signe de la main, comme s'il était content de me voir.

Jamie braqua son fusil sur Marshall.

— Père ! cracha-t-il. Père !

Mon mari se tourna face à lui. Le coup de feu partit et Marshall fut propulsé en arrière, des morceaux de son corps s'éparpillant dans l'air comme les aigrettes d'un pissenlit. Je hurlai et me précipitai vers Jamie. Je lui pris le fusil des mains.

— Pars vite, criai-je, dépêche-toi !

Je restais debout à fixer l'arbre mais ne pouvais m'en approcher. Des plaintes angoissées me signalèrent que des personnes gravissaient la colline. Je me tournai vers elles, suppliant pour qu'on apporte le chariot, pour qu'on fasse descendre mama. Puis je m'effondrai dans l'herbe sèche et brûlante.

Le chariot arriva en cliquetant sur les rochers. Lodo, notre mule, regimba en sentant l'odeur de mort, mais le vif coup de fouet d'Eddy la poussa à avancer. Enfin, la bête atteignit le chêne, tremblante et brillant dans la chaleur, tirant le chariot derrière elle.

— Faites attention, implorai-je, n'osant pas regarder mais, avant d'entendre le bruit sourd, je levai les yeux pour voir le fichu vert de Belle tomber dans le chariot.

Tandis que Lodo entamait sa descente, les cris de douleur de papa transpercèrent l'âme même de notre colline.

Je dis que j'avais tué Marshall et fus envoyée en prison. Le premier jour, folle d'angoisse, je ne pouvais que faire les cent pas. Je n'arrivais pas à effacer de mon esprit la terrible image de mama. Je refusai de voir quiconque jusqu'au deuxième jour, où l'on m'informa que Will Stephens était venu pour aborder le sujet de ma fille.

Cela faisait des années que je n'avais pas vu Will. À présent, ses yeux inquiets trahissaient son calme apparent. Il s'assit en face de moi.

— Je pensais que vous aimeriez savoir qu'Elly est en de bonnes mains, commença-t-il. Elle est avec Fanny dans la maison de Belle. Je l'avais fait venir chez moi, mais elle pleurait tellement que je l'ai amenée à Belle, pensant qu'Elly pourrait trouver un certain réconfort auprès d'elle. Toutefois, Belle n'est pas elle-même, et Ben a suggéré que nous fassions venir Fanny. Cela a bien aidé. Elly s'est calmée.

Je hochai la tête.

— Lavinia, reprit-il à voix basse. Vous devez vous défendre. Nous connaissons tous deux la vérité.

— Tout est ma faute ! Tout est ma faute ! m'écriai-je.

Will entreprit de me raisonner, mais je me lançai dans une diatribe. Mes propos manquaient de logique, même pour moi.

— J'ai fait prévenir M. Madden, dit Will avant de partir.

Will revint avec Belle le lendemain et sortit quand nous tombâmes dans les bras l'une de l'autre. Au comble du désespoir, Belle avait besoin de parler. Je l'écoutai raconter son histoire par à-coups.

Immobilisée par Rankin, elle avait été témoin du meurtre de mama. Quand elle avait été relâchée, elle était repartie péniblement vers la dépendance. Sa détresse avait peut-être désarmé Marshall, car il ne l'avait pas poursuivie. Personne ne savait pourquoi il était resté sur la colline quand Rankin était parti à la recherche de Papa George et des autres.

Quelques heures après s'être enfuis, les fugitifs avaient commencé à avoir des doutes. Papa ne voulait pas continuer sans mama, et personne ne voulait continuer sans papa. Jamie avait été le premier à faire demi-tour. Quelques jours plus tôt, sans rien dire à personne, il avait pris un fusil dans la maison et l'avait caché dans le fumoir. À ce moment-là, il était donc allé le chercher. Les autres avaient presque atteint la maison quand ils avaient entendu la détonation.

— Et Jamie ? Où est-il maintenant ? demandai-je.

Elle m'assura qu'il était parti vers un endroit sûr.

Comme je craignais la question suivante !

— Mme Martha ? Oncle Jacob ?

Je fus soulagée d'apprendre que ma belle-mère avait perdu la vie avant l'incendie. Le corps d'Oncle Jacob n'avait pas été retrouvé, même si l'on supposait qu'il était retourné dans la maison et y avait péri.

— Qu'est-il advenu de Rankin ?

Personne ne le savait, mais Will avait armé Ben et papa, lesquels s'occupaient de ce qui restait de Tall Oaks.

Quand Belle eut fini son récit, je la serrai contre moi un long moment. Avant son départ, je la priai de dire à tous les anciens habitants de la propriété de garder leurs distances. Je craignais ce qu'ils pourraient raconter à portée d'oreilles malintentionnées.

Lorsque je fus menée à la barre, je plaidai coupable. Le tribunal était d'opinion que je sois poursuivie en justice, et que je reste en prison jusqu'à mon procès, en septembre. Je n'étais pas mécontente de rester assise dans ma petite cellule, de manger les maigres rations offertes, ni même de dormir sur un grabat humide. De cette manière, je me punissais non seulement pour la mort de mama, mais aussi pour la perte de Mme Martha et d'Oncle Jacob. J'étais certaine que j'aurais pu faire quelque chose pour leur sauver la vie. Je me préoccupais peu du sort de Marshall ; pour être honnête, j'étais soulagée d'être délivrée de lui.

Comme Will l'avait prédit, M. Madden me vint en aide. Immédiatement, en sa condition d'avocat, il insista pour que je plaide non coupable. En privé, il m'assura qu'il savait que je n'avais pas tué Marshall. Je refusai de lui révéler ce qu'il s'était réellement passé sachant que, si Jamie était jugé comme un Noir pour le meurtre d'un Blanc, il serait condamné à mort. Au lieu de cela, j'arguai que j'étais coupable et, dans un effort pour l'en convaincre, je lui confessai mon comportement passé, toutes ces années de repli sur moi-même, de fuite égoïste de la réalité.

Il me regardait par-dessus ses lunettes tout en écoutant attentivement. Après un long silence, il prit la parole.

— Ma chère, dit-il de sa voix la plus gentille, il m'est possible de croire que vous vous êtes rendue coupable de telles actions, car n'agissez-vous pas en ce moment même de façon égoïste ?

— Comment cela ?

— Vous dites qu'au cours de vos années de consommation de laudanum, vous n'étiez pas une bonne mère, me trompé-je ?

— En effet, je vivais dans un brouillard constant. Je laissais Fanny s'occuper d'Elly.

— Et vous priveriez à nouveau votre fille de sa mère ? demanda-t-il.

— Mais elle a Fanny…, commençai-je, avant de m'interrompre, comprenant où il voulait en venir.

Cela suffit à me persuader de le laisser me défendre de son mieux.

Le premier jour du procès, M. Madden et un autre avocat plaidèrent que je n'avais pas tiré sur Marshall, mais que j'étais sous le choc quand je m'étais avouée coupable. Le lendemain, ils arguèrent qu'Oncle Jacob avait non seulement mis le feu à la maison, mais s'était aussi caché en attendant le retour de Marshall. Lui seul avait accès à un fusil de chasse qui, dirent-ils, ne pouvait provenir que de la grande maison. Ils suggérèrent qu'Oncle Jacob s'était enfui après le meurtre et avancèrent même qu'on l'avait aperçu faisant route vers le nord. Je ne suis pas certaine que les jurés aient été totalement convaincus par la plaidoirie de M. Madden, mais je soupçonne la réputation de Marshall d'avoir influencé leur bonne volonté quant à mon acquittement.

L'après-midi de ma libération, je fus emmenée chez Will en calèche. Je descendis devant la dépendance, où je retrouvai Elly, Belle et Fanny dans une effusion de larmes. Très vite, elles me firent prendre un bain. Je ne montrai pas de pudeur quand elles insistèrent toutes les trois pour m'aider à me débarrasser de la crasse du mois écoulé, et je serais restée dans l'eau éternellement si on ne m'avait pas attendue dans la maison de Will pour un dîner de célébration. Pendant que j'étais dans l'eau, Belle me lava les cheveux. Ensuite, elle les peigna et les coiffa en chignon sur le haut de ma tête. Après avoir enfilé des vêtements de Belle qui, à ma grande surprise, m'allaient très bien, je les embrassai toutes les trois et partis souper.

La maison de Will était très grande et, quand j'entrai, elle me parut quelque peu familière. Elle était construite en bardeaux et agencée de façon assez similaire à celle de Tall Oaks. Elle n'était pas aussi imposante en taille et était dépourvue de beaux meubles et de trésors, mais les boiseries et les cheminées témoignaient d'un travail de qualité. Les murs plâtrés étaient peints en blanc et les parquets en pin brillaient, en l'absence de tapis.

Lucy m'accueillit à la porte et je l'étreignis.

— Je n'oublierai jamais ta gentillesse, dis-je et, quand je m'écartai, elle sourit.

Will apparut à la porte du petit salon.

— Il me semblait bien vous avoir entendue, déclara-t-il avant de s'approcher pour m'escorter dans la pièce. Il me conduisit vers sa femme qui était assise dans un fauteuil rembourré, près du feu. M. Madden, installé en face d'elle, se leva quand j'entrai, mais je lui fis signe de se rasseoir.

L'épouse de Will avait un visage quelconque, mais je ressentis immédiatement sa bonté. J'ignorais ce qu'elle savait de moi, cependant, elle m'accueillit sans une once de jugement. Elle était pâle et grosse à cause de l'enfant qu'elle portait, et je voyais à ses traits tirés qu'elle n'allait pas bien. Je ne me souviens pas de sa robe, car mon attention fut attirée par les énormes pantoufles nécessaires pour loger ses pieds tout enflés. Peu après les présentations, Martha me pria de bien vouloir l'excuser. Elle expliqua que son médecin lui avait recommandé de passer l'essentiel du temps couchée jusqu'à l'arrivée de la « bénédiction », comme elle l'appelait. Lucy l'aida à quitter la pièce et, tandis qu'elles s'éloignaient, leurs silhouettes me rappelèrent douloureusement Mme Martha et Mama Mae. Je fus sauvée de mes sombres pensées quand Will nous suggéra de passer à la salle à manger.

Lucy revint pour nous servir et, bien que j'eusse peu d'appétit, je trouvais merveilleux de pouvoir à nouveau goûter la cuisine de Belle. Lorsque Will leva son verre pour un toast, je choisis de prendre mon verre d'eau plutôt que celui de vin rouge. Je n'appréciais plus cette boisson, qui avait eu des effets si négatifs sur ma vie.

Après le dessert, la conversation s'orienta vers mon avenir. Will se leva et proposa de me laisser en tête à tête avec M. Madden. Je lui demandai cependant de rester, lui disant que j'apprécierais d'entendre ses idées. J'admis que je craignais d'apprendre ce que l'avenir me réservait.

Que souhaitais-je faire ? me demanda M. Madden. Envisagerais-je de retourner avec lui à Williamsburg, en emmenant Elly avec moi, bien sûr ? Il m'assura que sa famille nous accueillerait avec plaisir. D'ailleurs, dit-il en riant, Meg – qui n'était toujours pas mariée – lui avait fait promettre de ne pas revenir sans moi.

Je le remerciai sincèrement de tout ce qu'il avait fait et lui dis qu'il ne partirait pas sans une lettre de ma part. Je souhaitais exprimer ma reconnaissance envers Meg et Tante Sarah pour leur aimable proposition.

– Toutefois, décrétai-je, je souhaite rester ici. Je ferai tout ce qu'il faut pour rendre cela possible.

M. Madden ne fut pas surpris par ma ferme volonté de rester. Plus tôt, à son arrivée, je lui avais demandé de faire un point sur ma situation et d'agir en mon nom. Ce soir-là, il me fit le détail de mes possessions. Il avait pu sauver cinquante hectares, ce qui restait de Tall Oaks et de ses différents bâtiments. Will avait accepté d'acheter les quelques derniers travailleurs des cases. Comme j'en avais fait la demande, les papiers d'émancipation de papa, d'Eddy et de Fanny, de Beattie et de ses trois petits garçons avaient été préparés ; j'avais l'intention de leur demander de rester à mon service contre le gîte et le couvert. Avec le temps, je leur donnerais un salaire. M. Madden m'informa qu'en travaillant dur et avec un peu d'ingéniosité, nous pourrions faire prospérer une petite ferme. Puis il me fit une offre qui me bouleversa. Il m'accorderait un prêt, dit-il, pour financer une nouvelle maison. Je devrais rembourser cette somme en envoyant à sa famille une lettre par mois, pour les informer de mes progrès afin qu'ils puissent suivre mes réussites.

M. Madden reçut mes larmes de soulagement et de gratitude avec une certaine gêne, tandis que Will s'excusa pour aller s'enquérir de l'état de son épouse.

À son retour, il me transmit l'invitation de Martha à loger dans leur chambre d'invité. Quand je remerciai mon hôte et lui dis que j'étais contente de me retirer chez Belle, personne ne me demanda de me justifier.

Plus tard, lorsque Will me raccompagna à la cabane, j'étais si soulagée que j'avais peine à contenir ma joie. Stimulée par les espoirs que m'avait donnés M. Madden, je respirais profondément l'air frais de la liberté. Elly et moi pouvions demeurer à Tall Oaks avec notre famille, et nous bénéficiions des moyens pour recommencer sur de bonnes bases.

Nous étions au mois d'octobre. La lune orange était si grosse que Will et moi en commentâmes tous deux la beauté. Quand nous atteignîmes la petite maison, il prit ma main nue dans la sienne. Une pulsion de désir me parcourut et je me rendis compte que j'étais toujours amoureuse de cet homme. Plutôt que me jeter dans ses bras, je retirai ma main à la hâte, puis offris mon aide au cas où sa femme en aurait besoin. Je n'osai pas m'attarder et lui souhaitai vivement une bonne nuit.

Une fois chez Belle, je lui transmis les bonnes nouvelles et nous nous réjouîmes ensemble. Dès qu'Elly se fut endormie, je demandai à Belle où était Jamie. Elle m'apprit qu'il était en sécurité à Philadelphie. Il me semblait que, selon la loi, je possédais le fils aîné de Marshall, et je me penchai alors sur ce point. Je dis à Belle que je ferais préparer les papiers de Jamie et les lui enverrais. Elle me remercia, puis me raconta le jour où son fils lui avait apporté ses papiers à elle.

— Veux-tu rejoindre Jamie à Philadelphie ? demandai-je. Je pourrais m'en occuper.

Belle déclina cette suggestion. Will lui avait déjà posé la question et lui avait donné la permission de partir à tout moment. Puis Belle se tut et examina ses mains. Quand elle releva la tête, elle avait les yeux humides. Pouvait-elle me demander autre chose ?

— Tout ce que tu voudras, répondis-je.

Elle me demanda alors si elle pourrait revenir habiter à Tall Oaks avec moi.

Je m'approchai d'elle et pris ses mains dans les miennes.

— Bien sûr que tu peux revenir à la maison.

Tôt le lendemain matin, Ben arriva à cheval, apportant une autre monture à mon intention. Je ne l'avais pas vu depuis qu'on m'avait mise en prison. Ce jour-là, nous partîmes tous deux voir ce qu'il restait de Tall Oaks. Tandis que mon cheval ouvrait la marche le long du sentier que nous avions si récemment emprunté Elly et moi, je cherchais mes mots. Enfin, je me lançai :

— Comment puis-je te remercier, Ben, de m'avoir aidée comme tu l'as fait ?

— Vous faites partie de ma famille, Abinia, répondit-il.

J'avais la gorge si serrée que j'eus du mal à répondre.

— Comme tu fais partie de la mienne, dis-je.

Papa George nous attendait à la grange. Ses cheveux gris étaient maintenant blancs. J'hésitai jusqu'à ce que je voie son sourire. Alors, je sautai à terre et courus vers lui, libre de l'embrasser après toutes ces années.

Quand je lui donnai ses papiers, il les prit et détourna les yeux.

— Papa.

Je lui touchai l'épaule.

— Tu es libre de partir mais, plus que toute chose, j'aimerais que tu restes. Je ne me sentirais pas chez moi sans toi. Je ne peux pas encore te payer, mais…

Papa se retourna vers moi et m'interrompit :

— Où est-ce que j'irais, Abinia ? C'est chez moi, ici. Ma place est nulle part ailleurs.

Soulagée, je n'avais qu'une envie, pleurer, mais je ne pouvais plus me le permettre. Alors, je commençai à parler de notre avenir. J'informai papa que M. Madden proposait de financer une nouvelle maison. Nous étudiâmes ensemble la propriété et, quand Papa George nous suggéra l'endroit où s'élevait l'ancienne demeure, je vis à quel point cette idée le troublait.

— Non, papa, fis-je, nous ne construirons pas là. Cette colline est sacrée. Nous devons trouver un autre emplacement.

Nous regardâmes en silence le haut de la colline et le chêne qui s'y dressait toujours mais, heureusement, Moses, le fils aîné de Beattie, nous rejoignit, nous délivrant de nos sombres pensées. Peu après, Beattie et ses deux autres enfants arrivèrent en courant pour me saluer. Notre étreinte fut aussi sincère que notre amitié d'enfance.

Ensemble, nous discutâmes des différents lieux possibles où élever la nouvelle maison. Papa nous mena vers un endroit derrière le verger, de l'autre côté du sentier menant à la dépendance. Nous trouvâmes tous ce lieu idéal. Will et M. Madden nous retrouvèrent plus tard dans l'après-midi et donnèrent leur approbation quant à l'emplacement choisi. Cette même semaine, les travaux commencèrent.

Les bâtiments de la grange étaient en bon état et, par chance, il restait quelques bons chevaux. Il fut décidé que nous repartirions de là et, les années suivantes, nous prospérâmes après nous être fait un nom dans l'élevage de chevaux.

Comme prévu, Belle vint habiter à Tall Oaks et, ensemble, nous fîmes face à notre destin. Lorsqu'elle mourut, bien des années plus tard, elle fut enterrée au cimetière de la grande maison, à côté de son père. Sur sa pierre tombale, il fut gravé :

Belle Pyke
Fille de James Pyke

NOTE DE L'AUTEUR

Il y a quelques années, mon mari et moi avons restauré une vieille demeure de plantation en Virginie. Tandis que je me documentais sur son passé, j'ai découvert une ancienne carte sur laquelle, près de notre maison, il y avait une inscription: « la colline des Nègres ». Ne parvenant pas à élucider les origines de cette appellation, je me suis renseignée auprès d'historiens locaux, qui m'ont dit qu'il s'agissait sans doute d'une tragédie.

Pendant des mois, j'ai gardé ces mots à l'esprit. Chaque matin, je traversais notre terrain pour descendre vers le ruisseau où je méditais. Sur le chemin du retour, je marchais face à cette fameuse colline et me demandais tout haut ce qu'il s'y était passé.

Finalement, un matin, en rentrant de ma promenade habituelle, je me suis assise pour écrire mon journal. Ce qui s'est produit ensuite m'a laissée perplexe. Dans ma tête, j'ai vu se dérouler une scène aussi clairement que dans un film. J'ai commencé à écrire et les mots coulaient sur le papier. Je suivais les pas d'une fillette blanche terrifiée, qui gravissait la colline en courant derrière sa mère frénétique. Quand elles ont eu atteint le sommet, à travers leurs yeux, j'ai vu une femme noire pendue à la branche d'un gros chêne. J'ai posé mon crayon, horrifiée par cette intrigue. J'avais écrit le prologue de *La Colline aux esclaves*. Bien que fascinée par l'histoire d'avant la guerre de Sécession, j'abhorrais l'idée de l'esclavage et avais toujours répugné à aborder le sujet. Sans attendre, j'ai glissé ma prose dans le tiroir de mon bureau, déterminée à l'oublier.

Quelques semaines plus tard, lors d'une conversation avec mon père, j'ai appris qu'une de ses connaissances avait retracé l'histoire de ses ancêtres jusqu'en Irlande. Vers le tournant du dix-neuvième siècle, les ancêtres irlandais de cet homme étaient arrivés sur un bateau. Au cours de la traversée, les deux parents avaient péri. Deux frères avaient survécu, ainsi que leur petite sœur. La famille avait pu découvrir ce qu'il était advenu des garçons mais n'avait retrouvé aucune trace de la petite fille. Tandis que mon père narrait cette histoire, un grand frisson m'a parcourue. En mon for intérieur, j'ai immédiatement su ce qu'il lui était arrivé. Elle avait été emmenée sur la plantation du capitaine en tant que servante sous contrat synallagmatique à Southside, en Virginie, et mise au travail à la cuisine avec les domestiques. Elle m'attendait dans le tiroir de mon bureau.

J'ai alors entamé des recherches. J'ai visité les nombreuses plantations de la région, en particulier celle de Prestwould. J'ai étudié des récits d'esclaves de cette époque et je me suis entretenue avec des Afro-Américains descendants d'esclaves. J'ai passé des heures dans les bibliothèques locales, au Black

History Museum, à la Virginia Historical Society et à Poplar Forest, la propriété de Thomas Jefferson. J'ai visité plusieurs fois la fondation Colonial Williamsburg. Enfin, j'ai commencé à rédiger. Chaque jour, un peu plus de l'histoire se déployait et, quand j'avais terminé, souvent épuisée émotionnellement, je me demandais ce qu'apporterait le lendemain. Les seules fois où mon récit s'interrompait, c'est quand les personnages m'emmenaient vers un événement ou un lieu où mes recherches ne m'avaient pas encore menée.

J'ai essayé à plusieurs reprises de modifier certains des événements (ceux que je trouvais profondément bouleversants), mais alors l'histoire semblait se bloquer ; par conséquent, je continuais à façonner par l'écriture ce qui m'était révélé.

Je voue une reconnaissance éternelle aux âmes qui m'ont transmis leurs expériences. Je ne peux qu'espérer les avoir bien servies.

REMERCIEMENTS

J'ai de nombreuses personnes à remercier mais, plus que toute autre, Mme Bessie Lowe, qui a si généreusement partagé avec moi l'histoire de sa famille, ainsi que Quincy Billingsley, qui, avec patience, m'a appris à regarder à travers des yeux bruns aussi bien que des bleus.

Parmi les ressources qui m'ont été précieuses pour écrire ce livre, je dois citer : la plantation de Prestwould, le Black History Museum à Richmond, le Legacy Museum à Lynchburg, la Virginia Historical Society, Poplar Forest, la fondation Colonial Williamsburg, les bibliothèques publiques d'Appomattox, de Charlotte Court House, de Farmville, ainsi que la bibliothèque de la Longwood University et celle de l'université de Virginie.

Je suis reconnaissante au Farmville Writers' Group : Reggie, Melvin et Linda, qui m'ont aidée à démarrer, ainsi qu'à la Piedmont Literary Society qui m'a guidée par la suite.

Comment remercier mes amies les plus chères ? Dès le début, Diane Eckert a cru en ma capacité d'écrivain. Carlene Baime m'a poussée à continuer quand je faiblissais. Je n'aurais pas pu écrire ce roman sans la direction et le soutien d'Eleanor Dolan, ni l'achever sans les conseils et l'aide infatigable de Suzanne Guglielmi.

Merci à mon agent et défenseur, Rebecca Gradinger, ainsi qu'à Trish Todd, mon gentil réviseur. Toute ma gratitude aussi à ma courageuse relectrice-correctrice, Beth Thomas.

Je suis profondément reconnaissante envers mes filles, Erin Plewes et Hilary Cummings, pour leur soutien, ainsi qu'envers mon gendre, Kyle Cummings, qui a composé la musique pour la bande-annonce de mon livre.

Mon mari a porté l'appareil photo, pris des notes dans les bibliothèques, et m'a accompagnée le week-end lors d'innombrables visites de plantations, de musées et de sites historiques. Merci, Charles, d'avoir toujours cru en moi et en ce travail.

Composition :
Soft Office - 5 rue Iréne Joliot-Curie - 38320 Eybens

Achevé d'imprimer par N.I.I.A.G.
en septembre 2014
pour le compte de France Loisirs, Paris

Numéro d'éditeur : 78432
Dépôt légal : juin 2014
Imprimé en Italie